DUMONT NOIR

Die Originalausgabe erschien 1996 unter dem Titel The Big Blowdown
bei St. Martin's Press, New York.

Deutsche Erstausgabe

Die deutsche Bibliothek – CIP-Einheitsaufnahme
Pelecanos, George P.: Das große Umlegen / George P. Pelecanos.
Bernd W. Holzrichter (Übers.). – Köln : DuMont, 1999
(DuMont Noir ; Bd. 6) Einheitssacht.: The big blowdown <dt.>
ISBN 3-7701-4823-1

Erste Auflage 1999

Umschlag- und Reihengestaltung: Groothuis+Malsy
Gesetzt aus der Elzevir und der Antique Olive
Gedruckt auf säurefreiem und chlorfrei gebleichtem Papier
Satz: Greiner & Reichel, Köln
Druck und Verarbeitung: Clausen & Bosse, Leck

Printed in Germany
ISBN 3-7701-4823-1

George P. Pelecanos

Das große Umlegen

DuMont Noir 6

Mit einem Nachwort von Martin Compart

Aus dem Englischen übersetzt von Bernd W. Holzrichter

Für Pete Frank und Alice Frank

Ich bedanke mich bei folgenden Menschen, die mir beim Schreiben dieses Buchs eine Hilfe waren: das Personal des Washingtonian Room der Martin Luther Memorial Library in Washington, D. C., Jim und Ted Pedas, James Boukas, Gordon Van Gelder, Sloan Harris, und Emily. Ein besonderer Dank gilt meinen Eltern, Pete und Ruby Pelecanos.

Prolog

Washington, D. C. 1946

Peter Karras träumte. Er träumte von seinem Klappbett und von einem Teller, gefüllt mit den *Me selina*-Bohnen seiner Mutter. Er roch die Reichhaltigkeit des Essens, sah die schwarzäugigen Hülsenfrüchte, die geschmorten Tomaten und den hellgrünen Sellerie, als säße er an dem alten Tisch an der Ecke 5th und H. Er träumte von Sirenen und Jimmy Boyle; Boyle in seiner blauen Uniform, der besorgt auf ihn hinabblickte. Er beobachtete den weißen Mond, sah, wie Lichter ihn bunt färbten und über den Himmel wirbelten. Er träumte, er habe den Kopf gehoben und sein Bein angeschaut. Er träumte, der Fuß am Ende des Beins sei zerquetscht und formlos, ein breiiger Klumpen auf den Steinen, auf groteske Weise verdreht. Zwischen den Träumen kam Schwärze; in der Schwärze kamen nackte Schreie.

»Jimmy«, sagte Karras.

»Ich bin da, Kumpel.«

Wieder war es Boyle in Uniform, über ihn gebeugt, zurück in seinem Traum. Die Sirene in seinem Traum gellte laut. Boyle hielt seine Hand. Sie befanden sich auf engem Raum, und jemand war bei ihnen; jemand, der weiß gekleidet war. Sie waren in Bewegung, wurden hin und her geschüttelt.

»Wir sind auf dem Weg zum Krankenhaus«, sagte Boyle.

»Zum Krankenhaus.«

»Ja.«

Karras' Mund war schrecklich trocken. »Wie sieht's aus für mich?«

»Hmm?«

»Dreh mir dein gutes Ohr zu, Jimmy.« Boyle drehte den Kopf. »Ich habe gefragt, wie es aussieht.«

»Du wirst es schaffen.«

»Ich habe gefragt, wie es aussieht, Jimmy.«

Boyle senkte den Blick.

Ein plötzlicher Schmerzanfall krümmte Karras den Rücken. Boyle drückte seine Hand, bis der Anfall vorüber war. Der Mann in Weiß tupfte Karras' Kopf mit einem Lappen ab.

»Wir sind fast da, Kumpel«, sagte Boyle.

Karras leckte sich die Lippen. »Wieso bist du da reingeraten?«

»Mein Revier.« Boyle lächelte bekümmert. »Du hast Glück gehabt, schätze ich.«

»Glück! Damit hab ich nur Pech, Jimmy.«

Der Krankenwagen fuhr eine enge Kurve. Boyle hielt die Bahre fest und schrie dem Fahrer etwas zu. Dann schaute er wieder zu Karras.

»Wer hat dir das angetan, Pete?«

Karras dachte an Joe Recevo, sah in aller Deutlichkeit den davonfahrenden Mercury. »Man hat mich in die Mangel genommen, das ist alles. Ein paar Typen sind auf mich los. Ihre Gesichter habe ich nicht gesehen. Vielleicht solltet ihr den Alten fragen, der den Laden führt.«

»Das werden wir.«

Karras sah seinen Freund an. Die Speckrollen über seinem Hemdkragen ließen ihn lächeln.

»Du hast ein paar Pfund zugelegt, Jimmy.«

»Ich weiß, Kumpel. Ich weiß.«

Der Fahrer schaltete die Sirene aus, der Wagen wurde langsamer.

»Pete«, sagte Boyle, »als ich dich gefunden habe, hast du griechisch gesprochen. *Mana mou, mana mou*, hast du dauernd gesagt. Was heißt das?«

Mana mou. Karras wich seinem Blick aus. Er hatte in der Gasse nach seiner Mutter gerufen. Das also tat ein harter Bursche wie er, wenn es wirklich mal richtig zur Sache ging.

»Wirres Gerede«, sagte Karras. »Mehr nicht.«

Der Krankenwagen hielt an, Boyle tätschelte Karras' Hand. »Schon gut, Kumpel. Jetzt flicken sie dich zusammen.«

Die hintere Tür ging auf. Zwei Männer beugten sich in den Wagen, packten die Bahre. Sie hoben ihn nach draußen, in die Nachtluft. Die Gerüche und Geräusche der Stadt waren intensiv und verschwanden, als er durch eine Schwingtür geschoben wurde.

Karras starrte nach oben auf die vorbeihuschende weiße Decke.

»Joe«, sagte er.

Karras schlief ein.

Eins

Washington, D. C. 1933

1

Schwimmen lernte Peter Karras an einem Nachmittag, am Ende einer Hitzewelle Anfang Juni. Die Hitze war wie ein böser Traum über D.C. gekommen. Sie hatte ein paar Alte und auch ein paar nicht so Alte umgebracht. Zwei waren ihr am Vortag erlegen.

Der erste der beiden war ein Tourist aus San Francisco, ein Schwede in mittleren Jahren, der an der Ecke 2nd Street/Virginia Avenue zusammenbrach; tot durch ein explodiertes Herz, bevor er auf dem Bürgersteig aufschlug. Der zweite war ein Matrose von der *SS Veedol,* die in jenem Sommer im Alexandria-Hafen angelegt hatte. Der junge Mann hatte am Dollbord gestanden und war in den Potomac gesprungen, um sich abzukühlen, obwohl er wußte, daß er nicht schwimmen konnte. Der Matrose – er hieß Elridge Kruse – tauchte ins Wasser ein und sank rasch und geradewegs bis zum Grund. Ein Zeuge sagte den Zeitungen, Kruse sei so schnell untergetaucht, als seien seine Taschen mit Steinen gefüllt gewesen.

Karras wischte sich den Schweiß von der Stirn und versuchte, sich sein Unbehagen nicht anmerken zu lassen, während er seinen Schritt beschleunigte. Er versuchte, mit Steve Mamakos Schritt zu halten, einem umtriebigen Jungen, der allmählich in den Boxkreisen bekannt wurde. Mamakos war nur wenig größer als Karras, aber an die dreißig Pfund schwerer; sein Körperbau war kompakt, und seiner Nase war anzusehen, daß sie schon Treffer eingesteckt hatte. Karras war elf, Mamakos sechzehn – der Unterschied zwischen einem Jungen und einem, der schon fast ein Mann ist. Der Unterschied war erkennbar, als sie nebeneinander her gingen.

Mamakos konnte kämpfen. Er bevorzugte die Rechte, besaß ein gutes Gefühl für den Ring und war mit beiden Händen einigermaßen schnell. Alles andere als ein Techniker, war er eher ein Geradeaus-Boxer mit nur wenigen Tricks im Arsenal. Auf dem Papier schienen seine Schwächen erschreckend. Er ließ die Linke zu oft sinken, setzte sie selten ein, und wenn er es einmal tat, tätschelte er nur mit ihr. Seine wahre Stärke – und das war in der Tat eine Stärke – bestand darin, daß er drei einstecken konnte, um einen ins Ziel zu bringen. Einige Leute, die etwas von der Sache verstanden, sagten, Mamakos könnte es sehr, sehr weit bringen.

Mamakos und sein Trainer »Buster« Brown hatten im Boy's Club an der 5th und G den halben Vormittag damit zugebracht, Karras das Boxen beizubringen. Mamakos hatte nicht sehr verhalten geschlagen, und als Karras einmal direkt auf die Nase getroffen wurde, waren ihm die Tränen in die Augen geschossen, und der Saal vor ihm war weggekippt. Ihm war nur eines wichtig gewesen, nämlich daß Mamakos die Tränen nicht fälschlicherweise für Weinen hielt. Peter Karras machte es nichts aus, daß Steve Mamakos nicht verhalten boxte. Im Gegenteil, er war stolz darauf. Und er war stolz, jetzt neben ihm zu gehen.

Mamakos hatte das Kleingeld für die Straßenbahn, aber Karras ging lieber zu Fuß, und zu zweit gingen sie in die Stadt, durch die Mall und in die Viertel und Gassen in Southwest, wo Neger sie vorbeigehen sahen, ihnen aber nicht in die Augen schauten. Bald hatten sie die Obst- und Gemüsewagen und die Fischstände erreicht, die den Washington Channel an der Main Avenue säumten. Den Weg zum Wasser hatten sie in der vagen Hoffnung gewählt, dort könne es eine kühle Brise geben. Ihre Hemden waren schweißdurchtränkt, als sie die Straße überquerten.

Am Kanalufer kauften Restaurantbesitzer und Köche an den Ständen und Wagen für die Abendmenüs ein. Karras erkannte Lou DiGeordano hinter seinem Obstwagen, die Hemdärmel bis zu den

Ellbogen aufgerollt. DiGeordano, kurz und drahtig, mit schwarzem Schnurrbart und hochgetürmter Pompadourfrisur, stocherte mit dem Daumennagel zwischen den Zähnen nach Essensresten. Karras' Vater kannte DiGeordano und behauptete, er hätte nebenher ein paar Pferdchen laufen.

DiGeordano lebte im selben Bereich von Chinatown wie Karras, an der 5th und H. In seinem Mietshaus wohnten, auf allen drei Etagen, ausschließlich Italiener; es war eben so, daß es die Menschen meist zu ihrer eigenen Art zog. Joe Recevo, Peter Karras' bester Freund, wohnte mit seiner Familie in dem Haus. Und auch die Damianos und die Carchedis; mit ein paar von den Kindern ging Karras zur katholischen Schule.

»Hey, Karras junior«, sagte DiGeordano, als Karras vor seinem Wagen auftauchte.

»Mr. DiGeordano«, entgegnete Karras mit einem Kopfnicken, als er und Mamakos vorbeigingen.

Sie gingen um DiGeordanos Wagen herum, setzten sich auf den Rand der Spundwand und ließen die Beine baumeln. Rechts von ihnen war ein Ruderboot an der Verpfählung vertäut. Das Wasser hier war nicht so sauber wie weiter flußabwärts in Mount Vernon und Marshall Hall.

»Heiß«, sagte Mamakos.

»Verdammt heiß«, sagte Karras. Er war froh über die Gelegenheit, in Anwesenheit von Mamakos fluchen zu können, aber der Klang seiner hellen Stimme ließ ihn zusammenzucken.

Mamakos schaute zu dem Ruderboot und wies dann mit der Kinnspitze nach Hains Point. »Weißt du, was wir machen sollten? Wir sollten mit dem Ding rüber zur Rennstrecke und drüben ein bißchen schwimmen.«

»Ich kann nicht schwimmen«, sagte Karras.

»Aber klar kannst du.«

Peter Karras spuckte zwischen seine Füße und sah zu, wie die Spucke mit leisem Schnalzen aufs Wasser klatschte. »Kann ich nicht.«

Mamakos nickte und blickte versonnen über den Kanal. »Wer gewinnt den Kampf heute abend?«

»Schmeling, sagt mein Paps. Er sagt, Max Baer wär' bloß ein *Bufo*.«

»Sagt dein Paps.«

»Genau.«

»Er meint, Baer ist ein Clown? Kann sein. Aber ein Clown mit einer Rechten.«

Karras blinzelte in die Sonne. »Hörst du ihn dir an?«

»Ja. Und du?«

»Hmm-hmm.«

Mamakos sah Karras an und lächelte, als er den blonden Haarschopf und die blauen Augen musterte. »Weißt du eigentlich, Pete, daß du nicht gerade wie ein Grieche aussiehst? Bis auf den *Ilia*, vielleicht.«

Karras berührte mit dem Finger den ausgeprägten Leberfleck rechts von seiner Lippe. »Im Dorf von meinem Paps, in Sparta, sehen alle so aus. Paps sagt, die Türken hätten uns nie erobert. Das türkische Blut macht die anderen Griechen dunkel ...«

»Sagt dein Paps.« Ein Schweißtropfen fiel von Steve Mamakos' Nasenspitze. »Mann, ist das heute heiß! Wir sollten mit dem kleinen Boot rausfahren.«

Lou DiGeordano hatte die Unterhaltung verfolgt. Er drehte sich um und machte mit den Händen eine schiebende Bewegung.

»Wenn ihr das Boot nehmen wollt: nehmt es. Ich kenne den Burschen, dem es gehört. Er schuldet mir noch ein paar Dollar. Aber bringt es bald wieder zurück. Verstanden, Karras junior?«

Bevor Peter Karras protestieren konnte, war Mamakos ins Boot gesprungen. Karras folgte ihm und löste die Leine von der Verpfählung. Er stieß sie von der Spundwand ab und registrierte dabei die magere Schwellung seines Bizeps. Sie trieben auf den Kanal hinaus, Mamakos zog sein Hemd aus und griff die Ruder. Die Muskeln seiner Arme spannten sich beim ersten Ruderschlag. Karras zog sein Hemd über den Kopf, legte es ins Boot und kickte die Schuhe von den Füßen. Er besah sich seine dünnen Arme und tröstete sich mit dem Gedanken, daß er noch wachsen würde.

»Glaub mir«, sagte Mamakos, »Baer wird gewinnen. Und dann holt sich Baer den Titel von Carnera, wenn Carnera im Juli Sharkey windelweich geprügelt hat.«

»Wie du meinst«, sagte Karras, der sich auf dem Boot plötzlich eingeschlossen fühlte. Es erinnerte ihn an das Klappbett, auf dem er in der Wohnung seiner Eltern schlief.

»Heute morgen in der Halle warst du ganz gut, Karras. Vielleicht steckt auch in dir ein kleiner Baer. Aber denk immer daran, die Hände hoch zu halten. Und atme! Atmen ist wirklich wichtig.«

»Okay, Steve.« Das Boot hob sich und kippte über das Kielwasser eines vorbeifahrenden Skiffs, und Karras spürte ein flaues Gefühl im Magen. Jetzt, da sie draußen auf dem Kanal waren, schien es gar nicht so kühl zu sein. Karras verspürte Hitze und ein bißchen Übelkeit.

»Jetzt ist es gut«, sagte Mamakos und zog die Ruder aus dem Wasser.

»Was machen wir jetzt?« fragte Karras.

»Jetzt«, sagte Mamakos, »bringe ich dir Schwimmen bei.«

»Ich kann nicht. Ich *weiß*, ich kann nicht.«

»Klar kannst du. Sobald du drin bist, machst du wie ein Hund. Strampele mit Händen und Füßen. Ungefähr wie paddeln, und hör nicht auf zu paddeln. Es ist ganz einfach.«

»Ich kann nicht, Steve.«

»Steh auf, Junge!«

»Steve ...«

»Steh auf und spring von dem Boot runter!«

Karras ging zum Bug und stand dort. Er wußte, er würde es tun, denn das letzte, was er wollte, war, als Angsthase vor Steve Mamakos aufzutreten. Und in dem winzigen Ruderboot fühlte er sich schrecklich eingeengt. Beengt und schrecklich unwohl. Er wollte zuerst tief einatmen, schien aber die Luft nicht bei sich behalten zu können. Er würde es tun, aber jetzt noch nicht. Er mußte noch warten.

Das helle Lachen von Mamakos erscholl, als Karras das Gewicht einer großen Hand auf dem Rücken fühlte. Er fiel, und als er die Wasseroberfläche berührte, war er auch schon untergegangen, und er wedelte mit den Händen und strampelte hektisch mit den Beinen, und so schnell, wie er untergetaucht war, kam er wieder nach oben. Er hörte seine eigene Stimme, so etwas wie ein Summen. Seine Hände wirbelten, seine Füße strampelten. Er sah das Grün von Hains Point, die Möwen, die über den Rand glitten, die weißen Wolkenknäuel vor dem azurblauen Himmel. Er fühlte die Wärme der Sonne auf seinem Gesicht und spürte, wie sich ein Lächeln auf seinem Gesicht breitmachte.

»Schwimm, du griechischer Bastard!« sagte Mamakos.

Schwimmen. O ja, es war einfach.

2

Peter Karras schob die Bettdecke fort. Er setzte sich auf und betastete die Beule an der Schläfe, die ihm sein Vater am Abend verpaßt hatte. Dimitri Karras, der einen Obst- und Gemüsestand am Anfang einer Gasse im 1700er Block der Pennsylvania betrieb, hatte von einem seiner Freunde an der Maine Avenue gehört, er habe seinen Sohn im Kanal schwimmen sehen. Am Abend war Dimitri mit dem Vorsatz nach Hause gekommen, dem Jungen eine Lektion zu erteilen. Er hatte seinen Gürtel ausgezogen und seinen Sohn damit geschlagen, und die Gürtelschnalle hatte den Jungen seitlich am Kopf getroffen. Als er sah, was er angerichtet hatte, hörte Dimitri Karras auf. Der Junge hatte die ganze Zeit keinen Laut von sich gegeben.

Karras schaute zu seinem Vater hinüber, der, nur mit der Latzhose bekleidet, am Tisch saß und mit einer Hand eine Tasse griechischen Kaffee hielt. Sein Vater blickte nicht auf. Am Fuß von Peter Karras' Bett lag eine Fotokarte aus einem Kino auf dem Holzboden. Das zerknitterte Foto zeigte zwei Schauspieler, James Dunn und Zasu Pitts, in einer Szene aus dem Film *Hello Sister*. Sein alter Herr war also zur Spätvorstellung im Savoy gewesen und hatte das Foto von der Wand genommen. Und sich dann wahrscheinlich betrunken. Ein Geschenk für seinen Sohn, ein ziemlich widersinniges; als wünschte sich Karras ausgerechnet ein Foto von Zasu Pitts. Was sollte er damit tun? Nun ja, es war wenigstens eine Geste. Das war schon etwas.

Am Küchenherd bröckelte Georgia Karras Fetakäse in die Pfanne mit dem Rührei, das sie für ihren Mann zubereitet hatte. Sie trug ein dunkles Kittelkleid, eins von drei identischen Kittelkleidern, die sie besaß. Ihr langes braunes Haar war zu einem festen

Knoten gebunden. An den Füßen trug sie Kordsandalen mit Ledersohlen und Blockabsätzen; für die Sandalen hatte sie gespart, bis sie sie für einen Dollar und neunzehn Cents bei Goldenberg's kaufen konnte. Neben ihr saß eine Katze, die mit der Nase ihre Wade berührte und dem Zischen lauschte, als die Eier in der Pfanne stockten.

»Noch *Cafe*, Yiorgia«, sagte Dimitri.

»Kommt gleich«, sagte Georgia müde. »Ich bringe die Eier und den Kaffee zusammen. Ich gebe dir alles auf einmal.«

»Hm«, sagte Dimitri.

»*Ella na fas*, Panayotaki«, sagte Georgia zu ihrem Sohn mit einer aufmunternden Handbewegung.

»Ich habe keine Zeit zum Essen«, sagte Peter, während er sich die Schuhe band und das Hemd vom Vortag überzog. »Ich treffe mich mit meinen Freunden.«

»Was für Freunde triffst du?« fragte Dimitri.

»Perry Angelos und Billy Nicodemus. Jimmy Boyle, Joe Recevo.«

»Recevo«, sagte Dimitri. »Die *Italos*.«

Georgia servierte Dimitri die Eier und schenkte ihm Kaffee nach. Sie wischte sich die Hände an ihrem Kittelkleid trocken.

»Komm ins Schlafzimmer, bevor du gehst, Panayoti«, sagte sie.

Peter Karras machte sein Bett und schob es in die Wand. Sein Vater roch nach Kaffee, Zigaretten und Alkohol und ganz leicht nach dem Wildroot-Haarwasser, das er in sein dichtes, grauer werdendes Haar rieb, als Karras an ihm vorbeiging, um das einzige Schlafzimmer der Wohnung zu betreten. Die Vorhänge waren, wie in allen Zimmern, zugezogen. Das rote Licht kam von einer *Candili*, die von der Decke herabhing und mehrere an der Wand hängende Ikonen beleuchtete. Unter den Ikonen hing ein gerahmtes Illustriertenfoto von Roosevelt.

Seine Mutter stand neben der Kommode seines Vaters und schob einige Münzen in ihre geöffnete Hand. Peter stand neben ihr und bewunderte das Bowie-Messer seines Vaters, das stets auf der Kommode lag. Neben dem Messer stand ein American-Bosch-Radio, und daneben zwei leere Flaschen Gunther's-Bier. Georgia nahm das Gesicht ihres Sohnes zwischen die Hände und zog seinen Kopf ins Licht. Sie betrachtete die geschwollene Schläfe und seufzte.

»Schon in Ordnung, Ma. Es macht nichts.«

»*O patera sou eine kalos anthropos. Acous?* Sei ihm nicht böse, Junge. Er will nur, daß dir nichts passiert. Er macht sich Sorgen, Panayoti, das ist alles. Hokay?«

»*Then birazi«,* versicherte er.

Sie blinzelte und drückte ihrem Sohn die Münzen in die Hand. »Bring auf dem Heimweg vom Metzger ein Huhn mit. Ich will es kochen und heute abend eine *Avgolemono*-Suppe machen.«

»Ich kauf es bei Piggly Wiggly, Ma. Sie sind da frisch geschlachtet.«

»Frisch geschlachtet sagen sie alle. Hol es vom Metzger, am Ende des Blocks. Es ist billiger.« Sie griff sanft nach seinem Genick. »Nun los, Junge. *Pas sto kalo.*«

Sie sah ihm nach, als Peter das Zimmer verließ.

Im Wohnzimmer kam er wieder an seinem Vater vorbei. Dimitri schob den leeren Teller beiseite und zündete ein Streichholz an, um eine selbstgedrehte Zigarette anzustecken. Er betrachtete seinen hageren Sohn, der allmählich größer wurde und fast so weit war, daß seine Eier schwerer wurden und ihm das Gefühl von Mannsein gaben.

»Hast du die *Photographia* gesehen?« fragte Dimitri.

»Habe ich«, sagte Peter. »Danke, Paps.« Peter ging weiter, öffnete die Wohnungstür.

»Vergiß nicht das Huhn«, sagte Dimitri, als die Tür ins Schloß fiel.

Vor der Tür kam gerade der Eismann, ein schmalbrüstiger Amerikaner in weißen Segeltuchhosen. Im Vorbeigehen täuschte Karras einen Boxhieb an. Der Eismann zuckte zurück und murmelte etwas über Griechen. Karras lachte und rannte die Treppe hinab. Den ängstlichen kleinen Kerl erschreckte er jeden Tag auf die gleiche Weise; es war einfach, die Kontrolle zu gewinnen, wenn man handelte wie ein Bursche, dem keiner was anhaben kann.

Billy Nicodemus wohnte im selben Haus wie Peter Karras, in 606 H. Karras holte ihn im zweiten Stock ab und grüßte Billys Eltern, ein ruhiges Paar, das in der Innenstadt eine Soda-Bar betrieb. Steve Nicodemus, Billys älterer Bruder, versetzte Billy eine Kopfnuß, als er zur Tür hinausging. Billy Nicodemus war ein stämmiger, freundlicher Junge mit dem grundgütigen Charakter seines Vaters. Ein Kampf kam für ihn nie in Frage.

»Sag mal«, sagte Billy, »wieso machst du das?«

»Ein zärtlicher Klaps«, antwortete Steve und blickte Karras verständnisheischend an.

Billy, ein Baseball-Enthusiast, hatte den Fanghandschuh unter dem Arm. Er und Karras gingen die Treppe hinab und auf die Straße hinaus.

Sie gingen um die Ecke zum Haus 703 6th und stiegen die Treppe zur Wohnung von Perry Angelos hinauf. Auf dem Weg nach oben sah Karras Helen Leonides. Das Mädchen, ein Jahr jünger als er, spielte mit Würfeln, während der Hauswirt, Leo Bernstein, in der Tür stand und die Miete kassierte. Sie lächelte Karras an, doch der schaute weg.

Perry, ein kleiner, ziemlich häuslicher Junge mit langen Ohren und großen traurigen braunen Augen, war noch nicht ganz fertig. Karras und Nicodemus unterhielten sich mit Perrys Mutter, die ihnen etwas *Gleeka* anbot. Sie aßen die Nascherei, in der Tür der hellen Wohnung stehend. Perrys Vater, der eine Art Kaffeestube für Griechen in der Nähe der Marinewerft besaß, arbeitete sieben Tage die Woche und kam nur nach Hause, um zu schlafen und sich umzuziehen. Die anderen Jungen sahen ihn selten, hatten aber das Gefühl, den Vater gut zu kennen, weil Perry ständig von ihm sprach.

Perry gab seiner Mutter einen Kuß. Auf dem Weg nach unten sah Perry Helen Leonides und grüßte sie.

»Hallo, Perry«, sagte Helen. Und dann melodisch: »Hallo, Pete.«

Helen machte Karras auf sonderbare Weise nervös. Er reagierte nicht auf ihren Gruß, zu dritt rannten sie auf die Straße hinaus.

Joe Recevo saß grinsend auf der Treppe, als die Jungen zu seinem Haus an der 5th und H kamen. Mit zwölf war Recevo der älteste der Gruppe, war aber in der Schule wegen schlechter Leistungen eine Klasse zurückgesetzt worden. Das eine Jahr bedeutete schon etwas: Recevo war größer als die anderen, hatte einen leichten Flaum auf der Oberlippe, und in den letzten Monaten war seine Stimme eine Spur tiefer geworden. Mit dem dunklen, dichten gewellten Haar und den tiefbraunen Augen war er ihnen auch im Aussehen voraus.

Recevo sprang von der Treppe auf den Bürgersteig und schob seine Zeitungsausträgerkappe nach hinten. Die Jungen gruppierten sich um ihn herum.

»Jungs«, sagte er und schnippte mit dem Finger gegen Perrys

rechtes Ohrläppchen. Es schmerzte ein bißchen, und Perry rieb sich das Ohr. »Ich hab dir doch nicht weh getan, oder, Perikles?«

»Laß ihn in Ruhe, Joey«, sagte Karras.

»Klar, Pete. Ich laß den kleinen Bücherwurm in Ruhe.«

Recevo stieß Karras leicht gegen die Schulter, Karras schob Recevos Hand weg. Sie lächelten sich an, keiner von beiden wich zurück.

»Also, wohin geht's?« fragte Recevo.

»Geh'n wir zum Sportplatz«, sagte Karras. »Boyle müßte da sein. Vielleicht können wir eine Runde Stickball spielen.«

»Prima!« sagte Nicodemus und schlug die geballte Faust in seinen Fanghandschuh.

Auf dem Weg durch Chinatown trafen sie einen Jungen namens Su. Recevo hatte Karras einmal gewarnt, daß Sus Paps mit den Hip Sings zu tun habe, aber Karras wußte nicht, was das hieß, und es war ihm auch egal. Karras spielte oft in der Gasse mit Su und hielt ihn für einen guten kleinen Sportler. Die Jungen forderten ihn auf mitzukommen.

»Was sagt ihr zu Baer und Schmeling?« fragte Nicodemus im Weitergehen. »War das nicht toll?«

»Es war ein wilder rechter Schwinger«, sagte Recevo, »genau das war's. Schmeling hat sich direkt reingedreht.«

»Hat ihn kalt erwischt wie eine eisige Morgendusche«, sagte Perry Angelos. Genau diese Formulierung hatte er am Morgen im *Herald* gelesen und hatte sie auswendig gelernt, nachdem er »Buck Rogers«, »Barney Google« und »Gasoline Alley« – seine Lieblingsstrips – auf den Comicseiten studiert hatte.

»Steve Mamakos hat es vorhergesagt«, sagte Karras. »Gestern hat er gesagt, daß Baer gewinnt.«

»Mamakos!« sagte Recevo. »Bist du verknallt in den Kerl?«

»Ich habe nur gesagt, er hat es vorhergesagt, mehr nicht.«

»Max Baer!« sagte Su und schlug im Gehen einen linken Haken in die Luft.

»Was versteht ein Chink schon vom Boxen?« meinte Recevo.

»Ich versteh was davon, Lecevo«, entgegnete Su.

»›Lecevo‹«, kicherte Joe. »Ja, ja, du verstehst was davon.«

»Ich wette, George Zahraias könnte Max Baer schlagen«, sagte Angelos.

»Zahraias ist ein Ringer, Perikles«, sagte Recevo. »So ein Dummkopf!«

»Ich weiß«, sagte Perry. »Und er ist Grieche, hast du *das* gewußt? Sein richtiger Name ist Vetoynais. Er kämpft nächste Woche im Griffith Stadion gegen Jim Londos.«

»Als brauchten wir noch einen Griechen zu Besuch in D. C.«, sagte Recevo. »Die Stadt läuft ja schon über von ihnen.«

Perry Angelos und Billy Nicodemus sagten nichts. Recevo schaute zu Karras, der ein wenig zu grinsen schien; vielleicht über den Wortwechsel, vielleicht, weil es ihm einfach gutging. Bei Karras war Recevo sich nie sicher.

Jimmy Boyle wartete schon auf dem Sportplatz an der 3rd und F. Er trug verschlissene Kleider, Schuhe mit Löchern an den Zehen und Socken mit Löchern. Seine Nase lief oft, weil er häufig krank war, und die Wangenknochen stachen aus seinem Gesicht hervor.

Die Jungen waren arm, alle, und Boyle war ärmer als alle übrigen. Sie wußten, es gab da etwas, das Depression hieß, aber für sie war das Wort bloß ein Wort. Sie hatten gehört, wie ihre Eltern darüber redeten und spät abends darüber stritten, oder die wenigen, die Zeitung lasen, hatten davon gelesen oder ihnen vorgelesen. Den

Griechen ging es besser als den meisten, weil sie ihre Verwandten und ihre *Patriotis* hatten, und sie waren gewillt, niedrig bezahlte Jobs im Dienstleistungs- und im Lebensmittelbereich anzunehmen, und manchmal kamen die Lebensmittel aus diesen Jobs mit ihnen nach Hause und gelangten auf den Küchentisch. Aber arm waren sie alle. Sie waren arm und wußten es nicht, und hätten sie es gewußt, wäre es ihnen gleichgültig gewesen.

Es wäre ihnen gleichgültig gewesen, weil sie Jungen waren. Sie hatten Betten, um darin zu schlafen, und sie hatten Freunde, und wenn sie Hunger hatten, gab es normalerweise etwas zu essen. Sie wußten nichts von Krankheit und Tod, außer daß man Witze darüber machte. Die Nacht schien weit weg zu sein.

Recevo hänselte Boyle, seine Schuhe seien Totenschuhe, und alle lachten. Sie alle wußten, daß Boyles Vater als Gehilfe in der städtischen Leichenhalle arbeitete. Nun hatte Boyles Vater die Schuhe in der Nacht zuvor tatsächlich von der Leiche eines Jungen in Jimmys Alter gestohlen. Jimmy Boyle quittierte die Bemerkung mit einem unsicheren Lächeln und versuchte dann, sich mit einem Schimpfwort gegen Recevo zu revanchieren. Recevo senkte die Stimme zu einem Flüstern und forderte Jimmy auf: »Sag das noch mal!« Das war ein Scherz, den sie alle begriffen, denn Boyle war auf einem Ohr fast taub. Als Kind hatte er schlimmes Fieber gehabt.

»Was machen wir jetzt?« fragte Angelos, als das allgemeine Gelächter verstummte.

Billy Nicodemus schlug die Faust in den Fanghandschuh. »Laßt uns ein bißchen Ball spielen.«

»Babe Wooth« sagte Su und schlug einen Schwinger in die Luft.

3

Die Jungen spielten den Rest des Vormittags Stickball gegen die Ziegelmauer des Schulgebäudes und hatten ein schnelles Mittagessen bei Nick Kendros, dem Woodward Grill an der 15th. Sie waren mit ein paar Negerjungen aus Southwest auf einem Platz an der D Street, nahe 5th, verabredet. Im Juni hatten sie sich mit ihnen geschlagen und sich gegenseitig versprochen, am selben Tag im Juli wieder anzutreten.

Auf dem Weg nach Downtown verloren sie Su, der zur Arbeit in den Waschsalon seines Vaters mußte, und dann Nicodemus, der irgend etwas davon murmelte, er wolle seinem Bruder Steve beim Bau einer Seifenkiste helfen. Sie ließen Nicodemus ziehen und befanden sich kurz darauf in G Street, vor Murphy's 5 & 10.

»Ich gehe durch zur F«, sagte Karras. »Da treffen wir uns wieder.«

»Bring mir ein paar Niggerköpfchen mit«, schrie der ewig hungrige Boyle, als Karras die Glastür aufstieß. Boyle wußte, daß Karras kein Geld für Süßigkeiten hatte, wollte es aber trotzdem nicht unversucht lassen.

Im Murphy's erschnupperte Karras sofort den warmen, braunen Geruch gerösteter Nüsse. Hinter dem Stand erblickte er den lächelnden Tom Andros, der bei den Kindern in der Stadt nur der Erdnußmann hieß. Andros schaufelte ein paar Erdnüsse in eine kleine Papiertüte und drückte Karras die Tüte in die Hand. Er kannte den Jungen aus der Kirche.

»Danke«, sagte Karras.

»*Ande*, Junge«, sagte Andros mit schwungvoller Geste.

Auf der Straße teilten sich die Jungen die Nüsse und gingen zuerst ost-, dann südwärts. Bei den Negervierteln an der New Jersey Avenue bemerkte Jimmy Boyle ein Mädchen mit dünnen braunen Armen und einem strahlend schönen Lächeln. Recevo bemerkte den Blick in Boyles Augen und hänselte ihn deswegen, sobald sie das Viertel hinter sich gelassen hatten. Boyle tat den Spott mit einem Schulterzucken ab. Ein 32er Chevy fuhr vorbei, ein zweitüriges Modell mit olivgrüner Lackierung, und Joe Recevo mußte stehenbleiben und dem Wagen nachstarren. Sein Vater hatte kürzlich bei Trew Motor Company an der 14th eine 29er Dodge-Limousine gekauft, aber dieser Chevy war einfach super. Perry Angelos' Vater besaß zwar ein Rumble Seat Coupé, hellbraun und voll vernickelt, aber Perry gab bei seinen Freunden nicht damit an. Die Väter von Karras, Nicodemus und Boyle hatten keine Autos. Karras interessierte sich nicht für Autos; um die Stadt zu sehen, mußte man hineingehen und auf ihren Straßen laufen.

Bald waren sie auf der D Street, am Rand eines steinübersäten Felds. Die Jungen aus Southwest standen in der Mitte des Felds. Sie waren zu viert, ein ausgeglichener Kampf, falls Ausgeglichenheit überhaupt eine Sache von Zahlen war. Perry Angelos spürte, wie sich sein Magen bei ihrem Anblick umdrehte, während Recevo und Karras angesichts ihrer eigenen Angst so etwas wie Befriedigung empfanden. Boyles Handflächen schwitzten, seine Zunge klebte ihm am Gaumen.

»Das sind sie«, sagte Recevo.

»Ich hab gehört, es sind Bloodfield-Jungs«, sagte Angelos.

»Wir haben gesagt, wir treffen uns mit ihnen«, sagte Boyle. »Also los!«

Sie marschierten zur Mitte des Felds. Joe Recevo nahm seine Zeitungsjungenkappe ab und warf sie zur Seite.

»Ich nehm' den Dünnen«, sagte Karras zu Recevo.

»Er ist nicht der Stärkste«, entgegnete Recevo, »aber der Schnellste. Weißt du noch?«

»Ja, ich weiß.«

»Ich nehm' mir den Großen, den mit den hochgeknöpften Schuhen.«

»Er schwingt gern die Rechte über seinem Kopf, um dich abzulenken. Aber er schlägt mit der Linken zu, Joey. Verstanden?«

»Ich hab dich verstanden«, sagte Recevo.

Sie gingen jetzt schneller, rannten fast auf die Gruppe der Jungen zu, die regungslos in der Mitte des Felds standen.

»Perry …«, sagte Karras.

»Mach dir meinetwegen keine Sorgen, Pete.«

Der große Negerjunge mit den hochgeknöpften Schuhen brüllte: »Southwest!«

Recevo lachte und schrie: »Northwest!« Sein Lachen beflügelte sie, und sie schlossen sich Recevos Angriff an.

Im Nu bildeten die Jungen ein einziges Knäuel, packten, schubsten und schlugen auf engste Distanz. Als erster fiel Perry Angelos. Karras ließ seine Deckung sinken, um dem Jungen, der Angelos mit dem ersten Schwinger gefällt hatte, einen Genickschlag zu versetzen. Der dünne Junge umklammerte ihn in Brusthöhe, rammte seinen wolligen Schädel in Karras' Magen und stieß ihn zu Boden. Karras spürte, wie sich ein Stein in seinen Hintern bohrte. Recevo kam herbeigerannt und beförderte den dünnen Jungen mit einem Fußtritt zur Seite, und dann wurde Recevo von dem Großen gepackt und stand Fuß an Fuß mit ihm; die beiden schlugen abwechselnd zu und schrien einander an. Boyle und sein Gegner waren auf dem Boden. Sie rollten auf der Erde und droschen in einer Woge von Staub und Dreck aufeinander ein. Karras kam auf die Füße.

»Na, komm, Junge«, sagte der Dünne. Er hatte beide Hände hoch und winkte mit den Fingern einer Hand.

Karras rückte vor, erhielt von dem Dünnen einen Schlag in den Magen, zog die Ellbogen zusammen und bekam zwei weitere Schläge auf die Arme. Er fühlte sich etwas benommen, atmete tief durch, fing sich und plazierte einen präzisen Aufwärtshaken, als der nächste Schlag kam. Der Haken traf den dünnen Jungen am Kinn und schickte ihn rückwärts. Karras setzte nach und sah Angelos' Gestalt auf dem Boden; der drahtige Junge war über ihm und trommelte mit schwachen Schlägen auf ihn ein. Der dünne Junge nutzte die Ablenkung, indem er Karras bei den Beinen packte und von den Füßen riß. Beide Jungen gingen zu Boden, rollten sich zweimal durch den Dreck, und am Ende war Karras oben. Er saß auf der Brust des dünnen Jungen, packte sein zerrissenes Hemd mit der linken Hand, ballte die rechte zur Faust und setzte an, sie dem Jungen ins Gesicht zu schlagen. Er sah dem dünnen Jungen in die Augen, und der dünne Junge erwiderte den Blick mit leerer, furchtloser Hinnahme dessen, was jetzt geschehen würde. Aber Karras fiel auf, daß es um sie herum leise geworden war, und er bemerkte, daß alle anderen Jungen – seine und ihre – sich voneinander gelöst hatten und japsend auf der Erde lagen; einige hielten sich die Stellen, wo sie verletzt worden waren. Karras ließ das Hemd des dünnen Jungen los und senkte die Faust.

Karras stand auf und schlug sich den Staub aus den Kleidern. Die anderen folgten seinem Beispiel. Acht Jungen standen mitten auf dem Feld, keuchend, mit aufgeplatzten Lippen und den ersten Anzeichen von blauen Flecken, die sie am Abend vor ihren Eltern verstecken würden. Keiner hatte gewonnen.

Die weißen Jungen aus Northwest machten sich auf den Heimweg, als der Dünne sagte: »Hey, du mit dem schwarzen Fleck auf dem Gesicht.« Karras drehte sich um.

»Ja«, sagte Karras. »Was willst du?«

»Wie heißt du eigentlich?« fragte der dünne Junge.

Karras' finsterer Blick hellte sich auf. »Pete Karras. Und du?«

»Mein Daddy heißt Oliver. In meiner Gegend nennt man mich Junior Oliver.«

Karras nickte, und Junior Oliver zwinkerte ihm zu. Beide drehten sich um und schlossen sich ihren Gruppen an. Die Neger gingen zurück nach Southwest, die Jungen aus Northwest schlugen die Richtung zu ihrem Viertel ein.

»Geht's dir gut, Perry?« fragte Karras.

»Prima«, sagte Angelos mit einem erleichterten Lächeln. Auf seinen Zähnen war Blut verschmiert.

»Jimmy?«

»Ja«, sagte Boyle, während er den Schmutz aus einem Kratzer im Gesicht streifte.

»Diese Niggerjungen kämpfen nicht schlecht«, sagte Recevo.

»Allerdings.« Karras legte die Hand auf Recevos Schulter. »Danke, daß du mir den Rücken freigehalten hast ...«

»Darauf kannst du dich immer verlassen, Grieche«, erwiderte Recevo. Und Karras hatte keinen Zweifel daran.

»Wohin jetzt?« fragte Boyle.

Recevo hob seine Kappe vom Boden und schlug den Staub an seiner Hose ab. »Suchen wir Nicodemus«, sagte er. »Vielleicht können wir bei der Seifenkiste mitmachen.«

Karras schüttelte den Kopf. »Kann nicht.«

»Warum nicht?« fragte Recevo.

»Muß für meine Ma noch ein Huhn kaufen«, sagte Karras. »Sie kocht Suppe.«

4

Für Peter Karras schienen sich die langen Sommertage endlos hinzuziehen. Doch schließlich waren sie vorüber, er und seine Freunde waren wieder in der Schule, trauerten den vergangenen Ferien nach und freuten sich auf die nächsten.

Karras sprach mit den Nonnen von St. Marys nur, wenn er dazu aufgefordert wurde, und reagierte auf ihren Unterricht mit kaum verhüllter Unaufmerksamkeit. Häufig blickte er durch das verschmutzte Fenster neben seinem Pult zu der Eiche, die bei der Kirche wuchs, und beobachtete den allmählichen Farbwandel ihrer Blätter. Seine Noten waren gerade Durchschnitt, besser als Recevos und ähnlich wie die von Nicodemus und Boyle. Perry Angelos, der schon vom College als dem schnellsten Weg zum Geldverdienen redete, war allen anderen weit voraus.

»Hey, Pete«, sagte Recevo eines Morgens, als Jimmy Boyle mit einem klaffenden Riß am Knie seiner Hose die Klasse betrat. »Sieht so aus, als kommt Boyle direkt aus dem Obdachlosenasyl.«

»Sein Alter hat von der Leichenhalle die Papiere gekriegt«, sagte Karras. »Wenn's wieder besser läuft, kriegt er seinen Job wieder. Mein Paps sagt, Roosevelt wird alles ändern. Er sagt, er steckt die Männer wieder in die Arbeit. Die, die arbeiten wollen – und sogar die, die es nicht wollen.«

»Sagt dein Paps. Ihr Griechen steckt alle mit Roosevelt unter einer Decke.«

»Ja«, sagte Karras. »Kann schon sein.«

Während des Unterrichts zündete Recevo ein Streichholzheftchen an und blies die Flamme rasch wieder aus. Ihre Lehrerin, Schwester Cumilliana, fragte, wer der Übeltäter sei, und ein Mädchen namens Linda McCabe zeigte auf Joe. Schwester Cumilliana trat auf Recevo zu, blieb vor ihm stehen und rollte den rechten Ärmel ihrer Tracht hoch.

»Streck die Hand aus!« befahl sie.

Recevo, die Augen starr auf die rechte Hand der Nonne gerichtet, gehorchte nicht. Die linke Hand der Nonne kam wie aus dem Nichts und traf ihn hart ins Gesicht. Recevo rieb sich die gerötete Wange, und die anderen Kinder lachten. Schwester Cumilliana, ein Lächeln in den Augen, ging wieder nach vorn.

Du hättest auf die Linke achten müssen, Joey, dachte Karras. *Du hättest auf die Linke aufpassen müssen.*

Ein Tag verging wie der andere. Recevo und Karras hatten ab und zu Ärger und hatten wenig vom Unterricht. Perry Angelos widmete sich konzentriert seinem Lehrstoff, auch wenn ihm nicht entgehen konnte, daß die Mädchen der Klasse eher die Streiche von Recevo und Karras als seine akademischen Fortschritte bewunderten. Aber Angelos lag es nicht, sich schlecht zu benehmen. Boyle und Nicodemus führten beim Ballspiel das große Wort, doch innerhalb der Kirchenmauern waren sie still und geradezu unsichtbar. Karras starrte durch das schmutzige Fenster auf die Äste der Eiche, die jetzt völlig kahl war.

In der zweiten Dezemberwoche fiel früher Schnee. Am Sonntagmorgen nach dem Sturm ging Karras in St. Sophia, an der 8th und L, zur Messe. Normalerweise gingen Karras und seine Mutter zur Kirche, während sein Vater ungestört seinen Samstagnachtrausch ausschlief. Karras lauschte dem nasalen Gesang von Father

Papanicolas, beobachtete die anderen Familien in den Kirchenbänken durch den dichten Weihrauchschleier und überlegte, wie so häufig in der Kirche, daß er eigentlich nicht dazugehörte. Er hatte sich stets abseits von den anderen mit ihrer großen Anzahl von Verwandten, Brüdern und Schwestern gefühlt. Vor Jahren hatte seine Mutter einen kleinen Bruder, Theodoros, zur Welt gebracht, doch der war nach sechs Monaten im Kinderbett gestorben, und Karras war ein Einzelkind geblieben und würde es immer bleiben. Und was die Verwandten anging, hatte sein Vater die Beziehung zu seiner Schwester und seinen Vettern in D. C. schon vor langer Zeit abgebrochen. Peter Karras konnte sich selbst nicht als erwachsenen Mann mit Frau und Kindern vorstellen.

Nach der Kirche traf Karras seine Freunde bei einer Autowerkstatt in der Gasse, wo sie ein Luftgewehr versteckt hielten, das sie im Herbst von ihren gemeinsamen Ersparnissen gekauft hatten. Der Mann, von dem sie es gekauft hatten, hatte es, wie sie wußten, gestohlen, und sie nutzten ihr Wissen, um einen guten Preis herauszuhandeln.

»Ihr müßt das Schmuckstück aufpumpen, fünfzehnmal, sagen wir mal«, sagte der Mann, »und dann habt ihr Jungs ein Teil mit der Wucht eines Zweiundzwanziger.« Die Jungen wußten, daß der Mann ihnen einen Haufen Quatsch erzählte, aber sie wollten das Gewehr unbedingt haben.

Warm war es nicht, aber die Sonne kam heraus, und der Schnee war von den Straßen geschmolzen, auch wenn noch Reste auf Ästen und Autodächern zu sehen waren. Während sie die Stadt durchquerten, transportierten die Jungen das Gewehr abwechselnd in ihren Hosenbeinen, was jedem von ihnen die gequälten Bewegungen eines Krüppels abforderte. Jedesmal, wenn das Gewehr den

Träger wechselte, wurden darüber in der Gruppe Witze laut; Witze, über die Peter Karras nicht lachen konnte, denn er hatte schon einmal einen Krüppel gesehen, einen echten, der im Stadtzentrum um Geld bettelte, und der Anblick hatte ihm eine Reihe quälender Alpträume beschert. Er wäre lieber alles andere als ein Krüppel, vielleicht wäre er sogar lieber tot.

Sie brauchten einige Stunden, um zur anderen Seite von Northwest zu kommen. In Georgetown verloren sie die Orientierung und baten einen Mann um Hilfe, der hinter einem Restaurant etwas klumpiges Braunes aus einem Topf schüttete. Er zeigte ihnen den Weg zur Brücke. Boyle, der den Geruch von gebratenem Fleisch durch die Hintertür erschnupperte, konnte nicht widerstehen und fragte den Mann nach etwas Eßbarem.

»Ich arbeite selber für mein Essen«, sagte der Mann. Die Jungen setzten ihren Weg fort.

Sie überquerten die Brücke von Georgetown nach Virginia. Hier war nur noch Feld und Wald, und die Sonne hing fahlgelb vor einem grauen, verhangenen Himmel.

Karras blickte zur Stadt zurück, als sie die Brücke verließen und durch den Schnee die Mitte eines Felds ansteuerten. Zwar war es hier noch nicht ländlich, aber es kam dem recht nahe, und er war nicht gern von den Autogeräuschen und Restaurantgerüchen entfernt, ohne das feste Gefühl von Asphalt unter seinen Füßen. Mit seinen Eltern war er an einem Sommertag in Maryland gewesen. Sie hatten sich den Wagen eines Freunds geliehen und waren zu einem Ort namens Soloman's Island gefahren; dort hatten sie versucht, einen Strand zu finden, wo sie sich sonnen und sein Vater schwimmen konnte. Am Tor, wo ein Schild mit der Aufschrift NUR NORDEUROPÄISCHE WEISSE hing, hatten sie seinen Vater abgewiesen. Karras mochte das Gefühl nicht, das ihn überkam, wenn er D. C. verließ.

»Gib mir das Gewehr, Perry«, sagte Boyle; seine Füße schmerzten vor Kälte, und er wollte endlich anfangen. Boyle trug zwei Paar Socken, aber der Schnee war durch einen Riß im Leder seines Schuhs eingedrungen.

Angelos packte den Gewehrkolben, der aus seinem Hosenbund ragte, und zog das Gewehr heraus. Das Visier hatte gegen seinen Schenkel gedrückt und die Haut wundgerieben. Boyle nahm das Gewehr, lud es mit einem Schrotkorn und pumpte es einige Male auf.

»Mein Dad hat hier draußen ein Kaninchen mit der Pistole geschossen«, sagte Joe Recevo. »Wir haben es als Eintopf gegessen. Mein Dad sagt, hier draußen rennen genug Kaninchen 'rum, um eine Familie ein ganzes Jahr satt zu machen.«

»Wir müßten sie gut sehen können«, sagte Nicodemus. »Auf dem Schnee, meine ich.«

Karras wischte sich mit dem Handrücken den Rotz von der Oberlippe, der aus seiner Nase getropft war. »Aber sie müssen erst mal rauskommen, damit wir sie sehen können.«

»Prima Zielübung für dich, Jimmy«, sagte Recevo zu Boyle. »Wenn du einmal Cop wirst.«

»Mein Onkel ist einer«, sagte Boyle. »Und ich werde auch einer, keine Sorge.«

»Vielleicht landest du auch in der Leichenhalle und wäschst die Toten ab«, sagte Recevo. »Wie dein Alter – als er seinen Job noch hatte.«

»Ich werde Cop«, sagte Boyle. Die Bemerkung über seinen Vater verletzte ihn zutiefst, aber er biß sich auf die Lippe und schluckte seinen Ärger herunter.

Ein Kaninchen rannte über das Feld. Boyle zielte und verfehlte es.

Eine ganze Weile sahen sie kein Kaninchen mehr. Joe Recevo zog eine selbstgedrehte Zigarette aus Bull Durham-Tabak hervor, die er seinem Vater aus der Jacke geklaut hatte. Er zündete die Zigarette mit einem Streichholz an und reichte sie in der Runde herum. Wenig später schossen sie auf Bäume und Vögel, und als ihnen das langweilig wurde, beschossen sie sich gegenseitig; die Schrotkörner prallten von ihren schweren Jacken ab oder brannten auf ihren Beinen. Als Billy Nicodemus gerade das Gewehr hielt, kam ein Kaninchen aus seinem Loch am Rand des Walds, und Nicodemus zielte und schoß. Das Kaninchen fiel auf die Seite.

Sie rannten zu dem Tier hinüber und starrten auf es hinab. Das Kaninchen, braun mit unregelmäßigen weißen Flecken, lag schwer atmend auf dem Boden. Ein verlöschendes braunes Auge starrte in den Schnee, das Schrotkügelchen hatte sich eingegraben und war hinter dem Auge zu sehen. Sie konnten das Herz in der Brust des Kaninchens schlagen sehen.

»Ich wollte ihm nicht weh tun«, sagte Nicodemus.

»Gib mir das Gewehr«, sagte Recevo. Er nahm es Nicodemus aus der Hand, lud ein Schrotkorn nach und pumpte es zehnmal auf.

»Das wollte ich nicht«, sagte Nicodemus.

Recevo setzte die Mündung auf den Kopf des Kaninchens und zog den Abzugshahn durch. Das Schrotkorn riß ein dampfendes Loch neben dem Maul des Kaninchens. Das Kaninchen strampelte kurz mit den Beinen, und das Auge brach.

»Es atmet noch.« Perry Angelos spreizte die Finger. »Was machen wir jetzt, Pete?«

»Es ist noch nicht tot«, sagte Boyle. »Wir sollten es einfach totmachen.«

»Der Witzbold, der uns das Gewehr verkauft hat, hat gesagt, es wäre wie ein Zweiundzwanziger«, sagte Recevo. »Aber das hier ist kein Zweiundzwanziger. Ein Zweiundzwanziger hätte es totgemacht.«

»Pete«, sagte Angelos, »du mußt was tun.«

Karras nahm Recevo das Gewehr aus der Hand. Er hob es hoch und rammte den Kolben zweimal auf den Schädel des Kaninchens. Er wischte den Kolben auf der Erde ab und hinterließ einen klumpigen rotbraunen Streifen im Schnee. Dann steckte er das Gewehr in sein Hosenbein.

Reveco lächelte Karras an. Billy Nicodemus wischte sich eine Träne aus dem Auge. Ein Windstoß fuhr durch die Bäume und brachte die wenigen verbliebenen Blätter zum Rascheln.

»Ich komme zu spät zum Essen«, sagte Angelos.

»Also los«, sagte Karras. »Gehen wir nach Hause.«

Sie gingen am Feldrand entlang zur Brücke. Die Sonne hinter den Bäumen warf kriechende Schatten auf ihre Füße.

Zwei

Leyte, Philippinen 1944

5

Peter Karras hatte den ersten Menschen, den er tötete, zehn Minuten im Visier, bevor er es fertigbrachte, den Abzugshahn durchzuziehen. Der Mann war Scharfschütze und hatte einen Marine aus Karras' Einheit erschossen, einen Gefreiten namens Slocum aus Apple Valley, Minnesota. Bei Slocums Versuch, aus seinem Schützenloch zu dem L-förmigen Graben zu rennen, der zum 55-Millimeter-Geschütz der Division führte, hatte ihn die Kugel des Scharfschützen in die Brust getroffen. Ein Sanitäter war bis zu Slocum gekommen und hatte ihm eine Morphiumdosis gegeben, aber Slocums Lungen hatten sich rasch mit Blut gefüllt, und Slocum wußte, daß es mit ihm zu Ende ging.

Als der Scharfschütze sich beim Nachladen bewegte und die Sonne von seinem Patronengurt reflektierte, ein flüchtiger weißer Lichtblitz vor einer grünen Wand, bemerkte Karras, daß der Mann auf dem gekrümmten Ast einer Kokospalme am Dschungelrand lag. Karras packte sein M-1 und lehnte sich aus dem Schützenloch. Er bekam den Scharfschützen ins Visier.

Ein Soldat, einer wie er selbst. Eine andere Uniform, vielleicht – sie nannten es Khaki, auch wenn es für Karras eher wie schmutziges Gelb aussah, die Farbe des Senfs, den er sein ganzes Leben im Griffith Stadion auf die Hot dogs gequetscht hatte –, aber ein Soldat, einer wie er selbst; der Unterschied bestand nur in der Farbe einer Uniform.

Der Tag war, wie jeder Tag, feucht und heiß. Ein Schweißtropfen löste sich unter Karras' Helm und brannte in seinem Auge.

Karras erinnerte sich an Kriegsfilme, die er gesehen hatte, als er nach der Schulentlassung von Central High im Hippodrome an der 9th und K als Platzanweiser arbeitete. Filme über den Ersten Weltkrieg, meistens Luftkampffilme, lächelnde Fliegerjungen mit langen Schals und Schnurrbärten à la Errol Flynn, auf die ihre Frauen am Boden geduldig und mit strahlender Bewunderung in den Augen warteten. Wenn er diese Filme sah, dachte er immer, was wohl mit den anderen war, mit denen, die abgeschossen wurden und die eine andere Uniform trugen. Lachten sie denn nicht? Hatten sie keine Frauen, die warteten, die sie bewunderten und liebten? Hatten sie keine Mütter, die sie als Babys auf dem Arm getragen hatten?

Karras wußte, daß Slocum eine Mutter hatte. Ständig hatte Slocum von seiner Mutter und ihren Kochkünsten geredet, bis die anderen Soldaten in der Einheit es nicht mehr hören konnten. Slocum, der jetzt den Sanitäter lauthals verwünschte, ihn zuerst mit Obszönitäten beschimpfte und dann darum bettelte, daß er bei ihm bliebe.

Karras nahm eine Hand von seinem Gewehr und befingerte nervös den fleckigen Griff des Bowiemessers seines Vaters, das er ständig in einer Scheide an der Hüfte trug. Die Klinge des Messers, zweischneidig und aus rostfreiem Stahl, konnte ein Stück Papier mitten in der Luft zerschneiden; ein Messer, das man in langweiligen Momenten herumzeigte, über das die anderen Männer in der Einheit redeten und das sie bewunderten. Dimitri Karras hatte die Initialen seines Sohns in den Griff gebrannt, bevor er nach Übersee eingeschifft wurde.

Peter Karras wischte sich übers Gesicht und krümmte dann wieder den Finger im Abzugsbügel seines Gewehrs.

Man konnte über Corregidor und Bataan reden und über all die Dinge, die sie gemacht hatten; Dinge, die zu grauenhaft waren, um sie zu wiederholen. Nun, wir hatten auch ein paar schlimme Dinge gemacht. Alles kam heraus, und zuletzt waren es bloß zwei Gruppen von Menschen, die wegen eines Stück Lands kämpften und töteten, das – bis auf die Toten – alle verlassen würden, sobald die Schießerei vorüber war.

Das Visier des Gewehrs ist ein bißchen zu tief, dachte Karras. Er hob es ein wenig.

Slocum, der eine Mutter hatte, gab erstickte Laute von sich, als er von der Flüssigkeit, die seine Lungen füllte, zu ertrinken begann. Hatte der Mann in der Kokospalme eine Mutter? Slocum, der drahtiges blondes Haar hatte und beim Sprechen die Vokale auf komische Art rundete, hatte ganz sicher eine Mutter. Noch am gestrigen Abend hatte er sie Karras in allen Einzelheiten beschrieben.

Karras drückte den Abzugshahn seines M-1. Der Mann in der Kokospalme, der jetzt kein Mann mehr war, stürzte vom Baum und prallte vom Erdboden einmal hoch.

6

Peter Karras pflegte zu sagen, er hätte sich das Marine Corps ausgesucht, bevor die Army *ihn* aussuchen konnte, und auch wenn er diese Bemerkung stets scherzhaft machte, entsprach es doch der Wahrheit. Sein bester Freund, Joe Recevo, war zu Beginn der Einberufungen zur Army gegangen – Karras hatte anschließend Recevo ständig jammern und schimpfen gehört –, und Billy Nicodemus war 1943 nach Europa eingeschifft worden. Seine übrigen Freunde hatten es besser getroffen: Jimmy Boyle war wegen seines schlimmen Ohrs der Einberufung entgangen, und Perry Angelos, der seinen Abschluß an der Catholic University geschafft hatte, bekam einen Schreibtischposten beim Technischen Corps der Army. Karras war als einziger noch nicht gemustert, und er wußte, daß ihm die Einberufung bald bevorstand.

Er wollte nur selbst auswählen können. Dienst in der Marine fürchtete Karras mehr als alles andere; ganz besonders ängstigte ihn die Aussicht, in den beengten Räumen eines Schiffs dem Tod entgegensehen zu müssen. Und die Vorstellung, ein fußlahmer, ächzender Infanteriemann in der U.S. Army zu werden, begeisterte ihn ganz und gar nicht. Schließlich war ihm sein Leben lang eingebleut worden, daß er ein Spartaner sei; er glaubte an die damit verbundenen Fähigkeiten und Ansprüche eines Kriegers und hatte das eindeutige Gefühl, daß die Army dem Marine Corps absolut nicht ebenbürtig war. Außerdem spielte eine Rolle, daß er vor seinem Vater ein bestimmtes Bild abgeben wollte. Karras' Mutter hatte versucht, ihn mit einer gefälschten griechischen Geburtsurkunde, die sie schon bei verschiedenen Gelegenheiten benutzt hatte, vor dem Wehrdienst zu bewahren, aber Karras wollte nicht zu den Männern gehören, die ohne Uniform durch die Straßen Washingtons gingen und von den meisten Männern und Frauen in der Stadt als minderwertig betrachtet wurden. Also wartete er nicht und meldete sich freiwillig zu den Marines. Die qualvollen Schreie seiner Mutter blendete er aus, und er ertrug den unergründlichen, starren Blick der wäßrigen Augen seines Vaters. Er war zweiundzwanzig Jahre alt und zog in den Krieg.

Nach zwölf Wochen Grundausbildung auf Parris Island kam Karras zu einem zehntägigen Urlaub zurück nach D.C. Er war fünfzehn Pfund schwerer, alles Muskeln, und sein gebräuntes Gesicht hatte eine attraktive Härte angenommen. Am ersten Abend zu Hause aß er bei seinen Eltern – seine Mutter hatte ein Lamm zubereitet – und traf sich anschließend mit einigen Freunden in einer Poolbillardhalle an der 5th und G. Am nächsten Tag rief er ein Mädchen namens Eleni Triandokidis an, die jüngere Schwester eines Freunds von der Central High, auf die er schon einmal ein

Auge geworfen hatte. Bei den seltenen Gelegenheiten, bei denen Karras sich im Ausbildungslager zurückziehen und unbeobachtet masturbieren konnte, hatte er sich meistens Eleni vorgestellt.

Sie war eine wohlproportionierte Brünette mit dicken Knöcheln, ziemlich strammen Waden für ein Mädchen ihres Alters – Eleni war siebzehn, als Karras ihr zum erstenmal den Hof machte – und einer Nase, die sich krauste, wenn sie lächelte. Elenis Familie stammte vom Peloponnes, nicht aus Sparta, deshalb hätten Karras' Eltern sie wahrscheinlich nicht akzeptiert. Peter Karras hätte ihren Rat ohnehin nicht gesucht, denn nach ihrem ersten Rendezvous, einem Abendessen unter Sternen auf der Terrasse des Roma an der Connecticut Avenue, war er überzeugt, in sie verschossen zu sein oder sie vielleicht sogar auf eine distanzierte, sachliche Weise zu lieben. Was er liebte, war natürlich die Vorstellung, mit ihr zusammen zu sein, den salzigen Schweiß auf ihrer Brust zu schmecken und zwischen ihren muskulösen Schenkeln zu liegen. Am Abend, bevor er sich wieder einschiffen mußte, hatte Karras sie so weit, im Keller des Hauses ihrer Eltern in der Nähe der Kansas Avenue in Northwest. Am Ende mußte er ihr die Hand über den Mund legen, damit sie ihren Vater nicht aufweckte. Flüsternd versprachen sie sich eine inoffizielle Verlobung, bevor er durch die Tür trat und den langen Heimweg antrat.

Zurück auf Parris Island, wurde er für die Instandhaltung empfohlen und angenommen, auf den ersten Blick eine vorteilhafte Situation, da er in den Staaten bleiben konnte. Doch bald mußte er feststellen, daß er sieben Tage die Woche arbeitete und zusätzliche Schichten für einen Sergeant schob, der häufig auf Zechtour war. Nach dreißig Tagen meldete er sich freiwillig für den Einsatz in Übersee, nicht zuletzt mit dem vagen Wunsch, sich selbst auf unvorhersehbare Weise zu testen. Er wurde nach Norfolk und von dort nach Hawaii verfrachtet, wo er auf Kauai in einer Artillerieeinheit trainiert wurde, die auf 55-Millimeter-Geschütze spezialisiert war.

Fast zwei Monate bewegte er sich auf Zickzackkurs durch den Pazifik, bis er schließlich auf Guam landete, wo er erfuhr, daß seine Einheit die Ausbildung fortsetzen würde. Irgendwie schaffte es Karras, sich bei Sergeant Skinner unbeliebt zu machen, einem echten Schweinehund alter Schule, und so kam er zu einem dreimonatigen Dienst, in dem er Kanonenöfen reparierte. Die Langeweile wurde jedoch durch Rugbyspiele auf einem steinübersäten Feld und durch die Aufstellung eines Elitebaseballteams unterbrochen, in dem er als Fänger spielte. Am Ende wurden er und seine ungeschlagenen Mitspieler nach Saipan geflogen, wo sie gegen Cecil Travis antraten, den Starspieler der Senators, den sie auf eine Reise über die Inseln geschickt hatten, um die Moral der Truppe aufzumöbeln. Travis und seine Jungs zu schlagen war der Höhepunkt von Karras' Dienstzeit. Der Sieg weckte in ihm den Wunsch, seinen Freund Billy Nicodemus wiederzusehen, der Baseball mehr als alles andere liebte. Seit über einem Jahr hatte er nichts mehr von Billy gehört.

Bei der Rückkehr nach Guam stieg die allwöchentliche Party der Einheit, bei der die sechs Bewohner eines Zelts ihre Bierrationen zusammenlegten und in einer Nacht leertranken. Als der Abend fortschritt, wurden die Witze derber, und es kam zu Streitigkeiten. Ein Gefreiter aus Kentucky, er hieß Valin und ließ sich ununterbrochen über seine Verlobte in Louisville aus, wurde ermuntert, mehr als die anderen zu trinken; ursprünglich mit der Vorstellung, einer, der bis zum Umfallen trank, könne nicht mehr reden. An dem Abend war die Stimmung gemeiner als sonst, da ständige Gerüchte den Männern das Gefühl gaben, sie müßten in Kürze in die

Schlacht ziehen. Valin fiel nicht um und brabbelte immer weiter von seinem Mädchen, und als es spät wurde, hielten ihn zwei Männer aus der Einheit fest, während ihm ein dritter Listerin in den Hals goß. Er übergab sich auf der Stelle, fiel flach auf den Bauch und schlief sofort ein. Dann zog ihm jemand die Hosen bis auf die Knöchel, ein anderer kniete sich hinter ihn, und ein dritter holte eine Kamera und schoß, zum brüllenden Vergnügen der übrigen, aus einem verzerrenden Winkel Fotos, die auf Analverkehr schließen ließen. Am nächsten Morgen wurden die Fotos an Valins Verlobte geschickt. Karras beteiligte sich nicht an der Aktion, tat aber auch nichts, um sie zu verhindern. Keiner sprach mehr über die Episode, auch nicht am Nachmittag, als die Männer wieder nüchtern waren. Und sie wurde auch drei Wochen später nicht erwähnt, als eine japanische Granate Grayson Valin in zwei Teile zerriß.

Am Abend nach der Bierparty hatte Karras das Bedürfnis, sich von den Männern der Einheit fernzuhalten. Er ließ sich von einem Versorgungslaster zu einer Division mitnehmen, die zwei Meilen entfernt an der Straße stationiert war und in deren Hauptzelt ein Film gezeigt werden sollte. Laut Programm war ein Film mit Rita Hayworth vorgesehen, doch dann wurde ein Abbott und Costello angekündigt, was anfangs laute Buhrufe hervorrief, dem jedoch ständiges Gelächter folgte, sobald der Projektor einmal in Gang gesetzt war.

Nach der Vorstellung stand Karras vor dem Zelt und zündete sich eine Zigarette an. Er hörte eine Stimme, die ihm in Tonfall und Akzent bekannt vorkam.

»Hey, Marine«, sagte die Stimme.

Karras drehte sich um. Die Stimme gehörte einem Burschen aus Washington, Tommy Rados. Er war ein lässiger Typ, ein ausgezeichneter Tänzer und Geschichtenerzähler, den in der griechischen Gemeinde Männer und Frauen gleichermaßen mochten.

»Tommy«, sagte Karras. »Wie geht's dir, Kumpel?«

»Echt gut«, antwortete Rados und hob lächelnd die Schultern.

»Schon richtig was erlebt?«

»Hmhm. Und du?«

»Wir sind bald dran, glaube ich«, sagte Karras.

Rados summte einige Takte eines beliebten Schlagers und kickte etwas Dreck hoch. »Sag mal, ich hab da einen Kumpel bei der Infanterie, ist draußen vor Guadalcanal. Er hat mir geschrieben und einen Typen von zu Hause erwähnt, der in seiner Einheit steckt, einen gewissen Joe Recevo. Bist du nicht mit einem Typen namens Recevo rumgezogen?«

»Joe Recevo, genau. Ihm geht's doch gut, oder?«

»Soweit ich weiß, ja. Der Brief ist natürlich schon ein bißchen älter.«

»Hmhm«, sagte Karras und schnippte seine Zigarette in die Nacht.

»Ja«, sagte Rados mit einem aufmunternden Lächeln. »Tja, ich muß zurück. Halt die Ohren steif, Pete.«

»Du auch, Tommy. Wir sehen uns in D. C., klar?«

Karras mochte Rados, hielt ihn für einen guten Kerl. Als er fünf Jahre später in Washington sah, wie Tommy Rados über die Tanzfläche des Casino Royal wirbelte, stimmte es ihn froh, daß Rados es überlebt hatte.

Karras ging durch die schwarze sternlose Nacht die Straße zurück zu seiner Einheit. Am nächsten Morgen verschifften sie ihn nach Leyte, eine der philippinischen Visaya-Inseln, irgendwo zwischen Samar und Mindanao. Das war Ende Oktober 1944.

Zwar trafen sie bei der Landung auf geringen Widerstand, aber die Angst der Männer und Jungen, von denen die meisten zum erstenmal ins Gefecht zogen, war groß. Auf dem Weg dorthin wurde viel geredet und spöttisch über MacArthurs klägliches Herumwaten in der Brandung von Red Beach in der Nähe von Tacloban gelacht; die wahren Vorkommnisse hatten sich trotz der offiziellen Lobeshymnen rasch herumgesprochen. Aber bei der Landung war jedwedes Lachen kurz und gezwungen, während jeder einzelne intensiv und verbissen mit seinen eigenen Gedanken beschäftigt war. Im Boot versuchte neben Karras ein Mann namens Begonia zu furzen, statt dessen schiß er sich in die Hose; Karras atmete nur zurückhaltend, er wollte nichts als raus aus dem engen, überfüllten Raum des Landungsboots.

Sobald sie den Strandstreifen überquert hatten, marschierten sie in den Dschungel mit seiner großblättrigen Vegetation und den Palmen. Trotz des schützenden grünen Dschungeldachs – oder vielleicht genau deswegen – war die Luft erdrückend feucht und heiß. Schon bald war ihnen klar, daß es auf Leyte keinen Flecken gab, um der Hitze oder den täglichen Regenfällen zu entgehen. Karras, der erst zweimal in seinem Leben die Stadt verlassen hatte, hielt sich lieber fern vom Dschungel unter dem offenen blauen Himmel auf.

Sie richteten sich auf einer Lichtung bei einem Fluß ein, einer Position, die, so wurde ihnen versichert, drei Meilen vor den feindlichen Linien lag. Machetenschwingende Filipinos hatten das Areal erkundet und es von Gestrüpp und Geröll gesäubert. Die Männer gruben sich jeder ihr eigenes Schützenloch und hoben dann gemeinsam einen L-förmigen Graben hin zu ihrem 55-Millimeter-Geschütz aus. Auf Guam war Karras zum Geschützführer bestimmt worden.

Das Gewehrfeuer setzte praktisch sofort ein, und die Einheit wurde täglich mehrfach von Granatwerfern beschossen. Rasch war klar, daß die Japaner näher waren als anfangs angenommen; ihre Linien befanden sich in Wirklichkeit nicht einmal zweitausend Meter entfernt.

Drei Tage nach ihrer Landung auf Leyte tötete Karras seinen ersten Gegner, einen Scharfschützen, der einen Gefreiten namens Slocum aus Apple Valley, Minnesota, in die Brust geschossen hatte. Am Ende tötete jeder amerikanische Soldat seinen ersten Japaner. Danach hörten sie auf, über die moralische Seite dieses Tuns nachzudenken.

Als Geschützführer fühlte Karras sich verantwortlich, als am 55-Millimeter-Geschütz ein abgenutzter Verschluß entdeckt wurde. Ein Verschluß von einer 155-Millimeter-Haubitze der Army, auf der anderen Flußseite lokalisiert, wurde als geeigneter Ersatz befunden, doch war die Brücke über den Fluß von der amerikanischen Army gesprengt worden, um die Japaner daran zu hindern, ihr auf den Fersen zu bleiben. Zusammen mit zwei anderen meldete Karras sich freiwillig, die knapp hundert Meter über den Fluß zu schwimmen und mit dem benötigten Verschluß zurückzukommen. In der Nacht machte sich das Trio auf den Weg. Einer der Männer hatte Glück: Er zog sich eine Elephantiasis zu, nachdem er einen Mundvoll Wasser geschluckt hatte, und verdiente sich so den Rückfahrschein in die Staaten. Karras wurde nicht krank und verdiente sich die erste einer Reihe von Medaillen, die er im Verlauf des Kriegs erhalten sollte. Am stolzesten blieb er auf die Medaille, die er für die Überquerung des Flusses erhielt, denn das erforderte Mut, gepaart mit körperlicher Leistung und Geschicklichkeit. Die übrigen Medaillen bekam er, weil er Menschen tötete.

Trotz der knappen Einsatzverpflegung und einem knurrenden, instabilen Magen, der ihn während des ganzen Philippinenfeldzugs begleitete, nahm Karras an Muskeln und Statur zu. Jeden Tag hob er 90-Pfund-Granaten, Behälter mit Schießpulver und Zündkapseln in das Geschützrohr. Mit seiner Körperkraft wuchs seine Zuversicht. Inzwischen hatte Karras jede Art von Gefecht gesehen. Er hatte den Tod vieler Männer gesehen, die mit ihm ausgebildet worden waren; einige waren Freunde gewesen, andere nicht. Bisher hatte Peter Karras keinen Kratzer abbekommen. Aber er hatte immer noch Angst. Sie alle hatten immer noch Angst.

Da überall Scharfschützen lauerten, war es unklug, herumzuspazieren, und absolut dumm, zu rauchen. Wenn Karras nicht beim Geschütz war, saß er in seinem Schützenloch im Wasser, das nach dem täglichen Regen aus der Erde hochstieg. Auf Patrouille im Dschungel traf seine Einheit den Feind von Angesicht zu Angesicht; seine Kameraden töteten auf undenkbare Weise – oder sie starben. Karras kämpfte Mann gegen Mann und nahm dabei mehr als einem Gegner das Leben. Er blickte ihnen in die Augen, die manchmal angsterfüllt waren; er erstach sie, erschoß sie aus nächster Nähe und erschlug sie, indem er den Kolben seines M-1 in ihre schmalen gelben Köpfe rammte. Diese Japaner waren die zähesten Männer, die er jemals gekannt hatte und jemals kennen würde. Und während er sie zu respektieren begann, haßte er sie, mußte sie hassen, damit er tun konnte, was er tun mußte; oder damit er daran denken konnte, was er getan hatte.

In den Dschungeltagen kämpfte er ohne Bajonett. Er hatte einen Freund sterben sehen, dessen Bajonett in dem Mann steckte, den er gerade getötet hatte; hastig versuchte er es herauszuziehen, als ihm ein japanischer Soldat in den Hinterkopf schoß. Karras benutzte statt dessen das Bowiemesser seines Vaters. Er benutzte es, bis er es in einem Mann steckenließ, der in einer tiefschwarzen Nacht in sein Schützenloch kam. Karras hatte ihn auf sich zu kriechen sehen und ihm zugerufen, er solle sich identifizieren. Der Mann antwortete nicht, und ohne zu überlegen, grub Karras das Messer in die Kehle des Mannes. Karras kroch in ein anderes Schützenloch und kehrte am Morgen nicht zurück, um das Messer zu holen. Er wußte nicht, ob der Mann Amerikaner oder Japaner gewesen war, und es war ihm auch gleichgültig.

Ende November wurde offensichtlich, daß der Philippinenfeldzug, von MacArthur als einfache Säuberungsaktion angekündigt, weitaus kostspieliger, blutiger und langwieriger wurde, als irgend jemand sich hatte vorstellen können. Es hieß, der japanische Generalleutnant hätte die Insel und zwanzigtausend Soldaten sich selbst überlassen, und nun seien die Japaner – schicksalsergeben, krank, halb verhungert, von Meersalz und Pflanzen lebend – bereit, auf die einzige Art zu sterben, die sie begriffen.

Der Dezember kam, und der Granat- und Gewehrbeschuß verstärkte sich ebenso wie die nervenzerreißenden Schreie und Schmähungen aus dem Dschungel. Peter Karras saß im Regen seines Schützenlochs, sein M-1 auf dem Schoß, die Augen müde und hart. Er wußte, wie sie alle wußten, daß die Japaner ihre Division eingekreist hatten. Er hockte dort, versuchte sich an den Geruch der Suppe seiner Mutter zu erinnern, dachte an Eleni Triandokidis und ihre warme, feuchte Muschi, und der Gedanke an Eleni ließ seinen Schwanz steif werden. Das war das einzige, was er jetzt tun konnte: an solche Dinge denken, Dinge, die ihm ein gutes Gefühl gaben und ihn vergessen ließen. An Dinge denken – und warten.

7

Peter Karras hörte das Flattern der ersten Granate, die ihr Geschützrohr mitten im Nachmittagsregen verließ. Wie gewohnt duckte er sich bei dem Geräusch, einem Geräusch wie das Schlagen von Taubenflügeln, schmutziggraue Vögel, die samstagnachmittags von der F Street hochflogen. Die Granate und dann eine zweite explodierten ganz in der Nähe. Karras kugelte sich zusammen, bis sein Gesicht das Wasser berührte, das in seinem Schützenloch hochgestiegen war. Er spürte Lehm und Dreck auf seinen Helm regnen, hörte Gewehrfeuer und den Schrei eines Jungen mit Namen Maxson. Ganz nahe gab der Funker, Rubino aus Illinois, ihre Position an und informierte darüber, daß sie angegriffen wurden.

Karras legte sein M-1 auf den Rand des Schützenlochs und spürte auf der Hand den warmen Funken einer Kugel, als sie vom Schaft seiner Waffe abprallte. Er murmelte vor sich hin und hob langsam den Kopf, bis seine Augen über den Rand spähten. Die Japaner kamen aus dem Dschungel und stürmten in großer Anzahl durch das hohe Gras und auf die Lichtung.

Aus einem Schützenloch vor ihm ratterte ein Maschinengewehr, leere Patronenhülsen flogen in trägen Bögen durch eine wachsende Rauchwolke. Das mußte Harper sein. Harper aus dem Cuyahoga River Country in Ohio jagte seine Salven in die Lichtung, gezielt auf die Oberkörper der angreifenden Japaner.

Karras bekam eine Khakisenf-Uniform ins Visier und feuerte. Der Mann warf seine Waffe zur Seite, bäumte sich auf, und seine Hände schienen zu winken, als er in den Schlamm fiel.

»Mein Arm!« schrie Maxson. »O Gott … Seid verflucht, Ihr Schweine! Mein Arm …«

Das scheußliche Flattern eines Mörsergeschosses durchschnitt die Luft. Karras hatte die sonderbare Gewißheit, daß es seinen Namen trug – *seine* Granate. Er rollte sich aus dem Schützenloch, die Granate explodierte irgendwo hinter ihm und jagte eine gewaltige Fontäne aus Schlamm und Wasser in den Himmel. Eine Mauer aus Luft drückte energisch gegen seinen Rücken.

Karras hatte sein M-1 in dem Loch gelassen. Er stand da, bewegte sich ein paar Schritte vorwärts, war wie betäubt. Dann sah er nach unten. Sein Sergeant, ein Mann namens Shelby, lag tot im Schlamm. Karras bückte sich und wand die 45er aus Shelbys Hand.

Karras hörte den Schrei und drehte sich um. Ein japanischer Offizier, die fauligen Zähne entblößt und ein Schwert schwingend, rannte mit gellendem Geheul direkt auf ihn zu, verliebt in den Tod und versessen darauf, seine Welt zu verlassen. Karras feuerte die 45er leer und fällte den Mann wenige Meter vor sich. Mehrere Stücke flogen aus dem Kopf des Offiziers, als er von den Füßen geholt wurde.

Ich werde heute nicht sterben. Heute ist nicht mein Todestag.

Maxson war aus dem Schützenloch gekrochen. Er war völlig regungslos, stand unter Schock oder war tot. Aus einem zerrissenen Ärmel ragte an der Stelle, wo sein rechter Arm gewesen war, ein gezacktes Knochenstück, schwarz von Blut. Karras lief an Maxson vorbei und blickte zum Himmel, als das Brummen eines Motors und das Surren von Propellern zu hören war. Zwei B-25 stiegen über die Hügel und tauchten in das Tal mit den Kokospalmen. Schwarze Bomben fielen aus den Flugzeugen und torkelten zur Erde. Dann bombardierten die Flugzeuge die Lichtung. Männer gingen in Deckung, wurden getroffen oder warfen sich zitternd auf den Bauch; die Szenerie wurde von den Bombenflammen beleuchtet, die wie Fackeln im grauen Nachmittagslicht hochloderten. Karras ließ die leergeschossene 45er fallen und rannte.

Er sprang in ein Schützenloch, in dem Harper gekrümmt über dem Maschinengewehr lag. Karras stemmte den Stiefel in Harpers Seite und schob ihn weg. Mitten in Harpers Stirn prangte ein sauberer schwarzer Stern. Unter dem nutzlosen Helm war Harpers Hinterkopf nur noch Brei.

Nicht heute. Ich werde heute nicht sterben. Verdammt, Mann, sieh mich an! Sieh mich an! Ich habe keinen Kratzer abbekommen.

Karras lachte.

Die Bombardierung wirkte wie ein Feuer im Bienenstock. Karras hörte, wie der Rest von ihnen aus den Bäumen kam und über das offene Feld rannte. Im Laufen schossen die Japaner in Schützenlöcher, sprangen hinein, stießen mit ihren Bajonetten zu.

Karras streckte die Hand aus dem Loch und zog das Maschinengewehr mit sich. Er nahm den Patronengurt aus dem Munitionskasten, entwirrte ihn und drapierte ihn über seine Schulter. In der Enge des Schützenlochs war es sehr heiß, er wollte dort raus. In dem Loch konnte er kaum atmen.

Nicht heute. Nicht in diesem winzigen Loch, wenn jemand vorbeirennt und von oben auf mich schießt. Auf mich schießt wie auf ein Tier. Nicht in diesem Loch. Nicht heute.

Karras stieß sich mit den Beinen ab, hob das Maschinengewehr hoch und hielt es im Arm. Er sprang aus dem Schützenloch und landete so weich, als wäre er ins Wasser gesprungen. Er atmete tief, als der Regen sein Gesicht abkühlte.

Da waren sie, rannten jetzt auf ihn zu, vier Japaner, keine dreißig Meter entfernt. Die wie irre schreienden Bastarde griffen an, Blitze zuckten aus den Mündungen ihrer Gewehre. Karras hörte sich selbst summen, als sein Finger sich um den Abzugshahn schloß. Weiße Wolken zogen vor einem vollkommenen Azurhimmel dahin, als Möwen herabglitten, durch den Rauch und die ausgeworfenen Patronenhülsen der Waffe, die wild in seinen Armen tanzte.

Die Männer vor ihm stürzten zuckend zu Boden. Ihre Uniformen platzten auf, wo rote Blumen auf ihrer senfgelben Khakibrust erblühten.

Drei

Washington, D. C. 1946

8

Peter Karras erwachte zu der unerbittlichen Musik von »Baby Snooks«, die aus dem Radio auf seinem Nachttisch tönte. Mit der Hand griff er zur Seite und schaltete das verdammte Ding aus, während sich seine Augen an das schwindende Licht des Zimmers anpaßten. Hatte er den ganzen Nachmittag geschlafen? Und wenn ja, warum, zum Teufel, eigentlich nicht? Er legte den Unterarm über die Augen und begann wieder zu entschlummern. Plötzlich fiel ihm ein: die Boxkämpfe! Ich und Joe, wir haben Karten für den Kampfabend. Immerhin Archie Moore. Er schwang sich hoch, setzte sich auf die Bettkante und rieb sich die Augen.

Im Bad pinkelte Karras ausgiebig, schäumte dann seine Stoppeln mit Barbasol ein und rasierte sich. Er hörte Elenis Stimme aus der Küche. Sie sang, leicht neben der Melodie, eine Platte von Perry Como mit – »Dig You Later (A Hubba, Hubba, Hubba)« –, die sie am Wochenende im Super Drugs an der 13th und H gekauft hatte. Wenigstens war es nicht die neue Vaughn Monroe, eine Platte, die sie am selben Tag mit nach Hause gebracht hatte. Monroe hing Karras zum Hals heraus.

Er duschte sich, und als er aus dem Bad kam, sang Eleni den Como-Schlager gerade zum zweiten Mal. Jetzt konnte Karras riechen, was sie kochte, ein Brathuhn in einer Pfanne *Manestra*. Wegen des Abendessens würde er sie enttäuschen müssen. Er hatte am Abend einiges vor, und sie würde das verstehen müssen.

Karras schaute in den Spiegel, als er sich ein bißchen Vitalis in das schmutzigblonde Haar strich und es nach hinten kämmte. Vierundzwanzig Jahre und schon etwas grau an den Schläfen. Wie sein alter Herr, der inzwischen völlig grau war und den weißen Schnurrbart eines *Yero* hatte. Aber Karras zog immer noch die Blicke auf sich, wenn er durch die Straßen ging. Wäre er woanders aufgewachsen und hätte er nicht den auffälligen schwarzen Leberfleck am Mund, könnte er vielleicht sogar ein Filmstar sein. Er besaß, wie er wußte, die entsprechende Attraktivität. Und zwar nicht die Attraktivität des Hübschlings à la Tyrone Power. Eher wie John Hodiak. Genau, wie ein blauäugiger Hodiak. Den hatte er schon immer gemocht.

Karras zog ein taubenblaues Hemd und einen blauen Wollstoffanzug mit Bügelfaltenhose an, dazu eine braunrote Krawatte, gemustert mit goldenen Diamanten, deren blaue Umrisse das gleiche Blau wie der Anzug hatten. Er schnürte ein Paar Lochmusterschuhe aus Korduanleder, frisch aus der Schachtel von Hahn's an der 14th und Park Road, bevor er sich im Türspiegel überprüfte: todschick und marschbereit.

Karras ging in die Küche und stellte sich hinter Eleni, die vor dem Herd stand und das *Orzo* in der Pfanne umrührte. Sie trug ein bedrucktes Hauskleid aus Baumwolle, ihr braunes Haar hing ihr lose über die Schultern. Ihre angeschwollenen Fußknöchel drückten gegen die Riemen ihrer Sandalen. Karras legte die Arme um ihre Taille und spürte, wie sie sich entspannte.

»Wie geht es denn, Süße?« sagte er. Er beugte sich vor und küßte das rosafarbene Muttermal an der Seite ihres Halses; seine Lippen strichen über die zwei, drei Haare, die auf dem Mal wuchsen.

»Jetzt geht es gut«, sagte sie und verdrehte ihren drallen Körper unter seinen Fingern.

»Du solltest lieber aufpassen, wenn du den ganzen Tag Como hörst. Am Ende verliebst du dich noch in ihn.«

»Mit dir hier im Haus habe ich nun wirklich genug zu tun.«

»Vergiß das nicht.« Karras rieb mit Hand über ihren Bauch. »Fühlst du dich gut?«

»Heute morgen habe ich mich etwas übergeben. Aber mir geht's gut.«

»Prima. Es wird alles bestens.«

»Das weiß ich.« Sie rührte mit dem Holzlöffel in der *Manestra*. »Wir werden heute abend ein schönes Essen haben, Pete.«

»Es wird warten müssen, bis ich zurück bin«, sagte er. Bei seinen Worten wurde sie starr. Sie drehte sich nicht um.

»Wieso, Pete? Wieso kannst du nicht vor dem Boxkampf etwas essen?«

»Ich und Joe, wir müssen vorher noch jemanden treffen. Geschäftlich.«

»Geschäftlich!« wiederholte sie mit einer heftigen Kopfbewegung.

Er legte seine Hand auf ihre rechte Brust und rieb sie langsam, bis ihre Brustwarze unter dem Stoff hart wurde. Er preßte sich gegen ihren Rücken.

»Pete«, sagte sie, »ich möchte, daß du bleibst.«

»Verwahr es für mich, Süße. Halte es warm für mich, bis ich wieder zu Hause bin«. Er küßte sie auf den Mundwinkel und schmeckte das Fett von dem Huhn. Mit dem Handrücken rieb er das Fett weg.

Karras ging zur Tür, nahm ein Päckchen Luckies und ein Streichholzheftchen von dem kleinen Tischchen und steckte beides in die Innentasche seiner Jacke. Dann nahm er den schwarzen Mantel von der Garderobe und zog ihn über.

»Einen Moment, Pete«, sagte Eleni aus der offenen Küche. Sie löffelte etwas *Manestra* in einen schwarzen Topf.

»Oh, nein, das nehme ich nicht mit. Ich gehe doch nicht in meinem besten Anzug mit einer *Katsarola* im Arm über die Straße.«

»Es ist für deine Mutter. Ich habe ihr versprochen, daß du es vorbeibringst.«

»Also gut, verdammt! Gib mir den Topf!«

»Worüber ärgerst du dich so?«

»Nichts. Gib mir den Topf.«

Eleni kam zur Tür, schob ihm den Topf in die Arme und gab ihm einen Kuß.

»Versuch früh nach Hause zu kommen«, sagte sie.

»Das mache ich.«

Sie öffnete die Tür für ihn, und er trat auf den Flur hinaus.

Sie wohnten an der 6th, nahe bei der H, im selben Mietshaus, in dem Perry Angelos aufgewachsen war. Perrys Familie lebte noch immer in derselben Wohnung, und Perry und seine Frau hatten eine Etage tiefer eine Dreizimmerwohnung. Peter Karras hatte nichts dagegen, im selben Viertel zu wohnen, in dem er groß geworden war. Eleni fühlte sich manchmal ein wenig unbehaglich, wenn die Huren, Taschendiebe und Buchmacher nach Feierabend nach Chinatown hineinströmten, aber Karras mochte den Rummel, und er mochte den Lärm. Daran war er gewöhnt. Das ganze Jahr schlief er bei offenem Fenster; die Geräusche der Straße unten auf H waren sein Schlaflied.

Perrys Tür stand offen, als Karras nach unten ging. Perry lehnte im Türrahmen und las den *Times-Herald*. Aus der Wohnung drang das Schreien eines Babys auf den Flur. Karras blieb auf dem Treppenabsatz stehen und stellte den Topf auf den Boden.

»Perry.«

»Hey, Pete! Was tut sich so?« Perry lächelte und brachte damit seine großen Ohren zum Zucken. Der erste Haarausfall hatte bei ihm eingesetzt, und die Schichtarbeit und das neue Baby hatten ihre Spuren in Form von dicken Tränensäcken unter seinen Augen hinterlassen.

Mit einem Kopfnicken deutete Karras auf die Zeitung in Perrys Hand. »Gute Nachrichten?«

»Lese gerade die Unterhaltungsseiten, bevor ich wieder zur Arbeit gehe. Gasoline Alley. Kannst du das glauben, Pete? Skeezix hat ein Kind! Wir werden wohl alt.«

»Arbeitest du noch immer für deinen alten Herrn?« fragte Karras.

»Ich schieb Doppelschichten in der Kaffeebar. Bis ich genug für einen eigenen Laden habe. Ich hab meine Art, und er hat seine. Besser, wenn ich auf meine Art für mich selbst arbeiten kann.«

»Du nutzt das ganze Zeug, das sie dir im College beigebracht haben.«

»Ja, sieht so aus.«

Helen tauchte hinter Perry auf, ihr Töchterchen im Arm wiegend. Das Baby hörte nicht auf zu schreien und griff blind nach der Brust seiner Mutter. Karras fiel auf, daß Helen ihre Figur nach nur zwei Monaten wiederbekommen hatte. Sie war geschminkt, und ihr wasserstoffblondes Haar fiel ihr auf einer Seite ins Gesicht. Helen versuchte sich immer noch, zwei Jahre zu spät, am Veronica-Lake-Auftritt. Wahrscheinlich wußte sie gar nicht, daß die Lake längst passé war. Helen ging nicht mehr oft aus.

»Hallo, Pete.« Ihre Lippen öffneten sich zu einem Lächeln.

»Helen. Wie geht's Evthokia?«

»Hält mich auf Trab.« Sie musterte ihn von Kopf bis Fuß. »Wo geht's denn hin, so geschniegelt?«

»Ich und Joe, wir haben Karten fürs Boxen.«

»Der Moore-Kampf?« fragte Perry.

»Genau.«

»Toll«, sagte Perry.

»Willst du mit?« fragte Karras. »Wahrscheinlich können wir dir noch eine Karte besorgen.«

»Nein. Ich muß arbeiten.« Aufgeregt tippte Perry auf die Zeitung. »Dick McCann schreibt, man kann Moore und Parks nicht auseinanderhalten, weil sie beide lila Hosen tragen und beide die gleiche braune Haut haben.«

»McCann ist ein Idiot«, sagte Karras. »Nimm nicht alles als Evangelium, was in der Zeitung steht, Perry.«

Helen kicherte und verdrehte die Augen. Karras fühlte sich nicht wohl dabei, Perry vor seiner Frau wie einen Trottel dastehen zu lassen.

»Ich muß das Baby stillen«, sagte Helen. »Viel Vergnügen, Pete. Und paß auf dich auf.« Sie öffnete die oberen Knöpfe ihrer Bluse und blickte sich noch einmal zu Karras um, als sie zurück in die Wohnung ging. Seine Augen nahmen die Wölbung ihrer Brüste wahr, ein Anblick, der in ihm die Erinnerung an ihren Körper wachrief. Er wußte, es gehörte sich nicht, aber er konnte seinen Blick nicht fortwenden.

»Tja, Pete«, sagte Perry, ohne etwas zu bemerken. »Laß es dir gutgehen.«

»Arbeite nicht zuviel, Kumpel«, sagte Karras. Er nahm den Topf hoch und ging die Treppe hinunter.

Auf der Straße versuchte Karras ganz gelassen auszusehen – soweit das für einen Mann mit einem großen schwarzen Topf mit Essen darin möglich war. Als er die H erreichte, schwebten zwei

Seemöwen über ihm und folgten ihm die ganze Strecke. Seemöwen, mitten in der Stadt. Ihr Anblick überraschte ihn immer wieder, bis er an die Flüsse und die nahe Bucht dachte. Trotzdem ließ ihn der Anblick von Möwen in der Stadt immer wieder stutzen.

Im Haus 606 nahm Karras die Treppen zur Wohnung seiner Eltern. Die Tür war nicht abgeschlossen, die Wohnung war dunkel, wie immer, und roch nach Weihrauch und Knoblauch. Sein altes Bett war hochgeklappt und ein Tisch davorgeschoben, doch die alte Kommode stand, wo sie immer gestanden hatte, und wahrscheinlich war sie noch mit seinen alten Kleidungsstücken vollgestopft. Dimitri Karras saß in seinem weißen T-Shirt an dem üblichen Platz am Eßtisch, eine Flasche *Mastica* und einen Aschenbecher mit einer brennenden Zigarette darin vor sich. Seine Mutter stand in der Küche und rührte auf dem Herd etwas um.

»*Pos eise, pethi mou?*« fragte seine Mutter.

»Mir geht's gut, Ma«, sagte Karras, während er die Küche betrat und den Topf in das Spülbecken stellte. »Ich bringe hier etwas *Kota* und *Manestra* von Eleni.«

»Hokay, Junge«, sagte sie.

Er küßte sie auf die Wange. »Gut siehst du aus, Ma.«

»Ach was«, entgegnete sie mit einer wegwerfenden Handbewegung.

»Wohin gehst du?« fragte Dimitri. »So in Schale. Hast du ein Rendezvous?«

Karras schaute zu seinem Vater, der unbeirrt geradeaus starrte und über seinen eigenen Witz kicherte. Seine Augen waren glasig, sein pomadisiertes Haar fiel ihm ins Gesicht. Betrunken, und die Sonne stand noch über dem Horizont.

»Ich gehe zum Archie-Moore-Kampf, Paps.«

»Archie Moore. Ein starker Nigger.« Dimitri hustete und wischte sich den Schnurrbart mit der Hand ab. »*Yiorgia*, wann kriegen wir ein bißchen *Fayito*?«

»Kommt gleich, Dimitri. Ich wärme es gerade auf.«

Karras schaute zu seiner Mutter. Ihr ergrauendes Haar war zum Zopf geflochten und hinten hochgesteckt. Sie war von kräftiger Statur, für die Arbeit gemacht, und hatte dicke, schwielige Hände und einen leichten braunen Schnurrbart über der affenartigen Oberlippe. Aber wenn sie abends ihr Haar ausbürstete und es über den Rücken fallen ließ, wenn ihre grünen Augen leuchteten und sie sich am Ende des Tags entspannte, dann war sie in Karras' Augen so schön wie keine andere Frau, die er je gesehen hatte.

Er würde alles tun, um sie zu beschützen. Einmal, vor dem Krieg, hatten sie ein paar amerikanische Jungen gehänselt, hatten ihr »Spaghettifresser« und »weiße Niggerin« hinterhergerufen, als sie mit ihren Einkäufen die H entlangging, und Karras hatte die Wut gepackt. Er hatte Joe Recevo geholt, und zu zweit hatten sie vor der Billardkneipe gewartet, die die Amerikaner aufgesucht hatten, und als die Amerikaner herauskamen, folgten sie ihnen in eine Gasse, und er und Joe hatten den drei Jungen eine mordsmäßige Abreibung verpaßt, hatten sie mit einem Baseballschläger und einem Rohr nach Strich und Faden verprügelt. Draußen konnte er mit solchen Sachen umgehen. Nur eines konnte er nicht: sie hier drinnen vor seinem Vater beschützen.

»*Yiorgia*, das Essen!« nörgelte Dimitri.

»Es kommt, Paps«, sagte Karras.

»Mit dir habe ich nicht gesprochen«, murmelte Dimitri. »Großer Marine, und jetzt will er mir zeigen, wo's langgeht.«

»*Siopi*«, flüsterte Georgia ihrem Sohn zu.

Schon gut, Ma, ich halte meinen Mund. Laß mich nur hier raus!

»Ich muß geh'n«, sagte Karras zu seinen Eltern. »Sonst komm' ich zu spät.«

»Die Boxkämpfe sind erst später«, sagte Dimitri. »Triffst du vorher noch den *Italo*?«

»Ja, ich und Joe, wir haben noch ein kleines Geschäft zu erledigen.«

»Was für ein Geschäft?« sagte Dimitri. »Erpressungsgeschäft? Wie so ein verfluchter Gangster? Hm?«

»Ich muß geh'n«, sagte Karras.

»Und wann besorgst du dir einen richtigen Job?« fragte Dimitri.

»Bis bald, Ma«, sagte Karras und küßte sie wieder auf die Wange.

»*Adio, Panayoti.* Viel Spaß!«

Dimitri stand auf und durchquerte schwankend, aber schnell das Zimmer. »Was denn, mußt du deinem Vater nicht antworten? Großer Marine, muß seinem Vater nicht mehr antworten.« Dimitri streckte den Arm aus und stieß seinem Sohn mit der flachen Hand gegen die Brust. »Hm?« Er stieß ihn ein zweites Mal. »Hm?«

Karras wich nicht zurück. »Ich muß gehen, Paps.«

»Bist du was Besseres, daß du jetzt nicht mit mir redest? Du in deinem Gangsteranzug?«

»Dimitri ...« begann Georgia.

»Sei still!« Speichel flog aus Dimitri Karras' Mund.

»Beruhige dich, Paps.«

»Ich beruhige mich, wenn ich mich beruhigen will! Du hast mir gar nichts zu sagen!«

Dimitri hob die Hand und wollte Peter ins Gesicht schlagen. Peter packte das Handgelenk seines Vaters, verdrehte es und stieß es beiseite. Dimitri verlor das Gleichgewicht und fiel schwer auf den Dielenboden. Er blieb auf der Seite liegen und blickte zu seinem Sohn hoch; in seinen wäßrigen braunen Augen war eine Mischung aus Schmerz, Wut und Scham zu lesen. Karras schaute weg.

»*Fiya apo tho!*« schrie seine Mutter, schluchzend und nach Atem ringend.

Karras fügte sich und verließ die Wohnung. Auf der Treppe hörte er, wie die Tür leise geschlossen wurde. Er verließ das Haus und trat auf den Bürgersteig. Als er zur Wohnung seiner Eltern hochblickte, sah er, wie sich der Vorhang im Fenster des Schlafzimmers seiner Mutter bewegte.

Vom Telefon eines Restaurants in Chinatown rief er Joe Recevo an. Er zündete sich eine Zigarette an und nahm einen Zug, während er wartete, daß jemand abhob.

»Hallo.«

»Joe. Pete hier.«

»Hey, Grieche. Ich warte schon.«

»Hier bin ich.«

»Was ist los?«

»Alles klar«, sagte Karras. »Ich will nur schnell raus.«

»Wo bist du? Ich hole dich ab.«

»Vorher will ich einen Happen essen. Komm doch bei Nick Stefanos' Grill vorbei. So in einer Stunde.«

»Vierzehnte und S, richtig?«

»Genau.«

»Wo bist du jetzt? Chinatown? Ein langer Fußmarsch. Ich hol dich jetzt ab, und wir fahren rüber.«

»Laß nur, Joe«, sagte Karras. »Es ist ganz angenehm draußen, nicht zu kalt. Ich denke, ich geh zu Fuß.«

Karras legte den Hörer auf die Gabel, verließ das Restaurant und knöpfte den Mantel zu. Tauben flatterten zu seinen Füßen auf, als er den Weg nach Westen einschlug. Die Sonne war hinter den Häusern verschwunden und hinterließ lange Schatten im goldenen Abendschimmer. Er schloß die Augen, atmete die Gerüche der Stadt ein und versuchte, sich abzuregen. Allein hier draußen, zu Fuß auf der Straße, war es jetzt besser.

9

Peter Karras war unter seinem Mantel ins Schwitzen gekommen, als er die 14th erreichte. Er wandte sich nach Norden und ging an Pete Franks Restaurant vorbei; es hieß Sun Dial und lag an der R. Frank – Frangis war sein Name, bevor er ihn amerikanisierte – war ein hochgewachsener Grieche aus Comosta, einem Bergdorf außerhalb des eigentlichen Sparta. Im Vorbeigehen sah Karras Franks Frau Alice, eine elegante Frau Anfang vierzig, hinter der Theke stehen. Er nickte und empfing ein Lächeln als Antwort.

Nick Stefanos' Grill befand sich einen Block weiter, an der Ecke S. Über der Tür hing ein rechteckiges Schild, blau mit roter Schrift – ein schlichtes NICK'S –, gerahmt von weißen Glühbirnen und in der zunehmenden Dunkelheit wie der Vorbau eines Theaters beleuchtet. Karras stieß die Tür auf und trat ein.

Nick's war ein reines Speiselokal mit acht Hockern vor der Theke und drei Tischen mit Holzbänken an der Wand. Hinter der Theke waren ein Grill, ein Regal mit Sandwiches und Limonaden, daneben Kaffeekessel und ein Kühlfach für die Eiscreme. Im Rückraum befand sich eine komplette Küche und dahinter der Lagerbereich mit einer privaten Toilette und einer verriegelten Tür, die auf die Gasse führte.

Karras zog den Mantel aus, hängte ihn an einen der Garderobenständer neben den Tischen, nahm seine Zigaretten heraus und setzte sich auf einen roten Drehhocker, dessen gepolsterte Sitzfläche schwarz geädert war.

»*Yasou*, Panayoti!« sagte Nick Stefanos und wischte sich die Hände an seiner fleckigen Schürze ab.

»*Yasou*, Niko.«

Karras schüttelte Stefanos' Hand, ledrig und groß wie der erste Fanghandschuh eines Jungen. Für einen Griechen war Stefanos groß, breit gebaut und mit mächtigem Brustkorb. Das breite offene Gesicht entsprach seiner Größe.

»Was nimmst du?« fragte Stefanos.

»Was ist die Empfehlung des Abends?«

»Wir haben ein nettes kleines Lamm. Costa hat es heute nachmittag zubereitet.«

»Nein, lieber nicht. Mach mir einen Teller Würstchen mit Bohnen.«

»Und zu trinken? Wie wär's mit einer Flasche Bier?«

»Eine Coca Cola«, sagte Karras.

Stefanos drehte den Kopf zu der Schwingtür, die zur Küche führte. »Costa!« schrie er. »Einen Teller Würstchen mit Bohnen! *Grigora*!«

Costa, klein, stämmig, mit dichtem schwarzen Haarschopf und schwarzem Schnurrbart stieß aufgeregt die Türflügel auf. Der einzige andere Gast, ein älterer Mann in einem einreihigen Mantel, blickte beim Geräusch der kreischenden Türangeln von seiner Suppe hoch.

Costa sah Karras an. »Was denn, willst du mir etwa erzählen, die Hotdogs sind für dich, Pete?«

Karras nickte. »Genau das, was ich will, Costa.«

»Glaubst du, du bist im Baseballstadion? Hä? Ich hab hinten ein hübsches kleines Lamm.« Er schleuderte das Tranchiermesser, das er in der Hand hielt, in die Luft. Es drehte sich einmal und landete sicher wieder in der Hand.

»Gib ihm, was er will«, sagte Stefanos.

»*Entaxi*«, schnaubte Costa, fluchte ausgiebig und drehte sich zum Kücheneingang.

»Du hast doch kein Problem damit, Costa?« fragte Stefanos.

»Ich?« gab Costa zurück. »Ich doch nicht!«

Stefanos griff in den Kühlschrank und bereitete einen Teller mit Calamata-Oliven und Feta-Käse zu. Den Teller stellte er zusammen mit einer Flasche Coke vor Karras auf die Theke.

»Greif zu, *Vre*«, sagte Stefanos. »Eine kleine *Meza* für die Wartezeit.«

»Danke, Nick.«

Karras steckte eine Olive in den Mund, löste das Fruchtfleisch mit den Zähnen ab und spuckte den Kern auf den Teller. Er blickte an Stefanos' breitem Schädel vorbei auf das große blaue Schild, das an der Wand hing – MANN'S KARTOFFELCHIPS, YEAH MANN! –, und hörte dem Programm aus dem Radio zu, das neben dem Reklameschild auf dem Holzregal stand. Ein Schauspieler wurde von der Puppe eines Bauchredners interviewt. Karras mußte lächeln.

»Wer ist das bei Charlie McCarthy?« fragte Karras.

»Wie heißt der Typ noch?« sagte Stefanos. »Der Typ spielt einen Trinker.«

»Ray Milland«, sagte Karras. »Hast du *The Lost Weekend* schon gesehen?«

»Wenn ich ins Kino gehe, will ich mich vergnügen. Vielleicht mal einen guten Western sehen. Wieso soll ich mir einen Film über einen Säufer angucken? Ich habe selbst genug Probleme hier.«

»Was für Probleme hast du?«

Stefanos machte eine ausholende Handbewegung. »Guck dir bloß mein Restaurantgeschäft an. Gleich null. Der Autohändler auf der anderen Straßenseite mußte zumachen; wegen des Kriegs.«

»Er hatte ja auch keine Autos zum Verkaufen.«

»Ich weiß, aber … aber ich habe praktisch nur noch die Einnahmen aus dem Telefon, und das reicht nicht. Weißt du was, ich denke daran, das hier zu einem Laden für die *Mavri* zu machen.«

»Du willst das zu einer Kneipe für Farbige machen?«

»Ich denke darüber nach. Herrgott, Pete, Frank unten an der Straße steht kurz davor. Ich kann doch nicht zusehen, wie er das ganze *Mavriko*-Geschäft in U Street allein macht, oder?«

»Frank ist ein guter Mann.«

»Ja, klar, er ist gut. Aber was soll's, ich werde ihm das gottverdammte Geschäft nicht allein überlassen.«

Costa kam aus der Küche und plazierte einen dampfenden Teller vor Karras. Er griff unter die Theke, brachte Messer, Gabel und Serviette zum Vorschein und stellte eine Flasche Ketchup daneben.

»Ganz wie du willst, Chef«, sagte Costa und ging.

»Und was ist mit dir?« fragte Stefanos und lehnte seinen Oberkörper gegen die Theke. »Was machst du denn, jetzt, wo du aus dem Krieg zurück bist?«

»Ich weiß nicht recht«, sagte Karras. »Ein bißchen dies, ein bißchen das.«

»Hmm«, meinte Stefanos.

»Ich muß was finden, was mir gefällt. Ich will nicht hinter einem Obstkarren landen wie mein Alter.«

»Tja, wenn es hier wieder besser läuft und du genug davon hast, dich auszuruhen, dann kannst du bei mir vorbeikommen. Ich werde ein bißchen Hilfe gebrauchen können, zwei kräftige Arme, jetzt, wo Costa und ich bald über vierzig sind. Und bei dir ist jetzt ein Kind unterwegs. Auch daran solltest du denken.«

Karras kaute und schaute geradeaus. »Klar, Nick. Vielleicht sollten wir uns beide mal unterhalten.«

Die Klingel über der Tür läutete, und Lou DiGeordano betrat das Lokal. Er kam direkt von seinem Obstwagen und trug eine verschlissene Jacke über einem weißen Hemd. Sein Haar war nach hinten gekämmt und genauso eingefettet wie sein dünner schwarzer Schnurrbart. Das Schwarz war mit ein paar grauen Streifen durchsetzt.

»Karras junior«, sagte DiGeordano und schlug Karras auf die Schulter. Mit dem Kinn nickte er in Richtung von Stefanos. »Nick.«

»Lou«, sagte Stefanos.

»Wie geht's deinem alten Herrn?« fragte DiGeordano.

»Ihm geht's gut«, sagte Karras.

»Er ist schon mächtig stolz auf dich, Junge. Redet dauernd von seinem Sohn, dem Kriegsheld.«

Karras piekste die Gabel in ein Würstchen.

»Ein Bier, Lou?« fragte Stefanos.

»Ballantine Ale«, sagte DiGeordano.

»Welche Quote bringt der Kampf heute abend?« fragte Karras.

»Ich setze nur beim Zahlenlotto«, sagte DiGeordano, »ich

wette nicht. Aber wenn du auf Parks setzt, mußt du eine Schraube locker haben. Hast du den Brustkorb von Archie Moore gesehen?«

»Einige sagen, Moore könnte auf die Bretter gehen«, sagte Karras.

DiGeordano kräuselte die Lippen. »Die das sagen, kennen den Unterschied zwischen Scheiße und Apfelbutter nicht.«

Karras nickte. Stefanos nahm zwei Flaschen aus dem Kühlschrank und machte mit dem Kopf eine Bewegung Richtung Küche.

»Wenn du eine Zeitlang hinten bist«, sagte Karras, »dann laß mir doch was zu lesen hier, Nick.«

Stefanos legte den *Evening Star* auf die Theke und ging, gefolgt von DiGeordano, in die Küche.

Karras beendete seine Mahlzeit, zündete sich eine Zigarette an und las die Titelseite. MacArthur war entschlossen, einen japanischen Offizier aus dem Philippinenfeldzug hinzurichten, und die Anhörungen zu Pearl Harbour standen kurz bevor. Auf der unteren Hälfte der Seite las er über eine Frau ohne festen Wohnsitz, die in einem Haus an der New York Avenue tot aufgefunden worden war, aufgeschlitzt vom Brustkorb bis zum Unterleib. Also hatte es wieder mal eine Prostituierte erwischt. Seit dem Krieg hatte es in der Stadt viele Verbrechen gegeben; hier und da einige Morde: Tötung aus Rache, letzte Regelungen uralter Spielschulden und ähnliches. Aber diese Hurenmorde trugen ihren eigenen Stempel: brutal und sinnlos. Diese Hurenmorde waren etwas anderes.

Costa kam aus der Küche, nahm Karras' Teller hoch und wischte die Theke mit einem feuchten Lappen sauber.

»Hey, Pete«, sagte Costa. »Was ich dich schon immer fragen

wollte: Hast du aus Übersee ein Messer mitgebracht? Ein Schnappmesser oder so etwas?«

»Das einzige Messer, das ich hatte, habe ich auf der Insel Leyte gelassen«, antwortete Karras. »Einer von den Filipinos dort hat mir seine Machete gegeben. Sonst nichts.«

»Ich wette, du hast dort drüben ein paar gute Messer gesehen. Richtig?« Costas Augen glänzten.

Karras zuckte bloß die Achseln. Costa starrte ihn ein paar Sekunden lang an, nahm dann den Teller und die Suppenschüssel von dem Alten und ging.

Lou DiGeordano kam aus der Küche und wischte sich im Gehen mit dem Jackenärmel Schaum aus dem Schnurrbart.

»Bis später, Karras junior.«

»Okay, Mr. DiGeordano. Man sieht sich.«

Die Klingel läutete, als DiGeordano zur Tür hinausging.

Karras nahm einen letzten Zug aus seiner Zigarette und drückte sie im Aschenbecher aus. Der Alte hatte zwei Münzen auf die Theke gelegt, seinen Mantel zugeknöpft und war gegangen. Nick Stefanos kam aus der Küche und zog im Gehen seine Hose nach oben.

»Was kriegst du, Nick?«

»Mal sehen … Würstchen und Bohnen, eine Flasche Coke. Macht fünfundsiebzig Cents.«

»Stimmt so.« Karras schob einen Dollar über die Theke. »Bei Lou kannst du ganz gut zocken, oder?«

Stefanos spreizte die Finger. »Ganz gut sind sie alle, solange sie nicht blechen müssen. Aber diesmal hatte ich einen Traum. Meine Mutter kam darin vor.«

»Ich träume nie von den Toten. Man sollte das nicht.«

»Das stimmt schon. Aber sie war eigentlich nicht in dem Traum.

Ich meine, ich habe sie nicht gesehen. Aber gehört habe ich sie. Ich habe ihr hinter einer Tür zugehört. Auf der Tür stand eine Zahl, wie die Nummer eines Zimmers ...«

»Also hast du auf die Zahl gesetzt.«

»Ja. Einen ganzen Batzen.«

»Und du gewinnst einen ganzen Batzen, wenn die Zahl kommt. Was machst du mit der ganzen Kohle, wenn du gewinnst?«

»Weiß nicht. Etwas schicke ich meinem Jungen in Griechenland, schätze ich. Oder vielleicht benutze ich es als Köder, um ihn hierher zu locken. Und wenn die Zahl nicht kommt, gewinne ich es Samstagabend von Lou zurück.«

»Spielt ihr am Wochenende immer noch Karten bei dir?«

»Ja, klar. Lou und Costa sind immer dabei. Pete Frank und seine Frau Kiki kommen auch. Petes Schwager, George Boukas ...«

»Ist das der Bursche, der mal geboxt hat?«

»Stand als Kid Boukas im Ring. Hat lange als Bedienung unten im Willard gearbeitet. Und jetzt hat er einen Blumenladen.«

»Ja«, sagte Karras, »von dem habe ich gehört. Leichtgewicht, oder?«

»Guter kleiner Boxer«, sagte Stefanos. »Ein guter Sportler, in jeder Hinsicht.«

Draußen ertönte eine Hupe, als ein Mercury-Coupé an den Straßenrand gelenkt wurde. Karras stand auf, griff nach seinem Mantel und strich beim Anziehen die Aufschläge glatt.

»Das ist für mich, Nick.«

»Laß dir durch den Kopf gehen, was ich dir gesagt habe, *re*. Spiel und Spaß sind okay, aber jetzt mußt du mal ein bißchen an ernsthafte Arbeit denken.«

»Ich denk drüber nach.«

»Ruf mich an«, sagte Stefanos. »Adams vier, vierundsechzig, achtzig.«

Karras lächelte. »Okay, Nick. Wir unterhalten uns noch.«

Die Klingel läutete, als Karras auf die Straße trat. Nick Stefanos sah ihm nach, als er die Beifahrertür öffnete und in das Coupé einstieg.

»Tja«, sagte Stefanos in das leere Lokal hinein und rieb sich mit einer dicken, schwieligen Hand übers Gesicht. »Wir unterhalten uns noch. Aber vorher, junger Mann? Vorher ziehst du los und hast ein bißchen Spaß.«

10

Joe Recevo legte den zweiten Gang ein und gab Gas. Er schaute zu Karras hinüber, der am Radio herumfingerte. Aus dem Lautsprecher auf dem Armaturenbrett kam eine alte Stimme mit britischem Akzent. Der Klang ließ Recevo zusammenfahren.

»Stell auf dem Ding Musik ein, ja?«

»Das ist Fred Allens Show«, sagte Karras. »Was paßt dir daran nicht? Heute abend hat er diese britischen Komikerin … *Comédienne*. Beatrice Lillie heißt sie.«

»Ist mir egal, wie sie heißt. So ein altes Gequatsche brauche ich so nötig wie ein U-Boot 'ne Gartentür braucht.«

Karras drehte den Knopf und landete bei der trällernden Stimme von Dinah Shore – »Personality« war der Titel. Er behielt die Hand auf dem Knopf und schaute Recevo an: schokoladenbrauner Anzug mit passender Krawatte und darüber ein Kamelhaarmantel; auf dem Kopf ein brauner Fedora mit schokoladenbraunem Hutband, in dem eine kleine rote Feder steckte. Recevo und seine Hüte …

»Okay?« fragte Karras.

»Klar, Dinah Shore ist Spitze.« Recevo warf Karras einen Blick zu. »Sie ist eine hellhäutige Negerin, heißt es. Wußtest du das?«

»Ach, du lieber Gott, Joe!«

»Hat einen ordentlichen Schuß Niggerblut in den Adern. Das ist kein Geheimnis.«

»Das ist ein Haufen dummes Gequatsche.«

»Was denn? Habe ich Sie gekränkt, Mrs. Roosevelt?«

»Es ist Unsinn, Joe, mehr nicht.«

Recevo grinste kurz, fischte ein Päckchen Raleighs aus seinem Mantel und blies in die geöffnete Packung. Eine Zigarette schnippte heraus. Karras entzündete ein Streichholz, steckte sich selbst eine Lucky an, hielt die Flamme zu Recevo hinüber und gab ihm Feuer. Dann öffnete er das Fenster einen Spalt und warf das Streichholz hinaus in die Nacht.

»Hattest du ein nettes Abendessen mit deinen Kumpels?« fragte Recevo.

»Ja.«

»Du und die ganzen Frischlinge. Muß ein toller Anblick gewesen sein.«

»Frischlinge?« sagte Karras. »Sie sind doch nicht frisch hier angekommen. Verdammt, Joe, sie sind über zwanzig Jahre hier. Sie kamen zur gleichen Zeit wie dein alter Herr und meiner.«

»Sie klingen aber nicht so. Der Kleine, Costa ...«

»Er ist in Ordnung. Bloß ein leicht erregbarer Charakter, das ist alles. Und Nick Stefanos ist ein Klassetyp.«

»Stefanos ist schwer in Ordnung. Eins weiß ich: Ich hasse es, am falschen Ende von einem seiner Boxhiebe zu sein. Hast du dir mal die Hände von dem Typen angeguckt? Wie Tortenplatten.«

»Er hat mir einen Job in seinem Laden angeboten.«

Joe lächelte. »Das würd ich gern sehen. Du in einer Schürze!«

»Ja«, sagte Karras, »das wäre was, oder?«

Recevo fuhr langsamer, als sie am Lotus Club vorbeikamen, vor dem sich eine kleine Schlange gebildet hatte. Karras verdrehte den Hals.

»Was ist da los? Freie Getränke?« fragte Karras.

»Heute abend kein Gedeck«, sagte Recevo. »Die übliche Revue. Varieté mit Orchester. Die Baron Twins ...«

»Hab ich gesehen«, sagte Karras. »Einer ist ja ganz okay, aber zwei sind zuviel.«

Recevo bog nach links in die New York Avenue und schaltete herunter, als er in die Kurve ging. Karras ruckte nach vorn, Zigarettenasche fiel auf seinen Mantel.

»Scheiße, Joe, hast du die Blechbüchse nicht im Griff?«

»Das ist der Flathead-V-8 unter der Haube. Ein paar PS zuviel für den Wagen.«

»Vielleicht solltest du dir eine nette, bequeme Limousine anschaffen.«

»Ich hab mein Auge auf die neuen Modelle, wenn sie rauskommen. Ein Hudson, vielleicht. Aber ich brauch jedenfalls keine Tips von einem Typen, der nicht mal eine eigene Kiste hat.«

»Ich geh gern zu Fuß.«

»Ja, heute abend warst du gut unterwegs. Weißt du, Pete, du hättest die Straßenbahn nehmen sollen.«

»Hast du dir in letzter Zeit mal die Straßenbahnen angesehen? Zu überfüllt für mich. Sie sehen alle aus wie die Toonerville Tram, alle hängen an den Seiten raus. Die ganze Stadt ist viel zu überfüllt. Alle haben gesagt, es würde besser werden, aber wenn man sich in D. C. umguckt, merkt man nichts davon.«

»Aber über die Frauen kannst du dich nicht beklagen, oder? Herrje, von denen gibt's wirklich genug.«

»Ist mir aufgefallen«, sagte Karras.

»Ganz bestimmt«, sagte Recevo. »Ein Schürzenjäger wie du.«

Karras zog an seiner Zigarette, blies Rauch durch die Lippen und sah zu, wie er sich an der Windschutzscheibe auflöste. Er schaute auf die Hand, die die Zigarette hielt. Er gelber Lichtkeil strich über seine Finger, verschwand und kam wieder, als sie unter den Straßenlaternen fuhren. Die Adern auf seinem Handrücken leuchteten blau in dem Licht.

»Wohin fahren wir jetzt?« fragte Karras.

»Ein Besuch bei Mr. Burke«, sagte Recevo. »Er hat für uns etwas, das wir später erledigen sollen. Dauert nicht lange. Er gibt uns nur unseren Marschbefehl, und dann machen wir uns auf den Weg.«

»Beim Militär habe ich genug Befehle bekommen.«

»Es hat dich am Leben gehalten, oder?«

»Glück hat mich am Leben gehalten«, sagte Karras. »Reines, simples Glück.«

»Egal, das Reden übernehme ich, falls nötig. Du lächelst nur und nickst dazu. Meinst du, das kannst du?«

»Klar, Joey«, sagte Karras. »Ich nicke bloß.« Er nahm einen letzten Zug aus der Zigarette und schnippte den Stummel durchs Fenster nach draußen.

Sinatras aktueller Titel – »Day by Day« – kam aus dem Radio. Recevo streckte den Arm aus und stellte die Lautstärke um ein Viertel höher. Er warf seine Zigarette aus dem Fenster, lehnte sich zurück, lächelte und fing an mitzusingen. Karras ließ ihn gewähren. Immerhin hatte Joe eine recht angenehme Stimme.

»Weißt du«, sagte Recevo in einer instrumentalen Passage, »es heißt ja, jetzt kommen die Sänger groß raus. Die Zeit der Bigbands ist vorbei.«

»Ja, das hör ich auch.«

»Ich hab die Bands gemocht, aber wenn alle Sänger wie Sinatra klingen, hätte ich nichts dagegen, wenn ich im ganzen Leben keine Instrumentalnummer mehr höre.« Er tippte Karras auf den Arm. »Weißt du noch, wie wir ihn das erste Mal gesehen haben?«

»U-Line Arena«, sagte Karras.

»Neunzehnhundertvierzig. Spielte mit den Pied Pipers. *Just Look at Me Now* hat er gesungen. Mein Gott, die Frauen sind durchgedreht. Eben haben wir noch mit zwei Weibern getanzt, in der nächsten Sekunde stehen wir allein mitten auf der Fläche. Wir haben ja kaum gewußt, wer der Typ war.«

»Für mich hat er wie jeder andere Spaghetti ausgesehen«, sagte Karras, aber Recevo war irgendwo anders, und der Spott drang nicht bis zu ihm.

»Aber der beste Abend«, sagte Recevo. »Der beste Abend! Das war, als wir die Kanus von Fletchers Bootshaus genommen haben und den Kanal bis zur Watergate-Barkasse runtergepaddelt sind. Sinatra trat gratis auf, unter den Sternen und mit großem Orchester. *Ol' Man River*, weißt du noch? Alle waren wie hypnotisiert. Mann, und die Frauen hatten Stielaugen und hingen fast von der Memorial Bridge.«

»Kurz vor deiner Einschiffung.«

»Genau. Ich war mit der kleinen Lawson da. Wie hieß die noch mal mit Vornamen?«

»Woher soll ich das wissen. Sie war doch dein Mädchen, nicht meins.«

»Und du warst mit Helen Leonides da. Verdammt, war die an dem Abend aufgetakelt. Ein Weihnachtsbaum ist im Vergleich dazu ...«

»Laß gut sein, Joey!«

»'Tschuldigung. Hab ganz vergessen, du bist jetzt ja verheiratet. Und dein Kumpel Pericles ist mit Helen verheiratet ...«

»Vergiß es!«

»Was denn, du willst mir doch jetzt nicht sagen, da war nichts? Scheiße, Grieche, am nächsten Tag hast du mir erzählt, du hättest sie rauf und runter gevögelt ...«

»Laß es gut sein, hab ich gesagt!«

»Schon gut.«

Die nächsten fünf Minuten fuhren sie schweigend. Eine Aufnahme von Phil Jarris folgte auf Sinatra. Karras drehte das Fenster einen Spalt herunter, um sich abzukühlen. Und schließlich war er ja nicht Joes wegen wütend.

»Ach, übrigens«, sagte Karras, »ich habe Perry heute abend gesehen.«

»Was macht er so?«

»Ihm geht's gut. Er arbeitet viel, will mal seinen eigenen Laden aufmachen. Wahrscheinlich hat er ein paar, wenn er fertig ist.«

»Hast du das neue Baby gesehen?«

»Ja. Macht sich prächtig.«

»Und Helen? Hast du sie auch gesehen?«

»Hab ich.«

»Ach?« Recevo räusperte sich. »Wie sah sie aus?«

Karras warf Recevo einen Blick zu. Beide fingen zu lachen an. Karras boxte Recevo gegen den Arm. Recevo nahm eine Hand hoch, um einen zweiten Hieb zu stoppen, und der Mercury schlingerte über die Mittellinie. Sie kamen zu den Negerblocks rund um New Jersey Avenue und lachten immer noch, als sie eine Querstraße erreichten, in der einige Reihenhäuser von Weißen bewohnt waren. Recevo fuhr an den Straßenrand und stellte den Motor ab.

»Du weißt, was ich gesagt habe, Pete.«

»Lächeln und nicken.«

»Genau.«

Sie stiegen aus dem Wagen und überquerten die Straße. Karras und Recevo waren in etwa gleich groß und bewegten sich ähnlich, elegant und zielgerichtet wie Haifische. Wenn sie, wie jetzt, nebeneinander gingen, waren sie wie zwei Hälften eines Mannes. Recevo hatte kantige, hagere, pockennarbige Wangen, dunkle Haut und schwarzes welliges Haar. Keiner bezeichnete ihn als attraktiv, anders als Karras. Er hatte eher die Attraktivität der Straße, aber Recevo fühlte sich gut dabei.

Sie nahmen die Stufen zur Eingangstür des Reihenhauses. Wie zahlreiche Eckreihenhäuser in D.C. hatte auch dieses einen festungsartigen Turm, der von Zinnen gekrönt war. Recevo wies Karras auf den Gebäudeteil hin.

»Was denn? Teilt Burke sich die Rente mit König Arthur?«

»Ja«, sagte Recevo. »Und dort ist Basil Rathbone. Er ist da oben und legt einen Pfeil auf, der deinen Namen trägt.«

Karras lachte und sah dabei auf Recevos Füße hinab.

»Neue Schuhe?«

»Flagg Brothers, vier Dollar fünfundneunzig. Gefallen sie dir?«

»Ja«, sagte Karras, »das tun sie.«

Recevo klopfte an die Tür. Er nahm seinen Hut ab, strich sich das Haar glatt, schnippte gegen die Kerbe des Fedora, setzte ihn wieder auf und fuhr mit Daumen und Zeigefinger über den Hutrand. Eine kleine Klappe in der Tür wurde geöffnet, ein großes blutunterlaufenes Augenpaar erschien in der Öffnung.

Recevo bewegte seinen Kopf ins Licht. »Karras und Recevo. Zu Mr. Burke.«

»Moment.«

Die Klappe schloß sich, die Tür ging auf, und ein hünenhafter häßlicher Mann stand im Türrahmen. Karras betrachtete ihn und dachte dabei, die einzige Art, ihn umzuhauen, bestände darin, ihn tief zu treffen. Ihn wie einen großen Baum zu fällen.

»Kommt!« sagte der Mann, den alle nur Face nannten.

Sie betraten eine kleine Diele, auf deren linker Seite eine geländergesäumte Treppe nach oben führte. Rechts öffnete sich eine Doppeltür zu einem großen Wohnraum, wo drei Männer in Anzügen und eine Frau in Bolerojacke und sportlicher Hose auf kissenüberladenen Polstermöbeln saßen, Highballs schlürften und Zigaretten pafften. Die Frau sah schrill und billig aus, trotzdem lächelte Karras sie an, schon aus Gewohnheit. Ihre Füße, ohne Schuhe und in Nylons, lagen auf einem nierenförmigen Marmortisch. Neben ihren Füßen lag ein blauschwarzer Revolver.

»Hey, Face«, sagte Karras. »Wie geht's der Familie?«

»Gut geht's ihnen, Karras. Danke der Nachfrage.«

»Kommen deine Kinder nach dir oder nach deiner Frau?« fragte Recevo.

Face dachte darüber nach. »Nach meiner Frau, denke ich.«

Recevo grinste. »Sie sollten Gott dafür danken.«

»Geht nach oben«, sagte Face und zeigte mit einem Daumen, dick wie eine Nudelrolle, zur Decke.

Recevo und Karras gingen die Treppe hinauf. Karras ließ die Hand über das fleckige Eichenholz des Geländers gleiten.

»Face hat dich hinter deinem Rücken gerade einen Schlappschwanz genannt«, sagte Karras. »Ich hab es genau gehört. Nimmst du ihn dir vor, wenn wir bei Burke fertig sind?«

»Jawohl«, sagte Recevo, »und anschließend gehe ich mit Mighty Joe Young in den Ring.«

Sie erreichten den Treppenabsatz, wandten sich nach rechts und traten durch eine große Tür in einen Raum, der einmal aus zwei Schlafzimmern bestanden hatte, bevor Burkes Männer die Wände herausgeschlagen hatten. Burke, der hinter einem aufgeräumten Eichenschreibtisch saß, blickte bei ihrem Eintreten nicht auf. Karras bemerkte den verschlossenen Gewehrschrank an der Wand. Hinter der Glastür stand eine Thompson im Regal.

Am Ende des Diwans, der vor die Wand gerückt war, saß eine unauffällige Brünette. Das Holz des Diwans war verkratzt und angeschlagen – wahrscheinlich war Face überall angestoßen, als er das Möbelstück auf dem Rücken hinaufgetragen hatte. Den Rest des Diwans nahmen die knapp dreihundert Pfund von Gearhart ein, Burkes Gehirn und Berater. Der hakennasige Mann zwang sich ein Lächeln ab, bei dem er mehr Zahnfleisch als Zähne entblößte. Seine Finger spielten mit einer Uhrkette, die Westentasche mit Hosentasche verband. Karras sah die üblichen zweifarbigen Gibsons, braun und weiß, an Gearharts plumpen Füßen. Ein Dandy vom Scheitel bis zur Sohle, und ein reichlich fetter dazu, die schlimmsten von allen.

Ein schmuckloser schwerer Eßtisch stand in der Mitte des Zimmers, um ihn herum vier Stühle mit hohen Rückenlehnen. Reed, Burkes Top-Muskelmann, saß am Kopfende des Tischs, rollte eine nicht angezündete Fatima zwischen den Fingern und nahm Karras in Augenschein, als dieser den Raum durchquerte. Recevo und Karras nahmen zwei Stühle vom Tisch, zogen sie zu Burkes Schreibtisch und setzten sich. Recevo nahm den Hut ab, strich sich das Haar glatt und legte den Hut auf den Schoß.

Burke verschränkte die Hände und legte sie auf den Schreibtisch. »Wie geht es denn so, Joe?«

»Alles bestens, denke ich.«

»Karras«, sagte Burke. »Freut mich, daß du kommen konntest.«

Karras nickte und lächelte. Er hatte vergessen, was er zuerst machen sollte.

»Ihr geht heute abend zum Boxkampf?«

»Hmhm«, bejahte Recevo mit einem Blick auf seine Uhr.

»Geld auf Moore gesetzt?«

»Lohnt nicht die Zeit, die es dauert, eine Wette zu plazieren«, sagte Recevo. »Ich glaube nicht, daß Parks ihm viel entgegenzusetzen hat. Aber ich habe ein bißchen Bares auf den Vorkampf gesetzt. Morales gegen Russell.«

»Auf Morales, hoffe ich.«

»Ja.«

»Kluger Junge«, sagte Burke.

Karras, unruhig wie in ein kleiner Junge in der Kirche, schaute sich im Zimmer um. Seine Augen landeten bei der Brünetten. Sie folgten der Linie ihrer Beine bis zu den Schuhen, Sandaletten mit Plateausohlen, die an den Seiten mit Silbernägeln besetzt waren. Er hatte solche Schuhe im Schaufenster von I. Miller's an der F gesehen, als er sich nach einem Mitbringsel für Eleni umschaute. Er überlegte, zu wem die Frau gehörte, falls überhaupt, oder ob sie nur als Dekoration herumsaß. Zwölf Dollar und fünfundneunzig Cents für die Schuhe. Er fragte sich, ob sie den Preis wert war.

»Reden wir übers Geschäft, oder was?« sagte Reed. Er sprach, wie immer, zu laut, als würde laut reden jemanden dafür interessieren, was er zu sagen hätte. Typen wie ihn hatte Karras beim Militär gekannt. Allerdings hatte Reed nie in einer Uniform gesteckt; es hieß, er hätte die Psychiater aufs Kreuz gelegt. Der Mann war einfach mies, mit den kleinen Augen eines Schweins und den Schultern eines Footballers. Als Junge war er in eine Erziehungsanstalt gekommen, weil er Benzin auf die Katze des Nachbarn gegossen hatte. Später, als Erwachsener, hatte er ein Jahr gesessen, weil er eine Frau in einem Bus geschlagen hatte.

»Ja«, sagte Burke, »wir müssen reden. Ich will nicht, daß ihr zwei zu spät zum Hauptkampf kommt.«

»Wenn es ums Geschäft geht«, sagte Reed, »dann sollte die Puppe besser rausgehen.«

Die Puppe. Karras grinste. Reed war seit 1939 nicht mehr im Kino gewesen. *The Roaring Twenties* war der letzte Film, den er gesehen hatte.

Burke nickte zu der Frau, die rasch, aber durchaus mit einiger Würde, aufstand. Sie warf Burke einen gekränkten Blick zu und blinzelte zu Karras, als sie durchs Zimmer ging. Die Sandaletten klapperten auf dem Holzboden und wurden leiser, als sie den Läufer auf der Treppe betrat.

»So«, sagte Recevo. »Was gibt's denn?«

»Ein gewisser George Georgakos schuldet mir ein paar Dollar. Der Vogel hat mir die Grundschuld bezahlt, aber über die Zinsen können wir uns nicht einig werden. Er behauptet, er würde endlich zahlen, aber bisher kam nichts. Ich dachte mir, du und Karras besucht ihn heute abend und holt etwas von meinem Geld ab. Das könnte mich davon überzeugen, daß er es aufrichtig meint.«

George Georgakos – ein Zigeunertyp, aus den Ghettos von Athen über Smyrna hier gelandet. Karras kannte ihn flüchtig und wußte, daß er sich nachts in den griechischen Clubs in Southeast herumtrieb, Karten spielte und mit Karras' Vater *Mastica* trank. Nächte in den Clubs nach seiner Pagenschicht im Hotel Washington, wo er pro Woche fünfzehn, vielleicht zwanzig Dollar verdiente. Karras schaute auf Burkes Hände, die er jetzt gegeneinander gelegt hatte. Auf den ersten Blick wirkte Burke fit, er hielt sich immer stocksteif, und sein Bauch war flach unter der Weste seines Anzugs. Aber die Hände waren weich, ihr Griff schlaff und ohne Charakter. Karras erinnerte sich, daß er das Bedürfnis hatte, sich die Hände zu waschen, nachdem Burke ihm beim letzten Mal die Hand gegeben hatte.

»Wieviel sollen wir abholen?« fragte Recevo.

»Vierzig sollten erst einmal reichen. Wir hatten in der Vergangenheit ein kleines Verständigungsproblem. Vielleicht wollte er mich auf den Arm nehmen, aber viel von dem, was der Alte gesagt hat, konnte ich nicht verstehen. Typisch für diese Einwanderer – sie machen sich nicht mal die Mühe, die Sprache zu lernen.«

Das liegt daran, daß sie zuviel geschuftet haben, um ihre Familien zu ernähren. Geschuftet wie die Tiere, als ob ein Tier jemals so hart arbeiten könnte. Aber keiner von euch schneeweißen Armleuchtern versteht dieses Wort …

»… Deshalb dachte ich, es könnte ein guter Gedanke sein, wenn Karras hier mitgeht. Hört sich das gut an, Karras?«

Karras lächelte und nickte. Diesmal, glaubte er, hatte er es wohl durcheinandergebracht.

»Ja«, sagte Reed. »Karras und dieser Typ Georgakos, sie sprechen dieselbe Sprache. Die beiden können den ganzen Abend zusammensitzen und grunzen.«

Gearhart schnaubte und setzte ein arrogantes Grinsen auf. Karras hörte, wie Reed hinter ihm ein Streichholz anzündete und sich die Fatima ansteckte. Der Rauch der Zigarette kroch durch den Raum.

»Vierzig Dollar«, sagte Recevo im Versuch, die Atmosphäre aufzutauen. »Das dürfte ein Spaziergang im Park sein, was, Pete?«

»Kein Problem«, sagte Karras.

»Hey, Karras«, sagte Reed. »Sei ein braves Negermädchen und hol mir den Aschenbecher von Mr. Burkes Schreibtisch.«

»Ich hole ihn«, sagte Recevo, doch Karras hielt ihn mit einer Armbewegung zurück.

»Ich habe Karras gebeten, ihn mir zu holen«, sagte Reed.

Karras wies mit dem Kinn in Gearharts Richtung. »Bitte doch Laird Cregar dort drüben, ihn dir zu holen, Reed. Er ist ein bißchen näher dran.«

Gearharts Grinsen verflüchtigte sich. Er machte keine Anstalten, den Aschenbecher zu nehmen, ebensowenig wie Reed.

Recevo trommelte mit den Fingern auf der Armlehne seines Stuhls und rutschte nervös hin und her. »Mr. Burke, was sollen wir tun, wenn dieser Georgakos sich weigert.«

»Er wird sich nicht weigern«, sagte Burke, den Blick unverwandt auf Karras gerichtet. »Er würde sich nicht beim Anblick von zwei Jungs weigern, die erlebt haben, was ihr erlebt habt. Oder?«

Burke selbst hatte nichts »erlebt«, da er weit über dreißig war und deshalb nicht eingezogen wurde. Aber er hatte einen Bruder, der in Europa gekämpft hatte, und für Burke stellte ein Veteran etwas dar. Das gab ihm Pluspunkte, nahm Karras an, und verschaffte ihm einen gewissen Spielraum.

»Wir kümmern uns darum«, sagte Recevo, und er und Karras standen auf.

»Hey«, sagte Reed. »Ich hab eine Idee. Vielleicht solltet ihr im

Laden des Griechen eure Uniform tragen. Und auch eure Orden. Vielleicht hilft das.«

»Vielleicht möchtest du gern mit ihnen gehen«, sagte Burke mit leicht ätzendem Tonfall.

»Damit könnte Reed ein Problem haben«, sagte Karras. »Er würde ebenfalls eine Uniform brauchen. Und als ich das letzte Mal dabei war, haben sie keine Uniformen an Leute ausgegeben, die beim Idiotentest durchgefallen sind.«

Reed schoß das Blut ins Gesicht, und er erhob sich.

»Ruhig!« sagte Burke. »Ihr beide könnt euer Spielchen machen, wenn ihr wollt, aber nicht hier drinnen.«

»Nur weil er ein paar Japse umgelegt hat«, murmelte Reed, »glaubt dieser Typ, aus seinem Arsch entströmt Parfüm.«

Burke hob die Stimme. »Halt den Mund, Reed, und setz dich! Du kannst dich später bei mir bedanken.«

Reed setzte sich und sog heftig an seiner Zigarette. Recevo setzte sich den Hut auf den Kopf, und Karras zog unter dem Mantel die Schultern zusammen.

»Haben Sie eine Adresse für uns, Mr. Burke?« fragte Recevo.

»Ja, ich gebe sie euch jetzt.« Burke sah Karras an. »Entschuldigst du uns einen Moment, Pete? Ich habe mit Joe etwas Privates zu besprechen.«

»Ich treff dich unten in der Halle, Joe.«

Karras drehte sich um und ging durch die offenstehende Tür. Reed lächelte ihn an und verfolgte seine Bewegungen mit zusammengekniffenen Augen. Karras' schwere Schritte entfernten sich, als Burke die Adresse auf ein Stück Papier kritzelte.

»Hier«, sagte Burke und schob den Zettel über den Schreibtisch. »Es wird heute abend keine Probleme geben, oder?«

»Nein«, sagte Recevo. »Keine Probleme.«

»Weil ich mich an die verpfuschte Geschichte mit Mr. Weinberg erinnere. Der Schneider, der mir Schutzgeld geschuldet hat, drüben an der Seventh.«

»Das war ein besonderer Fall«, sagte Recevo. »Die Sache war, daß Pete den Mann kannte, aus seinem Viertel. Er hat früher eine Menge Griechen auf Kredit eingekleidet. Ich glaube, er hat sogar Petes altem Herrn einen Anzug verkauft – ein Dollar pro Woche, fünfzehn Wochen lang, keine Zinsen, irgendwas in der Art. Hat ihm den Anzug für einen Händedruck geändert. Deshalb hatte Pete dort eine persönliche Beziehung ...«

»Eure Jugendbeziehungen interessieren mich nicht. Diesen Weinberg haben wir verloren, direkt nachdem ihr ihm eine Atempause gegeben habt.«

»Der Judenlümmel ist abgehauen«, sagte Reed.

»Wir haben ihn verloren«, sagte Burke, »weil du zugelassen hast, daß Karras weich wird. Und man kann nicht zulassen, daß jemand weich wird, wenn man versucht, ein Geschäft wie dieses aufzubauen.«

»Ich verstehe, Mr. Burke.«

»Hör zu. Ich gebe euch noch eine Chance, weil ihr beide in Übersee euren Job gemacht habt, und du weißt, daß mir das etwas bedeutet. Und weil ich mir von dir noch einiges verspreche, Joe. Diejenigen, die mit mir anfangen, werden mich den ganzen Weg begleiten. Verstanden?«

»Klar.«

»Gut. Viel Spaß bei den Boxkämpfen. Ruf mich später an und laß mich wissen, wie es gelaufen ist. Ich werde auf deinen Anruf warten.«

Recevo zog den Hut ein bißchen nach vorn und ging zur Tür. Für Reed hatte er gar nichts, nicht einmal einen flüchtigen Blick. Damit konnte man Reed kränken – indem man nichts abgab. Man hielt das Steak vor dem Käfig hoch, aber man schob es niemals durch die Gitter.

Recevo verließ das Zimmer, und niemand sprach ein Wort. Nach ein oder zwei Minuten hörten die Männer, wie die Haustür ins Schloß fiel.

Reed warf seine Zigarette auf den Boden und trat sie mit dem Fuß aus. »Griechen und Italiener«, sagte er. »Ich sag euch, von denen brauchen wir keinen. Als nächstes laufen wir noch in schwarzen Jacken 'rum und servieren Niggern das Abendessen.«

Gearhart befingerte seine Uhrkette und bewegte neugierig seine Schildkrötenaugen unter den Lidern. »Der Grieche wird stolpern«, sagte er. »Es liegt in seiner Natur. Ihr wißt das, oder?«

Burke nickte. »Natürlich. Aber das ist nicht sein Test, sondern Recevos.«

Gearhart hob eine Augenbraue. »Und der Grieche.«

Burke atmete vernehmlich aus. »Der Grieche ist erledigt.«

Draußen auf dem Bürgersteig blieb Recevo unter einer Straßenlaterne stehen, um sich eine Zigarette anzuzünden. Er blies Rauch in die Richtung von Karras, der neben ihm stand und in den sternlosen Himmel blickte.

»Pete, Pete, Pete«, sagte Recevo. »Was fange ich nur mit dir an?«

»Was?«

»Ich dachte, ich hätte dir gesagt, du sollst den Mund halten.«

»Ach, Joe, um Himmels willen. Das war doch ein Witz da drinnen, meinst du nicht? Ich meine, nimm diese Typen nicht zu ernst. Und außerdem, ich bin doch nicht zu weit gegangen, oder?«

»Reed mit dem Idiotentest zu kommen! Und dann die Laird-Cregar-Anspielung auf Gearhart!«

»Entspann dich.« Karras zog Recevo am Arm. »Komm schon, sonst verpassen wir die Vorkämpfe.«

Sie stiegen in das Coupé. Karras suchte einen Sender im Radio, während Recevo den Zündschlüssel drehte und den Motor anließ.

»Gearhart«, sagte Karras. »Du mußt doch zugeben, daß dieser fette Armleuchter ein bißchen wie Laird Cregar aussieht, oder?«

»Cregar sieht besser aus«, sagte Recevo.

Sie lachten beide, als der Wagen anfuhr.

11

Karras drehte das Fenster ein Viertel nach unten und stieß den Rauch seiner Zigarette in Richtung des Spalts aus. Das Radio spielte »The Frim Fram Sauce« vom King Cole Trio. Karras hatte Nat Cole spät abends einmal im Casino Royale gesehen. Coles Musikstil hatte ihm wirklich gut gefallen.

»Ich will ja nicht wieder davon anfangen ...« sagte Recevo.

»Dann laß es!«

»Aber dein Verhalten da drinnen – es war falsch.«

»Aha.«

»Es geht darum, daß du die Arbeit, die wir von Burke kriegen, ein bißchen ernster nehmen mußt.«

»Ach, ja? Weshalb?«

»Weil wir ganz unten im Parterre anfangen, Pete. Deshalb. Burke hat Pläne, seine Organisation zu erweitern.«

Karras zog an seiner Zigarette. »Wenn er zu groß wird, wird er zerquetscht. Die Geschäfte sind schon alle verteilt. Snags Lewis hat die Taschendiebe, und Pete Gianaris kontrolliert die Lotteriespiele.

Meyers hat die Würfel. Und alles fließt zu Jimmy La Fontaine. Und von La Fontaine läuft ein Draht zu Frank Costello in New York. Glaubst du denn, die New Yorker Gangs lassen sich ein Stück des Geschäfts von einem Haufen Strolche wegnehmen?«

»Du kapierst nicht, was ich sage. Burke hat kein Interesse an Lotterie, an Würfel oder Pferdchen. Sein Ding ist Schutzgeld und Geldverleih mit hohen Zinsen. Da draußen sind jede Menge Leute, die ein Geschäft aufmachen wollen, irgendwas ...«

»Einwanderer, meinst du.«

»Einwanderer, klar, und auch ein paar andere. Von den Banken kriegen die keine Schnitte. Burke erweist ihnen also einen Dienst.«

»Burke und seine Männer werden nicht ewig da sein. Ich sage dir, du setzt auf das falsche Pferd. Er wird zerquetscht werden.«

»Da draußen ist ein Loch, und Burke füllt es. Pete, diese Stadt steht weit offen. Jemand kommt vorbei und hebt das Geld auf, das auf der Straße liegt. Wir könnten ein Teil davon sein, du und ich.«

»Ich will mich mit diesen Typen nicht einlassen«, sagte Karras. »Und ich werde mich nicht mit ihnen einlassen.«

»Aber sicher wirst du. Und wenn du dein Verhalten beibehältst, wird Burke es sich zweimal überlegen, ob er uns befördert.«

»Ich gebe einen Dreck darauf, was er sich überlegt.«

»Okay. Aber was zum Teufel willst du tun, wenn du das nicht machst.«

»Ich weiß nicht. Ich finde schon was. Vielleicht mache ich die Prüfung für den öffentlichen Dienst.«

»Ein Staatsbeamter«, spottete Recevo. »Zum Lachen. Du müßtest vor zwölf Uhr mittags aufstehen. Hast du daran schon mal gedacht?«

»Das könnte ich.«

»Aber klar könntest du. Hör mir zu, du und ich, wir sind Washingtoner. Echte Washingtoner, hier geboren und aufgewachsen. Mit diesen Regierungstypen haben wir nichts am Hut. Das sind Touristen, mehr nicht. Und bisher ist dir das am Arsch vorbeigegangen. Du hast nicht mal gewählt. Ich meine, hast du jemals das Capitol besucht? Jemals die Führung durchs Weiße Haus mitgemacht?«

»Ich bin abends mal zum Lincoln Memorial gegangen.«

»Ja, um mit einem Weib 'rumzuknutschen.«

»Ich bin hingegangen, mehr habe ich nicht gesagt.«

»Und ich sage, du sollst aufhören, es so lässig zu nehmen, Pete. Ihr habt ein Kind unterwegs, vergiß das nicht.«

»Ich weiß«, sagte Karras, »aber ich werde mich selbst darum kümmern. Ich will mich nicht mit jemandem wie Burke einlassen.«

»Dann tu mir einen Gefallen. Zieh es heute abend durch. Hilf mir bei diesem Georgakos, ja? Du wirst schon sehen, danach ergibt sich alles wie von selbst.«

»Keine Sorge, Joe.« Karras ließ die Zigarette aus dem Fenster fallen. »Ich werd's nicht versauen.«

An der W Street vor Turner's Arena wurden sie weitergewunken. Recevo fand einen Parkplatz für den Mercury, und er und Karras gingen hinein.

Recevos Eintrittskarten führten sie nahe zu den besten Plätzen, achtzehn Reihen vom Ring. Die meisten Zuschauer trugen Oberhemden und Krawatten. Es waren überwiegend Männer, nur ein paar in weiblicher Begleitung. Eine Dunstwolke von Zigaretten und Zigarren schwebte wie Nebel in der Halle. Auf dem Weg zu ihren Plätzen kauften sie zwei Bier.

Karras steckte sich eine Zigarette an und, mit demselben Streichholz, eine zweite für Recevo. Sie waren in der Mitte der Vorkämpfe angekommen, während eines Fünfrundenkampfs zwischen zwei Boxern aus Washington, Artie Brown und Flattop Cummings.

In der fünften gingen die beiden in den Infight, und Cummings Hose begann, ihm über die Hüfte zu rutschen. Der Ringrichter versuchte einzuschreiten und die Hose wieder hochzuziehen, und als Dank für seine Bemühungen fing er sich einen Hieb von Brown aufs Kinn ein.

»Sieh dir das an!« sagte Recevo und stieß Karras den Ellbogen in die Rippen. »Brown hat dem Ringrichter eins mitten aufs Maul verpaßt.«

»Ich werd' nicht mehr!« sagte Karras.

Brown gewann nach Punkten, und in der Pause bis zum nächsten Kampf sah Karras sich in der Halle um. Polizeichef Barrett saß mit zwei seiner Lieutenants unten am Ring. Nahe bei ihm war Emmit Warring, einer der bekannten professionellen Glücksspieler der Stadt. Und in der Reihe dahinter sah Karras Steve Mamakos, zusammen mit seinem Manager.

»Hey, Joe, da ist Mamakos!«

»Wo?«

»Zweite Reihe vom Ring aus.«

Recevo sah Karras an. Er lächelte und beugte sich nach vorn, die Augen weit aufgerissen wie ein kleiner Junge. Diesen Blick hatte Recevo bei Karras das letzte Mal vor dem Krieg gesehen.

»Vielleicht überlegt dein Mamakos ja, eines Tages mit Archie

Moore in den Ring zu gehen, und nimmt ihn jetzt schon einmal unter die Lupe.«

»Laß die Witze. Mamakos ist astreines Mittelgewicht. Aber bei gleichem Gewicht könnte er Moore bestimmt einen guten Kampf liefern.«

»So wie gegen Tony Zale?«

»Vergiß es! Zale hat ihn im ersten Kampf in Runde dreizehn ausgeknockt. Dann hat Zale im zweiten Kampf wieder dreizehn gebraucht, um Steve zu Boden zu schicken, aber bis dahin hatte Zale völlig zugequollene Augen. Ich glaube, kein Boxer hat Zale so zugesetzt wie Mamakos. Billy Conn nicht. Nicht einmal Graziano.«

»Schon gut, ich glaub's ja. Du kannst dich abregen.«

»Mamakos kriegt seine Chance noch.«

»Schon gut, habe ich gesagt.« Recevo stand auf. »Ich hole ein paar Nationals. Willst du?«

»Ja.«

Der Federgewichtkampf – Chico Morales gegen Danny Russel – war in vollem Gange, als Recevo zurückkam. Morales ging rasch in den Angriff und akzentuierte jede Kombination mit einer kurzen Rechten. Er marschierte ständig, und in der dritten Runde begann Russel müde zu werden.

»Der Kubaner ist schnell«, sagte Karras. »Hast du Geld auf ihn gesetzt?«

»Etwas.«

»Der Kubaner macht ihn alle.«

In der vierten Runde schickte Morales Russel auf die Bretter. Recevo und Karras tranken ihr Bier und rauchten eine Zigarette dazu. Jimmy La Fontaine und sein Anwalt, Charlie Ford, tauchten mit einem breiten Lächeln bei ihren Plätzen am Ring auf, als der

Ansager das Mikro herunterzog, um die Daten zum Hauptkampf anzukündigen.

»La Fontaine sieht alt aus«, sagte Recevo.

»Er muß schon an die achtzig sein, oder?«

»Ungefähr, ja. Wie ich höre, macht Jimmy Boyle drüben an der Eastern Avenue nachts den Türsteher für La Fontaine.«

»Das ist kein Geheimnis.«

»Ein D.C.-Cop – und arbeitet für den größten Glücksspielladen im County. Ein bißchen gefährlich auf beiden Seiten der Straße zu spielen. Meinst du nicht?«

»Boyle weiß, was er tut. Er ist nicht schmutzig, wenn du das meinst. La Fontaine hat gern ein paar Cops auf der Gehaltsliste, dann fühlt er sich sicherer. Und außerdem sind wir hier nicht in Chicago. Die Kohle wird hier nach oben geschleust, nicht nach unten zu den Cops in Uniform. Boyle ist eben ehrgeizig. Und wenn man in einem solchen Laden arbeitet, hört man das eine oder andere.«

»Wenn Boyle wirklich von der Straße weg und sein Detective-Abzeichen haben will, dann sollte er sich vielleicht darum bemühen, die Nuttenmorde aufzuklären. Die Zivilen, die auf den Fall angesetzt sind, haben bisher null Ergebnisse. Gestern nacht der war der zweite dieses Jahr.«

»Boyle wollte Cop werden, seit er ein kleiner Junge war. Wenn es eine Möglichkeit zum Weiterkommen gibt, dann findet er sie.«

Der Ringansager stellte die Boxer vor. Archie Moore wirkte schlank um die Hüften, sein Oberkörper war kräftig, sein Gesicht glatt und ungezeichnet. George Parks, der Lokalmatador, wurde mit lautem Applaus begrüßt.

»Mein Gott, Parks ist ganz schön bullig.«

»Moore hat fast fünfzehn Pfund weniger«, sagte Karras, »aber paß auf!«

Sobald die Glocke ertönte, griff Archie Moore mit einer Serie von linken Geraden an. Dann traf ein linker Haken Parks' Kiefer und eine gerade Rechte hinterher dieselbe Stelle. Moore ließ exakt die gleiche Kombination folgen und schickte Parks in die Seile.

Recevo zeigte auf den Ringrichter. »Gallagher wird unterbrechen.«

Aber Moore kam dem Ringrichter zuvor und brachte Parks mit einer harten Rechten zu Boden. Parks ließ sich bis neun anzählen und stand auf. Er blutete aus der Nase und fand seine Füße nicht.

»Parks steckt in der Patsche«, sagte Karras.

»Ja«, sagte Recevo. »Parks ist fertig.«

Parks steckte eine Reihe von schnellen Schlägen ein, und Marty Gallagher brach den Kampf ab. Im Zuschauerraum waren Buhrufe zu hören, als Karras und Recevo hinausgingen.

»Zwei Minuten und ein paar Zerquetschte in der ersten Runde«, sagte Recevo. »Kaum zu glauben.«

»Was hast du denn erwartet? Na ja, jedenfalls haben wir zwei gute Kämpfe gesehen. Hast du auf Morales was gewonnen?«

»Zwei Dollar.«

Sie verließen Turner's Arena und traten in die Nacht. Karras griff in seinen Mantel, zog eine leere Schachtel Luckies heraus und zerknüllte sie.

»Gib mir doch eine von den Raleighs.«

»Hier.«

Karras entzündete ein Streichholz, sog den Rauch ein. Er verzog das Gesicht, warf das Streichholz auf die Straße. »Wie zum Teufel kannst du diese Dinger vertragen?«

»Hey, sie sind immerhin gut genug für Babe Ruth und Ed Sullivan.«

»Ed Sullivan«, sagte Karras kopfschüttelnd. »Wohin jetzt, Joe?«

»Ein Besuch bei Georgakos, schätze ich. Bringen es hinter uns.«

»Abends hängt Georgakos meist in den hellenischen Clubs 'rum. Er kommt erst spät nach Hause.«

»Na gut, dann warten wir.«

»Was tun wir in der Zwischenzeit?«

»Suchen uns einen Drink, schätze ich.«

»Fahr zu Kavakos«, sagte Karras.

Recevo grinste und legte den ersten Gang ein.

12

Sie fuhren nach Northeast hinein, parkten an der H und näherten sich dem Club von der 8th Street. Die Geräusche des Clubs ergossen sich nach draußen; Menschen, die lachend und schreiend die verstärkte Stimme von Frankie Donato, dem Hausconférencier übertönten. Karras zog sich den Trauring vom Finger und steckte ihn in die Hosentasche. Der Türsteher, Jerry Tsondilis, ließ Karras und Recevo nach einem flüchtigen Blick ein.

Für einen Abend in der Woche war viel los. Die Theke war gut besetzt, kein Tisch war frei. Karras ging vor bis zur Theke, und Recevo drängte sich zu einer Stelle rechts von ihm.

Karras gab Bill Kavakos ein Zeichen, der hinter dem Zapfhahn stand und ein Bier einfüllte. Sein Bruder Johnny lehnte sich aufs andere Ende der Bar und wischte eine Schnapspfütze auf.

Bill Kavakos kam zu ihnen und begrüßte sie mit einem Kopfnicken. Seine Augen verharrten ohne jede Gefühlsregung auf Karras. »Pete. Was soll's sein?«

»Für mich eine Flasche Senate«, sagte Karras. »Und ein Glas Whiskey.«

»Welche Sorte?«

»Pete Hagen's. Den hochprozentigen, wenn du hast.«

»Und Sie, mein Freund?«

»Das gleiche«, sagte Recevo.

Bill Kavakos kümmerte sich um die Bestellung, während Recevo sich eine Zigarette anzündete. Er blies in die Packung, bis eine zweite herauskam, und schob die Packung in Karras' Richtung. Kavakos kam mit den Getränken zurück und setzte sie ab. Karras legte zwei Ein-Dollar-Scheine auf die Theke.

Recevo hob sein Glas. »Auf den Erfolg, Kumpel.«

»Ganz mein Reden.«

Sie leerten ihr Glas in einem Zug und spülten den Whiskey mit einem Schluck aus der Flasche nach. Karras nahm eine Lunge voll Rauch und blies ihn langsam wieder aus. Sein Blick wanderte durch die Bar.

Kavakos' Bar schien sich mit den Jahren nicht verändert zu haben. Damals war sie ein lang gestreckter Saloon mit niedriger Decke, einer Schicht Sägespänen auf dem Boden und dem Geruch von abgestandenem Bier in jeder Holzritze. Als Kind war Peter oft quer durch die Stadt hierher gegangen, von seiner Mutter geschickt, um seinen Vater zu suchen und ihn zum Abendessen nach Hause zu bringen. Meist hatte er seinen Vater hier gefunden, mit wäßrigem Blick und streitlustig, die Arme auf der Theke verschränkt. Fünfzehn Jahre später war Karras hier und legte das gleiche verdammte Verhalten an den Tag. Aber er war nicht wie sein Vater. Bei weitem nicht.

»Da ist Steve Nicodemus«, sagte Recevo. Nicodemus stand,

sichtlich betrunken, fast am Ende der Theke und versuchte, Johnny Kavakos' Aufmerksamkeit auf sich zu ziehen.

»Ja, ich sehe ihn.« Aber Karras blickte bereits an Nicodemus vorbei zu einer Blondine, die, ein Cocktailglas vor sich, hinter ihm saß und in einem Taschenbuchroman las.

»Willst du mit ihm reden?«

»Später vielleicht«, sagte Karras und trank die Flasche aus. »Nehmen wir noch eine Runde!«

»Wir müssen heute abend noch arbeiten. Und du verträgst nicht sonderlich viel.«

»Ich brauche mehr Übung, das ist alles.«

»Ganz wie du meinst.« Recevo fand Blickkontakt zu Bill Kavakos. »Noch mal das gleiche«, sagte er und ließ einen Finger über ihre leeren Gläsern kreisen.

Sie tranken ihren Whiskey und das Bier hinterher. Recevo sah eine Frau, die er kannte, den Nachtclub betreten – Lois Roman in Begleitung eines älteren Manns, der einen Fischgrätmantel trug. Lois trug einen halblangen Bisammantel, der nach Recevos Schätzung zweihundert Dollar kostete. Er fragte sich, ob der Typ mit den grauen Schläfen für den Mantel geblecht hatte.

»Ich schau mich mal im Nachtclub um«, sagte Recevo. »Kommst du mit.«

»Nee. Dieser Donato macht mich krank. Deine Großmutter hat über seine Witze gelacht, als sie in den Windeln lag.«

»Aber nur, wenn sie sie auf Sizilianisch gehört hat.«

»Geh nur. Ich komme später nach.«

Karras nahm sein Bier und wechselte dorthin, wo die Blondine saß. Er stellte sich neben sie und legte den Arm auf das narbige Eichenholz. Selbst durch den Tabakvorhang und den beißenden

Geruch des Alkohols nahm er den sauberen Duft von Shampoo wahr, der aus ihrem langen blonden Haar strömte. Sie hatte kein Parfüm aufgelegt; und er mochte parfümierte Frauen nicht. Wie zum Teufel konnte ein Klasseweib wie sie hier ganz allein sein?

Sie trug ein blaues Kostüm mit breiten Aufschlägen an der Jacke, darunter eine weiße Seidenbluse. Karras musterte ihre Füße: vorn offene Pumps aus Kobrahaut. Die passende Handtasche stand neben einem Päckchen Camels auf der Theke.

»Schlangenzauber«, sagte Karras.

»Bitte?« sagte sie, ohne von ihrem Buch aufzuschauen.

»Ihre Schuhe. Ich hab sie bei Hahn's gesehen. Neben den Ausstellungsstücken stand eine kleine Karte. Schlangenzauber – das stand auf der Karte.«

Eine Sekunde blickte sie ihm in die Augen und dann auf seine Hand, die auf der Theke lag. Sie hatte eine kleine, regelmäßig geformte Nase und einen breiten Mund, der hübsch geschwungen war und sich nicht viel bewegte, wenn sie sprach. Ihre Augen waren meergrün und glitzerten manchmal kristallen, wenn sie das Licht aus den Strahlern über der Theke einfingen. So viel jedenfalls konnte er in diesen zwei Sekunden sehen, und er wußte sofort, daß ihm gefiel, was er gesehen hatte. Sie wandte sich ihrem Buch zu, und als sie wieder zu ihm sprach, bewegte sie ihren Kopf nicht.

»Und wieso haben Sie nach Damenschuhen Ausschau gehalten?«

»Das ist ein Hobby von mir.«

»Oder vielleicht dachten Sie, Sie bringen Ihrer Frau etwas mit nach Hause. Männer überraschen ihre Frauen mit Geschenken, wenn sie ihr Gewissen erleichtern müssen, nicht wahr?«

»Ich schätze, Sie haben mich erwischt«, sagte Karras und hob die Handflächen in einer Geste der Kapitulation. »Ja, ich habe eine

Frau. Um die Wahrheit zu sagen: Ich bin so verheiratet wie ein Trinker mit seiner Flasche.«

»Nun, zumindest sind Sie ehrlich. Sie sind ausgesprochen dreist, aber Sie sind ehrlich, das muß ich Ihnen zugestehen. Eine ungewöhnliche Kombination in dieser Stadt.«

Ihre Stimme hatte einen rauhen Klang, wie abgenutzt und fransig. Das lag an den Zigaretten – und an den Bars, falls sie ihre Abende in Bars verbrachte. Winzige Linien blühten um ihre Augen, und eine hübsche lange Linie bildete seitlich einen Bogen um ihren Mund. Ihr Leben begann sich in ihr Gesicht einzuprägen. Karras schätzte, daß sie zwei, drei Jahre älter war als er selbst. Er hatte nichts dagegen.

»Wieso wußten Sie, daß ich eine Frau habe?«

»Sie haben einen hellen Streifen am Finger. Ist Ihnen wohl nicht aufgefallen, oder?«

»Nein, allerdings nicht. Jedenfalls haben wir das rasch und sauber hinter uns gebracht. Darf ich Sie zu einem Drink einladen?«

»Was muß ich dafür tun?«

»Oh, ich weiß nicht. Erst einmal, nehmen Sie Ihren Kopf aus dem Buch. Es muß ja etwas Besonderes sein, so, wie Sie sich darin vergraben.«

»Es ist *The Fountainhead.* Haben Sie es gelesen?«

»Bücher sind nicht so mein Ding. Ist es gut?«

»Jedenfalls ist es dick. Es handelt von … nun, es handelt von Freud und Nietzsche, um es auf den Punkt zu bringen.«

»Nietzsche? Nietzsche, Mieze, was weiß ich?«

»Er ist ein Philosoph. Mensch und Übermensch.«

»Übermensch? Ich kenne die Comics von Superman.«

Sie lachte, legte das Buch auf die Theke und ließ ihr Haar wehen, als sie ihn anschaute. Diesmal betrachtete sie ihn eingehend.

»Also gut«, sagte sie. »Ich nehme den Drink.«

»Und was soll's sein?«

»Scotch rocks, mit einem Spritzer Soda.«

Karras bestellte den Drink für sie und für sich eine frische Flasche Bier. Einer der Brüder Kavakos – Karras bemerkte nicht, welcher – servierte ihnen. Karras griff, an der Frau vorbei, nach ihrer Zigarettenpackung.

»Was dagegen?«

»Nehmen Sie nur. Aber vielleicht mögen Sie die nicht. Da ist türkischer Tabak drin.«

»Verstanden. Soll ein Witz sein, weil meine Landsleute die Türken nicht mögen.« Sie achtete darauf, die Packung wieder an sich zu nehmen. Auch das gefiel ihm. »Wer hat Ihnen gesagt, daß ich Grieche bin?«

»Sie sehen eigentlich nicht ganz so aus. Sie gehören zur blonden Sorte. Aber andererseits sehen Sie auch nicht so aus, als hätten Sie als Junge für Farmer Brown Kühe gemolken. Jedenfalls war es keine große Leistung, Sie als Griechen einzuschätzen. Wenn man hier drinnen die Namen Nick, Pete oder George ruft, fahren zehn Köpfe herum.«

»Und was machen *Sie* hier?«

»Ich trinke gern, und ich trinke nicht gern allein. Der Laden hier ist so gut wie jeder andere.«

Karras stieß mit der Flasche an ihr Glas.

»Cheers, Süße.«

Clint Hobbs' Orchester begann im Nachtclub zu spielen und fing mit einer Nummer von Woody Herman an. Es klang nicht unbedingt wie die *Thundering Herd*, aber die Melodie war erkennbar und der Rhythmusteil nahe genug dran, um die Tische zu leeren. Durch den

Eingang sah Karras, wie Recevo Lois Roman zur Tanzfläche führte, während der ältere Herr friedlich auf seinem Stuhl sitzen blieb.

»Möchten Sie tanzen?«

»Ein bißchen später vielleicht.«

»Wie wär's mit Kino? Wir könnten uns davonmachen und uns jetzt einen Film ansehen. Im Keith's ist Spätvorstellung. *Scarlet Street*, glaube ich. Mit Eddie Robinson und Joan Bennett. Dan Duryea spielt einen schwergewichtigen ...«

»Was sollte er sonst spielen? Außerdem habe ich den Film schon gesehen.«

Karras zog an seiner Zigarette. »Na gut, und wie wär's mit etwas frischer Luft? Ein Spaziergang?«

Er war jetzt näher bei ihr und wußte nicht, wie er dorthin gekommen war. Ihre Brüste hingen nach unten und wölbten sich wieder nach oben, die Brustspitzen zeichneten sich unter dem Stoff ihrer Bluse ab. Karras hatte allein von ihrem Anblick einen Steifen bekommen. Sie nahm die Schwärze in seinen Augen wahr.

»Sie rücken zu schnell vor, Soldat.«

Karras richtete sich auf und trat einen Schritt zurück. »Hey, das verstehen Sie falsch. Ich wollte Sie nicht drängen, ich habe nur ein bißchen Spaß gemacht, mehr nicht.«

Sie schloß langsam die Augen, öffnete sie wieder und sprach leise und geduldig. »Ihr Männer! Ihr Männer kommt aus dem Krieg zurück und glaubt, alles und jede legt sich euch direkt zu Füßen, nur weil ihr es überlebt habt. Heute ist alles ein Geschenk, nur für euch, hübsch eingepackt und mit einer Schleife obendrauf. Ihr glaubt, weil ihr es geschafft habt, werdet ihr nie mehr sterben. Aber ich sage euch eins, ihr habt bloß eine Gnadenfrist herausgeholt. Männer wie Sie kapieren das nur nicht.«

Er sah, wie ihre Hand zitterte, als sie das Glas zu den Lippen führte. »Beruhigen Sie sich doch. Haben Sie jemanden im Krieg verloren? Ist es das?«

»Niemand speziellen. Ich bin nicht anders oder besser als alle übrigen.«

Karras drückte seine Zigarette aus. »Hören Sie, es tut mir leid. Ich denke, wir sind heute abend beide mit dem falschen Fuß zuerst aufgestanden. Vielleicht versuchen wir es ein anderes Mal.«

»Soldat, ich kenne nicht mal Ihren Namen.«

»Pete Karras.«

Sie streckte die Hand aus. »Vera Gardner.«

Karras schüttelte ihre Hand und rieb seinen Daumen über die weiche Haut ihres Zeigefingers. Er ließ die Hand los und legte ein paar Dollar auf die Theke.

»Wie wär's, wenn ich Sie abends mal anrufe?«

»In Bars verteile ich meine Telefonnummer nicht.«

»Also gut. Dann rufen Sie mich an, wenn Sie wollen. Unter Adams vier-achtundsechzig-achtzig können Sie mir eine Nachricht hinterlassen. Möchten Sie die Nummer aufschreiben?«

»Sie wird mir einfallen, wenn ich will, daß sie mir einfällt.«

»Schon kapiert. Also, bis dann, Vera.«

Als er sich abwenden wollte, berührte sie mit der Hand den Leberfleck an seinem Mund.

»Was ist das, Pete?«

»Nur ein Muttermal«, antwortete er. »Warum? Denken Sie, es entstellt mich?«

»Nein«, sagte sie. »Es steht Ihnen.«

Als er Richtung Nachtclub ging, stolperte er kurz auf dem unebenen Holzboden. Am Rücken von Steve Nicodemus vorbei blickte er einmal zurück zur Theke. Vera war aufgestanden und steckte ihre Zigaretten in die Handtasche. Karras wünschte, er hätte es bei ihr geschickter angestellt. Er wünschte, er hätte nicht soviel getrunken.

Karras fand Recevo und Lois Roman an einem Tisch im Club. Der Stuhl des alten Manns war leer, und sein Fischgrätmantel war ebenfalls fort. Recevo zwinkerte Karras zu und bestellte eine Runde. Sie unterhielten sich vergnügt bei Drinks und Zigaretten. Karras mochte Lois ganz gern; sie war gewitzt, aber ansonsten nicht sonderlich intelligent. In dieser Hinsicht waren sie und Recevo ein perfektes Paar. Lois ging, um sich ein wenig frisch zu machen. Recevo und Karras blickten ihr hinterher.

»Wunderbar«, sagte Recevo. »Er ist wunderbar, nicht? Glaub mir, Pete, ihr Arsch hat sein eigenes Leben.«

»Nettes Mädchen«, sagte Karras.

»Ja, sie ist nett. Aber ich rede von ihrem Arsch. Ich könnte da unten wohnen, mein Freund, meine Adresse wechseln. Eine Serviette unters Kinn klemmen und sich hineingraben …«

»Nettes Mädchen. Wo ist ihr Begleiter?«

»Der Herr hatte einen dringenden Termin, wie er sagte. Hat sich wirklich elegant verabschiedet. Er kriegt seine Chance an einem anderen Abend, aber nicht heute. Das Gesetz des Dschungels.« Recevo klopfte die Asche seiner Zigarette ab. »Wie bist du mit Lizabeth Scott zu Rande gekommen?«

»Du meinst, sie sieht wie Lizabeth Scott aus?«

»Allerdings.«

»Mir gefiel sie. Aber ich hab versucht, die Schnur zu schnell einzuholen. Ich hab sie vom Haken gelassen.«

»Es gibt noch mehr von der Sorte.«

»Ich weiß.« Karras zeigte auf eine kleine Brünette auf der Tanzfläche, die mit einem dünnen Mann in einem braunen Anzug tanzte. »Ich hab ein Auge auf die da drüben geworfen.«

»Vergiß es«, sagte Recevo. »Sie ist schon den ganzen Abend mit dem Clown zusammen, und beide grinsen sie, als ständen sie unter Drogen oder so. Besser, du vergißt es.«

Aber Karras konnte Vera nicht vergessen.

Lois Roman kam zurück, die nächste Runde wurde bestellt, und dieses Bier brachte Karras auf die falsche Bahn. Er stand auf und stieß gegen den Nachbartisch, als er die Tanzfläche ansteuerte. Die Band fledderte gerade Charlie Barnets letzten Titel, und alle Paare tanzten Jitterbug zu der Melodie. Karras fand den Dünnen im braunen Anzug und klopfte ihm auf die Schulter. Der Mann drehte sich um, lächelte und schüttelte den Kopf, und er und seine zahnlückige Freundin tanzten davon. Karras folgte ihnen, und diesmal fiel sein Schulterklopfen kräftiger aus. Als der Dünne nicht reagierte, packte Karras ihn an der Schulter und zog ihn von seiner Freundin weg. Karras nahm seinen Platz ein, packte die Hand der Brünetten und bewegte sie über die Tanzfläche, als wäre sie eine strohgefüllte Puppe. Sie versuchte, ihre Hände freizubekommen, und plötzlich wurde Karras von hinten weggezogen.

Er drehte sich um und stand vor dem braunen Anzug. Zwei Freunde des Dünnen kamen über die Tanzfläche herbeigeeilt. Brauner Anzug nahm die geballte Faust nach hinten, wie er es in einem Western gesehen hatte und wie es wahrscheinlich jeder Amateur tun würde. Karras wischte den Hieb mit der Linken beiseite und schickte den Dünnen mit einer geraden Rechten zu Boden. Im gleichen Augenblick waren die Freunde des Manns bei ihm. Auch Recevo war da, Karras spürte ihn an seiner Seite.

»Willst du es mit mir versuchen, Schwester?« schrie Recevo, lauter als die Musik, dem Größeren der beiden entgegen. »Na los, komm schon und versuch's!«

Karras hatte die Fäuste geballt und hielt die Rechte knapp vor der Brust. Er lachte.

Tsondilis kam herbeigestürzt und baute sich zwischen den beiden Parteien auf. Er trat auf Karras zu und brachte sein Gesicht ganz nahe an seins.

»*Siga, vre*«, sagte Tsondilis.

»Okay, *Kiriako*. Ich bin ja ganz ruhig.«

»Du und dein Freund, ihr kühlt euch jetzt an der Bar wieder ab!«

Karras und Recevo gingen einen Schritt zurück. Karras grinste die Männer an und schenkte der Brünetten im Weggehen ein strahlendes Lächeln. Tsondilis half Braunem Anzug auf die Beine und reichte ihm eine Serviette, damit er sich das Blut vom Mund wischen konnte. Das Orchester stimmte einen Titel von Guy Lombardo an, und alle entspannten sich wieder.

Lois Roman stieß an der Bar zu Karras und Recevo. Sie bestellten neue Drinks und leerten sie langsam und in aller Ruhe, während der Betrieb allmählich nachließ. Nach einer Viertelstunde zog Recevo den Mantel über.

»Ich fahre Lois nach Hause«, sagte er. »Fünfzehn Minuten, dann bin ich zurück und lade dich ein.«

»In Ordnung.«

»Hier.« Recevo schob Karras zwei Zigaretten in die Anzugtasche.

»Danke, daß du mir den Rücken freigehalten hast, Kumpel.«

»Kein Problem.«

»Bis dann, Lois.«

»Bis bald, Pete.« Sie gab ihm einen Kuß auf die Wange und verließ das Lokal zusammen mit Recevo durch die Seitentür.

Karras rauchte eine der Raleighs und trank sein Bier halbleer. Inzwischen war er fast allein an der Theke. Nur noch Steve Nicodemus saß zusammengesackt am anderen Ende.

»Ach, was soll's!« sagte Karras.

Er nahm sein Bier, ging zum Ende der Theke und setzte sich auf den Hocker neben Nicodemus. Nicodemus blickte Karras blinzelnd an, bis er ihn schließlich erkannte. Er setzte sich etwas aufrechter und schob den Knoten seiner Krawatte hoch.

»Pete.«

»Steve. Ein Drink auf mich?«

»Klar, wieso nicht. Ich nehme Bourbon, ohne alles.«

»Hey, Johnny«, sagte Karras. »Ein Glas Old Blue Springs für Steve. Pur.«

»Der Hausfusel tut's auch für mich.«

»Nur die Ruhe, Steve, der geht auf mich.«

Johnny Kavakos servierte den Whiskey. Karras zündete sich eine Zigarette an.

»Wie geht's deiner Ma und deinem Pa?«

»Du weißt ja Bescheid. Ganz gut, denke ich.«

Ja, Karras wußte Bescheid. Seit dem Krieg hatte er Steve Nicodemus' Mutter einige Male auf der Straße gesehen, das graue Haar zusammengesteckt, stumm, schwarz gekleidet. Sie trug immer schwarz.

»Meine Mutter«, sagte Nicodemus, »sie vermißt ihn die ganze Zeit, weißt du. Sie kann ihren kleinen Jungen einfach nicht vergessen. Verdammt, Pete, ich vermisse ihn auch.«

»Ich weiß, Steve. Ich denke jeden Tag an ihn.«

Nicodemus versuchte sich an einem schwachen Lächeln. »Ich habe ihn ständig geknufft, erinnerst du dich? Weil er nicht hart genug war. Er wollte nie jemandem weh tun. Er wollte nur ins Stadion gehen und die Nats sehen oder sich die Spiele im Radio anhören, wenn sie auswärts waren. Als er eingezogen wurde, war er richtig aufgeregt, weil er sich vorstellte, es wäre nur eine neue Möglichkeit, Baseball zu spielen. Er hätte sogar einen Schreibtischposten kriegen können, wenn er nicht so gut geschossen hätte. Ein Scharfschütze, so haben sie ihn genannt. Also haben sie ihm einen Karabiner anstatt eines M-1 gegeben. Ein Karabiner. Was ist das überhaupt, irgend so ein dämliches Spielzeug?«

»Ein leichtes Gewehr«, sagte Karras, der nicht wußte, was er sonst sagen sollte.

»Und dann haben sie ihn und die anderen an der Küste von Anzio gelandet. Und kaum war er an Land, haben sie ihn erwischt. Ich wette, er hat kein einziges Mal selbst geschossen. Hat sich eine Kugel eingefangen, direkt in den Mund.«

»Steve ...«

»Aber wie gesagt, Billy war nicht hart. Als ihr Jungs wart, habt ihr euch mit den Niggerjungs von Bloodfield rumgeprügelt, weißt du noch? Er hat sich rausgeredet und euch gesagt, er müßte nach Hause, um mir bei einer Seifenkiste zu helfen. Quatsch, Pete, es gab gar keine Seifenkiste. Billy wollte nur nicht kämpfen, darum ging's. Er wollte nicht in den Kampf, Punkt. Und was haben sie gemacht? Was haben diese mutterlosen Schweine gemacht? Sie haben ihm einen Karabiner gegeben und ihn an einer Küste abgesetzt. Ein gottverdammter verschissener Karabiner.«

»Ich weiß, Steve. Es ist hart, Kumpel. Es ist hart.«

Nicodemus' Schultern begannen zu zucken. Ein Schleimfaden

tropfte von seiner Nase in seinen braunen Schnurrbart. Karras drückte Nicodemus eine Cocktailserviette in die Hand.

»Ja«, sagte Nicodemus und wischte sich mit der Serviette übers Gesicht. »Ich hab ihn immer rumgeschubst. Das sollte ihn hart machen. Aber wenn er jetzt hier wäre, glaub mir, ich würde nie wieder die Hand gegen ihn heben. Wenn Billy jetzt durch diese Tür käme …«

»Schon gut, Steve. Vergiß es.«

»Recht hast du, ich muß es einfach vergessen.« Nicodemus legte den Kopf in den Nacken und ließ den Whiskey aus dem Glas in seine Kehle rinnen. Er schloß die Augen und setzte das Glas auf die Theke. Dann setzte er ein komisches kleines Lächeln ohne einen Hauch von Fröhlichkeit auf. »Muß schön sein, sich einen guten Whiskey leisten zu können.«

»Ich komme zurecht.«

»Ja, du und der Italienerjunge, ihr kommt zurecht. Die griechische Gemeinde in der Stadt, alle reden sie davon, wie gut du und dein italienischer Freund zurechtkommen. Interessiert sie irgendwie. Reden ständig darüber, Pete.« Steve Nicodemus sah Karras mit starrem Blick an.

Okay, jetzt geht das wieder los. Warum war das mein Bruder bei Anzio und nicht du? Warum mußte Billy so davongehen und nicht du – ein Typ, der für Geld von Kredithaien Einwanderern ans Leder geht und seine Muskeln für eine Schutzgeldbande spielen läßt. Warum mußte mein Bruder Billy sterben, ein Kerl mit einem Herzen so weit wie ein Baseballfeld? Warum er und nicht ein Typ wie du?

Karras drückte seine Zigarette aus. »Ich muß weg, Steve. Paß auf dich auf.«

»Klar, Pete. Grüß Eleni von mir. Danke für den Drink.«

Karras ließ Geld auf der Theke liegen und ging zu seinem Mantel, den er am anderen Ende der Bar auf einem Hocker liegen gelassen hatte. Als er sich zu Nicodemus umschaute, blickte dieser starr geradeaus, die Hand um das leere Whiskeyglas gelegt. Er konnte sehen, daß Steve Nicodemus zu weinen anfing. Karras wandte seinen Blick ab, verabschiedete sich von Johnny Kavakos und nickte Jerry Tsondilis an der Tür zu. Er trat auf die Straße, ging zu dem Mercury, der am Fahrbahnrand wartete, und stieg ein.

»Ich warte schon zehn Minuten«, sagte Recevo.

Karras rutschte in seinen Sitz. »Ich hab mich mit Steve Nicodemus unterhalten.«

»Wie geht's ihm?«

»Das weißt du doch.«

»Ja.« Recevo stellte das Radio leiser. Die beiden saßen so eine Minute, ohne ein Wort zu sagen und ohne die Musik zu hören. Dann sagte Recevo: »Weißt du was? Ich hatte da drüben Angst, Pete.«

»Was?«

»Ich hab es dir nie erzählt. Aber auf Guadalcanal – als alles außer Kontrolle geriet –, o Mann, ich hatte eine Heidenangst.«

»Wir hatten alle Angst.«

»Aber ich hatte die Hosen gestrichen voll, Mann. An einem Tag, als wir den Befehl bekamen, über den Hügel zu gehen ... Auf der anderen Seite war die japanische MG-Stellung. Alle Jungs, die vor uns gegangen waren, hatte es erwischt. Wir konnten zusehen, wie sie vor unseren Augen niedergemäht wurden. Als ich meinem eigenen Tod so nah war, daß ich ihn riechen konnte, war ich wie gelähmt. Ich machte mir selbst ein Versprechen, nämlich daß ich, wenn ich jemals da rauskäme, wenn ich wieder nach Hause käme, daß ich alles tun würde, um ein hohes Alter zu erreichen. Im Krieg habe ich gemerkt, daß ich wie alle anderen bin, Pete – voll Angst wie alle anderen. Voll verdammter Angst vor dem Sterben.«

»Aber du bist durchgekommen. Du bist über den Hügel gegangen und hast es bis nach Hause geschafft.«

»Ja, ich bin durchgekommen. Aber ich habe ein paar Dinge über mich selbst herausgefunden, die mir nicht gefallen.« Recevo schluckte vernehmlich. »Und du? Wie war es an dem Tag, als du die ganzen Japaner getötet hast?«

Karras zuckte die Achseln. »Ich hab einfach ... Teufel, ich weiß nicht. Es ist komisch, Joe, aber ich wußte, es ist nicht mein Tag. Ich glaube, man weiß, wann es soweit ist. Und ich wußte, es ist noch nicht mein Tag.«

Recevo legte den Gang ein. Er schaute in den Rückspiegel und dann zu Karras hinüber.

»Wie hat es eigentlich Billy erwischt?«

»Eine Kugel in den Mund.«

»Die Jungs bei Anzio haben wirklich Prügel bezogen.«

»Ja«, sagte Karras. »Sie haben's wirklich knüppeldick gekriegt.«

13

George Georgakos wohnte in einem von drei möblierten Zimmern in einem Privathaus an der 3rd, Ecke Seaton Place in Northeast. Recevo parkte den Mercury einen halben Block von dem Haus entfernt unter einer Straßenlaterne. Er schaltete die Zündung aus und griff unter den Sitz.

»Was suchst du, Joe?«

»Irgendwo hier unten hab ich einen Knüppel.«

»Den brauchst du nicht. Laß mich mit dem Mann reden.«

»Du kennst ihn, was?«

»Flüchtig.«

Joe tastete weiter unter dem Sitz. »Vielleicht will er dir nicht zuhören.«

»Vergiß den Knüppel. Als brauchst du den bei einem alten Mann.«

»Du regelst das?«

»Das hab ich doch gesagt.«

»Dann los! Ich muß mich noch bei Burke melden, und es ist schon spät.«

Sie stiegen aus dem Wagen und näherten sich dem Haus. Der Hauswirt hatte einen eigenen Eingang für die Mieter angelegt. Karras und Recevo betraten eine Art Diele, die zu vier geschlossenen Türen und einer offenen führte, hinter der sich Gemeinschaftstoilette und -dusche befanden. Die Tür des Hauswirts trug ein kitschiges Namensschild aus graviertem Messing, wogegen an den übrigen Türen kleine Metallrähmchen angebracht waren, in die ein weißer Pappstreifen mit dem handgeschriebenen Namen des Mieters geschoben wurde. An der Wand neben der Tür des Hauswirts hing ein rotes Schild, auf dem ein freies Zimmer für einen RUHIGEN ÄLTEREN NICHTJUDEN für 32 Dollar pro Monat angeboten wurde.

»Zweiunddreißig im Monat«, sagte Recevo. »Für dieses Loch?«

»Hier drüben.« Karras stand vor der Tür am Ende der Diele. Er las den Namen in dem Schlitz. Das *E* in Georgakos war griechisch geschrieben und gebogen wie die Zinken einer Heugabel.

»Was ist denn so komisch?«

»Nichts«, sagte Karras. Er klopfte zweimal an die Tür. Aus dem Zimmer war laute Musik zu hören.

Nach einer Weile wurde die Tür geöffnet, und Georgakos stand im Rahmen. Er war ein kleiner Grieche mit kurzgeschnittenem widerspenstigen Haar und einem dichten, breiten Schnauzbart. Karras betrachtete den stämmigen Körper mit den dicken, harten Unterarmen. Georgakos trug ein weißes Hemd, in dessen Brusttasche zwei Schreibstifte steckten, und eine gestreifte Wollhose mit Bügelfalten. Er lehnte sich gegen den Türrahmen. Er war betrunken. Sie alle waren betrunken.

»Ja?« sagte Georgakos.

»Wir sind von Burkes Truppe«, sagte Karras. »Wir sind hier, um eine Anzahlung auf Ihre Schulden zu holen.«

»Hä?«

»*Chrimata. Yia to Kyrio Burke.*«

Georgakos starrte Karras an, sein Schnauzbart zuckte auf einer Seite eine Winzigkeit nach oben. »*Ellinos eise*?«

Karras nickte. »*Panayoti Karras.*«

»*Apo pou*?«

Jetzt wirst du den Rest wissen wollen, Georgakos. Wo meine Familie herkommt und all das. Und dann bringst du mich mit meinem Alten in Verbindung.

»*Sparti*«, sagte Karras.

»*O patera sou eine Dimitri Karras*?«

Wieder nickte Karras. »*Ne.*«

Georgakos machte eine lässige Kopfbewegung zu Recevo. »*Ke aftos*?«

»*Aftos eine Italos. Fylos mou.*«

»Hm«, sagte Georgakos.

»Was quatscht ihr zwei da?« fragte Recevo.

»Er kennt meinen Alten. Und er hat sich nach dir erkundigt. Ich habe ihm gesagt, daß du ein Spaghetti, aber ganz in Ordnung bist. Ich habe ihm gesagt, du bist mein Freund.«

»Na, toll!«

»Ich hab uns vorgestellt.«

»Prima. Können wir jetzt reingehen, oder nehmen wir uns eine Schaufel und pflanzen hier draußen im Flur Familienbäume ein?«

»*Ella*«, sagte Georgakos mit einem Fingerschnipsen. Zu dritt gingen sie ins Zimmer, Recevo als letzter zog die Tür ins Schloß.

Innerhalb der vier Wände des Zimmers schien die Musik jetzt lauter zu sein. Es war ohnehin ein kleines Zimmer; eine Liege, eine Kommode und eine Sitzecke, dann ein Herd und ein Spülbecken an der Seite. Es stank nach Tabak, rauchiger Dunst stand im Raum. Georgakos' Boxer-Shorts und ein T-Shirt lagen zum Trocknen auf dem Heizkörper.

Karras erkannte die Musik als *Rembetica*, Musik der Gesetzlosen aus den Ghettos von Athen, die ihren Weg über Konstantinopel und Smyrna genommen hatte. Sein Vater hörte ab und zu diese Musik, auch wenn er sich über sie als Musik für »Haschischraucher, Kokain- und Opiumabhängige und sonstige Penner« lustig machte. Karras selbst hatte nie Rauschgift gesehen, war aber eines Abends mal aus einem Auto voller Veteranen ausgestiegen, als ein Clown auf dem Vordersitz eine Marihuanazigarette ansteckte. Mit solchen Leuten wollte er nichts zu tun haben. Von Drogen aufgeputscht zu sein war für ihn genauso schlimm wie ein Krüppel zu sein.

»Sag ihm, er soll den Mist leiser stellen«, sagte Recevo.

Georgakos lächelte bloß und bewegte einen Finger zu der Geige, die den Gesang umtanzte. Eine 78er drehte sich auf dem automatischen Plattenwechsler, der auf einem Tischchen neben einem ausgefransten Sessel stand. Die Frau sang über ein Dorfmädchen, dessen Mutter ihm das wunderschöne Haar abgeschnitten hatte.

»*Thelis kamio beera?*« fragte Georgakos.

»Ja, gut, ich nehme ein Bier. Und du, Joe?«

»Nein. Bringen wir es hinter uns!«

»Laß es mich auf meine Art machen, Joe. Entspann dich.«

»Ich hole es aus dem *Frigidairi*«, sagte Georgakos. Er ging zum Becken und spülte zwei Gläser aus.

»Siehst du den Plattenspieler?« fragte Recevo.

»Klar. Wieso?«

»Das Modell gibt es unten bei Sun Radio, Ecke Eleventh und H. Eins von den neuen tragbaren Geräten, kostet vierundvierzig und ein paar Gequetschte. Wenn er sich so etwas leisten kann ...«

»Hat er höchstwahrscheinlich auf Raten gekauft.«

»Ist mir scheißegal, wie er das Ding gekauft hat. Er hat es gekauft, mehr sage ich nicht. Wenn er einen Plattenspieler kaufen kann, kann er uns auch unser Geld geben. Ohne marschieren wir nicht hier raus, verstanden?«

»Ich sagte, ich mache das schon, Joe.«

Georgakos kam mit einer Flasche National und zwei Gläsern zurück. Er stellte die Gläser auf seinen Eßtisch und goß sorgfältig die gleiche Menge in jedes Glas. Dann zündete er eine Selbstgedrehte an und steckte das Streichholz in den Flaschenhals. Karras nahm das eine, Georgakos das andere Glas. Sie stießen an.

»*Siyiam*«, sagte Georgakos. Beide tranken.

Georgakos ging zum Plattenspieler und ließ dieselbe Platte noch einmal laufen. Er lächelte, als das *Cymbalon* einfiel.

»Herrgott!« sagte Recevo.

Recevo setzte sich in einen verschlissenen Sessel und stellte einen Aschenbecher auf die gepolsterte Armlehne. Er zündete eine Raleigh an und blies das Streichholz aus. Er beobachtete Karras und Georgakos, die mit Wassergläsern in der Hand um den Tisch herum standen und sich wie zwei Hinterwäldler ein lausiges Bier teilten. Sein Vater hatte das gleiche mit seinen sizilianischen Freunden gemacht, damals, als sie vorbeikamen, bevor der Alte gestorben war. Schon damals hatte ihn das wahnsinnig gemacht.

Karras ging Georgakos nicht sonderlich hart an, zumindest sah er für Recevo nicht danach aus. Er war sich nicht einmal sicher, ob sie schon das Geld angesprochen hatten. Die meiste Zeit fuchtelte der Einwanderer mit den Händen, zuckte mit den Schultern oder zwinkerte mit den Augen. Auch Karras' Hände vollführten schnelle Bewegungen. Diese Griechen – wenn man ihnen die Hände abhackte, würden sie womöglich vergessen, wie man redet.

Nach ein paar Minuten spürte Recevo, wie das Blut durch seine Adern tickte. Er fühlte sich nach dem Alkohol nicht mehr so gut, ein dumpfer, pochender Schmerz hatte sich in seinen Schläfen eingenistet. Er wollte nur noch das Geld in der Hand haben und dann dieses stinkende Zimmer verlassen. Mit heftiger Bewegung drückte er die Zigarette in dem Aschenbecher aus.

Das Lied war wieder zu Ende. Karras und Georgakos sprachen jetzt ausschließlich griechisch; Recevo hatte keine Vorstellung, ob Karras vorankam. Georgakos ging zum Kühlschrank, um ein neues Bier zu holen. Auf dem Weg nahm er einen Schluck aus einer Schnapsflasche, die er aus einem niedrigen Holzschränkchen holte.

»Was ist los?« fragte Recevo.

»Wir kommen der Sache näher«, sagte Karras. »Vielleicht nicht heute, aber er wird seine Schulden bezahlen. Ich habe sein Wort. Er steckt im Moment selbst in finanziellen Schwierigkeiten, das ist alles.«

»Das ist Blödsinn! Wir kriegen das Geld heute.«

»Du mischst dich hier nicht ein, Joe.«

»Glaubst du!«

Georgakos kam zurück, goß Bier in die Gläser. Er nahm einen ausgiebigen Schluck aus dem Glas und sah Recevo viel zu fröhlich an. Recevo erhob sich aus dem Sessel.

»Also gut – du hast genug Zeit gehabt, Alter. Wir wollen das Geld heute.«

»Hä« sagte Georgakos.

»Du verstehst sehr gut, was ich sage«, sagte Recevo. »Du verstehst alles bestens. Ich will das Geld. Jetzt!«

»Ich werde es dir geben. Aber vorher muß ich tanzen. Hokay, *vre gamoto*?«

»Wie hat er mich genannt?« wollte Recevo wissen.

Er hat dich ein Arschloch genannt, dachte Karras, und sagte laut: »Er hat dich seinen Kumpel genannt.«

Recevo nahm seinen Hut ab und strich sein Haar glatt. Georgakos ging zum Plattenspieler und ließ die Platte ein weiteres Mal laufen. Er drehte die Lautstärke auf.

»Oh, nein«, sagte Recevo. »Pete, ich sage dir, ich hab genug von dem Mist.«

Georgakos blickte Recevo an, lächelte. Er begann zu singen: »*Ta mallia sou ta kommena!*«

Während er sang, hob er die Arme und fing zu tanzen an. Es war ein Solotanz, ein *Zembekiko*. Karras hatte seinen Vater so tanzen gesehen, im hellenischen Club oder, wenn er fröhlich oder betrunken war, zu Hause.

»Was soll das«, sagte Recevo.

Er sah Georgakos zu, der mit den Fingern zur Musik schnipste, auf einem Bein hüpfte, den Kopf schief legte und sein gottverdammtes Lächeln aufsetzte.

»*Opa!*« rief Georgakos.

Das Blut wich aus Recevos Gesicht.

»*Ella, yiane tyn karthia mou*«, sang Georgakos tanzend. Er tanzte ganz nahe an Recevo heran. Seine Augen waren fest auf ihn gerichtet, und der Blick darin war spöttisch und vergnügt.

»Das Geld!« schrie Recevo.

»Joe«, sagte Karras. Aber es war zu spät.

Recevo packte Georgakos beim Hemdkragen und schleuderte ihn durchs Zimmer. Der Grieche flog gegen den Plattenspieler und polterte mit dem Gerät zu Boden. Mit katzenschrillem Kreischen kratzte die Nadel über das Vinyl, und dann lag die Platte zersplittert auf dem Boden. Der alte Mann saß dort und betrachtete wehmütig die Reste der 78er, als Recevo sich im näherte.

Karras stellte sich zwischen die beiden. Er packte die Aufschläge von Recevos Mantel und zog sie zusammen. Sie standen Auge in Auge und atmeten den wechselseitigen Gestank von abgestandenem Alkohol und Tabak ein. So war es oft gewesen, schon damals, als sie noch Kinder waren. Keiner konnte den anderen schlagen, es endete jedesmal auf die gleiche Weise.

Die Farbe kehrte in Recevos Gesicht zurück, Karras löste den Griff um die Mantelaufschläge. Er lächelte. Recevo wich seinem Blick aus. Er bückte sich, um seinen heruntergefallenen Fedora aufzuheben, und setzte den Hut wieder auf. Dann ging er aus dem Zimmer. Karras folgte ihm und schloß die Tür hinter sich. Recevo wandte sich nicht um und sagte kein Wort.

»Hey, Joe!« sagte Karras »Komm schon, Joe.«

Sie waren jetzt draußen auf dem Bürgersteig. Recevo ging schnell und ein gutes Stück vor Karras. Karras schrie, bekam keine Antwort. Es war spät, schon gut nach Mitternacht, und friedhofsstill. Der Klang ihrer Schuhe auf dem Pflaster erzeugte Echos. Hinter einem Fenster weiter unten im Block ging Licht an.

Recevo erreichte den Mercury, stieg ein und startete den Motor. Er hatte schon den Gang eingelegt, als Karras auf den Beifahrersitz rutschte. Recevo fuhr an, gab zuviel Gas und ließ etwas Gummi auf dem Straßenpflaster.

Karras lachte. »Wenn du diese Blechkiste weiter so fährst, wird sie auseinanderfliegen.« Recevo sagte nichts, lächelte nicht einmal. »Ach, zum Teufel, Joey, gib mir eine Zigarette.«

Recevo griff in seine Manteltasche und reichte ihm die Packung hinüber. Karras zündete sich eine Zigarette an und warf das Streichholz aus dem Fenster.

»Hör zu, Joe. Wegen eben. Ich wollte dich nicht so hart anfassen.«

»Vergiß es!«

»Ich dachte, du würdest dem Alten weh tun. Deshalb.«

»Vergiß es, hab ich gesagt.«

»Georgakos spielt mit meinem Alten Würfel, unten im Club.«

»Dein Alter!« Recevos Stimme wurde leise, blieb leise und ruhig. »Was zum Teufel hat dein Alter jemals für dich getan, Pete? Mein ganzes Leben höre ich das, und ich sag dir, ich hab die Schnauze voll davon. Dein Alter!«

Karras zog an seiner Zigarette. »Das begreifst du nicht.«

»Du bist es, der nicht begreift. Ich wollte dem alten Mann einen Gefallen tun. Was ich mit ihm machen wollte, war zehnmal sanfter als das, was Reed und seine Jungs beim nächsten Mal mit ihm anstellen. Ganz zu schweigen davon, was mit uns geschieht. Wenn Burke erfährt …«

»Burke ist mir scheißegal.«

»Klar ist er das. Dir ist eigentlich alles scheißegal, oder? Es wird nie dein Tag sein. Du bist unzerstörbar. So ist es doch, oder?«

»Schon gut, Joe. Schalt's ab!«

Recevo rieb sich die Wange. »Ich muß einen Anruf machen.«

Recevo bog von der New York Avenue in die 14th, parkte in Höhe der F und sagte Karras, er solle im Wagen warten. Er lief über die Straße zum 400 Club, der, wie er wußte, um diese Zeit noch geöffnet war. Und es gab dort eine Telefonzelle, deren Tür gut und sicher schloß.

Er betrat den Club, betrat die Zelle, setzte sich auf die dreieckige Holzbank und schloß die Tür. Der Klang von Joe Masters' Band erstarb. Er rief Burke an und hatte ihn sofort am Hörer.

»Burke hier.«

»Mr. Burke. Joe Recevo.«

»Joe. Habt ihr es erledigt?«

»Ja und nein. Wir waren bei ihm, aber wir haben die Kohle nicht in der Hand. Wir hatten ein kleines Problem …«

»Zu schade für euch.«

Burke schien ein wenig langsam und undeutlich zu sprechen. Recevo wußte, daß er trank, manchmal sehr heftig und meistens spät in der Nacht. Am anderen Ende wurde eine Hand auf die Sprechmuschel gelegt. Dann war das Lachen mehrerer Männer in Burkes Büro zu hören, als die Hand wieder fort war.

»Also ohne Drumherum«, sagte Burke. »Ihr habt das Geld nicht.«

»Nein, aber …«

»Karras hat es versaut. Stimmt das etwa nicht?«

Recevo rutschte auf der Bank hin und her. »Er hat mit Georgakos etwas ausgehandelt. Er kriegt das Geld in zwei Tagen von ihm. Spätestens in drei.«

»Wenn ich das Geld in zwei Tagen gewollt hätte, hätte ich euch nicht heute nacht hingeschickt. Ich frage noch einmal: Hat Karras verhindert, was ich euch aufgetragen habe?«

»Hören Sie«, sagte Recevo, »es war einfach nicht der richtige Zeitpunkt, das ist alles.«

Burke mußte eine Grimasse gezogen haben, denn es war wieder Lachen zu hören. Sie hatten ihren Spaß mit ihm, nahmen ihn ein bißchen auf den Arm. Genau das war es.

Aber dann lachte niemand mehr. Und Burke sagte: »Wir müssen uns mit deinem griechischen Freund unterhalten. Heute nacht.«

Eine Schweißperle rann Recevo über das Genick. »Ich will nicht respektlos sein, Mr. Burke, aber das halte ich nicht für erforderlich.«

»Nicht erforderlich?«

»Was ich sagen will, ich meine, Pete ist draußen. Sie brauchen nicht mit ihm zu reden, weil er so gut wie draußen ist. Diese Branche ist nichts für ihn, er ist für diese Arbeit einfach nicht geschaffen.«

»Allerdings ist er draußen. Aber wir wollen ihm, bevor er geht, noch ein kleines Abschiedsgeschenk machen.«

»Mr. Burke ...«

»Es ist doch so, Joe: Wenn man einen Sohn hat, der etwas falsch macht, schlägt man ihn, bis er es begreift. In gewisser Weise tut man ihm damit einen Gefallen. Wir werden deinem Freund ein paar Schläge verpassen, damit er es lernt.«

»Pete schlägt man nicht so einfach.«

»Mich auch nicht«, sagte Burke, dessen Stimme jetzt außer

Kontrolle zu geraten schien. »Normalerweise jedenfalls nicht. Aber dein Freund hat es geschafft, mich heute nacht richtig zu schlagen. Ich habe keine Wahl, ich muß es ihm zurückzahlen.«

»Hören Sie, Mr. ... Mr. Burke ...« Recevo hörte das Stammeln in seiner eigenen Stimme und haßte sich dafür. »Wenn ich es bin, dem Sie in Wirklichkeit eine Lektion erteilen wollen, wie wäre es dann, wenn ich mich ebenfalls aus dem Geschäft zurückziehe. Ein sauberer Abschied. Wir gehen als Freunde auseinander, ohne Groll. Wie wäre es damit?«

»Du mißverstehst mich, Joe. Und wer hat dir erzählt, du könntest einfach so weggehen? Ich kann dir versichern, die Alternative ist viel schlimmer, als du dir jemals vorstellen kannst.«

»Was soll das heißen?«

»Du hast drüben eine Menge Tote gesehen, Joe, nicht wahr?«

»Ja.«

»Dann brauche ich es dir nicht zu buchstabieren, oder?«

»Vielleicht doch, Mr. Burke. Vielleicht ist es besser, wenn Sie es buchstabieren.«

»Sieh es einmal so: Wenn du es spielst, wie ich es möchte, rettest du ihm das Leben. Du rettest sein Leben – *und* deins. Wenn nicht, geht ihr beide unter. Verstanden?«

Recevo antwortete nicht. Er dachte an die Schwäche, die in seine Knie gekrochen war, und an die Hitze in der Telefonzelle. Er dachte an den Tag auf Guadalcanal, an seine Gefühle damals, exakt das gleiche Gefühl, das er jetzt empfand. Er dachte, daß er ein stinkender Feigling war. Daß er immer einer sein würde. Und daß er wußte, er würde nicht sterben wollen.

»Joe, bist du noch da?«

»Ja.«

»*Wo* bist du?«

»Im 400 Club. 14th Ecke F.«

»Drei Blocks weiter, auf der Ostseite der 14th, ist ein Laden, der nachts geöffnet ist. Kennst du den?«

»Ja.«

»Setz deinen Freund dort in etwa fünfzehn Minuten ab. Wenn er im Laden ist, fährst du weg. Du wirst sehen, es ist gar nicht so schlimm.«

»Aber ...«

»Kämpf nicht gegen uns, Joe. Glaube mir, du wirst verlieren.«

Recevo schloß die Augen und senkte seine Stimme fast zu einem Flüstern. »Wie bringe ich ihn dazu, hineinzugehen?«

»Ach, ich weiß nicht«, sagte Burke. »Schick ihn Zigaretten kaufen. Wie wär das?«

Er hat schon den ganzen Abend keine Zigaretten. Er braucht Zigaretten.

»Mr. Burke. Mr. Burke, sind Sie noch da?«

Am anderen Ende der Leitung war niemand mehr. Die Leitung war tot.

14

»Gib mir noch eine, ja?«

»Meine letzte. Wir teilen sie, okay?«

»Okay.«

Recevo zündete die Zigarette an und zerknüllte Packung in der Hand. Er drehte das Seitenfenster herunter. Karras nahm die Zigarette aus Recevos Hand. Er inhalierte, hielt den Rauch tief in den Lungen. Er nahm einen zweiten Zug, bevor er den ersten ausstieß.

»Auf die Art rauchst du dich schwindelig.«

»Entspann dich, Joe. Du siehst nicht so aus, als solltest du mir Ratschläge geben. Du bist völlig daneben. Als hättest du zuviel getrunken. Du bist ganz blaß.«

»Mir geht's gut.«

Durch die herabgedrehten Fenster konnten sie die Band aus dem Club hören. Hier draußen klang es wie Blechgetöse, ein schmetternder Zusammenprall ohne Rhythmus.

»Das ist Joe Masters' Truppe, nicht?«

»Ja.«

»Hört sich an wie Durchfall.«

»Drinnen im Club klang es nach Musik.«

»Hast du Burke erwischt?«

»Ja.«

»Und?«

»Glücklich ist er nicht.«

»Ich rede selbst mit ihm, Joe. Ich sage ihm, wie es war.«

»Vergiß es!«

»Trotzdem rede ich mit ihm.«

»Gib mir meine Zigarette zurück.«

»Klar.«

Karras reichte sie ihm. Recevo steckte sie zwischen die Lippen und ließ sie dort baumeln. Bis auf das Scheppern der Band war nirgendwo ein Laut zu hören. Keine Menschenseele auf der Straße.

Karras sog die Luft ein. »Um diese Zeit ist es angenehm. Es ist wunderbar, weißt du das? Ich liebe diese Stadt, wenn sie so ist wie jetzt.«

»Das weiß ich.«

»Aber D. C. hat sich verändert. Seit dem Krieg.«

»Verändert?«

»Ja. Zu viele Menschen. Und die *Menschen* sind verändert. Als hätten sie ständig was in ihren Gedanken, ohne Zeit für andere. Merkst du das nicht? Ich sage dir, wir haben im Krieg etwas verloren. Nicht nur Männer wie du und ich, Männer, die nach Übersee verfrachtet wurden. Alle haben etwas verloren, meine ich.«

Recevo schnippte die Zigarette nach draußen. Er drehte den Zündschlüssel und fuhr los. Er wendete und lenkte den Wagen auf der 14th nach Norden.

»Sieh mal«, sagte Karras, »es tut mir leid, wie es heute nacht gelaufen ist.«

»Mach dir darüber keine Sorgen.«

»Wir werden unseren Weg finden, Joe. Wir werden unseren Weg finden, und dann wird alles einfacher. Wie damals, als wir Kinder waren.«

Recevo schob seinen Hut etwas nach vorn, so daß die Krempe seine Augen beschattete.

Karras lächelte. »Weißt du noch, wie wir jeden Samstag im Kino waren? Weißt du noch, Joe?«

»Klar. Im Earle.«

»Vier Stunden Unterhaltung. Fünfzehn Cents, wenn wir vor ein Uhr reingingen. Kurze Dokumentarfilme, die Wochenschau und ein Spielfilm. Und die Musik aus dem Orchestergraben. Die Tänzerinnen ...«

»Die Roxiettes.«

»Ja, genau.«

Joe lachte. »Und einmal hast du von dem Mist gegessen, den deine Mutter immer am Wochenende gekocht hat, diesen Mist mit dem vielen Knoblauch drin.«

»*Scorthalia.*«

»Egal. Der Knoblauch kam durch deine Haut gekrochen. Nach und nach wurden die Sitze um uns herum leer. Sie wußten nicht, wo der Geruch herkam. Herrgott, Pete, du hast wirklich schrecklich gerochen.«

»Aber du bist sitzen geblieben.«

»Ja«, sagte Recevo mit versagender Stimme, »ich bin geblieben.«

Karras starrte ihn an. »Alles in Ordnung, Joe? Du hörst dich nicht gut an.«

»Ich bin müde, das ist alles. Zeit fürs Bett. Komm, wir kaufen noch ein paar Glimmstengel, und dann ab nach Hause. Da vorn der Laden hat geöffnet.«

»Okay, ich geh rasch rein.«

Recevo nahm den Fuß vom Gas, fuhr an den Rand und ließ den Motor im Leerlauf. Karras bemerkte ein Auto, das zwei Wagen vor ihnen parkte.

»Joe, siehst du den Wagen da?«

»Ja. Ein 38er Packard. Und?«

»Den Wagen habe ich heute schon mal gesehen. Woanders. Ich erinnere mich an den steilen Kühlergrill und die Farbe.«

»Du verstehst doch gar nichts von Autos, Pete.«

»Ich schätze, du hast recht.«

»Bring mir ein Päckchen Raleighs mit.«

»Klar. Bin gleich wieder da.«

Karras öffnete die Tür, stieg aus und schloß die Tür wieder.

»Hey, Pete.«

Karras lehnte sich auf die Fensterkante. Recevos Augen sahen sonderbar aus, hohl; sein Mund war verzerrt, als hätte er Schmerzen. Als wollte er losheulen. Joe sah in diesem Licht schrecklich fremd aus.

»Was ist?« sagte Karras.

»Nichts.«

»Raleighs, richtig?«

Recevo zögerte. »Ja.«

Karras schüttelte den Kopf und lachte. »O Mann, du brauchst dringend Schlaf.« Er stieß sich vom Wagen ab, richtete sich auf und ging zu dem Laden.

Aus den offenen Fenstern des Packard war ein Lied zu hören: Tommy Dorseys »Well, Git It«. Karras mochte das Stück mit dem irren Klarinettensolo und den beiden Trompeten, die am Ende miteinander verschmolzen. WTOP spielte Stücke des Dorsey-Orchesters im Nachtprogramm. War es schon so spät?

Im Packard war niemand, den er sehen konnte, und er fragte sich, wieso jemand das Radio laufen ließ und die Batterie leerte, ohne daß jemand die Musik hörte. Aber dann sah er die Anzugjakken von zwei Männern im Schatten der angrenzenden Gasse sich bewegen; Männer, die sich dorthin verdrückt hatten, um einen Schluck zu nehmen oder eine Würfelpartie zu spielen. Karras kümmerte sich nicht um sie und betrat das Geschäft.

Der Alte hinter der Ladentheke mußte aufstehen und machte ein gequältes Gesicht, um Karras wissen zu lassen, daß ihm das nicht gefiel. Karras sah sich bei den Süßwaren um und heftete seinen Blick auf eine Schachtel mit schokoladenüberzogenen Kirschen in Vanillecreme. Eleni liebte sie. Und da sich der Alkohol jetzt allmählich verflüchtigte, könnte er selbst auch ein paar davon vertragen.

»Wieviel kostet die Schokolade?« fragte Karras.

»Wir haben mehr als eine Sorte.«

»Die Kirschen Miss America.«

»Neunundvierzig Cents.«

»Geben Sie mir eine Schachtel. Außerdem ein Päckchen Lucky Strikes. Und ein Päckchen Raleighs.«

»Die Zigaretten kosten dreizehn pro Packung. Ein Quarter für zwei.«

»Ich sagte, ich will sie beide. Nach dem Preis habe ich nicht gefragt.« Der Alte begann Karras auf die Nerven zu gehen.

Achselzuckend steckte der alte Mann alles in eine Tüte. Karras legte eine Dollarnote auf die Theke, nahm die Zigaretten aus der Tüte und steckte sie in die Manteltasche. Während der alte Mann den Verkauf in die Registrierkasse eingab, schaute Karras zum Fenster hinaus. Er sah das metallische Aufblitzen von Recevos Wagen. Recevo fuhr weg, Richtung Norden auf der 14th. Was machte er da? Wahrscheinlich machte es ihn kribbelig, untätig dort rumzusitzen. Wahrscheinlich fuhr er bloß um den Block, um wachzubleiben.

»Paß gut auf dich auf, Alter«, sagte Karras. Er nahm das Wechselgeld und die Tüte mit den Süßigkeiten und verließ den Laden.

Karras stand auf dem Bürgersteig und blickte die Straße hoch. Recevo hatte den Mercury ungefähr einen Block nördlich angehalten und stand mit laufendem Motor am Straßenrand. Die Bremslichter leuchteten auf, und er sah die Abgase aus dem Auspuffrohr austreten. Karras steckte zwei Finger in den Mund und pfiff, damit Recevo das Coupé wendete und ihn wieder auflas.

Das Coupé bewegte sich nicht. Karras starrte zu dem Wagen, als die Lichter des Ladens in seinem Rücken ausgeschaltet wurden. Reed, von zwei Männern flankiert, kam aus der Gasse.

»Was zum Teufel wird das?« murmelte Karras.

Er erkannte die beiden anderen Männer; sie gehörten zu der Gruppe, die am Abend im Wohnraum des Hauses gesessen hatte.

Einer war von mittlerer Größe und mittlerer Statur, und er trug einen schlecht geschneiderten Anzug. Der andere war ein kleiner Bursche, klein und zierlich, mit scharfen ausgeprägten Gesichtszügen. Er trug einen Dreiviertelmantel und einen großen Hut, der ihm offenbar Größe verleihen sollte. Der Hut wirkte komisch – ein Hut wie Tom Mix mit nichts darunter. Karras schaute zu dem Mercury. Joe hatte ihn in Bewegung gesetzt. Jetzt gab er Gas und fuhr davon.

Reed baute sich vor Karras auf. Die beiden anderen postierten sich links und rechts.

»Reed«, sagte Karras. »Dachte ich mir doch, daß ich deine Klapperkiste gesehen hab.«

»Genau, sie gehört mir. Du warst schon immer ein Schlauer.«

»Ihr seid hier ein Stück weg von eurem Viertel.«

»Der Neptune Room hat eben geschlossen. Ich bin nur rangefahren, um 'ne Stange Wasser wegzustellen.«

Karras zeigte mit dem Kinn auf den kleinen Mann mit dem großen Hut. »Und was hat er gemacht? Deinen Pimmel trockengeschüttelt?«

»Witzbold!«

»Ja, ich bin witzig.« Karras seufzte und blickte in Reeds Schweinsaugen. »Du stehst mir im Weg. Ich muß weiter.«

»Klar«, sagte Reed und trat einen Schritt zur Seite, um Karras vorbeizulassen.

Karras setzte sich in Bewegung und ließ die Tüte fallen, als er sah, wie Reed herumschwang. Im gleichen Moment traf ihn die rechte Gerade. Er fand nicht die Zeit, sich gegen den gemeinen Schlag zusammenzukrümmen, fand nicht die Zeit, die Arme hochzubringen. Reed stieß die Rechte in Karras' Magengrube und ließ sie dort.

Karras knickte ein, fing sich mit dem Knie ab, rang nach Luft. Er hustete und schaffte es, etwas Luft zu holen.

»Joe«, sagte Karras.

Reed lachte.

Karras hörte hinter sich Schritte und spürte, wie zwei Männer unter seine Achseln griffen. Dann waren sie neben ihm und schleiften ihn auf die Gasse zu.

»Joey«, sagte Karras.

Reed zog sich die Krawatte gerade. »Ich muß was aus dem Wagen holen.«

Die Männer brachten Karras in die Gasse und stellten ihn aufrecht gegen die Ziegelmauer. Das Licht der Straßenlaterne fiel herab, beleuchtete ihn zur Hälfte und ließ die andere Hälfte im Dunkeln. Die beiden Männer standen am Ausgang der Gasse und versperrten ihm den Weg. Dorseys Orchester spielte aus dem Pakkard, ein Stück mit schärferem Tempo; die Posaunen flogen herum und setzten ein. Karras entspannte sich und versuchte, rhythmisch zu atmen. Er hörte, wie die Wagentür zugeschlagen wurde.

Reed, der kleine Mann und der mittelgroße Mann kamen auf ihn zu. Die beiden anderen bewegten sich zur Seite und verschwanden. Reed hielt einen dicken Knüppel in der Hand. Nein, es war ein Schlagholz.

»Zeit zum Spielen«, sagte Reed. Er stand wie eine Silhouette vor dem Licht, sein Schatten fiel auf das Pflaster der Gasse.

»Ich bin fertig«, sagte Karras.

»Du bist fertig, wenn wir sagen, daß du fertig bist.«

»Ist es wegen Georgakos?«

»Georgakos? Ja, ich schätze, Georgakos war der Auslöser. Aber du bettelst schon eine ganze Weile darum, Karras.«

»Warum das Schlagholz, Reed? Wenn du schon so lange auf mich heiß bist, warum tragen wir's dann nicht offen aus?«

Reeds spitze Zähne schimmerten im Licht. »Weil es ein besonderes Schlagholz ist. Ich hab's auf der Drehbank ausgehöhlt und den Hohlraum mit etwas Schwerem gefüllt. Dann hab ich einen hübschen Korken reingesteckt, damit das Schwere drinbleibt. Ich will das Holz ausprobieren, um festzustellen, wie besonders es sein kann.«

»Mach schon, Reed«, sagte Mittelgroß. »Erledigen wir das, bevor jemand vorbeikommt.«

»Nur eine Minute. Ich will sehen, ob sein Kumpel zurückkommt.«

»Du weißt, daß er nicht zurückkommt«, sagte der Kurze.

»Nein«, sagte Reed glucksend. »Ich glaube nicht, daß er kommt.«

Karras war es leid, Reed zuzuhören und in sein Gesicht zu sehen. Er hatte schon Schlimmeres durchgemacht, und er hatte es mit härteren Männern zu tun gehabt. Er lächelte Reed giftig an.

»Fick dich, Reed! Fick dich und die anderen!«

»Ich schätze, ich bin dran«, sagte Reed. Er hob das Schlagholz.

Karras preßte die Ellbogen vor den Magen, zog das Kinn ein, vergrub das Gesicht zwischen den Fäusten. Einen Moment blitzte es in seinen Augen, als das Schlagholz durch das Licht fuhr. Er hörte ein lautes Knacken, spürte, wie sein linkes Bein unter ihm nachgab, fühlte einen scharfen Schmerz, der sich in sein Rückgrat bohrte und in seinem Hinterkopf explodierte, als er zu Boden stürzte. Er landete rücklings auf den Steinen, ohne die Berührung mit dem Boden zu spüren. Er hörte, seine eigene klagende Stimme in der Gasse widerhallen.

»Mein Gott«, sagte Mittelgroß. »Sieh nur, was du mit seinem Knie gemacht hast.«

Karras rollte sich auf die Seite. Die Bewegung jagte erneut scharfen Schmerz in sein Rückgrat. Sein Magen krampfte sich zusammen, sein Blick wurde trüb. Eine säuerliche, dampfende Mischung aus Whiskey und Bier ergoß sich aus seinem Mund.

»Paßt auf eure Schuhe auf, Freunde«, sagte Reed. »Damit ihr nichts davon abbekommt.«

Karras sah, wie sich seine Finger in das Pflaster der Gasse krallten. Er sah, wie sich der Nagel seines Zeigefingers löste und sein Blut die rohe Haut darunter rosa färbte. Da war kein Schmerz; es war, als beobachte er die Hand eines anderen.

»Komm jetzt«, sagte Mittelgroß. »Er hat genug.«

»Hey, Trainer«, sagte Reed. »Ich habe drei Schläge wie alle anderen auch, oder?«

Karras blickte hoch und sah, wie Reed das Schlagholz über seinen Kopf hob. Er hielt es wie eine Keule.

»Hu«, sagte Karras.

Er sah, wie der kleine Mann den Kopf abwandte, wie der große Hut sich mit ihm wegdrehte, und dann fuhr das Schlagholz durch das Bild, als Reed es herabsausen ließ. An den Hut würde er sich erinnern. Und an Dorseys Posaune. Der Klang der Posaune war das Letzte, was er für einige Zeit hören würde. Dorseys Posaune und ein splitterndes Geräusch. Schrille vergnügte Musik und ein scheußliches Krachen in der Nacht.

Vier

Farrell, Pennsylvania 1948

15

Michael Florek wurde gegen halb zehn wach und blickte durchs Zimmer. Das Bett, in dem seine Schwester schlief, war unberührt. So war es schon seit mehreren Tagen. Seit ungefähr einem Jahr war es nicht ungewöhnlich, daß Lola über Nacht von zu Hause wegblieb, vor allem an den Wochenenden. Michaels Mutter wußte, was mit ihr los war; auch Michael wußte es, und ebenso eine Menge andere Leute in Farrell und in Teilen von Sharon. Es war für niemanden mehr ein Geheimnis, und mit der Zeit schwand sogar der Schmerz der Scham. Aber wenn Lola länger als einen Tag weg war, rief sie immer an und hinterließ eine Nachricht. Die letzten fünf Tage hatte keiner etwas von Lola gehört.

Mike Florek setzte sich auf und starrte auf das unbenutzte Bett. Drei Jahre lang hatte eine blauschwarze Wolldecke auf dem Bett gelegen, aber nun war die Decke fort. Als kleiner Junge hatte er zusammen mit Lola in dem Bett geschlafen. Er hätte gern ein eigenes Bett gehabt, aber damals waren sie vier Kinder und Mom und Dad, dreieinhalb Zimmer für alle. Als er etwa zwölf war, fing Mike an, nachts mit einem Steifen wach zu werden, weil er eng an den Rücken seiner Schwester gepreßt schlief. Da wußte er, daß eine Veränderung der Schlafzimmerordnung überfällig war. Etwa um diese Zeit starb sein Vater an Krebs in der Brust – er starb jung wie viele der Männer, die in der Fabrik arbeiteten –, die beiden jüngeren Kinder zogen ins Zimmer seiner Mutter um, und Mike bekam sein eigenes Bett. Seitdem teilten sich Mike und Lola ein Schlafzimmer.

Mike ging ins Wohnzimmer, wo seine Mutter gerade die Reste eines Huhns in einen Kochtopf schüttete. Sie konnte ein Huhn über eine Woche strecken. Es war ruhig in der Wohnung; seine kleine Schwester war in der Schule, wo die Dekoration für das Spiel vorbereitet wurde, und Louis, sein jüngerer Bruder, war in der Army und seit drei Monaten fort. Lola hätte vielleicht ein bißchen Lärm gemacht, wäre sie da gewesen. Lola konnte lachen und reden, und sie konnte ein bißchen Lärm machen.

»Morgen, Ma.«

»Michael.« Seine Mutter fuhr zusammen und drehte den arthritischen Ellbogen nach oben, als sie das Huhn in den Topf schob. Ihr Haar fiel ihr klumpig in das rundliche Gesicht.

»Ich gehe mich waschen, Ma.«

»Du hast ganz schön lange geschlafen. Ich brauche dich, damit du heute morgen zum Metzger gehst.«

»Es wird nicht lange dauern.«

Er ging ins Badezimmer und entledigte sich seiner Pyjamajacke. Vor dem Spiegel versuchte er, einen Arm zu beugen, doch der Bizeps war kaum sichtbar. Er betrachtete seinen schmalen Brustkorb und die extrem spitzen Schulterblätter. Über eins achtzig, aber kaum schwerer als sechzig Kilo. Zwanzig Jahre alt, und er hatte noch immer kein Gewicht zugelegt.

Mike wusch sich das Gesicht, quetschte etwas Ipana auf eine Zahnbürste und putzte die Zähne. Er schüttete sich etwas West Point Haarwasser in die Handflächen, rieb sie gegeneinander und strich mit seinen Fingern durchs Haar. Er teilte sein Haar in der Mitte und kämmte es links und rechts vom Scheitel nach außen und nach hinten. Dann ging er ins Schlafzimmer, zog sich Hose und Pullover an und darüber seine Wolljacke. Es war November und schon reichlich kalt.

»Ich gehe, Ma«, sagte er, als er an der Küche vorbeiging.

»Hier.« Sie drückte ihm zwei durchweichte Geldscheine in die Hand. »Hol etwas von der besonderen Wurst, die es im Colonial gibt, okay? Morgen werden wir ein schönes Mittagessen haben, zum Sonntag.«

Florek betrachtete das Gesicht seiner Mutter. Die Zähne in ihrem Mund waren kariös und wiesen solche Lücken auf, daß ihre Zunge beim Reden schnalzende Geräusche verursachte. Und ihre Augen, einst von strahlendem Blau, waren jetzt fast farblos und in den Winkeln erschlafft. Und er konnte erkennen, daß sie geweint hatte.

»In Ordnung, Ma. Ich bin bald zurück.«

Er verließ die Wohnung und ging die Treppen hinab auf die Straße. Sie wohnten in der Altstadt von Farrell, in einer Seitenstraße des Broadway, über einer Bäckerei; sie hatten dort gewohnt, solange Floreks Gedächtnis reichte. Dieser Teil von Farrell, in dem alle ethnischen Gruppen lebten, überschnitt sich mit dem Altstadtbereich von Sharon. Italiener, Polen, Slawen, Deutsche, Ungarn, bulgarische Mazedonier, Griechen – wenn sie einen Akzent hatten, wohnten sie in der Altstadt. Einige von ihnen hatten kleine Geschäfte, und die meisten arbeiteten in den Fabriken. Sie hatten alle ihre eigenen Vereine, den deutschen Club, den griechischen Club und so weiter. Die Protestanten und die Presbyterianer – sein Vater nannte sie in seiner breiten polnischen Sprechweise »die weißen Leute« – wohnten rund um die Highland Avenue, weiter oben in der Stadt, wo sich die Leute mit Geld und Macht offenbar immer ansiedelten, in jeder Stadt, die Florek kannte. Die weißen Leute arbeiteten auch in den Fabriken, aber als Angestellte oder Manager. Sie rochen nicht so, wie Floreks Vater gewöhnlich roch, wenn er von seiner Schicht heimkam. Ihre Leben währten länger.

Von der Straße aus sah Florek entlang des Shenonga River die Schlote von Sharon Steel, die ständig holzkohlengraue Rauchfahnen in die Luft schickten. Nachts erleuchteten die geschmolzenen Funken aus den Schornsteinen den Himmel. Die Fabrik hatte seinen Vater umgebracht, dessen war er sicher. Aber er entdeckte eine gewisse Schönheit in der orange leuchtenden Linie, die sich jeden Tag über den Abendhimmel zog.

Er ging, an Kirchen und Kneipen vorbei, zum Broadway. Florek hatte einmal auf den Unterhaltungsseiten einen »Ripley's Kaum zu glauben«-Artikel gelesen, in dem stand, Farrell hätte pro Kopf der Bevölkerung mehr Kirchen und Billardsalons als jede andere Stadt in den USA. Sie hätten die Liste um Basketballreifen ergänzen können; die Reifen waren in der ganzen Stadt an Telefonmasten genagelt. Vielleicht gehörte das Team von Shenonga Valley deshalb zu den besten des Landes. Ältere Leute beklagten sich über die Reifen, aber Mike Florek hätte nicht einen von ihnen abmontiert. Er mochte in Farrell alles so, wie es war; so, wie es immer gewesen war. Er wußte, er würde seine Stadt niemals verlassen.

Anthony »Snake« DeLuca kam ihm auf dem Broadway entgegen. DeLuca und seine Clique gehörten zu den älteren Schülern auf Farrell High. Es ging das Gerücht, DeLuca und seine Freunde trieben es mit einigen der Lehramtsstudentinnen, die vom Westminster College in Wilmington, Pennsylvania kamen und an der Highschool unterrichteten. Florek hegte keinen Zweifel daran. New Wilmington war eine trockene Stadt, und DeLuca hatte die jungen Frauen wahrscheinlich in Farrells Clubs eingeführt. Man goß ein wenig Schnaps in eine nette Protestantin und … nun, genau wußte Florek es nicht. Wenn es um Frauen ging, wußte er überhaupt nicht viel. Er hatte davon gehört, mehr nicht.

»Hey, Mikey.«

»Hey, Snake, wie geht's?«

»Bin auf dem Weg zur Arbeit.« DeLuca jobbte als Platzanweiser im Capitol, dem A-Kino der Stadt. Sein Bruder Nunzio arbeitete im Colonial, das B-Filme und Screwball-Comedys zeigte. Florek hatte im Colonial alle Filme von einem Typen namens Preston Sturges gesehen. Dieser Sturges drehte Filme, bei denen Florek sich vor Lachen krümmte.

»Ist heute eine Matinee?«

»Sicher.« DeLuca lächelte. »Wie geht's deiner Schwester Lola?«

Florek mochte weder das Lächeln, noch den Blick in Snakes Augen, aber er verkniff sich jede Bemerkung darüber. Snake DeLuca mochte ein Highschool-Knabe sein, aber er war dreißig Pfund schwerer als Florek, und jedes einzelne Extrapfund bestand aus Muskeln. Auch an seinem schwächsten Tag konnte DeLuca Florek niedermachen.

»Ich muß weiter.«

»Nimm's leicht, Mikey.«

Florek ging weiter. Er kam an einer Männerpension vorbei, in der Junggesellen und Einwanderer ohne Familie wohnten, ausnahmslos Fabrikarbeiter. An 518 Broadway lag Bessie Barnes Bordell, wo er als kleiner Junge einmal einen Blick auf die Frauen riskiert hatte, die in Seidenkleidern und modischen Federhütchen herumsaßen. Mit einem solchen Haus würde Lola nie etwas zu tun haben. Mit Lola war es ganz anders.

Florek unterbrach seinen Weg an der California Confectionery, wo er als Mixer an der Eisbar arbeitete, um seinen Lohn zu holen. Sein Boß machte ihm einen Banana Split, den er an der Theke aß. Es war nicht gerade ein richtiges Frühstück, aber es war gratis und besser als nichts. Floreks Freund, Eddie Monetti, hatte ihm verraten, daß Johnny der Grieche, der die Unterwelt in der Stadt kontrollierte, einen Anteil an der Konditorei besaß. Mike Florek hatte seinen Boß nie gefragt, ob das stimmte. Sein Vater hatte ihm stets gesagt, er solle seine Nase aus solchen Dingen heraushalten, und Mike wollte so etwas auch gar nicht wissen.

Der Colonial Market, der zwei Griechen – George und William Tsimpedas – gehörte, befand sich an der Ecke Broadway/Adams, direkt neben der Colonial Bank, die während der Depression bankrott gegangen war. George Tsimpedas benutzte das Bankgebäude jetzt als Lager für Mehl, Steinsalz und solche Waren. Während des Kriegs besaß sein Laden die einzige Lizenz für rationiertes Fleisch, daher war der Colonial die Bezugsquelle für Geflügel, Rind- und Schweinefleisch geworden. Und die Kunden waren geblieben, weil Tsimpedas mit Andy Langal den besten Metzger der Stadt hatte – einen Messerakrobaten, wie Farrell ihn noch nie gesehen hatte.

Als Florek den Laden betrat, war Langal im hinteren Teil. Er war ein grobschlächtiger Pole mit den typischen großen Händen. Florek sah ihn dort hinten, Handschuhe an den Händen, neben dem Rauchfang stehen. Nach einer Weile kam er heraus und postierte sich hinter der Glastheke.

»Florek junior.«

»Andy.«

»Was kann ich für dich tun?«

»Etwas von deiner Spezialwurst. Ungefähr ein Pfund, würde ich sagen.« Florek senkte die Stimme. »Ist sie schlachtfrisch?«

Langal spreizte die Hände. »Was denn? War sie jemals *nicht* frisch?«

»Wohl nicht.«

Es war eine dumme Frage gewesen, und Florek bedauerte, sie gestellt zu haben. Das Fleisch war hier immer frisch, und George

Tsimpedas fuhr dreimal die Woche nach Youngstown, um sicherzugehen, daß auch Gemüse und Obst frisch waren. Florek wußte das alles. Er versuchte bloß, wie ein Mann zu agieren, den man nicht über den Tisch ziehen kann. Es klappte nie so ganz, wenn er sich wie ein richtiger Mann aufzuführen versuchte.

»Da haben wir's«, sagte Langal und reichte ihm die in Fettpapier eingewickelte Wurst.

»Danke, Andy.«

»Hast du noch etwas angeschrieben?«

»Besser, du schaust nach.«

Langal ging wieder nach hinten und kam mit einer Zahl zurück. Florek beglich die Rechnung von seinem Lohn. Seine Mutter hatte ihre Schulden bei Tsimpedas in den letzten drei Wochen stehen lassen.

»Mach's gut, Andy.«

»Du auch, junger Mann.«

Auf dem Rückweg zur Wohnung dachte Florek darüber nach, was mit Lola passiert war. Er konnte die Schuld nicht allein den Soldaten und dem Krieg geben, denn Lola war immer der Typ gewesen, der mit weit geöffneten Augen über Farrell hinaus blickte. Aber der Krieg hatte, wenn auch auf Umwegen, die schlimmen Sachen mit Lola in Gang gesetzt. Der Krieg, soviel wußte er, hatte eine Rolle dabei gespielt. Als die Army einen Landungspunkt für ihre Soldaten brauchte, wurde Camp Shenango zwischen Sharon und Greenville errichtet, einige Hektar Kasernen und neue Straßen. Praktisch im selben Moment hatten sich die Gemeinden und Städte von Shenango Valley verändert. Die Restaurants in Sharon machten plötzlich gutes Geld, indem sie den Soldaten Whiskey verkauften, und die Vergnügungs- und Kneipendollars flossen in die

Gemeinde Brookfield und die Straßenzeile bei Masury, unmittelbar hinter der Grenze zu Ohio. Die Soldaten brachten Freundinnen und Ehefrauen mit, bevor sie eingeschifft wurden, und viele von diesen Frauen blieben in der Gegend. Florek hatte Geschichten von betrunkenen Frauen, von leichten Mädchen und von Gruppenvergewaltigungen gehört. Alles war weit offen und zügellos, ganz anders, als es die hart arbeitenden Fabrikarbeiter und die Geschäftsleute des Städtchens gewohnt waren. Aber der Krieg und das Camp waren für die einheimische Wirtschaft ein Segen, und die allgemeine Einstellung lautete: Für unsere Soldaten ist nichts zu gut. Die Army hatte sogar Judy Garland für eine Sondervorstellung eingeflogen.

In ihrem letzten Jahr an der Highschool hatte Lola einen Soldaten kennengelernt; einen ganz besonderen Soldaten, hatte sie gesagt. In der Nacht, nachdem der Soldat nach Europa eingeschifft worden war, hatte Florek Lola weinend im Schlafzimmer gefunden. Am nächsten Tag hatte der Freund des Soldaten angerufen und ihr gesagt, sein Freund hätte ihm empfohlen, sie anzurufen, und daß sie auch zu ihm »nett« sein würde. Lola hatte sich mit ihm getroffen, und als sie ihn bat, nicht so stürmisch zu sein, war er auf beängstigende Weise grob zu ihr gewesen. Es machte Mike Florek wütend, aber was konnte er, realistisch gesehen, schon tun? Er wußte, er würde sich niemals mit einem Soldaten anlegen. Also ließ er es zu, und dann machte Lola den gleichen Fehler, immer wieder. Sie machte noch mehr Fehler, und die Leute von Farrell begannen über sie zu reden. Sie sei eine Frau, hieß es, die nicht aufhören würde, Fehler zu machen, und am Ende des Kriegs saß sie samstagabends in Bars in Masury und wartete darauf, daß der nächste Fehler durch die Tür spazierte und auf dem Hocker neben ihr Platz nahm. Wenn sie es ohnehin tat, wenn dieser Ablauf, wie es schien, unvermeidlich war, warum sollte sie dann nicht ein paar Dollar daran verdienen und es genießen?

So jedenfalls sah Lola es. Es war eine widersinnige Art, die Dinge zu sehen, aber Florek wußte, daß sie es in ihrem Kopf so zurechtrückte. Wenn man sein ganzes Leben lang mit jemandem ein Zimmer teilt, lernt man ihn ganz gut kennen.

Mike Florek betrat die Wohnung und gab seiner Mutter die Wurst in die Hände. Wortlos standen sie in der Küche, blickten einander in die Augen. Beim Eintreten hatte Florek den Reißverschluß seiner Jacke geöffnet. Jetzt zog er ihn wieder hoch.

»Ich glaube, ich schau mich mal nach Lola um.«

Seine Mutter nickte. »Ja, Michael. Schau dich nach deiner Schwester um.«

»Zum Abendessen bin ich zu Hause, Ma.«

»Mach nur, Junge. Laß dich nicht aufhalten.«

Florek ging in sein Schlafzimmer, durchstöberte seine Kommode und nahm das Foto heraus, das Lola nach der Abschlußprüfung zeigte. Auf der Rückseite hatte sie ihm eine kurze Widmung geschrieben. In Lolas Kommode war ein zweiter Abzug, ohne die Widmung. Er steckte die Fotos in die Seitentasche seiner Jacke. Die Wagenschlüssel fand er, wo seine Mutter sie immer liegen ließ, in einer handlackierten Schale auf einem kleinen Tisch neben der Tür. Er verließ die Wohnung und ging auf die Straße.

Floreks Vater hatte kurz vor dem Krieg für 320 Dollar einen 34er Plymouth gekauft. Mike dachte an die Zeiten, als die Familie nach Ohio fuhr, dort auf einem Bauernhof Hühner kaufte, die lebenden Hühner an die Stoßstange des Plymouth band und dann zurück nach Farrell fuhr. Ihnen ging es damals nicht sehr gut. Die Fabrik hatte seinen Vater entlassen, und er arbeitete in einem Regierungsprogramm beim Straßenbau für einen Hungerlohn. Florek erinnerte sich, daß er damals Hunger gehabt hatte, richtigen Hunger, und daß er im tiefen Winter in der Wohnung gefroren hatte; die einzige Wärme kam damals aus der Bäckerei unter ihnen, und diese Wärme transportierte einen süßen, angenehmen Duft. Im Rückblick war es gar nicht so schlimm gewesen. Zumindest waren sie damals alle zusammen.

Der Plymouth startete mit einem Husten. Florek trat im Leerlauf zweimal das Gaspedal durch. Keine Heizung im Wagen und kein Radio. Ohne Heizung konnte er auskommen, aber er hätte wirklich gern Musik gehabt. Florek mochte Sängerinnen und den Sound der Big Bands. Er hatte viele Bands und ihre Sängerinnen gesehen, wenn sie nach Youngstown kamen: Misty June Christie mit Stan Kentons Orchester, Doris Day mit Les Brown. Und in Yankee Lake drüben in Ohio war er bei Glenn Miller gewesen; war das ein Abend! Bei Miller war es so voll gewesen, daß man nicht einmal tanzen konnte. In Yankee Lake war einiges los gewesen. Aber wenn man wirklich die Großen sehen wollte, dann mußte man nach Youngstown fahren.

Youngstown selbst war Welten von Farrell entfernt. Das organisierte Verbrechen war in Youngstown tiefer eingedrungen als in New York und Chicago zusammengenommen. Zumindest schien es so. In Youngstown fand man jede Art von Unart, und man fand sie ohne langes Suchen, von Huren über Glücksspiel bis zu Drogen. An einem Samstag hatte Florek mit zwei Freunden den Bus nach Youngstown genommen, und sie hatten durch die Tür des Jungle Inn gespäht, Youngstowns größtem und berüchtigstem Etablissement für Glücksspiele. Auf der Empore patrouillierten zwei harte Jungs mit Tommy-guns in der Armbeuge. Man mußte schon völlig verrückt sein, um einen solchen Laden zu überfallen. Die Gorillas mit den Tommy-guns würden sofort das Feuer eröffnen und jeden Kunden umlegen, bevor man auch nur einen Cent in die Finger bekäme. Nein, Youngstown war keine Stadt, in der Florek leben wollte.

Florek lenkte den Plymouth zur Stadt hinaus und über die Staatsgrenze nach Ohio. Nach etwa eineinhalb Stunden Fahrzeit erreichte er den Verwaltungsbezirk Brookfield und fuhr weiter nach Masury, einem kleinen Handelsflecken, kaum größer als ein Postschalter. Er parkte vor dem Clover Club und schaute sich um. Neben zwei weiteren Häusern befand sich die Gray Wolf Tavern in dem Block. Florek hatte von den Bühnenshows des Gray Wolf gehört, aber nie eine gesehen. Der Clover Club würde Lolas Geschmack eher entsprechen.

Florek stieg aus dem Wagen und betrat den Club. Jetzt, mitten am Tag, sah der Clover Club wie jede andere Schnaps-und-Bier-Kneipe aus, die er kannte. Zwei Männer, dem Aussehen nach Stahlarbeiter, tranken an der Theke Boilermakers, ein Gemisch aus Whiskey und Bier, und blickten starr geradeaus. Ein einzelner Trinker, ein Veteran, den Florek erkannte, aber nicht unterzubringen wußte, saß auf dem letzten Hocker vor einem Krug Bier. Zwischen den Stahlarbeitern und dem Veteran standen zwei große Schüsseln; die eine enthielt eingelegte Schweinepfötchen, in der anderen schwammen hartgekochte Eier im Saft von Rüben. Aus dem Radio über der Theke erklang der neueste Titel von Louis Prima.

Florek nahm ein Stück entfernt von den anderen Platz. Der stiernackige Barmann kam zu ihm und musterte ihn eingehend.

Florek wußte, daß er mit seinen dünnen Handgelenken und seinem hageren Körper sehr jung aussah, aber in Ohio durfte man schon mit achtzehn Bier trinken. Und in Masury wurde man immer bedient, wenn man groß genug war, um eine Münze auf die Theke zu legen.

»Was soll's sein?«

»Eine Flasche Green Pop«, sagte Florek.

Der Barmann ging zum Kühlfach, nahm ein Rolling Rock heraus und stellte die Flasche vor Florek auf die Theke.

»Noch eins von den Dukes«, sagte der Stahlarbeiter, der Florek am nächsten war. Der Mann hatte gemeine Augen. Er kreiste mit dem Finger über seinem Glas. »Und davon auch noch einen.«

Der Barmann ging zum Zapfhahn und füllte ein Duquesne mit einer respektablen Schaumkrone in den Krug. Mit dem Krug und einer Flasche Hauswhiskey ging er zu dem Stahlarbeiter und goß sein Whiskeyglas randvoll.

Der Mann goß den Whiskey in sein Bier. Er sank nach unten und sammelte sich auf dem Boden des Krugs. Der Stahlarbeiter schaute zu Florek, hob den Krug und trank. Florek hob sein Glas und trank ebenfalls. Er hörte den Zechkumpan des Stahlarbeiters, der rechts von ihm saß, leise kichern. Lachten sie über ihn?

Florek trank sein Bier aus und ließ es wirken. Er bestellte ein zweites und zog das Foto seiner Schwester heraus, als der Barmann die Flasche auf die Theke stellte.

Florek beugte sich vor. »Ich suche nach einem Mädchen. Sie heißt Lola Florek. Haben Sie sie gesehen?«

»Ich glaube nicht.«

»Sehen Sie sich's mal an.«

Florek glättete das Foto mit den Fingern und drehte es herum, damit der Barmann es erkennen konnte. Die Augen des Manns blitzten einen Moment auf und waren sofort wieder so teilnahmslos wie immer. Aber es reichte Florek, um das Wiedererkennen in seinem Blick wahrzunehmen.

»Sie kennen sie«, sagte Florek. »Habe ich recht?«

»Ich hab sie gesehen«, sagte der Barmann achselzuckend. »Ist schon eine Weile her.«

»Ich bin ihr Bruder.«

Einer der Arbeiter lachte.

Der Barmann schaute weg. »Wie gesagt, es ist eine Weile her.«

»Ich weiß, daß sie samstags hier trinkt. Sie hat mir von dem Lokal erzählt ...«

»Früher, vielleicht.« Der Barmann entfernte sich und trocknete dabei mit einem Lappen ein Whiskeyglas ab.

Florek blickte zu den Stahlarbeitern, die jetzt nicht mehr lachten. Beide hatten ihren Blick auf ihre Drinks geheftet. Am Ende der Theke starrte der Veteran auf die Stahlarbeiter und wandte den Blick nicht von ihnen ab, als er seinen Bierkrug leerte.

Florek wußte, daß der Mann ein Veteran war, aber nicht von seinem heutigen Aufzug. Er trug einen Dreiviertelmantel, der unter den Achseln eingerissen war, darunter ein kariertes Flanellhemd, das in eine schmutzige blaue Arbeitshose gesteckt war. Doch wenn Florek den Mann ansah, sah er ihn in Uniform vor sich, gerade zurück aus dem Krieg.

Die Regierung hatte ihren Soldaten in den ersten 52 Wochen nach der Entlassung zwanzig Dollar pro Woche gegeben. Davon konnte ein Mann leben, und er konnte sich davon einiges zu trinken kaufen. Einige dachten im ersten Jahr nicht im Traum daran, sich einen Job zu suchen. Ein paar verliebten sich in die Vorstellung, auf einem Barhocker zu sitzen und Methoden auszudenken, um die zwanzig Dollar zu strecken. Für solche Männer begann die Zeit zu zerbröseln. Floreks Mutter sagte, die Regierung hätte ihren Soldaten nie und nimmer ein solches Geschenk machen dürfen. Das Geld machte Probleme, sagte sie, und war alles andere als ein Geschenk.

Der Veteran stand auf und ging auf Florek zu. Bei den beiden Arbeitern verharrte er, starrte auf ihre Rücken und ging dann weiter. Als er bei Florek war, klopfte er ihm kurz auf die Schulter und setzte sich auf den Barhocker rechts von ihm. Er ließ sich mit den langsamen, bedachtsamen Bewegungen eines Manns nieder, der sich an einen Nachmittagsdrink heranpirscht.

»Wie geht's dir, mein Freund?« Die Stimme war vom Tabak versengt.

»Ich komm klar«, sagte Florek.

»Du erinnerst dich an mich.«

»Ich kann mich nicht … Nein, ich glaube nicht.«

»Ich erinnere mich an *dich*.«

»Wirklich?«

»Klar. Ich war auf der Farrell High, genau wie du. Hab zwei oder drei Jahre vor dir abgeschlossen. Ich bin in der Altstadt aufgewachsen, in der Nähe der Idaho.«

Floreks Hand spannte sich um die Flasche. *Das ist Ted. Ted Sowieso. Ein bulgarisch-mazedonischer Name. Lupow, Luminow oder so. Wie hieß er noch?*

»Ted Lupicow«, sagte der Veteran und streckte die Hand aus.

Florek nahm sie. »Mike Florek. Wie geht's?«

»Gut.«

»Ich geb einen aus, Ted.«

»Nein, laß nur.«

»Komm schon.«

»Ach, zum Teufel. Dann ein Bier, damit's Glück bringt. Ja, ich nehme ein Bier. Ein Iron City.«

Der Barmann servierte das Gewünschte, Lupicow und Florek stießen mit ihren Flaschen an und nahmen einen Schluck. Lupicow zündete sich eine Zigarette an.

»Du erinnerst dich immer noch nicht, oder?«

»Allmählich dämmert's.«

»Ted *Lupicow*, Mike. Ich bin damals mit deiner Schwester gegangen. Herrgott, ich war einmal zum Sonntagsessen bei euch zu Hause.«

Da fiel es Florek ein. Jetzt sah er Lupicow, lächelnd und mit strahlenden Augen, ohne den Zweitagebart und die stinkenden Kleider. Er sah ihn in Uniform, soeben aus dem Krieg zurück.

Lupicow lächelte und entblößte nikotingefleckte Zähne. »Macht deine Mom immer noch die Piroggen mit Sauerkraut gefüllt?«

»Klar. Sie macht sie ständig.«

»Diese Piroggen«, sagte Lupicow. »Zum Heulen gut.«

»Ja, meine Ma, die kann kochen.«

»Du sagst es, mein Freund.« Lupicow legte seine Hand um Floreks Bizeps. »Nicht daß du falsche Vorstellungen über mich und Lola hast. Wir waren in derselben Clique zusammen, mehr war nicht. Das war damals so.«

Florek nippte an seinem Bier und stellte die Flasche behutsam auf die Theke. »Hast du sie in letzter Zeit gesehen?«

Lupicow senkte den Blick. »Ja. Ich hab sie hier ein- oder zweimal gesehen.«

»Wann war das letzte Mal?«

»Das letzte Mal?« Lupicows Mund zuckte. Er steckte seine Zigarette zwischen die Lippen, um das Zucken zu unterbinden. »Ich weiß es nicht, Mikey. In letzter Zeit hat sie sich ziemlich abgekapselt. Letzte Woche oder so. Sie war drüben im Hotel, heißt es.«

»In Brookfield?«

»Ja.«

Florek stand auf und legte ein paar Dollar auf die Theke. Er gab dem Barmann ein Zeichen und zeigte auf Lupicows leere Flasche. Der Mann ging zum Kühlfach und holte ein Iron City vom Eis.

»Im Hotel ist ein Page«, sagte Lupicow. »Danny Auerbach. Der kennt sich aus.«

»Auerbach.«

»Richtig. *Sprich mit ihm*!«

»Danke.«

»Soll ich mitkommen?«

»Hm, nein.«

»Paß auf dich auf, Mikey.«

»Du auch.«

Florek trat in das helle Licht der Straße. Er ging Richtung Brookfield und hoffte, der Spaziergang würde ihm guttun. Zwei Bier, und er war leicht beschwipst. Es war ihm egal, ob er ein bißchen unsicher auf den Füßen war, aber das Bier gab ihm Selbstvertrauen und verlieh seinem Schritt den »Ich schaffe es«-Schwung. Jetzt würde er Lola finden und sie zum Sonntagsessen mit nach Hause nehmen.

Florek betrat die Hotellobby. Drinnen hörte er einen alten Mann, der in einem angrenzenden Zimmer mit sich selbst redete und leise fluchte. Aus Erzählungen wußte Florek, daß in diesem Raum ein Spielautomat stand. Ein zweiter alter Mann saß hinter der Empfangstheke und las in einem Groschenroman. Er blickte hoch, hustete ausgiebig in ein gelbes Taschentuch und wandte den Blick wieder zu seinem Taschenbuch. Florek trat auf ihn zu.

»Ja«, sagte der Mann.

»Ich suche den Pagen, der hier arbeitet. Ein gewisser Danny Auerbach.«

»Machen Sie Geschäfte mit ihm?«

»Jawohl.«

»Was für Geschäfte?«

»Privater Natur.« Florek trat von einem Fuß auf den anderen. »Ich warte hier, bis er auftaucht.«

»Machen Sie sich's bequem. Aber er kommt erst heraus, wenn wir einen neuen Gast haben. Und heute nehmen wir keine neuen Gäste mehr auf. Wir sind ausgebucht.«

»Könnten Sie dann nach ihm klingeln?«

Der Alte tupfte mit dem Taschentuch den Speichel ab, der in seinem Mundwinkel glitzerte. »Vielleicht kann ich ihn für Sie auftreiben.« Die ganze Zeit hatte er den Blick nicht von dem Buch genommen. Zwei Minuten stand Florek vor ihm, weder er, noch der Alte sprachen ein Wort. Dann zog Florek eine Dollarnote aus der Hosentasche und legte sie auf die Theke. Der Alte nahm sie und ließ sie mit unerwarteter Gewandtheit rasch unter der Theke verschwinden.

»Geradeaus durch den Flur, dann nach links. Da finden Sie Auerbach mit einer Zigarette.«

Florek ging am Treppenaufgang vorbei in einen unbeleuchteten Flur. Er tastete sich an der Wand entlang, stolperte einmal und bog bei dem Licht am Ende des Flurs nach links. Im Gang stand ein gedrungener, blasser Mann in Pagenuniform und unterhielt sich mit einem Zimmermädchen. Er rauchte eine Zigarette, die er lässig zwischen den Fingern hielt. Er schien sich mit der Frau Zeit zu nehmen, blickte zu Florek, dann wieder zu dem Zimmermädchen. Er sagte etwas zu ihr, und beide lachten.

Florek blinzelte durch den Zigarettenqualm, der das Licht des Gangs trübte. »Sind Sie Auerbach?«

Auerbach nickte, grinste und salutierte, indem er eine Hand parodierend zu seinem Käppi führte. Dann drückte er die Zigarette in einem Aschenbecher neben dem Wagen des Zimmermädchens aus und ging mit übertrieben energischen Schritten auf Florek zu. Er war klein, hatte winzige blaue Augen und die Hände eines Jungen. Er bewegte sich mit den abrupten Bewegungen eines Aufziehspielzeugs.

»Ja, Sir«, sagte Auerbach, als er vor Florek stand. »Was kann ich für Sie tun?« Aus der Nähe sah Auerbach wie eine blonde Maus aus.

Florek nahm das Foto von Lola aus seiner Jacke und hielt es ihm entgegen. Auerbach betrachtete es und setzte einen vergnügten Blick auf.

»Tolle Frau!«

»Haben Sie sie gesehen?«

»Ein Klasse Weib!« sagte Auerbach.

»Sie heißt Lola. Sie ist meine Schwester.«

Auerbach zuckte die Achseln. »Da können Sie sich ja glücklich schätzen. Einige Männer haben häßliche Schwestern und müssen sich das Übel ihr ganzes Leben ansehen.«

»Ich habe gehört, sie wohnt hier vielleicht.«

»Kann sein.«

»Ein Typ im Clover Club …«

»Welcher Typ?«

»Irgendein Typ. Er hat mir gesagt, meine Schwester hat hier vielleicht ein Zimmer. Und Sie könnten mir möglicherweise weiterhelfen.«

»Mag sein.«

Diesmal wartete Florek nicht lange. Es war ein langer Tag gewesen, und der Zigarettenqualm begann in seinen Augen zu jucken. Er griff in die Tasche und zog sein letztes Geld heraus, einen Ein- und einen Fünfdollarschein. Er streckte Auerbach den Eindollarschein entgegen.

»Mm-mm«, sagte Auerbach.

»Ich will nur einen Hinweis. Soviel kann das doch nicht kosten.«

»Sie müssen mich mit dem alten Portier verwechseln, mein Freund. Der Typ kommt direkt aus dem letzten Jahrhundert. Ihn können Sie vielleicht mit einem Einer bezirzen, aber bei mir reicht der nicht mal für die Drinks.«

»Was wollen Sie?«

Auerbach richtete sein spitzes Kinn auf den Schein in Floreks Hand. »Den Fünfer.«

Florek gab ihm den Schein, Auerbach faltete ihn sorgsam zusammen und steckte ihn in die Uhrentasche seiner Hose.

»Kommen Sie mit«, sagte er.

Florek und Auerbach gingen den Gang entlang, durch eine Tür und in ein rückwärtiges Treppenhaus. Florek dachte, sie würden die Treppe zur ersten Etage nehmen, doch statt dessen führte ihn Auerbach ins Kellergeschoß. Florek war in einigen Hotels gewesen, konnte sich aber keines, nicht einmal die billigste Absteige, mit Zimmern im Keller vorstellen. Er folgte Auerbach und bemerkte das freche Schulterrollen des kleinen Manns, als sie am Fuß der Treppe ankamen.

Sie betraten erneut einen Gang, gingen an Räumen vorbei, in denen die Putzmittel aufbewahrt wurden, und an einer Toilette mit dreckstarrendem Fußboden. Der Gang endete vor einem offenstehenden Dampfkesselraum, aus dem das stete Summen der Heizungsanlage des Hauses zu hören war. Es war warm hier unten, fast schon heiß, und die Hitze war trocken und rauh. Florek zog den Reißverschluß seiner Jacke auf.

Auerbach drehte den Knauf einer Tür, die vom Heizungsraum wegführte. Er stieß die Tür auf, griff mit der Hand hinein und schaltete die Deckenlampe ein. Dann winkte er Florek heran und trat zur Seite.

»Da sind wir, mein Freund.«

Florek ging hinein. Auf dem Boden lag eine Matratze mit zerknäulten Laken und einer blauschwarzen Wolldecke darauf. Neben der Matratze stand auf einer umgedrehten Gemüsekiste eine Lampe mit angesengtem Schirm. Auf einer Furnierholzkommode vor der Wand stand ein Wasserbecken aus Glas. Die schmucklosen Wände waren blaßgrau gestrichen, der Fußboden bestand aus nacktem grauen Beton.

»Wo ist sie?« fragte Florek. Er starrte auf die Wolldecke. Seine Mutter hatte sie vor drei Jahren in einem sehr kalten Winter gestrickt.

Auerbach ging in den Raum und lehnte sich an die Wand. Er hob einen Fuß, rollte die Socke herunter und zog ein Päckchen Zigaretten hervor. Er nahm eine Zigarette heraus, zog die Socke über das Päckchen und stellte den Fuß wieder auf den Beton. Geschickt drehte er die Zigarette in den Fingern und untersuchte sie, als sei sie etwas Besonderes.

»Ich habe gefragt, wo sie ist.«

Auerbach riß ein Streichholz aus dem Heftchen und zündete die Zigarette an. Er ließ sie im Mund baumeln, während er Florek verschmitzt anschaute.

»Ich höre Sie nicht sehr gut«, sagte Auerbach.

»Was denn, wollen Sie noch mehr?«

»Sie haben mich gefragt, ob sie ihr Zimmer sehen können. Alles weitere kostet extra.«

»Sie haben mir den letzten Cent abgenommen.«

»Dann sind wir wohl fertig miteinander.« Auerbach hob die Schultern. »Denn solche Informationen gibt's nicht umsonst.«

»Informationen.« Florek spürte Schweißtropfen auf seinem Rücken. »Vielleicht habe ich ein paar Informationen für die Cops in diesem Bezirk. Vielleicht würden sie gern erfahren, daß der Page in diesem Laden ein mieser Zuhälter ist.«

»Sicher würden sie das gern wissen.« Auerbach nahm die Zigarette aus dem Mund und grinste. »Und wenn du ihnen schon vorsingst, vergiß nicht, ihnen von deiner Schwester zu erzählen. Ja, und vielleicht willst du zurück in dein Kaff und auch dort über sie schwadronieren. Sag allen, daß deine Schwester eine Drei-Dollar-Nutte ist.«

Florek senkte den Kopf und starrte auf den Boden. »Wo ist sie?« murmelte er.

»Na also. Das ist doch viel besser. Einer wie du sollte nicht versuchen, in den Anzug eines Mannes zu schlüpfen. Er paßt dir einfach nicht.« Auerbach schnippte einen Tabakkrümel von seiner Hose. »Was soll's, du scheinst ein nettes Bürschchen zu sein. Es ist wohl nur gerecht, wenn ich dir ein paar Einzelheiten verrate, wenn ich sehe, wie du an deiner Schwester ...«

»Wo?«

Auerbach zog an seiner Zigarette. »Sie ist nach Süden in die große Stadt gegangen, mein Freund. Washington D. C.«

Die Streifen im Betonboden vibrierten vor Floreks Augen. »Mit wem?«

»Mit einem Mann, den sie letzte Woche hier kennengelernt hat. Ein Mann und eine Frau, um genau zu sein. Namen weiß ich nicht. Er hat sich an der Rezeption eingetragen, aber du kannst drauf wetten, daß der Name falsch war.«

»Wie sah der Mann aus?«

»Klein und Glatze. An mehr erinnere ich mich nicht.«

Florek schloß die Augen »Warum ist sie mit ihm gegangen?«

»Siehst du, dieser Mann hat ihr nettere Sachen gegeben als ich. Deine Schwester hatte gern ihr Vergnügen, sie mochte diese Pillen, die ich ihr besorgt habe. Nembutol. Du weißt schon, Muntermacher; ich krieg sie billig von einem befreundeten Apotheker in Youngstown. Aber dieser Typ hat ihr das echte Vergnügen gezeigt. Hat ihr 'ne Nadel in den Arm gesteckt, so daß sie sich wie im Traum fühlte – Wolke sieben. Er hat ihr mehr davon versprochen, mehr Nadeln, mehr Träume, hübsche Kleider und das Leben der Großstadt, den ganzen tollen Scheiß. Irgendwie ist es komisch, weißt du. Wie ist das Wort dafür? *Ironisch*. Ja, es war irgendwie ironisch. Ich habe sie mit diesem Typen bekanntgemacht, und er nimmt sie mir weg.«

»Klingt so, als wären Sie richtig erschüttert.«

Auerbach zuckte die Achseln. »Nun ja, er hat mich ausgezahlt. Fünfzig Kröten. So hab ich wenigstens nicht alles verloren.«

Floreks Stimme bebte. »Sie haben wirklich ein gutes Geschäft gemacht.«

»Ja, es war ein gutes Geschäft. Aber ich werde sie vermissen, wirklich. Ich hatte es richtig gut mit ihr. Sie hat sich nie beklagt, egal, wen ich ihr hierher gebracht habe. Solange ich sie mit diesen Muntermachern gefüttert habe, hat sie sich nie bei mir beschwert. Du mußt zugeben, das ist gar nicht so schlecht hier unten. Mit dem Heizkessel nebenan ist es die ganze Zeit warm; so warm, daß sie sich nicht einmal anziehen mußte. Ein- oder zweimal war ich selbst bei ihr, sie hatte schon was zu bieten. Wie gesagt, für eine, die auf Drogen ist, ist deine Schwester Lola schon ein Klasse Weib.«

Florek tat einen Schritt auf Auerbach zu. Der Page grinste, ließ die Zigarette auf den Boden fallen und trat sie unter seinem Schuh aus. Er wich keinen Zentimeter zurück.

Auerbach lächelte, musterte Florek eingehend. »Ach Gott, sieh dich doch an. Du hast die Fäuste geballt, als wolltest du kämpfen. Willst du dich wirklich mit mir anlegen? Willst du ein paar Runden mit Danny Auerbach gehen?«

Florek ließ die Hitze in seinem Blut abkühlen und öffnete die Fäuste. Er spürte, wie ihm eine Träne das Gesicht hinablief, und er haßte sich dafür.

Auerbachs Lächeln verschwand: »Raus hier! Verzieh dich, bevor ich dir in den Arsch trete.«

Florek verließ den Raum. Er schritt durch einen Hitzevorhang, der aus dem Heizungsraum kam, roch den Alkohol in seinem Schweiß. Der Gestank drehte ihm den Magen um. Auf der Treppe hörte er zu würgen auf und stützte sich aufs Geländer. Dann war er draußen auf der Straße und ging mit gesenktem Kopf, die Hände tief in den Taschen vergraben, zu seinem Plymouth. Die Heimfahrt verlief ohne jeden Zwischenfall.

Am Abend desselben Tages ging Florek zur California Confectionery und sprach mit seinem Boß. Am Sonntag aß er mit seiner Mutter und seiner jüngeren Schwester zu Mittag; eine ganz besondere Mahlzeit mit Gerichten, die speziell für ihn aufgetischt wurden. Später saßen er und seine Mutter am Küchentisch, während das Radio Schlagermusik ins Zimmer hinein spielte. Seine Mutter hielt ihre Hand auf seiner, während sie bis in die Nacht hinein redeten.

Montag morgen nahm Michael Florek die zweihundert Dollar, die er seit dem Ende der Highschool gespart hatte, aus der Kommode. Seiner Mutter gab er die Hälfte, den Rest steckte er in die Tasche seiner Wollhose. Er küßte seine Mutter auf die Wange, nahm seinen Matchbeutel und ging hinaus.

Florek ging den Highway entlang, bis er den Rand der Ortschaft erreichte. Ein Tieflader, der Gemüse transportierte, hielt an, als er den Daumen hob. Florek ging auf die Beifahrerseite und schaute zum Fenster hinein. Der Fahrer hatte ein freundliches, einladendes Gesicht. Er trug eine rotkarierte Kappe mit Klappen, die seine Ohren bedeckten.

»Können Sie mich mitnehmen?«

Der Fahrer machte eine Kopfbewegung. »Wirf deinen Beutel nach hinten, Sohn, und steig ein.«

Florek blickte zur Stadt zurück. Unten am Shenonga River trieben aus den Schloten von Sharon Steel Rauchschwaden in den grauen Himmel.

Florek warf den Matchbeutel auf die Ladefläche und stieg in die Fahrerkabine.

Der Fahrer legte den Gang ein und gab Gas, als der Lastwagen auf den Highway ruckelte. Er nahm eine Zigarette von der Sonnenblende und steckte sie sich zwischen die rissigen Lippen. Er rieb am Armaturenbrett ein Streichholz an und warf einen Blick zu Florek, bevor er die Zigarette anzündete.

»Wohin soll's denn gehen?«

»Washington.«

»Washington? Hinter Waynesburg?«

»Nein, nicht Washington County«. »Washington D. C.«

Fünf

Washington, D.C. 1949

16

Lola Florek spürte die feiste Hand von Lydia Fortuno, die sie gegen die Schulter stieß und wachrüttelte. Könnte sie doch nur die Augen geschlossen halten und so tun, als schliefe sie … Vielleicht würde Lydia dann fortgehen. Wenn Lola sich so fühlte, so gut und so angenehm, dann wollte sie einfach nur liegen bleiben, sich wie Mamas kleines Baby einrollen, eine Weile dahindämmern, in Ruhe gelassen werden.

»Komm schon, Honey«, sagte Lydia. »Ich seh doch das Lächeln auf deinem Gesicht.«

Das Lächeln. Lola vergaß immer das Lächeln. Sie konnte einfach nicht anders als lächeln, wenn sie sich so fühlte. Einfach so gut und angenehm.

»Komm schon«, sagte Lydia.

Lola öffnete die Augen. »Jetzt?«

»Mr. Morgan hat ein Rendezvous für dich, Honey. Du willst ihn doch nicht warten lassen.«

Lola blickte zu Lydia hoch. Die Frau hatte ein wirklich schönes Gesicht: Babydoll-Augen, hell glänzend, welliges schwarzes Haar, ein voller Mund, der sich aufreizend kräuselte, wenn sie lächelte. Die meisten Menschen würden ihre Schönheit nicht auf den ersten Blick erkennen, weil sie über den ersten Eindruck von Lydias Körperfülle nicht hinauskamen. Es traf zu, Lydia war eine äußerst beleibte Frau. Fettkloß, würden die meisten sie nennen. Lydia wog wahrscheinlich mehr als zwei Zentner. Nun ja, einige Männer mochten sie dick. Männer hatten nun mal häufig einen komischen Geschmack. Deshalb hatte Mr. Morgan stets alle möglichen Typen dabei.

»Komm schon, Lola, steh auf!«

Lydia schob eine Hand unter Lolas Achselhöhle und zog sie hoch, bis sie aufrecht saß. Lola beobachtete das Flackern der Kerze auf dem Nachttisch. Schatten tanzten Rumba auf den weinroten Vorhängen des Schlafzimmerfensters. Es erinnerte Lola an einen Zeichentrickstreifen von Warner Brothers, den Lola einmal vor dem Spielfilm im Capitol, damals in Farrell, gesehen hatte. Lola lachte.

»Du willst doch nicht, daß die gute alte Lydia Ärger mit Mr. Morgan bekommt, oder? Du mußt mir hier raushelfen, Baby. So wie ich dir eben erst rausgeholfen habe.«

Es stimmte, gewiß. Lydia hatte ihr vor einer halben Stunde den süßen Schuß gegeben. Sie hatte ihn ihr immer gegeben, wenn Lola darum gebeten hatte. Lola mochte, was der süße Schuß mit ihr machte, konnte es aber nicht ertragen, die Nadel in ihre eigene Haut zu stechen. Für solche Abende, wenn Lydia zu einer Verabredung mußte, hatte sie Lola gezeigt, wie man das braune Pulver durch die Nase hochzieht oder es in Silberpapier erhitzt und den Rauch inhaliert. Diese Methoden wirkten recht gut, aber nicht so wie die Nadel. Mit der Nadel war es, als tobe ein Ozean der Wärme durch ihren Körper und schicke sie in die flüssige Weichheit ihres Bettes, wo sie sich einrollen und die Augen schließen konnte und sich davon hin und her bewegen ließ. So gut und so angenehm … und Lydia hatte immer geholfen.

»Schon gut, Lydia. Auf geht's!«

Lola gelang es, sich vom Bett zu erheben. Sie ging zu der kleinen Frisierkommode mit den verschörkelten Füßen, setzte sich auf das Miniatursofa, blickte in den Spiegel. Das Kleid, das sie trug, war hauchdünn, mokkafarben, verziert mit kleinen blutroten Rosen; lange Ärmel verdeckten die Einstiche auf ihren Armen. Ihr schwarzer Slip schimmerte durch das Kleid. Lola schüttelte ihr blondes Haar und strich sich eine Ponyfranse zur Seite, die sie auf der Stirn kitzelte. Sie kratzte sich die Stirn an der kitzelnden Stelle und sah, daß die Stelle sich rot färbte.

»Leg ein wenig Lippenstift auf, Honey.«

Lola fand einen Stift, dessen Farbe zu den Rosen auf ihrem Kleid zu passen schien. In dem Licht war das schwierig zu erkennen. Sie schmierte etwas auf ihre Lippen und lachte leise, als sie sah, daß sie weit über den Mund hinaus geraten war.

»Laß mich das machen«, sagte Lydia. Sie nahm ein Stück Stoff, wischte das überflüssige Rot weg und behob den Schaden, indem sie mit dem Finger über Lolas Lippen fuhr. Dann beugte sie sich vor und küßte Lola auf den Mundwinkel. Einen Moment betrachtete Lydia im Spiegel Lolas Augen und wandte den Blick fort. »Komm schon, Baby, gehen wir nach unten.«

Und schon waren sie unten. In dem einen Moment waren sie im Schlafzimmer, im nächsten waren sie unten. Sie befanden sich in einer Art Wohnzimmer, in dem mehrere Frauen saßen und 78er Schallplatten zuhörten, die sich in der Mitte des Zimmers auf einem Victrola drehten, der auf einem kleinen Tisch stand. In dem Zimmer standen Pflanzen und zwei kissenübersäte Sofas, dazwischen an der Wand ein kleiner Servierwagen mit drei verschiedenen Spirituosensorten, ein oder zwei Softgetränken zum Mixen und einem Behälter mit Eis. In dem Eis steckte eine Zange mit krallenförmigen Greifern.

Draußen ertönte eine Hupe. Bei dem Geräusch fuhr Lola herum, ihre Hand kam zitternd hoch, um ihr Gesicht zu berühren.

»Das müssen sie sein«, sagte Mr. Morgan.

»Sie?« sagte Lydia fragend und sah Mr. Morgan kokett an, während sie den Mantel um Lolas Schultern legte.

»*Ein* Mann«, sagte Morgan müde. »Vom Kongreß. Ein Gentleman, Lola. Du wirst es gut haben.«

»Sicher, Mr. Morgan«, sagte sie und kratzte sich auf der Stirn. Lydia nahm Lolas Hand von ihrer Stirn und legte sie an ihre Seite.

Mr. Morgan trat nahe an sie heran. Er war ein kleiner Mann von weicher Statur, auf dem Schädel völlig kahl mit braunen Flecken über den Ohren. Für Lola sah er aus wie ein Mathematiklehrer, den sie vor Jahren gekannt hatte. Der Gedanke, daß Mr. Morgan vor einer Klasse stand, ließ sie lächeln.

»Dieser Termin gehört ganz mir«, sagte Morgan leise. »Du schuldest mir alles für den Schuß heute abend.«

»Ja, Mr. Morgan.«

»Mach schon, Honey«, sagte Lydia. »Ich bleibe auf, bis du zurück bist, hörst du?«

»Sicher«, sagte Lola. Sie durchquerte das Zimmer, die Diele und ging zur Haustür hinaus.

Der Wind brannte auf Lolas Gesicht. Sie zog die Mantelaufschläge fest zusammen. Von der oberen Treppenstufe aus sah sie die New York Avenue. Das Reihenhaus von Mr. Morgan lag an einer Seitenstraße, einen Block von der New York entfernt. Die genaue Adresse hatte sie sich nie gemerkt, weil die Taxifahrer sie abholten und absetzten und immer wußten, wohin sie zu fahren hatten.

Der Taxifahrer drückte kurz auf die Hupe. Lola ging die Betonstufen hinab zur Straße; der Beton unter ihren Füßen kam ihr kissenweich vor. Früher, in Farrell, hatte es einmal einen Jungen gegeben, der sie zu Hause abholte und die Hupe seines kleinen Coupés ertönen ließ, um sie wissen zu lassen, daß er da war. Er hupte, damit sie schneller machte und sie den Beginn des Films nicht verpaßten. Damals hatten sie es eilig, zusammen zu sein und von ihren Eltern fortzukommen, wegzugehen und ein bißchen Spaß zu haben. So eilig, wie jetzt der Mann im Taxi war. Sehr eilig, um ein bißchen Spaß zu haben.

Wie bei einem Rendezvous.

17

Mike Florek legte die Hände wie Scheuklappen an die Augen und spähte durch das Glasfenster von Nick's an der Ecke 14th und S. Sein Atem ließ die Scheiben beschlagen. Hinter dem Glas saßen mehrere Neger mit Bierflaschen, redeten, lachten oder aßen, während zwei dunkelhaarige Männer mit olivdunkler Haut hinter der Theke bei der Arbeit waren, Teller vorbereiteten, Flaschen aus dem Kühlschrank zogen und öffneten, den Negern Essen und Getränke servierten.

Das war schon sehr merkwürdig – Weiße, die Farbigen das Essen servierten. Aber schließlich, dachte Florek, war er auf viele merkwürdige Dinge gestoßen, seit er vor zwei Monaten in dieser Stadt eingetroffen war. Die Situation im Nick's war nur ein weiterer Posten auf der Liste.

Florek hatte ein Zimmer in der zweiten Etage des Nachbarhauses, wo die Zimmer auf Monatsbasis vermietet wurden. Jeden Abend, auf seinem Weg zu seinem Nachtjob an der Sodabar im People's Drug, war er am Nick's vorbeigekommen. Der Weg heute würde wieder sehr kalt sein, da der Frost von Kanada hereinkam. Vor dem Fußmarsch würde ihm ein heißer Kaffee guttun, entschied Florek. Schließlich steckte der Nickel in seiner Tasche, und da drinnen sah es richtig warm aus. Er trat unter das rechteckige blaue Schild mit den weißen Glühbirnen rundherum und drückte die Glastür von Nick's auf.

Eine Glocke ertönte, als er eintrat. Hinter der Tür saß ein riesiger Neger, die Arme vor dem breiten Brustkasten verschränkt, auf einem Hocker; vielleicht der größte Mensch, den Florek jemals gesehen hatte. Als erstes bemerkte Florek, wie flach der Schädel des Manns war, wobei die flache Form noch dadurch betont wurde, daß das Haar an den Seiten ganz kurz geschnitten war. Der Kopf sah aus wie ein Amboß auf einem gewaltigen Berg von Schultern. Doch von der Größe abgesehen, das war kein Mann mit Gemeinheit in den Augen. Die Augen des Manns waren auf sonderbare Weise sanft und von lebendiger Vergnügtheit. Florek nahm an, daß ein Mann dieser Größe die Welt auf jede Art, die er wollte, betrachten konnte, und absolut nichts beweisen mußte. Der Rausschmeißer gönnte Florek nicht mal die Andeutung eines Blicks, als er an ihm vorbeiging.

Zwei Neger drehten abrupt den Kopf, als Florek auf dem Holzboden weiterging. Genauso schnell wandten sie sich wieder ihrem Gespräch zu. Florek suchte sich einen Hocker am Ende der Theke und setzte sich.

Auf einem Plattenspieler drehte sich eine Platte, ein Blues, von einer Frau gesungen. Einer der Neger an der Theke hatte eine Kiste voll mit 78ern neben sich auf dem Boden stehen. Das Radio auf dem Wandregal war ausgeschaltet, genau wie der Fernseher auf dem Holzbrett daneben. Die Frau auf der Platte sang davon, daß sie das Schloß an der Haustür ihres Manns ausgewechselt hatte. Der Neger, der am nächsten zu Florek saß, sang leise mit.

»Was darf's sein?« fragte der größere der beiden weißen Männer Florek. Er war ein hochgewachsener Mann mit dünner werdendem schwarzen Haar und einer kleinen rosa Narbe auf der rechten Wange seines breiten, offenen Gesichts. Er wischte seine Hände auf einer blutbefleckten Schürze ab.

»Nur eine Tasse Kaffee«, sagte Florek. »Das reicht mir.«

»Costa!« sagte der große Mann und drehte sich zu dem Stämmigen mit dem wilden Haarbusch und dem dichten Schnurrbart. »*Ena cafe yia to aspros*!«

Costa ging zur Kaffeemaschine, goß eine Tasse ein, setzte die Tasse auf eine Untertasse und stellte beides vor Florek auf die Theke. »Schon da, Chef«, sagte er.

»Ich krieg vom Warten auf die Rippchen noch graue Haare, Nick«, sagte ein junger Neger zu dem großen Weißen.

»Schau mal nach den Rippchen!« sagte Nick.

Costa stand an der Pendeltür, die zur Küche führte, und schrie hinein: »*Pou eine ta ribs mou, vre*?«

Hinter der Tür antwortete eine Stimme: »Mach dir nicht ins Hemd, Costa, die Rippchen sind in Arbeit.«

Floreks Blick wanderte die Theke entlang, vorbei an den Soßenflaschen direkt neben den Serviettenspendern und den Salz- und Pfefferstreuern zu den gefüllten Tellern vor den Männern. Speisen wie diese hatte er noch nie gesehen. Nun ja, er war im Süden. Das mußte ein Lokal sein, das nach Art des Südens geführt wurde. Aber Essen wie dieses hatte er noch nirgends gesehen.

»Die verdammten Rippchen!« sagte Costa. »*Grigora*!«

Florek trank von seinem Kaffee. Er war gut und aromatisch.

»Hey, Six«, sagte der junge Neger zu dem Rausschmeißer. »Auf wen setzt du heute abend dein Geld?«

Der Hüne zuckte bloß mit den Schultern. Costa ging wie eine Katze vor der Küchentür auf und ab.

»Und du, Nick?« sagte der junge Neger. »Was glaubst du, wer den Kampf heute abend gewinnt?«

»Der Kubaner«, sagte Nick. »Wie zum Teufel heißt er doch gleich?«

»Kid Gavilan. Meinst du, er schafft Ike Williams? Letztes Jahr im Garden hat Williams ihn vermöbelt. Und vergiß nicht, Kid ist ein Bluter.«

»Ach was«, sagte Nick. »Dieser Williams ist zu schwer. Guck ihn dir an: Er ist rundlich geworden. Im *Star* stand, daß er heute mit hundertvierzig gewogen wurde. Das ist zu schwer für den Mann. Und Gavilan hat diese Uppercuts. Wie nennt ihr noch die Dinger?«

»Du redest von seinen Bolos«, sagte der junge Neger.

»Ja«, sagte Nick. »Genau.«

»Ist sowieso egal. Der Sieger wird jedenfalls gegen Sugar Ray antreten. Und du weißt ja, was dann passiert.«

»Hey, Costa«, sagte der Neger mit den vielen Schallplatten und stieß den Mann neben sich sanft mit dem Ellbogen an. »Was meinst du, wer wird es heute abend schaffen? Der Kubaner oder der Farbige?«

»Ach was, Kubaner!« sagte Costa. »Nenn ihn, wie du willst, für mich sehen sie beide reichlich farbig aus.«

Die Männer an der Theke lachten.

Costa ging eilig zu Florek und fragte mit einem Kopfnicken zu seiner Tasse hin: »Fertig zum Nachfüllen?«

»Nein, danke, ich habe genug.«

»Nachfüllen ist gratis.«

»Ich nehme heute abend nur einen, danke.«

»Nachfüllen ist gratis.«

»Ich muß mich auf den Weg machen.«

»Hokay, Chef. Machen Sie's gut.«

»Die Rippchen!« sagte die Stimme hinter der Tür.

Costa drehte sich auf dem Absatz herum, stieß die Pendeltür auf und eilte in die Küche. Dann hörte Florek Costas Stimme, der in einer fremden Kauderwelschsprache aufgeregt mit dem Koch redete.

»Wieviel schulde ich Ihnen?« sagte Florek zu Nick.

»Nickel.«

Florek legte das Geldstück auf die Theke. »Danke.«

»War der Kaffee okay?«

»Ja, prima. Ich würde gern noch einen nehmen, aber ich muß zur Arbeit.«

»Ach ja? Wo arbeiten Sie?«

»People's, in der Stadt.«

»Als was?«

»Bedienung an der Sodabar.«

»Hmm«, sagte Nick.

»Ich komme wieder. Ich wohne nur zwei Türen weiter.«

»In den Zimmern, die Mrs. Roberts vermietet?«

»Ja, genau.«

Der große Mann in der Schürze streckte die Hand aus. »Nick Stefanos. Der Name auf dem Schild draußen, das bin ich.«

Florek schüttelte Stefanos' Hand. »Mike Florek.«

»Florek. Was ist das für ein Name?«

»Polnisch.«

»Ich bin Grieche.« Stefanos lächelte. »Hokay, Junge. Sie kommen bald mal wieder, hokay?«

»Klar. Ich laß mich sehen.«

Costa kam durch die Tür geplatzt und hastete mit den Rippchen zu dem Mann, der sie bestellt hatte. Mit einem breiten Lächeln stellte er den Teller ab und rückte eine Flasche mit scharfer Soße neben den Teller. Der Mann mit den Schallplatten streckte

Costa eine entgegen, und der nahm sie und legte sie auf den Plattenspieler. Florek entfernte sich von der Theke. Der junge Neger, elegant mit Anzug, Krawatte und Hut mit Samtband gekleidet, schenkte ihm, als er vorbeiging, einen kurzen Blick und ein knappes Kopfnicken. Florek ging an dem Rausschmeißer, der Six genannt wurde, vorbei und hörte die Klaviereinleitung des Lieds, als die neue Platte sich zu drehen begann. Zu einer solchen Platte konnte man wirklich mit dem Fuß auf den Boden klopfen.

Florek schob die Tür auf und zog den Reißverschluß seiner Jacke bis zum Hals hoch, als er auf den Bürgersteig trat. Er lächelte, als er seinen Weg Richtung Süden einschlug. Er wahr richtig froh, daß er Nick's betreten hatte.

Florek war Ende November in die Stadt gekommen. Als erstes rief er seine Mutter an, um ihr mitzuteilen, daß er angekommen war, dann ging er direkt zum YMCA, wo er eine Pritsche und eine Stelle fand, wo er sich das Gesicht waschen konnte. Seine erste Nacht war buchstäblich schlaflos, weil er das Bedürfnis spürte, seine hundert Dollar vor Stadtstreichern, Betrunkenen und Herumtreibern zu schützen, die sich mit ihm in dem Saal aufhielten. Die beiden ersten Tage verbrachte er damit, ein eigenes Zimmer zu suchen; er brauchte unbedingt Arbeit, und er wußte, er würde ohne Adresse am Ort Schwierigkeiten haben, eine zu finden.

Eine Anzeige im *Times-Herald* wies ihm den Weg zur 14th Street im Nordwestquadranten der Stadt, wo eine kerzengerade ältere Dame namens Mrs. Roberts ihm ein Zimmer in der zweiten Etage eines Reihenhauses zwischen R und S zeigte. Das Zimmer war ausreichend möbliert, hatte Dampfheizung und ein großes Fenster, das nach Osten zur 14th führte und reichlich Morgensonne einfing. Die Aussicht, daß die Sonne jeden Morgen durchs Fenster hereinschien, und die akzeptable Mietforderung von fünf Dollar pro Woche machten Florek die Entscheidung leicht. Er versicherte Mrs. Roberts, daß er ein nüchterner und sehr ruhiger junger Mann sei. Ihre Augen verrieten ihre Skepsis – Mrs. Roberts verdächtigte alle jungen Männer, von Natur aus böse Absichten zu hegen –, aber sie nahm seine zehn Dollar als Mietzahlung für zwei Wochen an.

Sofort im Anschluß suchte Florek Arbeit mit Hilfe des Gaststättenverbands, dessen Büro in Northeast er an seinem dritten Tag in der Stadt aufsuchte. Dort füllte er einige Papiere aus und verbrachte den Rest der Woche damit, auf einen Bescheid vom Verband zu warten und die Stadt zu erkunden. Mit der Stadt konnte man sich leicht vertraut machen. Die Straßenbahnlinien und die Busse der Capital Transit fuhren logische Routen, und die Straßen – in Nord-Süd-Richtung mit Zahlen, in Ost-West-Richtung mit Buchstaben benannt – konnten für einen Neuling gar nicht einfacher geplant sein. Er fand es schwierig zu entscheiden, welche der Straßen er meiden sollte; anders als bei New Yorks Harlem oder Chicagos South Side schien es keine klaren Grenzen zwischen dem weißen D.C. und seinen schwarzen Vierteln zu geben. Oft kam er in aufeinanderfolgenden Blocks durch Wohnviertel, in denen Neger lebten, dann durch weiße Viertel und dann wieder schwarze, ohne daß eine Grenzziehung erkennbar war. Doch nach einiger Zeit hatte er sich auch daran gewöhnt und fühlte sich stets absolut sicher, wenn er tagsüber durch die Straßen ging. Allerdings drückte ihn das Gewicht der Einsamkeit, wenn die Nacht hereinbrach; allein in der ersten Woche rief er dreimal seine Mutter an.

Anfang Dezember antwortete Mike Florek auf eine Anzeige im *Evening Star*, in der eine Thekenaushilfe für einen Laden namens

People's Drug gesucht wurde. Der Gaststättenverband hatte sich nicht mehr gemeldet, und sein Geld wurde immer weniger. Einen Versuch für einen solchen Job könnte er riskieren, überlegte er, denn schließlich hatte er zu Hause Erfahrungen in der California Confectioners gesammelt. Am nächsten Morgen ging er zum Arbeitsamt in 77 P Street in Northeast, füllte einen Antrag aus und wurde auf der Stelle befragt. Die Befragung begann nicht sehr gut, denn Florek war keiner, der bei der ersten Begegnung einen glänzenden Eindruck machte, aber dann sah der Mann hinter dem Schalter – ein Pole namens Mr. Grieszefski – Floreks Heimatadresse auf dem Antragsformular und setzte ein Lächeln auf. Offenbar hatte Grieszefski mütterlicherseits einen Onkel mit Namen Daniel Florek, der nahe Shenonga Valley in Westpennsylvania wohnte. Ob er mit Mike verwandt sei? Mike nickte mit strahlenden Augen und bejahte die Frage. In der großen Stadt schien es irgendwie natürlich, Lügen zu erzählen.

Am selben Abend trat Florek seinen neuen Job als Thekenhilfe bei People's an der Ecke 15th und H an. Die Schicht ging von sieben bis Mitternacht, bezahlt wurden fünfundsiebzig Cents pro Stunde für zwanzig Arbeitsstunden pro Woche. Die Bezahlung war gerecht, eine Mahlzeit pro Schicht gab es auch, und er rechnete sich aus, daß er zusätzlich Essen in seinen Magen umleiten könnte. Und die geforderte Arbeit, das wußte er, könnte er im Schlaf erledigen. Eine Kirschcoke war eine Kirschcoke, ganz gleich, wo man großgeworden war.

Außerdem dachte Florek, er könne in seinem neuen Job vielleicht ein paar Freunde finden. Aber der Boss in seiner Schicht, ein Mr. Simms aus dem südöstlichen Teil der Stadt, entpuppte sich als bleicher Baptist mittleren Alters, dem alles suspekt war, was nach

Spaß roch, und die beiden gerieten von Beginn an aneinander. Florek machte trotzdem seinen Job, nahm die ständigen negativen Kommentare und Nörgeleien ruhig hin und meldete sich pünktlich jeden Abend um sieben zum Dienst. Der Lohn machte ihn zahlungsfähig, und selbst die Gesellschaft von Simms war der trostlosen Einsamkeit vorzuziehen, mit der er nachts in seinem Zimmer konfrontiert war. Florek rief seine Mutter immer noch dreimal in der Woche an, auch wenn er ihr nichts zu berichten hatte.

Bislang hatte er nur wenig unternommen, um Lola zu finden. Eines nachts, nach einem Monat in D. C., hatte er auf dem Heimweg von der Arbeit den Mut gefunden, am Thomas Circle vorbeizugehen. Als Anfang war Thomas Circle die richtige Adresse, denn selbst Touristen und Kongreßmitglieder kannten den Platz als der Stadt größter Freiluftmarkt für Prostituierte. Typisch für ihn sprach Florek die am artigsten aussehende Hure an, ein Mädchen, unter zwanzig und mit blondem Pagenschnitt, das sich verschämt in einen Mantel aus imitiertem Seehundfell hüllte. Er versicherte ihr, daß er nur mit ihr reden wollte; sie entgegnete, der Preis sei derselbe, ob er reden wollte oder nicht. Im ungeheizten Flur einer nahegelegenen Absteige zeigte er das Foto von Lola. Die junge Hure zog an seiner Zigarette, als sie das Foto mit dem passiven Interesse einer Frau betrachtete, die einen Blick auf ihre Fingernägel wirft.

»Schafft sie an?« fragte sie mit dem schrillen Akzent, der auf höhergestellte Herkunft schließen ließ.

»Ich glaube, ja.«

»Aber nicht hier in der Gegend.«

»Sind Sie da sicher?«

»Schätzchen, ich weiß, wer hier im Umkreis arbeitet. Am besten suchst du deine Freundin woanders.«

»Sie ist nicht meine Freundin«, sagte Florek und schämte sich im gleichen Augenblick dafür.

»Ach?« Das Mädchen zog an der Zigarette und blies einen Ring auf das Foto. Der Rauch breitete sich über Lolas Gesicht aus. »Wer ist sie dann?«

»Niemand«, sagte Florek.

Dieser kurze Dialog kostete ihn zehn Dollar, fast die Hälfte eines Wochenlohns. Er ging zurück zur 14th zu seinem Zimmer, in sich eine verzweifelte Leere, wie er sie noch nie empfunden hatte.

Florek unternahm keinen weiteren direkten Versuch, seine Schwester aufzuspüren. Tagsüber wanderte er weiter durch die Stadt in der Hoffnung, sie zufällig zu treffen, und nachts arbeitete er weiter an der Sodabar. Vor Weihnachten besuchte er mehr als nur einmal die Schaufenster von Woodward and Lothrop an der F Street und freute sich an den Gesichtern der Kinder, die mit ihren Eltern hierher kamen, um die Dekorationen und die Lichter zu sehen. Weihnachten verbrachte er allein.

Bis Januar hatte sich sein Verhältnis zu Simms so weit verschlechtert, daß sie kaum noch miteinander sprachen. Florek konzentrierte sich auf seine Arbeit und versuchte, mehr aus Langeweile als aus anderen Gründen, die Geschwindigkeit seiner Tätigkeit an der Bar zu steigern. Natürlich steigerte die bessere Qualität seiner Arbeit nur die Ablehnung, die er von Mr. Simms erfuhr. Doch mittlerweile hatte Florek etwas anderes im Kopf: eine Rothaarige namens Kay, die in der Kosmetikabteilung des Ladens arbeitete. Er hatte noch nie ein Wort mit ihr gewechselt, hatte sie aber am Tag der Amtseinführung bei Trumans Parade gesehen und von der anderen Seite der Constitution Avenue ein Lächeln gesehen, das ihm galt. Danach versuchte Florek, bei der Arbeit ab und zu ihre Aufmerksamkeit zu gewinnen, was ihm auch häufig gelang. Inzwischen überlegte er schon, ob er sie einmal ins Kino oder zum Essen einladen sollte, doch letztendlich mangelte es ihm an Mut. Stattdessen stellte er sie sich oft nackt vor, wenn er nachts in seinem Zimmer auf der Bettkante saß, und dann sah er ihr rotes Haar üppig auf einem Kissen ausgebreitet; solche Nächte endeten damit, daß sein Gesicht verzerrt und seine Augen fest geschlossen waren, während er heftig in einen alten Socken wichste. Danach fühlte er sich nutzlos und traurig.

Florek hatte nicht sehr viele gute Tage in D. C. Für einen Fremden wie ihn schien es in der Stadt wenige Orte zu geben, wo er einfach sitzen und anderen Männern zuhören konnte – ein Ort wie viele der Orte an Broadway oder Utah zu Hause in Farrell. Deshalb war die Tasse Kaffee in dem griechischen Grill etwas Besonderes für ihn gewesen. Dort hatte er sich wohl gefühlt.

In jener Nacht saß Florek am Fenster seines Zimmers und hörte in dem billigen Emerson-Radio, das er sich kürzlich gekauft hatte, den Kampf zwischen Gavilan und Williams, und dabei dachte er über das griechische Lokal und die Leute dort nach; über die hinter der Theke und ebenso über die Gäste. Er hörte dem Radioreporter aufmerksam zu, merkte sich die sporttechnischen Begriffe – die Geraden, die Cross-Schläge, die Fußarbeit. Er wollte wissen, wovon sie redeten, wenn die Männer an der Theke anfingen, sich über den Kampf auszulassen. Er könnte sich an ihren Gesprächen über den Kampf beteiligen. Sich beteiligen und vielleicht einer von ihnen sein, wenn er am nächsten Tag ins Nick's gehen würde.

»Was zum Teufel soll denn mit dem Gemüse nicht in Ordnung sein?« fragte Costa.

Der grünäugige Neger am Tresen zeigte auf seinen Teller. »Das versuch ich dir gerade zu erklären, Mann. Das hier ist Kohlgemüse, Costa, das muß auf spezielle Art gekocht werden. Du willst doch nicht den ganzen Geschmack rauskochen, wie du das mit den bitteren Löwenzahnblättern tust, die du für eines von deinen griechischen Gerichten irgendwo am Feldrand pflückst. Dieses Gemüse hier muß mit Schweinefett in einer Bratpfanne angebraten werden, zusammen mit etwas roten Zwiebeln und Knoblauch. Und dieses Gemüse hier hat einen Geschmack, kapiert? Du brauchst den Geschmack nicht mit der ganzen Zitrone zu verdecken. Ihr Griechen gebt Zitrone an alles, was ihr kocht.«

Costa betrachtete das Gemüse auf dem Teller des Manns. »Also noch einmal: Man brät das hier mit etwas Zwiebel und ein bißchen Knoblauch an. Und ohne Zitrone.«

»So ist es.«

Der Mann neben dem Grünäugigen sagte: »Und man kann auch ein bißchen Okra reinschneiden.«

»Okra«, sagte Costa. »Kapiert. Hokay, *vre mavroskila.*«

Costa ging weg, und die beiden Männer an der Theke grinsten sich an und legten kurz ihre Hände gegeneinander.

»Noch ein bißchen Kaffee?« fragte Stefanos Florek, der, ein Stück von den anderen weg, auf demselben Hocker wie am Tag zuvor saß.

»Gern, Nick. Wärmen Sie ihn für mich ein bißchen auf, ja?«

»*Cafe, Costa. Yia to Kirio Florek.*«

Costa nahm eine Glaskanne von der Platte und füllte Floreks Tasse. Eine Show mit dem Titel »Dance Party« kam aus dem Radio, das auf 1590 eingestellt war, den Schwarzensender der Stadt, kurz als WOOK bekannt. Florek saß schon über eine Stunde dort und hatte die ersten dreißig Minuten Spirituals gehört.

»Was sagst du zu dem Kampf, Nick?« fragte der grünäugige Neger. »Du hast es ja vorausgesagt.«

»Kid hat's geschafft, allerdings«, sagte Stefanos. »Gavilan hat geblutet wie ein Schwein, aber er hat es Williams gezeigt.«

»Es war seine Rechte«, sagte einer der Männer.

»Es waren die Uppercuts«, sagte Florek so laut, daß jeder es hören konnte. »Die Kreissägen-Attacken von Gavilan.«

Der grünäugige Neger blickte den Tresen entlang zu Florek, dann zu seinem Freund. »Hörst du, was der junge Mann sagt? Ike Williams wurde von einer Kreissäge erwischt.« Beide lachten.

»Diese Wie-heißen-sie-gleich?« sagte Stefanos.

»Bolos«, sagte Florek.

Florek schaute über die Schulter zu Six, der an der Tür saß. Der Rausschmeißer erwiderte den Blick amüsiert.

Kurz darauf wurde der Betrieb reger. Männer kamen nach Feierabend aus Richtung U Street und besuchten entweder Nick's oder das Sun Dial, Pete Franks Restaurant an der R. Auch Frank hatte sein Lokal kürzlich zu einem Schwarzen-Treff gemacht.

Costa stieß die Pendeltür auf und hastete in die Küche. Florek hörte, wie eine Tür geöffnet wurde, und dann schrie Costas Stimme eine Treppe hinauf zu einer Person namens Toula. Das geschah mehrere Male am Nachmittag, und Florek begann, das Muster in Costas Stimme zu erkennen. Wenn er diese Toula anschrie, hatte Costa einen anderen Tonfall, als wenn er den Koch anschrie.

Stefanos öffnete eine Flasche National und servierte sie einem neuen Gast. Der Gast legte eine Münze auf die Theke, und Stefanos gab die Einnahme in die Registrierkasse ein, die vor der Wand stand. Florek sah, daß niemand außer Nick, nicht einmal Costa, die Registrierkasse bediente.

Costa kam mit einer Terrine Catfish-Gumbo heraus und plazierte sie vor einem Mann in Oberhemd und Krawatte. Mit offenkundiger Mißbilligung sah er zu, wie der Mann scharfe Soße in das Gumbo schüttete.

»Probieren Sie es doch wenigstens vorher«, sagte Costa, »bevor sie es in dem Zeug ertränken.«

»Es ist mir nicht scharf genug«, sagte der Mann. »Ich habe es schon einmal hier bestellt und kenne es.«

»Okay, *arape*. Machen Sie, was Sie wollen.«

»*Sopa, re*«, sagte Stefanos ärgerlich.

Costa stieß sich von der Theke ab, als Stefanos ihm einen mahnenden Blick zuwarf. Bei den farbigen Gästen spickte Costa seine Sätze immer mit einigen griechischen Worten, denen er ein heiteres Lächeln folgen ließ. Florek konnte sehen, und die Farbigen konnten sehen – ein Blinder hätte es sehen können –, daß Costa sie beleidigte! Tatsächlich war Costa der einzige im Lokal, der glaubte, er würde sie an der Nase herumführen, und die Männer ließen ihn in diesem Glauben. Sie machten sich einen Sport daraus, mit Costa zu spielen. Ein großer Teil der Unterhaltung im Nick's bestand darin, den kleinen Mann aufzuregen.

»Zahlen, Nick«, sagte Florek.

»Nickel.«

Florek legte die Münze auf die Theke. »Bis später.«

»Arbeiten Sie heute nacht?«

»Nein. Mein freier Abend.«

»Dann kommen Sie vorbei. Dienstag abends schauen wir uns die Boxkämpfe im Fernsehen an. Zehn Uhr.«

»Okay, Nick«, sagte Florek. »Zehn Uhr.«

Mike Florek erwachte im Dunkeln von seinem Nickerchen. Das einzige Licht im Zimmer strömte von der Straßenlaterne durchs Fenster herein. Florek setzte sich auf und fuhr sich mit der Hand durchs Haar. Im Gemeinschaftsbad am Ende des Flurs duschte er, zog sich dann ein sauberes Hemd über, ging auf die Straße hinaus und steuerte das Nick's an.

Das Lokal war voll, laut und in Rauch gehüllt. Six hatte seinen Posten an der Tür verlassen, ging langsam durch die Menge und beobachtete, die Arme locker an der Seite herabhängend, die Männer aufmerksam. Alle Hocker und die Tische waren besetzt, zusätzlich waren umgedrehte Obstkisten aufgestellt. Auch diese waren längst besetzt. Die Männer saßen auf den Barhockern, auf den Kisten und an den Tischen, tranken stetig aus Flaschen und fixierten ihre Blicke auf den Boxkampf, der auf dem Bildschirm zu sehen war. Das Bild des Fernsehers, der auf einem Brett an der Wand stand, war verschwommen, gelegentlich wanderten Streifen über den Bildschirm, doch das schien niemanden zu stören. Jeder lachte und versuchte, lauter zu sprechen als sein Nachbar, und alle hatten ihr Vergnügen. Tagsüber mochte Nick's eine Imbißstube sein, aber nachts unterschied es sich von keiner anderen Bierkneipe.

Ein dünner Weißer mit glattgekämmtem Haar und schwarzem Schnurrbart saß auf der Kundenseite der Theke zwischen lauter Negern. Er beobachtete den Kampf ohne Kommentar und ohne sichtbare Emotionen, während er sich an einem Ballantine Ale gütlich tat. Florek ging an ihm vorbei, quetschte sich an das freie Ende der Theke und versuchte, Stefanos' Blick auf sich zu ziehen. Er und Costa bewegten sich ungeschickt hinter der Theke, systemlos und unfähig, einen Rhythmus zu finden. Sie stießen sich gegenseitig an und wurden lauter, wenn das passierte, allerdings nicht in der gutgelaunten Stimmung des Nachmittags. Ihren Bewegungen war eine gewisse Nachlässigkeit anzumerken; der Betrieb in dem überfüllten Lokal schien sie zu überfordern.

Ohne nachzudenken ging Florek hinter die Theke. Stefanos, der gerade ein Bier aus dem Kühlschrank holte, blickte auf. Sein Gesicht war schweißüberströmt, das feuchte Haar fiel ihm ins Gesicht.

»Was machen Sie hier hinten?«

»Ich kann helfen.«

»Wie helfen?«

Florek zuckte mit den Schultern. »Ich kümmere mich um die Getränke.«

Stefanos blickte zu Costa, der dabei war, Teller von der Theke abzuräumen. Costa erwiderte den Blick seines Freunds und nickte knapp.

»Okay, mein Junge«, sagte Stefanos. »Hol dir eine Schürze.«

»Wo?«

»Hinten.«

Florek drehte sich um und trat durch die Pendeltür, die zur Küche führte. Ein hochgewachsener hagerer Mann mit vollem grauen Haar stand vor einer Reihe von Gasflammen und rührte in einem Suppentopf. Er sah Florek an, als dieser in die Küche platzte.

»Was soll das?« sagte der Koch.

»Ich brauche eine Schürze«, sagte Florek.

Der Koch wies mit einer Kopfbewegung zu einem Tisch aus rostfreiem Stahl der für die Speisenzubereitung benutzt wurde. Unter dem Tisch sah Florek einen Stapel gefalteter weißer Schürzen. Er ging zu dem Stapel, nahm von oben eine Schürze, faltete sie auf und band sie sich fest um die Hüfte.

»Danke«, sagte Florek zu dem Koch und verließ die Küche.

Im Gastraum waren noch mehr Gäste als vorher. Ein Mann hob den Finger in Floreks Richtung und bestellte ein Carling Red Cap. Florek ging zum Kühlschrank, fand eine Flasche und zog sie heraus. Suchend schaute er sich nach einem Öffner um.

»Am Kühlschrank, *re*«, sagte Stefanos. »An der Seite.«

Florek sah den Coca-Cola-Öffner, der an der Kühlschrankseite angeschraubt war. Er hebelte den Deckel auf und servierte die Flasche dem Mann, der sie bestellt hatte. Hinter sich hörte er das Klingeln der Kasse und dann ein lautes Stimmengewirr, als einer der Boxer auf dem Bildschirm einen K. O.-Schlag landete. Zwischen den Schultern der Männer vor der Theke erhaschte Florek einen Blick auf Six, der gerade einen Mann zur Tür hinausschubste. Der Mann schien wie ein Flugzeug abzuheben. Die Glocke über der Tür läutete bei seinem Abgang.

»Ein Ballantine Ale für mich«, sagte der Weiße mit dem glatt zurückgekämmten Haar.

»Sofort«, sagte Florek.

Er rempelte mit Costa zusammen, der ebenfalls auf dem Weg zum Kühlschrank war, und wußte nicht recht, wie er ihm ausweichen sollte.

»Schon gut, Junge«, sagte Costa, »Aufs Pferd! Bewegung!«

Florek tat einen Schritt zur Seite. Er fand das Ballantine und stellte dem Weißen die Flasche hin.

»Danke«, sagte der augenzwinkernd. »mach einfach, was du machst, und kümmere dich nicht um Costa. Mach einfach dein Ding.«

Die Menge und ihre Wünsche nahmen zu, aber Florek fand rasch seinen Rhythmus. Er, Stefanos und Costa fanden ihre jeweiligen Plätze hinter der Theke. Nick an der Kasse, Costa zwischen Küche und Gastraum pendelnd und Florek mit den Getränken vom Kühlschrank zur Theke. Florek vergaß den Schweiß auf seinem Rücken, bemerkte die Trockenheit in seinem Mund und die Schmerzen in seinen Beinen gar nicht. Er bemerkte sie erst, als die Boxkämpfe endeten, der Lärm sich legte und die Gäste weniger wurden. Jetzt schaute er zum ersten Mal auf die Werbeuhr von Blatz Beer, die über der Eingangstür hing und stellte fest, daß er ohne Unterbrechung fast zwei Stunden gearbeitet hatte.

»Dann wollen wir mal, *vre*«, sagte Stefanos und reichte Florek eine kalte Flasche National.

Florek griff den Flaschenhals und nahm einen tiefen Schluck. Costa klopfte ihm im Vorbeigehen auf die Schulter.

»Der Neue ist ganz gut«, sagte der Weiße mit dem zurückgekämmten Haar.

»Ja, er ist okay.« Stefanos zeigte auf den Mann. »Florek, das ist mein Freund Lou DiGeordano.«

Sie schüttelten sich die Hand. »Mr. DiGeordano.«

»Freut mich, dich kennenzulernen, mein Sohn.«

DiGeordano legte etwas Geld auf die Theke und nahm seinen Mantel vom Garderobenständer neben den Tischen. Er nickte Nick Stefanos zu und ging hinaus.

Stefanos öffnete ein Ballantine Ale und goß etwas in ein Glas. Er hob das Glas zu Florek, trank daraus und wischte sich den Schaum von der Oberlippe.

»Nun, wie wär's, Florek?«

»Wie wäre was?«

»Wieviel zahlen sie dir bei People's?«

»Fünfundsiebzig Cents die Stunde, so in etwa. Warum?«

Costa, ein leeres Glas in der Hand, gesellte sich zu ihnen. Stefanos goß ihm den Rest des Ballantines ein.

»Das Geschäft nimmt zu. Ich brauche hier Hilfe, so vier-, fünfmal die Woche. Ich zahle dir dasselbe wie bei People's. Aber hier kriegst du es bar auf die Hand.« Stefanos rieb Daumen und Zeigefinger gegeneinander. »Verstehst du?«

»Ich denke schon«, sagte Florek.

»Du arbeitest hier draußen, wenn viel Betrieb ist, so wie heute, und manchmal hilfst du dem Koch in der Küche. Ausladen, einräumen, Mahlzeiten zubereiten und solche Sachen. Es gibt ein paar Dinge, die mein Koch nicht machen kann. Und vielleicht kriegst du ja auch ein paar Muskeln vom Hochheben. Ein paar zusätzliche Kilo würden dir guttun.«

»Jawohl, Sir.«

Stefanos wandte sich an seinen Freund. »Ist das für dich in Ordnung, Costaki?«

»Für mich? Mir ist das scheißegal!« Er lächelte Florek ein wenig schief an und nahm einen Schluck Bier. Dann ging er zum Fernsehgerät und zog den Stecker aus der Wandsteckdose. »Ein bißchen Ruhe, mehr brauche ich nicht.«

»Dann komm«, sagte Stefanos und zog Florek am Arm. »Ich stell dich dem Koch vor.«

Florek folgte ihm durch die Pendeltür. Das Bier und die Hitze hatten ihn ein wenig benommen gemacht. Er war sich nicht ganz sicher mit dem, was gerade geschehen war, und er versuchte sich zu erinnern, ob er dort drinnen Nicks Vorschlägen zugestimmt hatte. Es spielte allerdings keine Rolle – er wußte, daß er den Job ohne jeden Zweifel annehmen würde. Es war einfach das richtige Gefühl, in einem solchen Lokal mit solchen Männern zusammen zu sein.

Der Koch saß auf einem hohen Hocker, trank eine Flasche Bier und rauchte eine Zigarette. Das Haar des Kochs war grau, aber sein Gesicht war glatt und faltenlos. Jetzt, da er länger hinschauen konnte, sah Florek, daß der Mann viel jünger war, als es zuerst den Anschein gehabt hatte.

»Panayoti«, sagte Stefanos zu dem Koch. »Ich möchte dir unseren neuen Mann hinter der Theke vorstellen, Mike Florek.«

Der Koch rutschte von seinem Hocker und zuckte leicht zusammen, als er stand. Er ging ein paar Schritte auf Florek zu und hinkte auffallend. Florek sah auf das linke Bein des Kochs: Selbst durch den Stoff der Hose konnte er das gekrümmte, furchtbar entstellte Knie des Manns erkennen. Florek tat einen Schritt nach vorn und streckte die Hand aus. Unwillkürlich berührte der Koch einen schwarzen Leberfleck auf seinem Gesicht, bevor er die Hand ausstreckte und Floreks Hand schüttelte.

»Mike«, sagte Florek.

»Pete Karras«, sagte der Koch. »Na, komm, Kumpel, ich zeig dir alles.«

18

Peter Karras sog scharf den Atem ein, als sein Fuß den Boden berührte. Er versuchte sich zu entspannen und langsam auszuatmen, damit der Moment vorüberging. Drei Jahre nach der Nacht in der Gasse hatte er morgens immer noch Schwierigkeiten. Aus dem Bett zu steigen war die Hölle für Karras.

Nach der Operation, als er sich einige Zeit in der Rehabilitation befand, hatten ihm die Ärzte gesagt, daß sein Knie praktisch nutzlos sei und der Klumpen aus zerschmetterten Knochen und Knorpeln, der einmal sein linker Fuß gewesen war, nie mehr richtig auftreten könne. Er würde eine Schiene am Bein tragen müssen, sagten sie, und es bestände Hoffnung, daß er, wenn es gut verliefe und er Glück hätte, vielleicht eines Tages mit einer Krücke auskäme. Außerdem redeten sie über einen Spezialschuh für den Fuß, eine Konstruktion à la Boris Karloff mit erhöhter Sohle und Tressen an der Seite. Wegen des übel zugerichteten Knies würde das schlechte Bein natürlich immer kürzer als das andere bleiben. Aber der Karloff-Schuh würde in Verbindung mit der Krücke das Hinken mindern.

Karras fragte die Ärzte, ob er sie richtig verstanden habe: Wenn er das Programm absolviere und nicht zuviel erwarte, dann könnte ein Glückskind wie er es vielleicht mit einem Hinkeschuh und der Krücke eines *yero* schaffen? War es das, was die Ärzte sagen wollten? Die junge Ärztin hatte kokett gelacht und mehrmals versucht, ein Streichholz anzureiben, um sich eine Zigarette anzuzünden.

Dimitri weinte in seinem Zimmer und rief schlaftrunken »Maaama, Maaama, Maaaaa ...« Wahrscheinlich stand er jetzt in seinem Kinderbett, die pummeligen Hände um die Holzgitter gelegt. Eleni war wohl in der Küche, bereitete Frühstück vor und hörte sich ihre Platten an, die sie so laut gestellt hatte, daß sie das Kind nicht hören konnte. Karras überlegte, es sei wohl besser, wenn er aufstände und dem kleinen Kerl Hilfe leistete.

Die ersten Schritte am Morgen waren immer die schlimmsten. Aber er mühte sich jedesmal hindurch, so wie er sich am Anfang durch die schlimmsten Augenblicke gemüht hatte, von Anfang an ohne Beinschiene und später ohne die Krücke. Für den Schuh fand er einen Schuster in Chinatown, der einen seiner Straßenschuhe verlängerte und mit zwei innenliegenden Sohlen auspolsterte, und Karras hatte es geschafft, damit zurechtzukommen. Er konnte gehen, und wenn es so weh tat, daß er glaubte, schreien zu müssen, dann hörte er nicht auf zu gehen. Rasch lernte er zu verhindern, daß sich der Schmerz auf seinem Gesicht zeigte, und nach einiger Zeit – außer morgens und an sehr kalten Tagen – verkroch sich der Schmerz wie ein geprügelter Hund in eine dunkle Ecke in seinem Hinterkopf. Das war die mentale Seite, aber die körperliche Seite konnte er nicht in den Griff bekommen. Karras wußte, daß er dieses verdammte, gottverdammte Hinken immer behalten würde.

»Maaaaa.« sagte Dimitri.

Karras stieg aus dem Bett und stöhnte, als er auf dem harten Holzboden das Zimmer durchquerte. Er zog seine Unterhose über seinen morgensteifen Schwanz und kratzte sich unter den Eiern. Der Schmerz an diesem Morgen war schlimm, schlimmer als meistens sonst. Er konnte die Pillen nehmen, die er im Bad hatte; er hatte sie von einem Apotheker an der 14th Ecke Colorado Avenue bekommen, dem Freund eines Freundes. Immer wieder dachte Karras darüber nach, und am Ende nahm er die Pillen nie. Einer, der Drogen nimmt, war für ihn nur eine andere Art Krüppel. Trotzdem behielt er die Pillen im Medizinschränkchen. Sie wegzuwerfen, kam ihm nie in den Sinn. Es war gut zu wissen, daß sie dort waren.

Im Flur stieß er Dimitris Tür auf und stand vor einer Hitzewand. Er hatte Eleni gesagt, sie solle die Tür bei Nacht offen lassen, schließlich befand sich ein Heizkörper im Zimmer, aber sie hatte darauf bestanden, die Tür zu schließen. Und jetzt stand der Kleine im Kinderbett, das Gesicht so rot wie eine Clownspuppe und das schwarze Haar so naß als hätte er neben einem Hochofen geschlafen.

»Da«, sagte Dimitri. Seine Augen – vom gleichen Braunton und exakt der gleichen Form wie Elenis Augen – verrieten milde Enttäuschung.

»Sohn.«

Karras hob ihn aus dem Bettchen. Dimitris Schlafanzug, der taubenblaue mit den angenähten Füßchen, war im Schritt naß.

»Eleni!« rief Karras.

»Was denn?« kam die Antwort aus der Küche.

»Der *pethi* ist naß!«

»Dann wechsel die Windel!«

Bekümmert betrachtete Karras den Stapel von Tüchern, die ordentlich gefaltet neben der Schale mit Sicherheitsnadeln auf dem Tisch neben dem Kinderbett lagen. Auf den Tisch war das Bild eines Bären mit Baseballkappe gemalt. Karras kam sich lächerlich vor, wie er da mit dem Kind auf dem Arm stand und die Augen des Comicbären idiotisch in seine Richtung hervortraten.

»Windeln«, sagte er zu seinem Sohn. »Jemand sollte deine Mom in ein kleines Geheimnis einweihen: Ich weiß nicht, wie man diese verdammten Dinger benutzt.«

Dimitri zeigte zur Tür. »Mom.«

Karras stellte den Jungen auf den Fußboden und tätschelte ihn.

»Genau«, sagte Karras. »Du gehst jetzt zu Mom. Mom bringt dich in Ordnung.«

Dimitri stolperte einmal und fing sich wieder, als er glucksend durch die Tür ging. Zwei Jahre alt – Eleni korrigierte Karras jedesmal und erinnerte ihn daran, daß Dimitri »achtzehn Monate« war –, und der Junge lief bereits herum und setzte einige Wörter zusammen. Karras betrachtete ihn: ein stämmiger, dunkelhäutiger Junge, mehr Triandokidis als Karras. Sein Vater hatte es direkt bemerkt, als Eleni und Pete den Säugling aus dem Krankenhaus nach Hause brachten. »Er ist kein Spartaner. *Miazi ti mitera tou, aftos.*« Anschließend schenkte Karras' Vater dem Jungen kaum noch Aufmerksamkeit, und das trotz der Tatsache, daß Dimitri seinen

Namen trug und von seinem Blut war. Peter Karras hätte darüber wütend sein müssen, war es merkwürdigerweise aber nicht. Der Junge kam in Aussehen und Bewegungen ganz nach seiner Mutter, und wenn er die Wahl hatte, lief Dimitri jedesmal zu ihr statt zu ihm. Karras fühlte von Anfang an eine Distanz zu ihm und fragte sich manchmal, ob die Bindung zwischen ihnen jemals zunehmen würde; ob er jemals wirklich Vatergefühle für den Jungen haben würde. Und dann fragte er sich, ob er das überhaupt wollte.

Karras ging ins Bad, zog seinen schlaffer werdenden Schwanz aus der Unterhose und stellte sich vor das Klo. Sein Urin teilte sich in zwei Richtungen; ein Teil spritzte auf die schwarzen und weißen Kacheln des Badezimmerbodens. Das war jedesmal morgens so, wenn er das erste Mal pinkelte, und bei seinem Vater war es genauso gewesen. Karras lächelte und erinnerte sich an den Morgen, als er als Junge im Türrahmen des Badezimmers seiner Eltern gestanden und zugesehen hatte, wie sein Vater zwei Ströme pißte, nach vorn gelehnt und eine Hand flach gegen die Wand gepreßt. Damals hatte Karras geglaubt, sein Vater hätte mehr als einen Schwanz und daß dies passieren würde, wenn ein Junge zum Mann wurde. Ständig fragte er sich, wann wohl sein zweiter wachsen würde.

Karras wusch sich das Gesicht und schaute in den Spiegel. Siebenundzwanzig Jahre alt und völlig grau. Sein Vater war auch sehr früh grau geworden. Grau oder nicht, Karras sah immer noch attraktiv aus, solange die Frauen seinen hinkenden Gang nicht bemerkten. Dann schauten sie sofort weg. Aber an guten Tagen ging Karras noch immer als ein blauäugiger Hodiak durch. John Hodiak mit einem Hinken und einem grauen Schopf.

Karras fand seinen Bademantel an einem Haken hinter der Badezimmertür. Er zog ihn an und ging in die Wohnküche.

In der Tür überfiel ihn die Stimme von Betty Hutton, die »Doctor, Lawyer, Indian Chief« sang. Dimitri stand in seinem Laufstall in der Mitte des Wohnbereichs, hielt sich an dem Netz fest und hockte sich im Rhythmus des Lieds abrupt auf und nieder. Karras selbst mochte diese modernen Titel nicht, und die Hutton hatte zudem die Härte eines Manns, aber das Kind mochte das Lied, und Karras wußte, daß Eleni die Platte für Dimitri aufgelegt hatte.

»Morgen«, sagte Karras zu Elenis Rücken. Eleni wandte den Kopf und lächelte, um dann wieder das Brot in eine Schüssel zu tunken, die in Milch geschlagenes Eigelb enthielt.

Sie schüttelte ihre braune Haarmähne. »Ich mache etwas französischen Toast, Honey.«

»Ja, gern.«

»Pete?«

Sie wollte etwas, das verriet ihm die melodische Weise, wie sie seinen Namen sagte.

»Was, Süße?«

»Meinst du, wir könnten am Wochenende ins Kino gehen?«

»Um was zu sehen?«

»Es gibt im Keith's einen neuen Film: *The Boy With Green Hair.*«

»Wovon handelt er?«

»Robert Ryan spielt mit.«

»Ich mag Robert Ryan. Ryan ist das Wahre. Aber ich habe dich nicht gefragt, wer mitspielt. Ich habe gefragt, wovon der Film handelt.«

»Es geht um einen kleinen Jungen, der wacht auf und hat den Kopf voll grüner Haare. Die Menschen behandeln ihn anders, als wäre er eine Art Mißgeburt …«

»Hört sich nach viel Gelächter an. Nein, ich glaube nicht, Baby.«

»Nie gehst du mit mir aus.«

Karras betrachtete die Rückseite seiner Frau. Viel von dem Gewicht, das sie während der Schwangerschaft zugelegt hatte, hatte sie nicht verloren. Und jetzt würde sie es wahrscheinlich nie mehr verlieren. Man hatte ihn wegen ihrer Knöchel gewarnt. Er erinnerte sich, wie er sie kurz nach dem Krieg seiner Familie vorgestellt hatte. Sein Vater hatte ihn beiseite genommen und sich negativ über ihre Familie ausgelassen; über das Dorf, aus dem sie stammten, und über vieles, was sie nicht erreicht hatten. Dann war sein Vater zum Kern seiner Bedenken gekommen.

»Und noch eins«, hatte Dimitri Karras gesagt. »Sie hat dicke Knöchel.«

»Na und, Paps?«

»Wenn du eine Frau mit dicken Knöcheln heiratest, wird der Rest von ihr auch fett, ohne jede Frage.«

»Ach, du lieber Gott!«

»Ich meine es ernst, Junge. *Acous*? Wenn du eine Frau heiratest, ist es sowieso ziemlich wahrscheinlich, daß sie fett wird; sie werden alle fett, und du kannst nichts dagegen machen. Aber warum willst du eine Frau heiraten, von der du *weißt*, daß sie fett wird? Hmm?«

Karras heiratete sie, und sie hatte zugenommen und ihr Gewicht behalten, und ihm war es durchaus recht. Er mochte Frauen mit ein paar zusätzlichen Pfunden. Jedenfalls mochte er sie an Eleni. Ihr stand es gut, ihre stämmigen Beine waren stramm und kräftig, ihre Brüste üppig und fest. Eleni stand dort in dem roten Reyon-Morgenmantel, den er ihr für drei Dollar und etwas bei

Morton's gekauft hatte – ja, sie sah verflixt gut aus. Karras stellte sich ihren Körper unter dem Morgenmantel vor, spürte die Trockenheit in seinem Mund und schaute in eine andere Richtung. Er wußte, er sollte es für eine andere Gelegenheit am Tage aufsparen.

Karras nahm den *Times-Herald* vom Küchentisch und überflog die Titelseite. Die Roten in Ungarn hatten Selden Chapin, den amerikanischen Außenminister, rausgeworfen, nachdem Chapin seine Nase in die Affäre um Kardinal Mindszenty gesteckt hatte. Die Sowjets hatten dem Kardinal für seine antikommunistischen Aktivitäten lebenslänglich gegeben – na und, dachte Karras. Sollte der Kardinal ruhig dort verrotten, wenn dadurch vermieden wurde, daß erneut junge Männer in den Krieg mußten. Wenn es einen Gott gab und dieser Gott Gerechtigkeit übte, wäre es dann nicht sein Job, junge Leben zu retten? Würde er das etwa nicht wollen?

»Nimmst du bitte die leeren Flaschen mit, Honey? Der Milchmann wird bald da sein.«

»Aber klar doch«, sagte Karras, ohne von der Zeitung aufzublicken.

Unten auf der Titelseite stand ein Artikel über eine neue Spur im jüngsten Prostituiertenmord; Serienmord Nummer drei in ebenso vielen Jahren. Die Frau war wie die anderen gestorben: ein Schnitt von der Kehle bis zum Bauch. Die Spur war vorgetäuscht, von der Polizei an die Öffentlichkeit gegeben, um den Eindruck zu erwecken, der Fall mache Fortschritte – soviel wußte Karras aus einem Gespräch mit Jimmy Boyle. Karras stellte sich die Frage, wann die Cops den Fall wirklich lösten. Sie waren ohnehin überarbeitet und waren von der scheinbar sinnlosen Intensität der Morde ganz offensichtlich überfordert; da sie es nicht gewohnt waren, daß ein Fall von Serienmord so lange ungelöst blieb, schienen die

Ermittler im Kreis zu laufen und wie eine Katze den eigenen Schwanz zu jagen. Diesen Eindruck machten sie jedenfalls auf Karras. Und Boyle hatte ihm verraten, daß die Polizei *nada* in der Hand hatte.

»Die Flaschen, Schatz.«

Karras hob den Blick, Eleni stand mit den leeren Flaschen vor ihm. Ihr Morgenmantel hatte sich ein wenig geöffnet und ließ den Ansatz ihres Busens sehen. Diese Frau trug unter dem Morgenmantel nie einen Büstenhalter.

»Ach, was soll's!« sagte Karras.

Karras ging zum Plattenspieler und nahm die Hutton-Platte herunter. Im Stapel fand er Stan Kentons »Artistry Jums« und legte sie auf. Er hinkte durchs Zimmer, die Schritte ungelenk zum Rhythmus der Musik. Dimitri hüpfte auf und ab und hielt sich am Netz des Laufstalls fest. Karras trat auf Eleni zu.

»Was ist denn mit dir los?«

»Mir ist einfach danach, heute früh über den Teppich zu tanzen«, sagte Karras.

»Wir haben keinen Teppich«, sagte Eleni. Ein unterdrücktes Lächeln krauste ihre Nase. »Und tanzen hast du noch nie gekonnt.«

Karras nahm Eleni die Flaschen aus der Hand und stellte sie auf den Küchentisch. Er tanzte ein paar Schritte durch das Zimmer, öffnete seinen Morgenmantel, drückte sich an sie und rieb sich an ihr, während er sie sanft küßte und mit seiner Zunge über ihr Zahnfleisch strich. Elenis Atem roch nach Kaffee.

»Pete.«

»Ach, sei still.«

»Ich habe mir nicht mal die Zähne geputzt.«

»Sei still, Baby.«

Sie bewegten sich ins Wohnzimmer hinein, wo Karras sich rückwärts in einen Sessel fallen ließ. Er zog sie mit sich.

»Mom«, sagte Dimitri aus dem Laufstall. Er begann zu weinen.

»Der *pethi.*« Eleni atmete kürzer.

»Ihm geht's gut.«

Karras fingerte an Elenis Morgenmantel und öffnete ihn. Er zwickte ihre rechte Brustwarze und küßte sie fest auf den Mund. Sie drückte sich an ihn. Er machte seinen Schwanz frei und rieb seine Spitze an ihrem feuchten Schlüpfer. Eleni sträubte sich, stieß einen stöhnenden Laut aus, zog den Stoff des Schlüpfers zur Seite.

»*Esi eise etimi*«, sagte Karras.

»*Ella*, Pete.«

Sie bewegte ihre Hüften, hob sie leicht und senkte sie wieder, um ihn einzulassen. Und dann war er wirklich in ihr, tief in ihrer Muschi, die feucht und immer warm war.

»Hm«, sagte sie.

»Hör auf zu klagen«, sagte Karras.

Sie warf den Kopf in den Nacken; ein Speichelfaden tropfte aus ihrem Mundwinkel auf Karras' Brust. Die Kenton-Band schrillte ins Zimmer, ihre Musik übertönte das Weinen des Jungen. Karras sah, wie Elenis rechtes Bein zu zucken begann und gegen die Seite des Sessels schlug.

Karras lachte. »Sieh nur, Baby. Du trittst aus wie ein Maulesel.«

»*Scase*, Pete.«

Karras tat, wie ihm geheißen. Er hielt den Mund und schloß die Augen.

»Hey, Pete«, sagte Eleni. »Wohin gehst du in dieser Aufmachung? Du trägst den Anzug doch nicht bei der Arbeit, oder?«

Karras hatte geduscht und seinen blauen Zweireiher mit den Nadelstreifen angezogen. Er stand in der Küche und knöpfte die Jacke zu.

»Habe ich wohl vergessen, dir zu erzählen. Der Neue kümmert sich heute mittag ums Essen. Ich bin erst danach dran.«

»Der Polenjunge?«

»Ja, Mike Florek. Er ist erst eine Woche da, kapiert aber ziemlich schnell.«

»Dann paß auf. Vielleicht kapiert er gut genug, um dich aus deinem Job zu vertreiben.«

»Das macht mir keine Sorgen. Wir haben jetzt so viele Gäste, daß wir alle reichlich zu tun haben. Und Nick ist immer fair zu mir.«

Eleni stemmte eine Faust in die Hüfte. »Und wohin gehst du jetzt?«

»Ich habe von zwei Läden gehört, die in der Stadt zum Verkauf stehen.«

»Was für Läden?«

Karras suchte in der Jackentasche nach Kleingeld. »Einmal eine Soda Bar … und ein kleiner Imbiß, auf den ich ein Auge geworfen habe.«

Elenis Gesicht hellte sich auf. »Oh, Pete!«

Karras wandte den Blick von ihr weg. »Ich habe gesagt, ich schau es mir an, mehr nicht. Einfach nur, um mir eine Vorstellung zu machen.«

Dimitri saß mit gekreuzten Beinen auf dem Küchenboden und schlug einen Holzlöffel gegen einen Topf. Karras bückte sich zu ihm und küßte ihn auf den Kopf. Das Haar des Jungen war schweißnaß – Herrgott, das Kind wurde in der Wohnung gebraten.

»Bis dann, Jimmy.«

»Da«, sagte Dimitri.

»Pete?«

»Ja, Süße?«

»Phillip's hat diese Woche einen Staubsauger von GE im Angebot, eins von den neuen Modellen. Neununddreißig fünfundneunzig. Und Ratenzahlung, einen Dollar die Woche.«

»Und was spricht dagegen, daß wir unsere Wohnung mit dem Besen fegen? Wir haben nicht mal Teppiche.«

»Ich dachte, wir könnten uns auch zwei Teppichbrücken anschaffen.«

Du lernst es nie, Süße. Du hättest mich vor einer halben Stunde darum bitten sollen, als mein ganzes Blut mein Gehirn verlassen hatte und in meinen Schwanz geströmt war. In diesem Moment hätte ich zu allem ja gesagt.

»Laß mich drüber nachdenken, Eleni. Ich meine, wir sind gerade erst in die Dreizimmerwohnung eingezogen, und alles ist ein bißchen knapp.«

»Okay. Wir reden später darüber.«

Karras küßte Eleni auf den Mundwinkel, nahm seinen Mantel aus dem Schrank und zog ihn über. Vom Tisch neben der Tür nahm er eine Packung Zigaretten und steckte sie zusammen mit einem Streichholzheftchen in die Manteltasche.

»Bis später, Süße.«

»Ach, Pete, fast hätte ich es vergessen.« Eleni ging zum Kühlschrank.

»O nein.«

»Bring das zu deiner Mom.« Jetzt hatte sie eine flache Schüssel aus dem Kühlschrank gezogen. »Das ist von der *pastitsio*, die wir gestern abend hatten.«

»Sehe ich etwa wie ein Botenjunge aus? Siehst du auf meinem Kopf eine Papiermütze?«

»Pete, sei nicht böse.« Sie drückte ihm die Schüssel in die Hände. »Und grüße deine Mom von mir.«

Karras nahm die Schüssel und die leeren Flaschen und verließ die Wohnung. Die Flaschen stellte er in den Kasten vor der Tür. Auf der Treppe kam ihm der Milchmann entgegen. Karras tat so, als stolpere er und würde den Inhalt der Schüssel über den Mann in Weiß schütten. Der Mann zuckte zusammen und grinste, als Karras sich wieder fing.

»Sie wieder«, sagte der Milchmann.

»Beeilen Sie sich mit dem Kuhsaft«, sagte Karras. »Da oben wartet ein hungriges Kind auf Sie.«

Über der Straße segelten Möwen, die auf ihn und die Schüssel zuflogen. Karras lächelte und dachte an den Milchmann und wie er ihn jedesmal hereinlegte. Dann dachte er an Eleni, und das Lächeln verschwand.

Stell dir vor, ich und mein eigenes Geschäft! Das wird ein Fest!

Seine Mutter kochte ein Hühnchen, als er die Wohnung betrat. Sie stand in ihrem schwarzen Hauskleid in der Küche, ihre Nylonsöckchen waren auf die orthopädischen Schuhe heruntergerutscht.

»Hallo, Junge *mou*«, sagte sie, als Karras hereinkam. Sie runzelte die Stirn, als er durch das Zimmer hinkte.

»Hi, Ma.« Er küßte sie auf die Wange und reichte ihr die Schüssel. »Von Eleni.«

»*Pastitsio, oh? Entaxi.*« Sie nahm die Schüssel und stellte sie auf die Küchentheke. »*Thelis cafe*?«

»Okay, Ma, ich nehme eine Tasse.«

Georgia Karras servierte ihrem Sohn Kaffee und stellte einen kleinen Teller mit Gebäck auf den Tisch. Karras tunkte einen *koulouri* in den Kaffee, aß den und einen zweiten, zündete sich dann eine Lucky Strike an und rauchte, während seine Mutter von einer Frau erzählte, die sie aus der Kirche kannte. Als sie mit der Geschichte fertig war, sagte sie ihm, wegen der Prostituiertenmorde hätte sie Angst, nachts auf die Straße zu gehen. Er hörte ihr die ganze Zeit teilnahmslos zu und drückte die Zigarette aus, als sie bis zum Markennamen, der auf dem Papier stand, heruntergebrannt war. Er stand auf.

»Ich muß gehen, Ma. Eine Verabredung. Brauchst du *lefta*?«

»*Fiya*, Junge. Mir geht's gut.«

Sein Vater hatte eine gute Versicherung abgeschlossen. Wenigstens hatte er einmal etwas richtig gemacht.

»Also gut. Ich mach mich auf den Weg.«

Seine Mutter tätschelte ihm die Wange. »*Pas sto kalo.*«

In der Tür blieb Karras stehen und sah seine Mutter den Tisch abräumen. Sein Blick streifte durch die Wohnung: Tücher bedeckten die Spiegel, und alle Rollos waren heruntergezogen. Karras trat in den Flur und schloß die Tür hinter sich. Er griff nach dem Geländer und bewegte sich vorsichtig, als er die Treppe hinabging.

An der H sah er Su, der, eine Zigarette rauchend, an seinem neuen Taxi lehnte. Die Zigarette klebte zwischen seinen Lippen, die Hände hatte er tief in die Taschen seiner Reißverschlußjacke gesteckt. Su, eine chinesische Alfalfa – das Haarbüschel auf seinem Hinterkopf stand immer noch ab wie damals, als sie Kinder waren.

Su lächelte, und das Lächeln ließ seine Augen verschwinden. »Hey, Pete!«

»Su.«

Su ließ eine Hand über die Motorhaube seines Taxis gleiten. »Wie gefällt dir mein neuer Schlitten?«

»Hübsch. Wo hast du ihn her?«

»Von Cherner's, oben an der Florida Avenue. Gutes Geschäft ausgehandelt, ich zahle in Raten. Er ist nicht so neu, wie ich ihn gern hätte, aber du kennst ja den Spruch …«

»Ist's kein Neuwagen, dann ist ein Cherner-Wagen die beste Wahl.«

»Genau! Soll ich dich irgendwohin fahren?«

»Ich bin auf dem Weg nach Southeast. Ich dachte, ich nehme den Bus und lauf danach ein Stück. Ist nicht so weit.«

»Na komm, Pete.« Su öffnete die hintere Tür des Dodge und lud Karras mit einer höflichen Handbewegung zum Einsteigen ein. »Ich berechne dir nur eine Zone.«

»Also gut.«

Karras setzte sich in den Fond der Limousine. Su schnippte die Zigarette weg und lief leichtfüßig um das Auto herum. Er rutschte auf den Fahrersitz, legte den Gang ein und fuhr an.

»Was meinst du dieses Jahr von den Nats, Pete? Haben sie Chancen?«

»Kann ich dir nicht sagen. Nach dem Krieg habe ich die Baseballspiele kaum noch verfolgt.«

Karras dachte an Billy Nicodemus. Er sah ihn, wie er als Junge über die H lief, den Fanghandschuh locker von der Hand baumelnd. Billy hatte den Handschuh überall dabei, auch damals im Sommer, als die Jungen ihr Geld zusammengelegt und die Straßenbahn nach Glen Echo hinaus genommen hatten. Perry Angelos hatte Helen Leonides als seinen Gast mitgebracht; den anderen Jungen paßte das zwar nicht, aber sie hatten es erlaubt – schon damals wußte jeder, daß Perry in Helen vernarrt war. Sie waren an der Wendestation eingestiegen und hatten dem Schaffner zugesehen, als er die Kurbel von hinten nach vorne brachte und die Lehnen der Bänke umklappte, als er durch den Mittelgang ging. Im Park hatten sie bis zum frühen Nachmittag geschwommen und waren dann zum Verrückten Haus gegangen. Sie waren auf dem großen Rad in der Mitte der Halle gefahren, das sich immer schneller drehte, bis alle Kinder an die Seite geschleudert wurden. Als sie sich drehten, wurde Helens Rock um ihre Schenkel geweht, und ohne es zu wollen sah Karras das blaue Muster auf ihrem weißen Unterhöschen, und er spürte eine gewisse Erregung, in die sich Scham mischte. Später, am Abend, hatte Joe Recevo vorgeschlagen, den Tag ausklingen zu lassen, indem sie den beliebten Melodien des McWilliams Orchestra im Spanischen Ballsaal zuhörten, aber außer Joe konnte keiner von ihnen tanzen. Am Ende des Tages war Angelos auf der Achterbahn schlecht geworden, und Billy Nicodemus kotzte von der Bewegung einer anderen Jahrmarktsattraktion – nicht zuletzt, weil er zu viele Süßigkeiten verschlungen hatte. Auf der Straßenbahnfahrt nach Hause hatte Billy gelächelt und eine Bemerkung darüber gemacht, was für ein schöner Tag es gewesen sei, und sein breites Grinsen war dabei von einem Bogen aus verkrusteter Kotze eingerahmt. O ja, Billy – er war immer ein sehr fröhliches Kind gewesen.

Su holte Karras in die reale Welt zurück. »Meinst du, Feller unterschreibt bei Cleveland?«

»Wie gesagt, Su, ich hab nicht viel Ahnung.«

Su versuchte es erneut: »DiMaggio hat gestern unterschrieben, hast du davon gehört? Die Yanks zahlen ihm neunzig Riesen.«

»Wenn das so ist.«

Karras schüttelte eine Lucky aus der Packung, zündete sie mit einem Streichholz an und warf es aus dem Fenster. Er bemerkte, daß Su ihn im Rückspiegel ansah.

»Machst du immer noch Botengänge für die Hip Sings?« fragte Karras.

»Hip Sings?« wiederholte Su. »Was zum Teufel ist das?«

Danach sagte Su nicht mehr viel. Karras hatte gehofft, die kleine Stichelei würde ihn verstummen lassen, und er behielt recht. Wenn man diese Chinesen auf ihre Geheimgesellschaften ansprach, konnte man sie ebensogut auffordern, ihre eigenen Mütter ans Messer zu liefern. Su steuerte den Wagen schweigend durch die Straßen, während Karras seine Zigarette rauchte.

Su setzte Karras am 4500er Block der Alabama Avenue ab und ließ den Motor laufen. Karras trat ans Fahrerfenster und beugte sich hinein.

»Dreißig Cents«, sagte Su.

»Stimmt so.« Karras gab ihm vier Münzen.

»Neunzig Riesen für DiMaggio, Pete. Kannst du dir das vorstellen?«

Karras lächelte. »Mach's gut, Su.«

»Du auch.«

Su fuhr mit Vollgas an. Karras wartete, bis das Taxi an der Kreuzung abbog und ging dann auf dem Bürgersteig bis zur Mitte des Blocks. Er nahm die Treppe zur Tür eines Reihenhauses und betrat die Eingangshalle. Einen Moment hielt er inne und klopfte dann an eine Tür, die mit »1« gekennzeichnet war.

Die Tür ging auf: Im Türrahmen stand eine gutgebaute grünäugige Blondine im schwarzen Slip. Sie trug schwarze Strümpfe mit einer Naht auf der Rückseite, Riemchenpumps mit offenen Zehen rundeten das Bild ab.

Karras schluckte. Die Frau drehte sich, damit er sie eingehend betrachten konnte, und wedelte dann mit einem Fuß in der Luft.

»Gefallen sie dir?« fragte sie.

»Cat-eyes, richtig?«

»So nennt man sie. Woher weißt du das?«

»Ich hab sie bei Hahn's gesehen. Als ich letzte Woche über die F spaziert bin, wurden sie gerade ins Schaufenster gestellt.« Karras ließ seinen Blick durch die Halle schweifen. »Kommst du immer in diesem Aufzug an die Tür?«

»Wenn du anklopfst, ja.« Die Frau nahm Karras bei der Hand. »Komm rein, Pete, es ist schrecklich kalt.«

Karras betrachtete sie von oben bis unten und konnte sich ein Grinsen nicht verkneifen. »Das sehe ich.«

»Hör auf herumzualbern. Du weißt, ich habe nur eine Stunde Mittagspause.«

»Eine ganze Stunde, hm? Wie können wir die wohl ausfüllen?«

Die Frau lachte und berührte sein Gesicht mit der Hand. Karras trat durch die Tür. Er legte seine Arme um ihre Hüften, zog sie sanft an sich und küßte ihren offenen Mund.

»Vera«, sagte er.

Karras atmete sie ein, ein Duft so frisch wie der Frühling.

19

Jimmy Boyle wickelte den zweiten Hotdog des Vormittags aus und biß hinein. Mit dem Senf, den rohen Zwiebeln und einigen Tropfen von der grünen Soße des Straßenverkäufers – oh, Gott, das

Würstchen war gut! Er aß es schnell zu Ende und trank den Rest von seiner Coke, um alles runterzuspülen. Sein Rülpser brachte den Geschmack zurück und ließ ihn reuevoll erkennen, daß die beiden Hotdogs ihn bloß hungrig gemacht hatten; nicht mehr lange, und er wäre für einen ordentlichen Lunch bereit.

»Hey, Mister, bringen Sie die Flasche zurück?«

Ein kleiner Junge saß auf der Bordsteinkante und beäugte die Flasche, als wolle er ein Stück abbeißen.

»Was sagst du?« Boyle drehte sich, so daß sein gutes Ohr dem Jungen zugewandt war.

»Ihre Flasche. Haben Sie was dagegen, wenn ich sie wegbringe und das Flaschenpfand kriege?«

Boyle ging zu dem Jungen und legte ihm die leere Flasche in den Schoß. »Na gut, Kleiner. Gönn dir was.«

Am Kiosk kaufte Boyle eine Zeitung, baute sich mit dem Gesicht zu einer Bank auf den Bürgersteig auf und nahm die Titelseite in Augenschein. Die angebliche Spur zu dem Mörder im jüngsten Hurenmord ließ ihn beinahe laut auflachen. Der Polizeisprecher hatte dem *Times-Herald* gesagt, das Geständnis eines Mannes werde geprüft, der sich selbst gestellt habe, aber Boyle wußte, daß es sich schlichtweg um eine Lüge handelte. Geständnisse hatten sie im Überfluß. Was sie brauchten, war ein Mörder. Jedesmal, wenn es eine der Bordsteinschwalben erwischte, meldete sich eine Handvoll beknackter Bekenner: unheilbare Säufer und Drogenabhängige, die eine Dauerunterkunft suchten, Bettnässer, die um Aufmerksamkeit bettelten. Einige von ihnen waren in bestimmten Situationen fähig zur Gewaltanwendung; ein oder zwei von ihnen entpuppten sich als Sabberfälle oder Gummizellenaspiranten. Keiner von ihnen war verrückt genug, um das zu tun, was der Killer getan hatte. Und nur der Killer kannte bestimmte Details, die in den Zeitungsberichten fehlten – der Presse hatte man die Fakten abzüglich verschiedener Schlüsselhinweise gegeben. Die wenigen Ermittler, die noch mit dem Fall betraut waren, nahmen die Geständnisse auf, notierten die relevanten Auslassungen und steckten die Protokolle in die dicker werdende Akte.

Als er den Bericht las, spürte Boyle ein Klicken in seiner Brust. Könnte er nur ein kleines bißchen ausgraben, den richtigen Stein umdrehen, unter dem ein echter Hinweis lag, eine Spur zum Mörder … Zum Teufel, er sollte das alles vergessen, schließlich hatte er die letzten drei Jahre davon geträumt, diesen Fall zu knacken. Warum sollte gerade *er* etwas aufdecken, wenn die Jungs vom Morddezernat absolut null vorzuweisen hatten? Sie waren diejenigen, die Mittel und Personal des Apparats zur Verfügung hatten. *Sie* hatten Zugang zu den Laborheinis mit ihrer wissenschaftlichen Ausrüstung, *sie* trugen die Anzüge und Krawatten. Und hier war er, ein Streifenpolizist, der immer noch die lausige blaue Uniform trug, die sie ihm gegeben hatten, als er in den Polizeidienst eintrat. Und zu allem Überfluß hatte die Polizei jetzt auch noch Farbige in Shaw eingesetzt; sie patrouillierten im selben Revier und machten genauso viel Kohle wie er.

Boyle senkte die Zeitung und betrachtete sein Spiegelbild im Fenster der Bank. Scheiße, sah er wirklich so aus? Das Fenster wirkte verzerrend, das wußte er, aber das hier war kein Jahrmarktsspiegel wie draußen in Glen Echo, in dem ein dünner Mann dick aussah. Das dort war er, mehr oder weniger – ein Mann von nicht einmal dreißig mit Dreifachkinn, einem Kopf wie eine Honigmelone und einem Bauch, der sich über die Gürtelschnalle wölbte. Boyle wandte den Blick ab.

Die meisten seiner gleichaltrigen Kollegen waren jetzt Private 6th Grade, der höchste Rang unterhalb der Offiziersebene, und einige hatten den Sprung schon geschafft. Das waren diejenigen, die ein Auge auf ihre körperliche Verfassung hatten und im Lauf der Zeit ein paar hochkarätige Verhaftungen gemacht hatten. Boyle hatte sich weder im Aussehen, noch in Taten besonders hervorgehoben – eigentlich in keiner Hinsicht. Wenn Beförderungen anstanden, war er jedesmal übergangen worden.

Sein Vater hatte ihm vor langer Zeit gesagt, daß ein Mann nach seinem Aussehen beurteilt wird. Nicht daß sein Vater – ein zerbrechlicher, kahlköpfiger Gehilfe in der Leichenhalle, zwischendurch immer wieder arbeitslos – jemals nach etwas ausgesehen hätte, aber Boyle hatte stets geduldig jedem hausbackenen Ratschlag zugehört, den sein Vater ihm gegeben hatte. Und sein Vater und sein Onkel, der jetzt Detective war, waren zur Stelle gewesen, als Boyle sich für den Polizeidienst beworben hatte: Die beiden hatten es geschafft, sein Musterungsprotokoll zu fälschen und ihn damit trotz seines schlechten Ohrs in die Polizeiakademie zu bringen. Also hatte Boyle keinen Grund zu bezweifeln, daß das Aussehen eines Manns ihn am Fortkommen hindern konnte. Diese Erkenntnis war für ihn jedoch kaum von Nutzen, wenn es ihm nicht gelang, abzunehmen. Die schlichte Wahrheit war, daß Boyle zu gerne aß.

Boyle wollte diese neue Geschichte ausprobieren, die Karras vorgeschlagen hatte, obschon er seine Zweifel hatte. Eine Pille, die einen das Essen vergessen ließ, die einem die ganze Energie gab – eine »Aufputschpille«. Was zum Teufel sollte das sein? Karras hatte ihm versichert, daß es sich nicht um Rauschgift handelte, aber Pete hatte in solchen Dingen schon immer fünf gerade sein lassen. Immerhin hatte Pete sich die Mühe gemacht, Boyles Namen dem

Apotheker gegenüber zu erwähnen, den er im Norden der Stadt kannte.

Boyle nahm die U Street-Tram bis zur 14th und dort einen Bus nach Norden. Er fuhr durch Columbia Heigths und nach Brightwood Park hinein bis zur Endstation an der Colorado Avenue. Die Apotheke lag direkt an der Ecke, wo die Colorado die 14th kreuzte.

Boyle betrat die Apotheke und ging an der Sodabar vorbei, die von einem jungen attraktiven Mann betrieben wurde, einem Veteran des Marine Corps aus dem Philippinenfeldzug. Der Veteran war ein Freund von Peter Karras, doch konnte Boyle sich nicht an seinen Namen erinnern. Paleo-soundso, irgend so ein Mist. Wie auch immer, Boyle hätte darauf wetten können, daß der Name mit einem »s« endete. Diese Griechen und ihre verrückten Namen. Boyle nickte dem Burschen zu, und der Bursche erwiderte das Nikken. Karras hatte Boyle gesagt, daß dieser Veteran ein guter Kerl war.

Der Doc stand im rückwärtigen Teil des Ladens hinter der Theke und rauchte eine Zigarette. Er war groß, hatte ausgeprägte Gesichtszüge, graue Halbmonde unter den Augen und die hohlen Wangen eines Manns, der oft krank ist. Sein dünner Assistent, jünger und dem Anschein nach gesünder, stand auf einem Treppenabsatz und bearbeitete eine Bestellung. Boyle ging zu der Ladentheke und wartete, bis der Doc aufschaute. Er las in einer Zeitung, die ausgebreitet vor ihm lag, und der Rauch kroch langsam aus den weiten Löchern seiner langen Nase. Er drückte die Zigarette in einem vollen Aschenbecher aus und schob die Zeitung beiseite. Boyle bemerkte das Koffeinzittern in der Hand des Manns.

»Kann ich Ihnen helfen?«

»Ich bin Jim Boyle. Pete Karras schickt mich.«

Der Doc quetschte sich ein Lächeln ab, bei dem sich das Gesicht zu einer runzligen Maske arrangierte. »Sie sind der Cop?«

»Ja, aber das ist nicht dienstlich. Ich bin als Privatmann hier, Sie brauchen sich keine Sorgen zu machen.«

»Wer macht sich Sorgen? Pete hat mir gesagt, was Sie wollen, und ich dachte, ich könnte Ihnen helfen.«

»Ich habe in letzter Zeit ein paar Pfunde zugelegt ...«

»Kein Problem. Warten Sie hier.«

»Könnten Sie etwas lauter sprechen?«

»Bin gleich zurück.«

Boyle sah ihm nach, als er die Stufen hochging und mit dem jungen Gehilfen redete. Der Gehilfe musterte Boyle von seiner erhöhten Warte aus, verschwand dann für zwei Minuten, kam zurück und gab dem Doc etwas in die zittrige Hand. Der Doc kam an die Theke zurück und drückte Boyle eine Plastikdose in die Hand. Boyle schüttelte die Dose und hörte das Rasseln, bevor er sie in seine Hosentasche schob.

»Irgendwas, was ich beachten sollte?«

»Überlegen wir mal! Nun, sie werden Sie ein bißchen sprunghaft machen, auf angenehme Weise. Sie werden merken, daß Sie mehr Energie haben und weniger Verlangen nach Essen. Wenn Sie Probleme beim Einschlafen haben, setzen Sie sie spät abends ab. Die gewünschten Ergebnisse müßten Sie recht bald feststellen.«

»Das ist es schon?«

»Das ist alles, denke ich.«

»Ich bin keiner, der Drogen nimmt«, sagte Boyle.

»Das bin ich auch nicht.« Der Doc zuckte mit den Schultern. »Und mein Assistent auch nicht. Aber diese da nehmen wir dauernd. Es sind Aufputschpillen. Jeder braucht am Tag mal etwas gegen den toten Punkt, und eine Tasse Kaffee ist nicht immer in Reichweite.«

Boyle griff nach seinem Portemonnaie. »Was bin ich Ihnen schuldig?«

»Nichts.«

»Sind Sie sicher?«

»Bitte. Wie gesagt, ich schaue nur, daß ich Ihnen helfen kann. Vielleicht können Sie sich ja einmal revanchieren.«

Boyle zögerte einen Moment, drehte sich dann um und verließ das Geschäft.

Der Doc zündete sich eine Zigarette an. Er hustete ein bißchen und spürte ein Kratzen in seiner Kehle. Sein Assistent gesellte sich zu ihm und nahm sich selbst eine Zigarette aus der Hauspackung. Der Doc rieb ein Streichholz an.

»Du und ich, wir qualmen wie ein ganze Fabrik«, sagte der Doc.

»Es sind die Pillen. Sie machen einen gierig danach.«

»Du sagst es, Bruder.«

Der Assistent sog gierig an seiner Zigarette. »Haben Sie ihn verarztet?«

Der Doc nickte. »Er muß Gewicht verlieren.«

»Das können Sie laut sagen.«

Beide lachten.

»Wieviel hast du in die Dose gegeben?«

»Ungefähr zwanzig Tabletten.«

Der Doc lächelte. »Er kommt wieder.«

»Ich gebe ihm etwa eine Woche«, sagte der Assistent.

»Ja«, sagte der Doc. »Das ist das Tolle an Benzedrin – man gewöhnt sich richtig schnell daran.«

Bis Boyle in seine Uniform gewechselt war und den Umkleideraum zu seinem Streifengang verließ, fühlte er sich bereits verdammt wohl. Der Doc hatte recht gehabt mit der Energie, aber nicht erwähnt hatte er die geradezu unglaubliche Welle von Selbstvertrauen, die ihm das Gefühl gab, er könnte eine Ziegelmauer eintreten. Sie war langsam gekommen, hatte mit einem Kitzeln im Hinterkopf begonnen, gepaart mit einem übermächtigen Durstgefühl. Außerdem hatte er während der letzten Stunde kein einziges Mal an Essen gedacht, und wenn er sich dazu zwang, daran zu denken, bereitete ihm diese Vorstellung Übelkeit – vielleicht zum ersten Mal in seinem Leben. Wenn eine einzige Tablette das für ihn getan hatte, wie gut würde er sich dann erst fühlen, wenn er zwei geschluckt hätte?

Auf dem Weg nach Westen hatte Boyle Temperance Court nahe 12th und T durchquert; dort konnte man jede Art von Drogen und Waffen kaufen, und er hatte Russell Edwards, einen bekannten Potraucher, bei einem Kauf gesehen. Boyle hatte Edwards Namen gerufen und ihn zu Fuß verfolgt, den jüngeren und schlankeren Mann aber nach zwei Blocks verloren. Später lachte er, während er nach Luft rang, über die für ihn untypische Hartnäckigkeit. Im Court ohne Unterstützung einen Mann zu verfolgen, war Dummheit und vor allem Zeitverschwendung. Jedenfalls gehörte es nicht zu den Dingen, die Boyle normalerweise tat.

Boyle nahm die U Richtung 14th und ließ im Gehen seinen Schlagstock wirbeln. Er lächelte beim Anblick eines jungen Negers auf dem Bürgersteig, der leise mit einer Frau sprach, die sich aus dem Fenster eines zweigeschossigen Reihenhauses lehnte. Der junge Mann hatte sich in Schale geworfen, bewegte seine Hände elegant und brachte sein Begehren auf sehr poetische Weise vor. Boyle betrachtete die Frau, die zarte Schokoladenhaut ihrer dünnen

Arme, ihre geschwungenen Lippen, ihre Zähne … Er konnte dem jungen Mann keinen Vorwurf machen, denn er verstand die Inspiration für seine Poesie und sein Verlangen. Weil die Neger sich die Shows in den weißen Treffpunkten nicht anschauen durften, aber Weiße in die Negerhäuser gehen konnten, ging Boyle oft zum Howard Theatre, um die Revuen zu sehen. Bei solchen Gelegenheiten verwendete er mehr Zeit darauf, die Frauen im Publikum zu beobachten, als er für das Programm erübrigte. Seine Vorlieben waren ein weiterer Charakterzug, der vor seinen Vorgesetzten verborgen bleiben mußte.

Am Ende einer Gasse blieb Boyle stehen, als er drei Männer beim Würfeln sah. Der Mann, der das Spiel betrieb, stand daneben, die Dollarscheine in der Faust aufgefächert. Er war von Jockeygröße und hatte spärlichen Haarwuchs, ein Jude mit knotiger Nase und einem Glasauge. Boyle kannte ihn als Matty Buchner.

»Buchner!« sagte Boyle und fuhr mit seinem Schlagstock über die Mauer.

Die drei Männer sammelten, was sie konnten, vom Boden auf, jagten die Gasse entlang und bogen am Ende nach rechts. Buchner nahm sich einen Moment Zeit, um einzusammeln, was sie hatten liegen lassen, und folgte ihnen dann. Seine kurzen Beine brachten ihn nicht weit. Boyle holte ihn ohne Mühe ein und packte ihn beim Hemdkragen. Er drehte Buchner herum und drückte ihn mit dem Rücken an die Wand.

»Matty, wohin willst du denn? Ich weiß doch sowieso, wo ich dich finde.«

»Ich bin nicht vor Ihnen weggerannt, Officer, ehrlich. Ich wollte nur diese Burschen einholen. Sie haben ein paar Scheine auf der Erde herumliegen lassen.«

»Ganz unser Matty, immer ein hilfsbereiter Pfadfinder.«

Buchners gutes Auge bewegte sich zum Ende der Gasse. Das Glasauge folgte nicht. »Fast hätte ich's geschafft«, murmelte er.

»Du hattest nicht den Hauch einer Chance«, sagte Boyle.

»Buchten Sie mich ein?«

»Kommt drauf an. Hast du heute was für mich?«

Buchners Mund zuckte. Er war ein nervöser kleiner Mann, ein Langfinger und Spieler, der eine Gefängnisstrafe abgesessen hatte, weil er '46 während einer Nobelhochzeit den Garderobenraum des Shoreham geplündert hatte. Buchner hatte fünfzehn Jahre lang unbewachte Mäntel und Handtaschen durchstöbert, bevor er erwischt worden war. Rund um Shaw hieß es, Buchner hätte in diesen fünfzehn Jahren seine Hand in mehr Pelzen gehabt als Sinatra in seiner ganzen Karriere. Alle Cops hatten ihre Informanten, einige waren verläßlicher als andere. Boyle hatte Matty Buchner.

»Was hörst du so über den Mord?« fragte Boyle.

»Welchen Mord?«

»Die Nutte.«

»Ach, die. Ich hab nix gehört, Officer. Ehrlich.«

Boyle knirschte mit den Zähnen. Auch das war eine Wirkung der Pillen.

»Nun gut«, sagte Boyle. Er ging zu der Stelle, wo die Männer gewürfelt hatten, und klaubte die Würfel vom Pflaster. Er untersuchte sie, drehte sie in seinen Händen. Boyle grinste. »Sind das deine Zuckerwürfel?«

»Ja«, sagte Buchner. Er blinzelte mit dem guten Auge, und sein Mund zuckte unwillkürlich. »Stimmt was nicht?«

»Was soll nicht stimmen?« entgegnete Boyle. »Außer, man will mit diesen Dingern eine Sieben würfeln.«

»Versteh ich nicht.«

»Zwei, vier und sechs – das sind die einzigen Zahlen, die ich auf diesen Würfeln sehe. Egal, wie du sie zusammenzählst, es ist einigermaßen schwierig, damit eine Sieben zu würfeln. Nicht wahr, Matty?«

Buchner versetzte sich selbst einen Schlag auf die Wange. »Mann-oh-Mannischewitz! Hab ich heute etwa die Trickwürfel mitgenommen? Mein kleiner Neffe muß sie mir in die Hosentasche geschmuggelt haben, als ich nicht hingeschaut hab…«

»Laß es!«

Buchner ließ die Schultern sacken. »Schon gut.«

»Die Männer, die gerade abgesaust sind, meinst du, sie würden gern wissen, wie ihr guter Kumpel Matty das Spiel zinkt? Sag mal, war einer von denen nicht der große Nigger, der im Yamasee an der U hinter der Bar arbeitet? Das war er doch, oder?«

»Ich kann mich nicht erinnern.«

»Ich frage dich noch einmal.« Boyle rückte näher an Buchners Gesicht heran. »Was hörst du so über die Nuttenmorde?«

»Fehlanzeige. Wie ich schon sagte, Officer, ich weiß nichts, ehrlich. Ich meine, ich weiß, was Sie auch wissen. Die Nutten, die man totgemacht hat, waren alle dick und fett. Jedem das Seine und so weiter, aber man kann sich ausrechnen, daß der Typ, der ihnen das Licht ausknipst, etwas gegen fette Nutten hat.«

»Er hat sie gehaßt, hm? Was bist du? Ein Seelenklempner?«

Buchner zuckte mit den Schultern. »Hey, ich hab wie alle ander'n auch *Spellbound* gesehen. Jedenfalls kann man es sich an fünf Fingern abzählen. Ich meine, man weiß, was er mit ihnen gemacht hat. Es ist ja nicht gerade eine Liebeserklärung, wenn man eine Frau von der Kehle bis zur Möse aufschlitzt.«

»Vielleicht war er knapp bei Kasse. Vielleicht hat er die Fetten ausgesucht, weil die Fetten billiger sind.«

»Nix da. Nicht *diese* Fetten. Wir reden hier nicht über Fünf-Dollar-Lochbretter. Und keine von denen war vom Straßenstrich bekannt, das habe ich selber im *Evening Star* gelesen. Soweit ich weiß, ging alles per Telefon. Ich meine, der Kerl ist nicht einfach in einen Puff gegangen und hat sich eine bestellt. Er hat die Verabredung über einen Dritten arrangiert, ist zum Treffpunkt gegangen, hat die Mädels in eine Gasse gebracht und sie aufgeschlitzt. Aber das wissen Sie ja alles.«

»Ja.« Boyle ließ ihn los. »Du kannst gehen. Aber ich will ein paar Informationen, und zwar rasch. Die Würfel behalte ich – für den Fall, daß mir der Barmann aus dem Yamasee über den Weg läuft.«

»Ich hör mich um.«

»Tu mehr als das. Finde was, und finde es schnell!«

»Danke, daß...«

»Mach dich davon. Ich kann dein Gesicht nicht mehr sehen.«

Der kleine Mann ging die Gasse hinab und bog an ihrem Ende nach links. Boyle ging zur U zurück und schlug die westliche Richtung ein. Er fühlte sich ein bißchen ausgezehrt, mit weniger von der Energie, die er vorher hatte. Vielleicht sollte er Nicks Grill besuchen, Pete Karras Guten Tag sagen und eine Tasse Kaffee trinken, um sich wieder aufzumöbeln.

Boyle dachte an Buchner, wie er zuckend in der Gasse stand und mit dem Fuß scharrte wie ein kleiner Junge, der dringend pinkeln muß. Der kleine Jude war zäher als er aussah; es muß höllisch geschmerzt haben, als der Typ in der Kneipe den Löffel in Buchners Auge gestoßen hat. Als er an einer Mülltonne vorbeikam, warf Boyle die Würfel hinein.

Pete Karras stand im Sonnenlicht, das durchs Fenster fiel, und zog seinen Windsorknoten gerade. Er streifte seine Anzugjacke über und trat zu Vera, die vor dem Spiegel stand und ihr Make-up erneuerte. Er küßte sie auf den Hals, griff unter ihrem Arm durch, ließ seine Hand über ihr Brustbein und in ihren Schlüpfer gleiten. Er spürte den feuchten Schweiß, ihren Herzschlag, ihre angeschwollene Brustwarze.

»Pete, ich komme zu spät zur Arbeit.«

»Ich auch. Aber du hast zu gut ausgesehen, wie du da gestanden hast. Ich mußte dich einfach anfassen.«

Sie drehte sich zu ihm, küßte ihn und schob ihn, die Handflächen gegen seine Brust gestemmt, langsam zurück. »Ich muß zur Arbeit.«

Vera drehte sich wieder zum Spiegel. Karras ging zum Bett, setzte sich auf die Laken und mied die dunkle, feuchte Stelle, wo sie gelegen hatten. Er nahm einen Taschenbuchroman vom Nachttisch und las laut die Worte auf der Umschlagseite.

»Evelyn Waugh«, sagte er. »Wer ist sie?«

»Sie ist ein Er.«

»Ein Mann mit Namen Evelyn, huch.«

»Es würde dir nicht gefallen.«

»Seit der High-school habe ich kein Buch mehr gelesen. Und selbst damals habe ich es nicht gelesen.«

»Er spricht an diesem Wochenende in Gaston Hall. Möchtest du hingehen?«

»Sprechen? Ich glaube nicht.«

»Ab und zu solltest du etwas lesen.«

»Irgendwann komme ich dazu.« Karras sah zu, wie sie den Lippenstift über ihren zarten Mund zog. »Was macht ihr in eurem Amt für Statistik eigentlich?«

»Wir zählen.«

»Hmm.« Er berührte den Leberfleck auf seinem Gesicht. »Der Job ist es also nicht, der dich in D. C. hält.«

»Ich komme aus Indiana, Pete. Alles ist besser als …«

»Das meine ich nicht. Man kann auch andere Großstädte besuchen, wenn du die Großstadt magst. Ich frage dich vielmehr, was dich veranlaßt, *hier* zu bleiben.«

Vera betrachtete ihn im Spiegel, merkte, daß sie ihn geradezu anstarrte, und zwang sich ein rasches Lächeln ab. »Ich mag diese Stadt, das ist alles. Reicht dir das?«

»Muß wohl.«

Karras stand auf und zog seinen Mantel über. Er durchquerte das Zimmer, blieb neben ihr an der Kommode stehen. »Worauf ich hinaus will, ist wohl … Ich meine, ich habe mich immer gefragt, wieso du mich angerufen hast, damals, sechs Monate nach dem Abend im Kavakos'. Und wieso bist du geblieben, nachdem du mich in Augenschein genommen hast?«

Vera hielt inne und ließ das kehlige Lachen hören, auf das er wartete. Ihre grünen Augen waren im Licht ein wenig wäßrig. »Ich weiß es nicht, Pete. Dir sind meine Schuhe aufgefallen, schätze ich. Und du warst lustig, attraktiv und absolut ehrlich. Und du hast nicht versucht, mir einzureden, wie clever du bist oder wieviel Geld du verdienen wirst oder was für ein Held du im Krieg warst. Du hattest keine Illusionen darüber, was du bist.«

»Und wie war es, als du gesehen hast, was aus mir geworden war?«

Vera grinste. »Ich hatte Mitleid mit dir. Und dann hast du mich überrascht: Du warst im Bett einfach spitze.«

»Ach, hör auf herumzualbern.«

»Hör zu, Pete ...«

»Ich weiß, du mußt zur Arbeit.« Karras küßte sie flüchtig. »Bis bald, Süße.«

Er ging zur Tür und öffnete sie.

»Pete?«

»Ja.«

»Glaubst du, wir beide könnten abends einmal ausgehen? Irgendwo etwas trinken, an einem ruhigen Plätzchen? Ich möchte abends gern mal ausgehen, aus diesem Zimmer rauskommen.«

»Sicher, Süße. Das machen wir bald mal.«

»Soll ich dir ein Taxi rufen?«

»Ich glaube nicht. Es ist ein angenehmer Tag. Ich gehe ein Stück, bis ich müde werde, dann nehme ich die Straßenbahn.«

»Bis bald, Pete.«

»Bis bald.«

Karras zog die Tür hinter sich ins Schloß. Vera nahm ihren Rock vom Bett, wand sich hinein, zog den Reißverschluß an der Seite hoch und hakte ihn oben zu. Sie nahm ihre Bluse vom Kleiderbügel und trat ans Fenster. Während sie hinausschaute, knöpfte sie die Bluse zu.

Karras war auf dem Bürgersteig stehengeblieben, um sich eine Zigarette anzuzünden. Er hielt das Streichholz zwischen den gewölbten Händen. Rauch wirbelte hervor, als die Flamme die Zigarette entzündete.

»Du fragst mich, warum ich hier bleibe«, sagte sie laut. Ihr Atem ließ das Fenster beschlagen. »Die Antwort starrt dir direkt ins Gesicht. Ich weiß nicht, wie dumm ein Mann werden kann.«

Sie sah das schmerzhafte Zucken auf Karras' Gesicht und spürte in ihrer Brust ein dumpfes Klopfen.

»Du begreifst es einfach nicht«, flüsterte sie.

Vera Gardner sah Karras den Bürgersteig entlanghinken, bis er außer Sicht war. Sie schloß den letzten Knopf ihrer Bluse und steckte die Bluse in den Rock.

20

Mike Florek ließ die letzten Teller in das mit dampfendheißem Seifenwasser gefüllte Spülbecken gleiten. Mit dem Saum seiner Schürze wischte er sich den Schweiß vom Gesicht.

»Ich laß das eine Weile einweichen«, sagte Florek.

»Hokay, Junge«, sagte Costa.

Florek trocknete seine Hände ab. Costa stand neben dem Zubereitungstisch und zog die Schneide einer Machete über einen Wetzstein. Neben dem Stein lag eine Scheide aus Leder. Seit dem Mittagessen war das Kratzen der Klinge auf dem Stein in der Küche zu hören gewesen.

»Wo hast du das Ding eigentlich her?«

»Von Karras. Einer von den Filipinos hat sie ihm im Krieg gegeben. Ein gutes Messer. Und jetzt mache ich es richtig gut. Richtig gut und scharf!«

Florek hörte ein dumpfes Klopfen aus dem ersten Stock. Das mußte Toula sein, Costas Frau, die ihn aus ihrer Wohnung rief, indem sie mit ihrem schweren schwarzen Schuh auf den Holzfußboden stampfte.

Costa ging zu der Tür in der Küche, hinter der eine schmale Treppe nach oben führte. Er öffnete die Tür, schrie in die Dunkelheit hinauf und bekam eine Zweiminutenantwort, die nach Mord und Totschlag klang.

»*Scaseeee*!« schrie Costa und beendete damit das Gespräch. Er schlug die Tür zu und marschierte durch die Küche. Seine Haare sträubten sich in alle Richtungen, in seinem belebten Gesicht saß ein schiefes Lächeln.

Mike Florek hatte zwei Tage gebraucht, um sich an die Zustände im Nick's zu gewöhnen. Costa und Nick waren Freunde, das sah er in ihren Augen, aber ein Fremder von der Straße hätte das nicht erkannt. Sie gingen sich dauernd an die Kehle und suchten ständig eine offene Stelle, in die sie das Messer stechen konnten. Und Costa konnte unter keinen Umständen in diesem Türrahmen stehen, ohne seine Frau anzuschreien und unweigerlich ihre laute, wütende Reaktion heraufzubeschwören. Anfangs trieb Florek das zum Wahnsinn, all diese sinnlos vergeudeten Gefühlsausbrüche, doch nach einiger Zeit begann er sich regelrecht darauf zu freuen, den warmen Strom von Zuneigung in ihren heftigen Stimmen zu hören, und ihr lautes Lachen, das schnell wie Gewehrfeuer kam und von der hohen Preßblechdecke des Lokals widerhallte. Er mochte es, wie ihre dicken Hände ihre Worte unterstrichen, wie Costa und Nick das »R« rollten, und er mochte die fremdartige, beinahe ungelenke Grazie in ihren Bewegungen. Und dann Karras, ein Krüppel, vor der Zeit grau geworden, ein Grieche ohne Akzent, ein ruhiger, emotionsloser Mann, anders als Costa oder Nick. Florek mochte auch ihn, aber Karras war ein Mann, aus dem man nicht so einfach schlau wurde.

Costa steckte die Machete in die Scheide, legte sie auf ein hohes Regal, nahm aus einer Schublade unter dem Tisch ein Messer mit Zackenschliff und eine Fleischgabel, ging zu dem Roastbeef, das er kurz vorher aus dem Backofen gezogen hatte, und legte es auf ein Schneidebrett. Er leckte sich den Daumen, stach die Gabel in das Fleisch und begann, das Roastbeef in Scheiben zu schneiden. Als die Fleischscheiben sich ablösten und auf das Holzbrett fielen, sang Costa leise ein griechisches Lied.

Nick Stefanos, in der einen Hand ein Messer, in der anderen Hand eine Tomate, kam durch die Pendeltür. Er sah Costa das Fleisch schneiden, bewegte die Lippen, als wollte er etwas sagen, nahm sich eine Sekunde Zeit, um vor sich hin zu kichern und den Moment auszukosten, bevor er den Mund auftat.

»*Siga, vre*«, sagte Stefanos.

»Ich mache ganz langsam, Nick«, sagte Costa.

»Du gehst zu grob damit um.«

»Nein, tue ich nicht.«

»Was machst du da? Willst du es noch einmal schlachten? Es ist schon tot!«

»Aaah! Und was ist schon der Unterschied? Ich mache ein hübsches Roastbeef, brate es satt und rund und rosa wie das hier, und diese Neger wollen bloß, daß ich es mit ein paar Zwiebeln auf den Grill werfe und einen Haufen scharfe Soße drübergieße, verdammt noch mal!«

»Hey, Nick«, sagte Florek. »Brauchst du vorne Hilfe?«

»Ja, geh mal rein und hab ein Auge auf die Theke. Ich werde die Tomaten schneiden, die heute früh reingekommen sind. Karras müßte gleich kommen.«

Florek faltete seine Schürze neu, drehte die feuchte Seite nach innen und band sie fest um seine Hüfte. Er ging in den Gastraum, das Lachen von Costa und Nick hinter sich lassend. Der Neger mit den Schallplatten, den Florek mittlerweile als Oscar Williams kannte, saß mit einem Freund am Ende der Theke. Beide tranken Bier. An einem der Tische saß ein Cop in Uniform und trank Kaffee.

»Noch zwei Bier hierher, junger Mann«, sagte Oscar Williams.

Florek nahm zwei Nationals aus dem Kühlschrank, servierte sie und machte zwei Striche auf Williams' Zettel. Williams reichte Florek eine Platte aus dem Karton, der neben seinem Hocker stand.

»Also los, Mann, leg die mal auf die Kiste.«

Florek legte die Platte auf den Plattenteller. Er schnippte mit den Fingern zu dem inzwischen vertrauten Klavierstil, der flüssig gegen das übrige Arrangement anspielte.

Williams' Freund sah zu, wie Florek mit dem Rhythmus mitging. »Gefällt dir, was?«

»Gefällt mir gut. Wie heißt diese Musik?«

»Sie heißt Rassenmusik«, sagte der Freund und stieß Williams an. »Das hier ist Fatha Hines.«

Williams sagte: »Sie heißt Boogie-Woogie, junger Mann.«

»Und was ist das?«

Williams spreizte die breiten Hände. »Boogie-Woogie? Nun, Boogie-Woogie ist praktisch nichts anderes als der gute alte Blues, im Achteltakt gespielt.«

Florek fragte nicht, was das hieß, und es interessierte ihn auch nicht. Ihm gefiel der Klang, eigentlich wie bei allen Platten, die Oscar Williams ins Nick's mitbrachte. Da war eben nicht nur jemand, der Musik vom Blatt las und nach Noten sang. Diese Menschen fühlten etwas, wenn sie die Musik spielten und sangen, und sie ließen den Zuhörer das gleiche fühlen.

Florek nahm die Kaffeekanne von der Flamme, ging zu den Tischen und füllte die Tasse des Polizisten nach. Der Cop bedankte sich und lehnte sich zurück. Florek ging wieder hinter die Theke, stellte die Kaffeekanne zurück, fand einige schmutzige Gläser und stellte sie in die Spülschüssel. Nicks Revolver, eine 38er Smith and Wesson mit Perlmuttgriff, lag neben der Spülschüssel. Die Waffe wurde nie vom Fleck bewegt, und Florek achtete sorgsam darauf, sie nicht zu berühren.

Stefanos war wieder nach vorn gekommen. Er stand vor dem Sandwichbrett und schnitt die Tomate, die er in der Hand hielt, in Scheiben. Florek hatte noch nie jemanden gesehen, der das so schnell und ohne jeden Abfall konnte. Es gelang ihm nicht jedesmal akkurat – Stefanos hatte, weil ihm das Messer ab und zu abrutschte, immer Schnitte in den fleischigen Händen. Man konnte jeden Tag darauf zählen, daß Pflasterstreifen von seinen Fingern hingen; Pflaster und Verbände, und auf der Schürze Streifen von verschmiertem Blut.

»Hey, Nick«, sagte Williams' Freund. »Welche Zahl kam gestern?«

»Kann ich dir nicht sagen«, sagte Stefanos. »Ich spiele nicht mehr.«

»Brauchst du auch nicht«, sagte der Freund, und er und Williams lachten beide. »Wenn ich dein Geld hätte, würde ich meins wegwerfen. Wenn du noch einmal einen von deinen Glücksträumen hast, dann vergiß nicht, uns Bescheid zu sagen.«

Stefanos antwortete nicht. Er nahm die nächste Tomate und schnitt sie in dünne Scheiben.

»Hast du das von Lady Day gehört?« fragte Williams seinen Freund.

»Ja, sie haben sie letzte Nacht in Frisco in ihrem Zimmer mit Opium erwischt. Geschieht ihr verdammt recht!«

»Glaubst du, sie hat es getan? Ihr Manager sagt, man hätte es ihr untergeschoben.«

»Was ihr Manager sagt, spielt gar keine Rolle. Sie verknacken das Mädchen, schuldig oder nicht. So geht's, mein Junge, und das solltest du wissen.«

Die Schallplatte war zu Ende. Florek ging zum Radio und stöpselte den Stecker ein. »Dance Party« war auf WOOK, und Williams bedeutete Florek mit einer Kopfbewegung, die Sendung laufen zu lassen. Florek wollte gern mehr über die Opiumgeschichte hören, entschied sich aber, die Männer in Ruhe zu lassen. Oscar Williams hatte immer eine gute Auswahl von Billie Holidays Platten dabei. Opium oder nicht, diese Holiday konnte wirklich singen.

Karras kam durch die Eingangstür, hängte seinen Mantel auf den Garderobenständer neben den Tischen und setzte sich zu dem Polizisten an den Tisch. Florek brachte Karras eine Tasse Kaffee, und dieser machte ihn mit dem blassen, übergewichtigen Cop bekannt. Der Cop hieß Jimmy Boyle. Die beiden schienen befreundet zu sein, deshalb überließ Florek sie ihrem Gespräch. Kurz darauf kam Six herein und setzte sich auf seinen Stuhl an der Tür.

»Brauchst du mich heute abend, Boss?« fragte Florek Stefanos.

»Was haben wir heute? Dienstag? Milton Berle ist heute auf dem Programm, oder? Glaub mir, das Texaco Star Theatre hat mein Dienstagsgeschäft kaputt gemacht. Diese Stadt ist Dienstag abends tot. Nein, Florek, mach sauber und warte, bis Karras sich umgezogen hat, dann kannst du gehen.«

Der Cop verließ das Lokal, und Karras ging nach hinten, um die Kleider zu wechseln. Florek holte den Besen aus der Küche und fegte den Dreck vom Mittag zur Vordertür. Costa war nach vorn gekommen und stritt mit Williams und seinem Freund; es ging um die Zubereitung von Schweinebacken, und Florek ignorierte die Diskussion. Er kam zu Six und bat ihn, die Füße zu heben, damit er unter dem Stuhl fegen konnte. Als Florek fertig war, sah er Six an, der seinen Blick mit seinen Bärenaugen, groß, rund und tiefbraun, erwiderte.

»Ich habe mich was gefragt«, sagte Florek.

»Nur zu«, sagte Six mit seiner Baritonstimme.

»Wieso nennen sie dich Six?«

»Weil ich sechs Fuß groß bin, schätze ich.«

»Sei mir nicht böse, aber für mich siehst du eher nach sieben Fuß aus.«

»Kann sein, aber man kann einen Mann doch nicht Seven nennen.«

»Warum nicht?«

»Six klingt einfach gut, es geht leicht über die Zunge. Aber Seven? Seven tönt einfach nicht.«

Florek duschte sich und zog eine saubere Wollhose und ein Oberhemd an. Er streifte die dicke Wolljacke über und steckte das Foto von Lola in die Seitentasche, bevor er das Zimmer verließ und nach unten ins Nick's ging.

Costa und Stefanos waren hinter der Theke. Costa stritt mit zwei neuen Gästen über die Zubereitungsart der Spezialität des Abends. Lou DiGeordano saß auf einem Hocker, ein Stück weg von den Negern, und trank ein Ballantine Ale. Er trug einen braun karierten Einreiher, der lose an seiner dünnen Gestalt hing.

»Junger Florek«, sagte DiGeordano.

Florek nickte und sagte zu Nick: »Wo ist Pete, Boss?«

»Draußen. Er raucht eine.«

Florek ging direkt in die Küche und dann durch den Türvorhang in den Lagerbereich des Hauses. Pappkartons und Lebensmittelkonserven waren auf Holzpaletten vor der Südwand gestapelt. Ein Raum auf der Nordseite beherbergte eine niedrige Toilette mit einem Waschbecken vor der Tür. Der mittlere Bereich war immer leer und wurde von einer nackten Glühbirne beleuchtet, die an einem Kabel von der blechverkleideten Decke hing. Es gab keinen Schalter für das Licht – man schaltete es ein und aus, indem man die Birne drehte, da Stefanos die Installation eines Schalters für eine unnötige Ausgabe hielt.

Florek ging durch die offene Tür des Lagers nach draußen. Karras saß in der Gasse zwischen der R und der S auf einer Obstkiste und ließ die Hände zwischen den Knien baumeln. Zwei von Costas Katzen strichen um Karras' Knöchel und rannten davon, als Florek auftauchte. Ein Negerjunge wusch Nicks Ford, ein Custom V8 Kabrio, Baujahr '49, das Nick Anfang des Jahres bei Wolfe Motors an der Ecke 12th und K gekauft hatte. Der Negerjunge, der einen verfrorenen Eindruck machte, tauchte die Bürste in den Eimer mit kaltem Seifenwasser. Nick ließ immer denselben Jungen den Wagen waschen, jede Woche, ob Sonne oder Regen. Er gab dem Jungen jedesmal einen Vierteldollar und eine warme Mahlzeit.

»Nimm dir einen Stuhl«, sagte Karras und wies auf eine leere Kiste.

Florek drehte die Kiste um, zog sie heran und setzte sich neben Karras. Der Junge schrubbte voll Feuereifer, seine Zungenspitze stahl sich durch seine Lippen, als er eine besonders schwierige Stelle in Angriff nahm. Die Sonne war hinter den Häusern im Westen untergegangen, und der Ford schimmerte im Restlicht des Tages. Eine elegante Frau stand am Ende der Gasse am Hintereingang vom Sun Dial, die Arme vor der Brust verschränkt, eine Zigarette zwischen den Fingern.

»Wer ist das?« fragte Florek.

»Pete Franks Frau, Alice. Jeder nennt sie nur Kiki.«

»Sie achtet auf ihr Äußeres.«

»Ja, sie weiß sich zu kleiden. Modische Kleider und immer hübsche Schuhe.«

»Kommt Pete Frank klar?«

»Seit Nick und Pete ihre Läden auf farbige Kundschaft umgestellt haben, ist genug Geschäft für jeden da, denke ich. Ja, ich denke, Frank kommt gut klar.«

Florek rieb sich das Gesicht. »Dabei braucht Nick die Kohle eigentlich gar nicht, oder?«

»Wieso sagst du das?«

»Die Farbigen, sie machen immer Witze über ihn, daß er jede Menge Geld hat und so.«

»Nun ja, Nick hat einmal das große Los bei der Zahlenlotterie getroffen, damals, '46. Ich saß damals an der Theke, als er auf die Zahl setzte. Am selben Abend ... egal, jedenfalls war ich dabei, als er auf die Zahl setzte.«

»Wieviel sind für ihn rausgesprungen?«

»Ein Riesensprung – vierzig Riesen.«

Florek pfiff durch die Zähne. »Und wofür arbeitet er dann noch so hart?«

»Weil er diesen Laden liebt, deshalb. Wenn du wüßtest, wo er herkommt, würdest du es verstehen. Jedenfalls hat er mit der Kohle das Haus gekauft, und den Rest spart er für seinen Sohn, falls der jemals von Griechenland rüberkommt. Wie ich höre, ist der Sohn keinen Pfifferling wert, aber Nick ist sein Vater, deshalb ... was soll man schon machen? Für Nick ist es jedenfalls nicht das Geld. Es ist die Arbeit. Wahrscheinlich würde er es sogar verschenken, wenn man ihn darum bittet. Du kennst doch diesen Gast, den Weißen, der Italiener, der immer tiptop gekleidet ist.«

»Mr. DiGeordano. Er ist gerade drinnen.«

»Richtig. Ich kenne ihn, seit ich ein Kind war, und er sah aus wie der ärmste Hund, den du dir vorstellen kannst. Er hatte einen Obstwagen, nicht größer als ein Scheißhaus, den schob er unten am Wasser entlang.«

»Jetzt sieht er ziemlich gut aus.«

»Klar tut er das. Er war derjenige, von dem Nick das Traumlos gekauft hat. Als er die vierzig Riesen ablieferte, hat Nick zweitausend Dollar aus der Rolle gepflückt und sie Lou gegeben. Costa sagt, DiGeordano ist auf die Knie gefallen und hat Nicks Hand geküßt. Klar, Costa kann Scheiße nicht von Zahnpasta unterscheiden, aber so ungefähr war es wohl. DiGeordano war Nick mehr als dankbar. Heute würde er alles für den Mann tun.«

»Was macht DiGeordano jetzt?«

»Mit dem Geld hat er ein Deli an der Georgia Avenue aufgemacht, danach ist er ins Kreditgeschäft eingestiegen und hat sich ein bißchen als Buchmacher betätigt. Mittlerweile hat er zwei Burschen, die für ihn den Leibwächter spielen; er hat eine Frau und einen kleinen Sohn, ihm geht's gut. Nur weil Nick so großzügig war. So wie er zu mir großzügig ist.«

»Wie das?«

Karras zog unter seiner Schürze ein Päckchen Lucky Strikes hervor, schüttelte eine Zigarette heraus und nahm sie zwischen die Lippen. Er hielt Florek das Päckchen entgegen, doch der winkte ab. Karras zog ein Streichholzheftchen unter dem Zellophan der Pakkung hervor und zündete die Zigarette an. Mit dem Daumen schnippte er einen Tabakkrümel von seiner Unterlippe.

»Sieh mich doch an, Mann. Ich meine, ich bin nicht gerade die Sorte Mann, die zum Geschäft viel beiträgt.«

»Wie meinst du das?«

»Ich bin ein Krüppel!«

»Du arbeitest gut, Pete ...«

»Trotzdem bin ich ein Krüppel, Florek.«

Florek musterte Karras. »Hast du das schlimme Knie vom Krieg?«

Karras schüttelte den Kopf. »Danach.«

»Tut es sehr weh?«

»Nicht mehr.«

»Du kommst ganz gut damit klar.«

»Ich tu nur so, Florek. Seit du hier bist, tue ich so, als täte es nicht so weh.« Karras nahm einen Zug aus seiner Zigarette und grinste, als er den Rauch in die Gasse blies. »Und der Grund, warum ich so tue, ist, daß ich Angst habe, du nimmst mir meinen Job weg ...«

»Pete, das stimmt nicht. Ich schwöre ...«

»Bleib ruhig, Junge, ich mache nur Witze. Die Wahrheit ist, daß wir alle dich beobachtet haben. Und jeder von uns denkt, daß du verflixt gute Arbeit leistest.«

»Danke.« Florek wurde rot und kratzte mit der Sohle über das Pflaster der Gasse.

Der Negerjunge kam zu Karras und stellte sich vor ihn. Er rieb sich die Hände an seiner Hose trocken.

»Fertig«, sagte der Junge.

Karras gab sich den Anschein, einen prüfenden Blick auf den makellos sauberen Ford zu werfen. »Sieht gut aus, Kumpel. Geh rein und hol dir dein Geld.«

Der Junge lief durch die offenstehende Hintertür. Karras nahm einen Zug aus der Lucky, erhitzte sie mit einem zweiten Zug und schnippte sie auf die Straße.

»Hör zu, Pete, tut mir leid, daß ich all die Fragen über dein kaputtes Bein gestellt habe.«

»Schon gut, Junge. Die meisten Menschen fragen gar nichts. Sie tun so, als sei alles normal, oder sie gucken weg. Bei den meisten ist es so, als wäre ich gar nicht vorhanden. Also mach dir keine Sorgen, okay?« Karras berührte den Leberfleck auf seinem Gesicht. »Woher kommst du eigentlich?«

»Aus dem Westen von Pennsylvania.«

»Gottes Land.«

»Sagt man so.«

»War's dir dort langweilig? Bist du deshalb hier?«

»Nein, eigentlich nicht. Meine Schwester ist hier in D. C.«

»Besuchst du sie manchmal?«

»Ich bin auf der Suche nach ihr«, sagte Florek.

Karras sah, wie Florek ein Foto aus seiner Jacke zog und das Papier behutsam mit den Fingern glättete, so sachte, als berühre er Haut. Karras nahm Florek das Foto aus der Hand. Die junge Frau hatte ein formloses, glattes, teigiges Gesicht mit lebhaften Augen, die hoch über einer dicken Polackennase saßen. Das blonde Haar kam aus dem Labor, er sah eine schwarze Stelle am Scheitel.

»Hübsches Mädchen«, sagte Karras.

»Das Foto ist zwei Jahre alt.«

»Egal, sie ist hübsch.«

»Du bist freundlich. Aber wenn du sie kennen würdest, wenn du ihre Persönlichkeit kennen würdest, dann würdest du wirklich denken, daß sie hübsch ist. Lola konnte einen zum Lachen bringen, wenn sie in Fahrt war.«

»Ist sie mit einem Mann hierher gekommen?« fragte Karras.

»Ja.«

»Ein Mann, den deine Eltern nicht akzeptiert haben? Geht es darum?«

»Schlimmer als das.« Florek schluckte. »Ein Mann, den sie kennengelernt hat, hat sie mit einer Droge zusammengebracht. Einer Droge, die man mit einer Nadel nimmt. Sie hat sich darin verliebt, ja, und dann ist sie dem Mann nach D. C. gefolgt.«

Karras sog Schleim aus seiner Kehle hoch und spie aus. »Hast du schon einen Hinweis gefunden?«

»Nein. Ich habe das Foto herumgezeigt … Ich habe es einem Mädchen am Thomas Circle gezeigt. Aber da habe ich nichts erfahren.«

Karras versuchte, nicht zu reagieren. Der Junge kam also aus irgendeiner Stahlstadt und suchte nach seiner drogenabhängigen Schwester, die jetzt eine Hure war. Viel schlimmer ging es wirklich nicht.

»Deine Eltern müssen die Wände hochgehen«, sagte Karras, weil ihm nichts Kluges einfiel.

»Mein Vater ist tot«, sagte Florek.

Karras nickte. »Meiner auch, Junge. Er ist letztes Jahr an einer schlimmen Leber gestorben.«

Einen Moment herrschte Schweigen. Karras musterte den Jungen.

»Manchmal bin ich froh, daß er tot ist. Ich weiß, das klingt schlimm, aber wenn er am Leben wäre, das von Lola wüßte …«

»Heißt deine Schwester so?«

»Ja.«

»Was hast du bisher getan?«

»Nun, wie gesagt, da war das Mädchen am Circle, und das hat

nicht viel ergeben. Ansonsten habe ich nichts gemacht. Die Wahrheit ist, ich weiß nicht, wohin ich mich wenden soll. Ich kenne die Stadt nicht, wahrscheinlich kann ich nur hoffen, sie zufällig irgendwo zu treffen. Es heißt, D. C. ist eine kleine Stadt ...«

»Seit dem Krieg nicht mehr.«

»Heute abend jedenfalls wollte ich zu People's gehen, um das Mädchen zu treffen, das ich aus meinem alten Job kenne, eine Freundin, die hinter der Kosmetiktheke arbeitet. Ich dachte, ich mache unterwegs am Thomas halt und zeige das Foto herum.«

Karras sah Florek an: Haut und Knochen, scheu und völlig unerfahren. Ein Junge wie er: läuft herum, stellt Fragen an die falschen Leute – eine verdammt gute Methode, sich umzubringen.

»Das Mädchen bei People's«, sagte Karras. »Ist sie bloß eine Freundin?«

Florek grinste verlegen. »Sie heißt Kay. Na ja, ich wollte sie fragen, ob sie heute mit mir ins Kino geht. Das Warner's hat einen neuen Film, *John Loves Mary*. Ronald Reagan spielt mit, und diese neue Schauspielerin ...«

»Patricia Neal.«

»Ja, genau die. Es ist ein Liebesfilm, die Frauen mögen so etwas. Ich wollte fragen, ob Kay ihn sehen möchte.«

»Du gehst in dieser Jacke mit dem Mädchen aus?«

»Was stimmt damit nicht?«

»Sie sieht aus wie etwas, das man bei der Jagd trägt!«

Florek boxte Karras leicht gegen die Schulter. »Ach, Pete, was weißt du denn vom Jagen? Du bist ganz und gar ein Großstadttier.«

Karras kicherte. »Weißt du was? Wenn du ein bißchen Geld in der Tasche hast, dann ziehen wir beide los und kaufen dir ein paar anständige Klamotten.«

»Meinetwegen. Aber jetzt gehe ich besser.« Florek griff nach dem Foto.

Karras zog die Hand zurück. »Hast du noch einen Abzug?«

»Ja, sicher. Wieso?«

»Du kennst doch den Cop, den ich dir vorgestellt habe. Er ist ein Freund von mir, aus meinem alten Viertel. Ich will ihm das Foto zeigen, vielleicht kann er weiterhelfen.«

»Ich habe nicht vor, Lola in Schwierigkeiten zu bringen.«

Sie ist bereits in Schwierigkeiten, dachte Karras, und sagte laut: »Keine Sorge, ich will nur, daß er sich umhört. Und ich selbst kenne auch ein paar Leute. Vielleicht höre ich mich ein wenig um.«

»Ich will dir keine Umstände machen, Pete.«

»Na ja, im Moment habe ich sowieso nicht viel zu tun. Und du machst dich jetzt auf. Viel Spaß mit deinem Mädchen!«

Florek und Karras schüttelten sich die Hand. Florek stand von seiner Kiste auf und ging langsam davon.

»Hey, Junge!«

»Ja?«

»Neben dem Warner ist ein kleines Restaurant, heißt The Crown. Dort gibt's Highballs mit Whiskey vom Zoll, nur sechzig Cents. Nimm dein Mädchen nach dem Film auf einen Drink mit hinein.«

»Ich hab ein bißchen Angst wegen des Alters.«

»Hinter der Bar bedient Jackie Harris, ein Veteran. Sag Jackie, ich hätte dich vorbeigeschickt.«

»Tausend Dank, Pete.«

»Aber immer, Kumpel. Paß auf dich auf.«

Florek ging die R hinunter und bog nach rechts zur 14th ab. Karras faltete das Foto zusammen und steckte es in seine Schürze.

Er fischte eine Zigarette heraus, zündete sie an und sah den Rauch, den er ausatmete, im letzten Sonnenlicht schimmern.

Costa kam durch die Hintertür. Er trug Mantel und Hut und hatte eine Fischgräte in der Hand. Ein halbes Dutzend Katzen kamen aus ihren Verstecken und strichen um seine Füße. Costa schleuderte die Gräte in die Gasse und lächelte einen Moment, als die Katzen sich darauf stürzten und sich die Beute gegenseitig streitig machten. Er zog etwas Speichel hoch und sah Karras an.

»*Ella, re.* Du mußt vorne für mich übernehmen.«

»Wohin gehst du?« fragte Karras.

»Zu Hains Point, ein kleiner Spaziergang.«

»Du willst im Dunkeln zur Rennstrecke?«

»Wieso denn nicht? Ich will bloß eine Weile hier rauskommen, mehr nicht.« Costa spuckte aufs Pflaster. »Die ganzen Nigger machen mich krank.«

Costa ging die Gasse hinab. Die kleinste der Katzen folgte ihm auf den Fersen. Karras trat die Zigarette aus, stand von der Kiste auf und ächzte vom Schmerz in seinem Knie. Er ging durch den Lagerraum und die Küche ins Lokal, wo der Negerjunge an der Theke saß und eine warme Mahlzeit aß. Stefanos und DiGeordano teilten sich eine Flasche Ale.

»Karras junior.«

»Mr. DiGeordano.«

»Hier hab ich was, *re.*« Stefanos nahm eine Visitenkarte von der Theke und gab sie Karras. »Ein *Americanos* hat sie für dich hiergelassen.«

Karras nahm die Karte in Augenschein. »Der Typ ist schon lange hinter mir her und versucht, mir eine Lebensversicherung zu verkaufen. Irgendwas mit Sonderkonditionen für Veteranen.«

»Hm«, sagte Stefanos. »Hast du Costa gesehen?«

»Ja. Was ist mit ihm los?«

»Er ist ein kleiner Mann, das ist alles, und ich rede nicht nur davon, daß er kleingewachsen ist. Versteh mich nicht falsch, ich liebe ihn wie einen Bruder. Aber er wird immer klein sein, und das weiß er. Deshalb muß Costa immer einem anderen die Schuld geben.«

»Ich gehe jetzt besser«, sagte DiGeordano und rutschte von seinem Hocker.

Nick Stefanos leerte sein Ale und stellte das Glas in eine Spülschüssel unter der Theke. Karras steckte die Karte des Versicherungsvertreters in die Brusttasche seines Hemds. Er nahm die Schüssel und hinkte in die Küche.

21

Burke stand kerzengerade, den Rücken zum Schreibtisch, und schaute durchs Fenster auf die Straße hinab.

»Also, Joe, wie gehen wir vor? Ich lasse dich den Besuch machen, weil du persönlich ein bißchen involviert bist. Da ist ein Block an der 14th Street, den wir noch nicht ins Visier genommen haben, und ich würde ihn gern einkassieren, bevor es ein anderer tut. Hier also die Frage: Reden wir zuerst mit Pete Frank oder nehmen wir uns direkt Nick Stefanos vor?«

Joe Recevo zuckte die Achseln. Er zog ein Päckchen Raleighs aus der Innentasche seiner Jacke und blies hinein. Eine Zigarette schnippte ein Stückchen heraus. Er zog sie mit den Zähnen aus der Packung, zündete sie mit einem Streichholz an und ließ das Streichholz in den Aschenbecher fallen, der vor ihm auf dem großen Tisch stand. Er blies den Rauch aus und sah ihm nach.

»Welchen Unterschied macht das?« fragte Gearhart, die Hände über dem prallen Schoß gefaltet. »Zu guter letzt packen wir uns beide.«

Burke drehte sich um und ließ sich in dem Sessel hinter dem Schreibtisch nieder. »Ja, das ist wohl wahr. Aber der Eindruck, den du beim ersten Mal machst, bestimmt, ob die übrigen Spieler im Block sich einreihen oder nicht. Es ist sehr wichtig, wie der erste Versuch klappt.«

»Keiner von denen wird so einfach aufgeben«, sagte Recevo. »Das ist euch doch klar, oder? Wir reden hier nicht über ein paar verängstigte Einwanderer.«

Während des Gesprächs war Reed unruhig auf und ab gegangen. Jetzt blieb er stehen und lehnte sich an den Schrank mit der Glastür, hinter der die Thompson-gun aufbewahrt wurde. »Wir haben früher schon mit Griechen zu tun gehabt. Griechen kannst du herumschubsen wie jeden anderen auch.«

»Diese Griechen nicht.« Recevo klopfte etwas Asche von seiner Zigarette. »Stefanos und Pete Frank sind Spartaner. Ihr müßt begreifen …«

»Herrgott!« sagte Reed. »Jetzt willst du mir erzählen, daß es Männer gibt, die man nicht herumschubsen kann!«

»Bleib ruhig«, sagte Burke.

Reed stieß sich von dem Schrank ab und zog die Jacke seines Kammgarnanzugs über seinem breiten Brustkorb glatt. Er steckte eine Hand in die Hosentasche und nahm seinen unruhigen Gang wieder auf. Als er unter der Deckenlampe war, glänzte das Vitalis in seinem Haar im Licht.

»Wir sind auch früher schon auf Widerstand gestoßen«, sagte Gearhart.

»Natürlich sind wir das«, sagte Burke. »Das ist Bestandteil des Geschäfts.«

»Also gut.« Gearhart keuchte, als er seine zweihundertundsiebzig Pfund aus dem Sessel hochwuchtete. Er griff nach seinem Mantel. »Wißt ihr, eins könnten wir tun – nur für den Fall, daß es nicht wie geplant abläuft.«

»Und zwar?« fragte Burke.

»Wir könnten den Trick benutzen, den wir bei den Juden benutzt haben, als wir uns ihren Schnapsladen im Norden der Stadt vorgenommen haben. Wir schicken ein zweites, freundlicheres Team nach dem ersten, bieten ihnen einen kleinen Rabatt an und geben ihnen das Gefühl, ein gutes Geschäft gemacht zu haben. Ein nettes Spielchen.«

Reed schnaubte. »Der Trick hat einen solchen Bart, da kannst du Perücken draus machen.«

»Jedenfalls ist es eine Alternative«, sagte Burke.

»Ich bin darin ja nicht so bewandert, aber ich dachte, ich rege es mal an.« Gearhart deutete ein kurzes Kopfnicken an. »Gute Nacht, meine Herren.«

Reed verzog clownhaft den Mund und versuchte, Recevos Blick auf sich zu lenken. Recevo ignorierte ihn.

»Haben Sie eine Verabredung, Gearhart?« fragte Reed.

»Gute Nacht«, sagte Gearhart.

Langsam ging er zur Tür. Recevo lauschte dem Knarren der Dielen unter seinem Gewicht und dem Pferdegetrampel der zweifarbigen Gibsons an den Füßen des fetten Manns. Gearhart schloß die Tür hinter sich.

»Wohin will er denn so eilig?« fragte Recevo.

»Er sucht etwas Erleichterung«, sagte Burke und goß eine ordentliche Ration Bourbon in das Glas, das auf seinem Schreibtisch stand. »Gearhart und seine Huren.«

»Hoffentlich findet er eine, die stämmig genug ist, sein Gewicht zu ertragen«, sagte Reed lächelnd. »Aber ich schätze, er weiß, was er tut. Müßte er jedenfalls, so lange, wie er mit Huren umgeht. Es heißt, Gearharts Mutter ...«

»Sei still, Reed!« sagte Burke. »Wir müssen uns nicht in die Familiengeschichte aller Anwesenden vertiefen. Ich würde meinen, auch deine birgt genügend Stoff für einen guten Groschenroman. Ich mache Gearhart keinen Vorwurf daraus, daß er sein Vergnügen auf der Straße sucht. Jeder Mann braucht einmal eine Steckdose, nehme ich an.«

Steckdose. Recevo lauschte der glatten Stimme Burkes und den ausgefallenen Formulierungen, die er gern gebrauchte. Er beobachtete Burke, wie er einen ausgiebigen Schluck von dem Bourbon nahm. Die Glätte, die ausgefallenen Worte, all das wurde mit dem Drink in gewisser Weise weggespült. Es war besser, es käme zu einer Entscheidung, bevor Burke boshaft wurde. Burke wurde immer boshaft und schmutzig, wenn ihm der Alkohol zu Kopf stieg.

»Reden wir mit Pete Frank«, sagte Recevo. »Er ist derjenige, den wir uns zuerst vorknöpfen sollten.«

»Ich bin geneigt, dir zu widersprechen«, sagte Burke. »In Stefanos' Laden sind mehr Männer, deshalb garantiere ich dir, daß es ein härterer Job sein wird. Aber wenn wir Stefanos zuerst als Kunden gewinnen, werden die anderen im Block wie Dominosteine fallen.«

»Mr. Burke ...«

»Karras arbeitet für diesen Stefanos«, sagte Reed, an Recevo gewandt. »Liegt dir deshalb daran, daß wir unsere Hände von ihm lassen?«

Recevo antwortete nicht. Er nahm einen Zug aus seiner Zigarette.

»Reed, geh nach unten. Trommel zwei von den Männern zusammen.«

»Darf ich nichts dazu sagen?«

»Tu es!«

Reed ging rasch zur Tür und starrte Recevo ein letzes Mal vielsagend an. Recevo blickte unverwandt geradeaus. Er nahm einen letzten Lungenzug und drückte den Stummel im Aschenbecher aus.

Burke trank sein Glas leer, goß sich erneut vier Finger hoch ein und schwenkte das gefüllte Glas in der Hand.

»Bist du glücklich hier, Joe?«

»Sicher.«

»Du hast es bei mir doch ganz gut, oder?«

»Ich kann nicht klagen.«

»Wie gefällt dir dein neuer Wagen? Ein Olds, oder?«

»Ein '88 Fließheck. Gefällt mir gut.«

»Und der Anzug, den du trägst. Ein Frühauf, richtig? Er muß dich fünfzig Dollar gekostet haben.«

»Fünfzig und. Ich mag hübsche Sachen.«

»Allerdings. Und du hast eine hübsche Freundin. Wie geht es ihr übrigens?«

»Lois geht's gut.«

»Ja«, sagte Burke, »euch geht es gut.«

Recevo hustete in die Faust.

Burke stand auf und nahm das Glas mit, als er sich ans Fenster stellte und auf die Straße hinaus schaute. Recevo unterdrückte ein Lächeln; Burke glaubte, er stelle etwas dar, wenn er wie in einem

Rahmen vor dem Fenster stand. Ein großer Mann, der eine große Pause machte, um das große Finale einzuläuten.

Und dann kam es: »Es wird dir sogar noch besser gehen, Joe. Das weißt du doch, nicht wahr?«

»Danke, Mr. Burke.«

»Ich meine es ernst. Oder glaubst du, ich puste dir Zucker in den Hintern?«

Recevo schüttelte den Kopf.

»Nein, das tue ich nicht. Sieh dir die anderen Männer an, die ich in der Organisation habe. Allein das sollte dir verraten, daß du ganz oben auf der Liste stehst. Zusammen mit mir wirst du es weit bringen.«

»Die anderen Männer, von denen Sie sprechen: Sie sind länger als ich dabei.«

»Sie haben keine Qualitäten. Ich suche nach meiner rechten Hand. Als Berater ist Gearhart recht brauchbar, aber er ist ein bißchen sonderbar, und er hat keinen Mumm. Reed hat den Mumm, aber kein Hirn. Und ich bin es leid, daß er mit seinen Nebenaktivitäten die Aufmerksamkeit auf uns lenkt. Diese Sache letztes Jahr im Lafayette Park, als er die beiden Schwulen beinahe totgeprügelt hat ...«

»Ich habe davon gehört.«

»Ein perfektes Beispiel. Natürlich hat Gearhart ihn rausgepaukt, aber Tatsache ist, daß ich ihn nicht mehr kontrollieren kann. Ich brauche einen ausgeglichenen Mann, der mir zur Seite steht und mir hilft, die harten Entscheidungen zu treffen. Dem Mann, der dazu fähig ist, dem wird es sehr, sehr gut gehen.«

»Ich bin da, wann immer Sie mich brauchen, Mr. Burke.«

»Mehr wollte ich nicht wissen.« Burke drehte sich zu Recevo um. »Und nun zu heute abend.«

»Lassen Sie hören.«

»Ich will, daß du und Reed und noch zwei Männer zu Stefanos' Bumslokal geht. Ich will, daß ihr dem Griechen erklärt, wie es sich ab jetzt abspielen wird. Ich weiß, dein Freund Karras arbeitet dort. Und ich will sicher sein, daß du kein Problem damit hast. Das hast du doch nicht, oder?«

»Ich arbeite für Sie. Wenn Sie sagen, geh!, dann gehe ich.«

»Guter Junge«, sagte Burke. »Laß mich wissen, wie es sich entwickelt.«

Recevo nahm seinen Mantel von dem Stuhl, über den er ihn gelegt hatte, und zog ihn über. Er strich die Krempe seines Huts glatt und setzte ihn auf. Er nickte Burke zu und steuerte die Tür an. Burke ließ Recevo nicht aus den Augen und legte das Glas Whiskey an seine Lippen.

Im Vorraum unten saß Face in einem Sessel und versuchte, einen Ball an einer Schnur dazu zu bringen, in eine Tasse zu fallen. Reed stand vor einem Spiegel, rauchte eine Zigarette und betrachtete sein Spiegelbild. Recevo kam die Treppe hinunter.

»Also gut, Reed. Nimm zwei Männer, und dann geh'n wir.«

Reed lächelte und ging in das Wohnzimmer, wo ein halbes Dutzend Männer saß, Highballs trank und mit zwei Frauen herumscherzte, die nach dem Hausschnaps und billigem Parfüm rochen. Er kam mit einem großen Waliser im blauen Baumwolltwistanzug und einem mittelgroßen Mann in einem graukarierten Zweireiher zurück. Beide Männer steckten im Gehen Revolver in den Hosenbund und holten dann ihre Mäntel aus dem Schrank im Flur.

»Wir nehmen meinen Wagen«, sagte Recevo.

»Fahren wir zu Stefanos?« fragte Reed.

»Ja.«

»Na endlich geht's zur Sache.«

Recevo spürte die Augen von Face auf sich.

»Wer ist Stefanos?« fragte Mittelgroß.

»Einer, den man nicht rumschubsen kann.« Reed lächelte und sah zu Recevo, als er Mittelgroß gegen die Schulter boxte. »Kommt, Freunde. Laßt uns ein bißchen Spaß haben.«

Mike Florek überquerte 14th Street und hatte ein Auge auf den Verkehr, als er durch das große Fenster von Nick's schaute. Nick und Costa waren drinnen und redeten mit einer Gruppe von großen Weißen, die Mäntel über Anzügen trugen und sich vor der Theke verteilt hatten. Durchs Glas der Tür sah Florek die kräftigen braunen Arme von Six, die er locker herabhängen ließ. Es schienen keine schwarzen Gäste im Lokal zu sein, doch das war nicht ungewöhnlich; schließlich war es ein Berle-Abend, und die Zehn-Uhr-Boxkämpfe waren längst vorbei. Florek beschloß, nicht hineinzuschauen und sich auf einen Schwatz einzulassen. Wenn Nick und die anderen mit ihren Freunden zusammen waren und sich bei ein paar Flaschen Bier unterhielten, wollten sie ihn vielleicht nicht dabei haben.

Florek ging zum Eingang des Hauses, öffnete die Tür und nahm die Treppe nach oben.

Er hatte nichts dagegen, heute abend allein zu sein, nicht nach den Stunden mit Kay. Er war früh am Abend zum People's gegangen, hatte sich überrascht gegeben, sie bei der Arbeit zu treffen, und dann, nach ein bißchen Geplauder, einen Kinobesuch vorgeschlagen. Zu seiner Erleichterung hatte sie ohne jeden Einwand zugestimmt. Trotz der Tatsache, daß sie zur Arbeit angezogen war – Pullover und Rock und eine Halskette mit künstlichen Perlen –, sah Kay für Florek wunderschön aus, so schön, als hätte sie sich nur für ihn so gekleidet. Er beobachtete sie, wie sie einen Zerstäuber nahm, und etwas Parfüm auf ihre Handgelenke und hinter die Ohren sprühte, bevor sie Feierabend machte. Auf dem Weg zur Tür nickte Florek einem streng blickenden Mr. Simms knapp und überlegen zu.

»Wie nennt man dieses Zeug?« fragte Florek, als sie Richtung Süden gingen. »Ich rieche es sogar hier draußen im Wind.«

»Das ist *Evening in Paris*«, sagte sie. »Gefällt es dir?«

Dann hob Kay die Hand zu seiner Nase, und beide blieben stehen, als er den Duft einatmete.

»Das gefällt mir«, sagte Florek und küßte sanft die pulsierende Ader auf der Innenseite ihres Handgelenks. Er wußte nicht, wieso er so impulsiv und stürmisch gewesen war – zu Hause hatte er das beim ersten Rendezvous mit einem Mädchen nie gemacht –, aber hier fühlte Florek sich älter, selbständiger und auf ganz natürliche Weise privilegiert. Zum Glück lachte Kay und tätschelte seine Wange; Florek wußte, er war bis über beide Ohren verknallt.

Der Film war ganz annehmbar – leichte Kost und kaum Handlung, was Florek begrüßte. Er saß mit Kay auf dem Balkon, und nach einiger Zeit lag sein Arm um ihre Schulter. Als der Abspann lief und das Licht anging, lag der Arm immer noch dort. Beide stimmten überein, daß das neue Gesicht, Patricia Neal, etwas ausstrahlte, auch wenn Florek insgeheim dachte, daß Jack Carson in seiner üblichen Nebenrolle der eigentliche Star war. Bei Carson konnte Florek sich jedesmal ausschütten vor Lachen.

Jackie Harris, der Barmann, den Karras empfohlen hatte, stand im Crown hinter dem Tresen, und Florek und Kay nahmen dort nach dem Film zwei Cocktails. Es war preiswert und problemlos, doch mit einiger Bestürzung bemerkte Florek, daß Kay den Alkohol besser als er vertrug. Sie mußte das Trinkgeld ausrechnen, nachdem Florek zum einfachen Kopfrechnen nicht in der Lage war. Sie ließen drei Dollar auf der Zwei-vierzig-Rechnung liegen und traten in die Nacht hinaus.

Sie gingen zu einer Haltestelle an der Ecke 13th und F und warteten auf Kays Bus in den Norden der Stadt. Als ihr Gespräch einen Moment verstummte, ertappte er sich dabei, daß er sie anstarrte: Er bewunderte die hellen Sommersprossen über ihrem Nasenrücken und die Art, wie ihr rotes Haar sich im Wind bauschte. Sie nahm sein Gesicht in beide Hände und küßte seinen Mund, ihre Zunge glitt über seine. Danach legte sie ihre Stirn leicht gegen seine und lächelte, als sie ihren Kopf zurücknahm.

»Du hast gezittert, Mike.«

»Es ist ja auch ziemlich kalt.«

Kay lachte und küßte ihn noch einmal, als der Bus heranfuhr. Die Tür öffnete sich, sie stieg ein. Florek winkte ihr nach und dachte, er hätte mit ihr einsteigen sollen. Aber auf dem Heimweg war er richtig vergnügt, und als er sich der R Street näherte, fiel ihm auf, daß er die ganze Zeit kein einziges Mal über den Weg nachgedacht hatte. Allmählich lernte er die Stadt kennen – ihre Straßen und Buslinien, die besten Tassen Kaffee, die größten Tortenstücke, wohin man ging, um Zeit zu sparen, und wohin man spät nachts nicht ging; und er begann, die Stadt zu mögen. Und dann dachte er: Ich habe die ganze Woche meine Mutter nicht angerufen. Das muß ich sofort erledigen, wenn ich nach Hause komme.

Als er die Treppe zu seinem Zimmer hinaufging, empfand Florek plötzliches Schuldbewußtsein. Er stellte sich Lola vor, allein in der Stadt, ohne Familie oder Freunde. Florek hatte Freunde, und vielleicht hatte er jetzt auch eine Freundin, und jetzt, da Karras sich nach seiner Schwester umschaute, hatte er zum ersten Mal seit Monaten wieder ein bißchen Hoffnung. Er wollte umkehren, die Treppe wieder hinuntergehen und Karras fragen, was er genau vorhätte, um ihm bei der Suche nach Lola zu helfen. Aber Nick und die anderen unterhielten sich unten mit ihren Freunden, und jetzt war nicht der Zeitpunkt, dort hineinzuplatzen. Florek würde warten müssen und Karras am nächsten Tag fragen.

22

Aus der Küche sah Karras den Fließheck-Olds am Straßenrand vor dem Nick's halten. Er sah die Männer aussteigen. Einen Mann, den er nicht kannte, den mittelgroßen aus der Nacht in der Gasse und dahinter Reed. Als letzter stieg, vom Fahrersitz, Recevo aus. Bei seinem Anblick schnürte sich etwas in Karras' Magen zusammen; er empfand weder Angst noch Haß, sondern etwas, das dazwischen lag. Es war komisch, wie er sich in diesem Moment fühlte; beinahe fröhlich, aber zugleich traurig – so als fände man viele Jahre später etwas, das man als Kind verloren hatte, und stellte dann fest, daß es völlig bedeutungslos geworden war.

Karras verfolgte Recevos Weg zur Tür. *Endlich, Joey, hast du dein schickes Auto.*

Die Glocke über der Tür läutete, als die vier Männer das Lokal betraten. Costa und Stefanos waren hinter der Theke, Six saß auf seinem Stuhl an der Tür. Der einzige Gast, ein alter Neger, der nach der Boxübertragung noch auf ein letztes Bier geblieben war, drehte den Kopf und betrachtete die Männer, alle in Mantel und Anzug. Sie standen dort wie aufgefächert, ohne eine einzige Bewegung zu machen.

»Wir schließen gleich, Freunde«, sagte Stefanos. Er hatte den Dunkelhäutigen mit der teuren Bekleidung als Karras' Freund, den *Italos*, erkannt. Groschengangster, alle vier. Was zum Teufel wollten sie von ihm?

Stefanos sprach den Italiener an: »Was können wir für euch tun, he?«

»Haben wir noch Zeit für eine schnelle Runde Bier?« fragte Recevo.

»Wenn es wirklich schnell geht«, sagte Stefanos. »Wir müssen gleich schließen.« Er blickte über Recevos Schulter. Die unbewegten braunen Augen von Six erwiderten seinen Blick.

»Also vier Bier«, sagte Reed. »Wir nehmen Red Caps.«

Costa hatte sich die Hände langsam an einem feuchten Tuch abgewischt und den schweinsäugigen *Americanos* mit dem gemeinen Blick beobachtet. Jetzt schaute er zu Nick, der kurz nickte.

»*Beera, Costa. Ande, re.*«

Costa ging zum Kühlschrank und nahm vier Carlings heraus. Er drückte die Flaschen nacheinander in den Coca-Cola-Öffner, der auf die Seite des Kühlschranks geschraubt war. Er ließ sich Zeit beim Aufhebeln der Kronkorken.

Reed sah zu dem mittelgroßen Mann mit dem schlecht geschnittenen Anzug und wies dann mit einer knappen Kopfbewegung zu dem hünenhaften Neger, der neben der Tür saß. Mittelgroß zog einen Hocker heran und nahm, einen Meter von dem Rausschmeißer entfernt, darauf Platz. Er öffnete seinen Mantel und ließ den Saum über den Schenkel fallen. Der Griff eines Revolvers wurde über dem Hosenbund sichtbar. Mittelgroß strich mit den Fingern über den Griff und starrte Six an. Six blickte unverwandt geradeaus, sein Gesicht zeigte keine Regung.

Reed und Recevo traten an die Theke und setzten sich auf zwei Barhocker. Der Waliser ging zum Fenster, postierte sich mit dem Rücken zur Wand, öffnete seinen Mantel und stellte die Füße weit auseinander.

Eine Weile war es still, während der alte Neger sein Bier austrank, eine Münze auf die Theke legte und das Lokal verließ. Dann waren die einzigen Laute das leise Ploppen beim Öffnen des letzten Kronkorkens, das hohle Geräusch, als er auf den Boden fiel, und das Ticken der Blatz-Beer-Uhr über der Tür.

Costa nahm die Flaschen und zwei Gläser. Er stellte die Flaschen für den Waliser und Mittelgroß auf die Theke, aber keiner von beiden rührte sich. Dann stellte er eine Flasche vor Recevo und eine vor Reed, daneben die Gläser. Costa ließ eine Hand in seine rechte Tasche gleiten.

»Costa«, sagte Stefanos. »*Siga.*«

Reed nahm das Red Cap von der Theke, legte den Kopf in den Nacken und trank aus der Flasche. Costa musterte Reeds muskulösen Hals und den Adamsapfel, der direkt unter dem Bartschatten auf und ab hüpfte. Er befingerte das Schnappmesser in seiner Tasche, das er erst kurz zuvor geölt hatte. Es wäre ein Leichtes, das Messer rasch herauszuziehen und die Kehle des Amerikaners durchzuschneiden. Eine schnelle Vorwärtsbewegung und dann ein sauberer, brutaler Schnitt von links nach rechts. Ein glatter, schneller Schnitt durch die Luftröhre.

»*Costaki*«, sagte Stefanos. »*Ochi tora.*«

Costa nahm die Hand aus der Tasche. Er trat einen Schritt zurück, nahm den Lappen vom Sandwichbrett und wickelte ihn fest um seine Hand. Recevo steckte sich eine Zigarette an, goß Bier in sein Glas und trank es in einem Zug halbleer.

Karras ging etwas nach vorn, so daß er über die Pendeltür der Küche hinwegschauen konnte. Er sah Nicks 38er neben der Spülschüssel unter der Theke liegen. Nicks Blick streifte die Waffe und kehrte zu Recevo zurück.

»Ihr wollt doch etwas«, sagte Stefanos. »Was ist es?«

»Wir sind nur vorbeigekommen, um Sie vor etwas zu warnen«, sagte Recevo.

»Wovor?«

»Vor ein paar üblen Elementen im Viertel, von denen wir gehört haben. Mehr nicht.«

»Hmm«, meinte Costa.

Reed lachte.

Zum ersten Mal konnte Karras jetzt Joe sehen. Recevo hatte sein Gewicht gehalten und keine Spur von Grau in seinem nach hinten gekämmten Haar. Seine Augen waren in den Winkeln etwas schlaffer geworden, aber er sah ziemlich gut aus. Karras grinste beinahe, als er den Fedora mit dem Samtband auf Joes Kopf sah, perfekt gekerbt und exakt im richtigen Winkel. Joe war immer noch der flotteste Typ der Truppe. Er war immer der flotteste gewesen, in der alten Truppe und in dieser hier auch. Joey und seine Hüte.

»Über was für ein übles Element redest du?« fragte Stefanos.

Recevo zuckte die Achseln. »Wir haben von ein paar Gangs gehört, die hier durchziehen und sich durch Shaw arbeiten. Meine Quelle sagt mir, sie sind dabei, sich von jedem Freßlokal und jeder Kneipe im Block ihren Anteil zu holen.«

»Danke, Freund.« Stefanos setzte ein gezwungenes Lächeln auf. »Danke für den Tip.«

Recevo legte den Kopf in den Nacken und trank sein Glas leer.

Er wischte sich Schaum von der Oberlippe und sagte: »Wir dachten, wir könnten behilflich sein.«

»Wir werden auf uns aufpassen«, sagte Stefanos in jovialem Tonfall. Er zeigte auf Costa und winkte mit der Hand in die Richtung von Six. »Diese Gang, von der du redest. Wenn sie hier reinkommen und Ärger machen wollen, dann werden sie eine große Überraschung erleben. Ich hab meine Leute hier und muß mir nicht allzuviel Sorgen machen.«

»Sie machen einen ziemlich grimmigen Eindruck«, sagte Reed und lächelte Costa an. Ein Nerv schickte ein Zucken in Costas Lippe.

»Schsch, schsch, schsch ...« Den Lippen von Mittelgroß entwich ein zischendes Lachen.

Recevo inhalierte und klopfte die Asche in den Aschenbecher. Sein Blick wanderte durch den Raum und hielt bei Karras' weißgrauem Haarschopf über der Küchentür inne. Recevo schloß die Augen und hoffte, Karras würde nicht da sein, wenn er sie wieder öffnete. *Komm dort nicht raus, Pete. Komm dort nicht raus mit einer verdammten Schürze um den Leib. Bleib einfach da, wo du bist.*

Costa ließ die Hand wieder in die Tasche gleiten. Stefanos näherte sich der Spülschüssel.

»Bist du fertig damit?« fragte Stefanos und legte die Hand um Recevos Glas.

Recevo nickte. »Danke.«

»Danke« murmelte Reed, Recevos Tonfall nachäffend. »Wollen wir die ganze Nacht hier rumsitzen und Liebeserklärungen austeilen? Oder kommen wir jetzt zum Geschäftlichen?«

Recevo antwortete nicht. Stefanos nahm das Glas von der Theke und stellte es in die Schüssel. Er drückte seinen Bauch flach gegen die Theke und ließ die linke Hand herabbaumeln, so daß sie den Perlmuttgriff des Revolvers berührte.

»Mein ungehobelter Freund hier«, sagte Recevo mit einer knappen Kopfbewegung in Richtung Reed, »weiß nicht immer, wie man richtig mit den Leuten spricht. Aber sein Hinweis ist nicht falsch. Ich meine, ohne Ihnen nahetreten zu wollen, aber wenn wir hier einfach so wie heute nacht reinspazieren und alles in die Hand nehmen können, was werden dann wohl die anderen Burschen tun, wenn sie es wirklich ernst meinen? Hmm?«

»Sprich weiter.«

»Wie gesagt, wir sind in der Lage, Ihnen zu helfen, sich die Burschen vom Leib zu halten.«

»Wieviel?« fragte Stefanos. Er nahm den 38er in die Hand und drückte die Mündung in Höhe von Recevos Magengrube gegen die Innenseite der Theke.

»Hundert die Woche für meine Personalkosten«, sagte Recevo.

Stefanos und Costa lachten. Auch Reed begann zu lachen. Alle Männer lachten jetzt, und das Lachen übertönte das Klicken, das entstand, als der Hahn des Revolvers gespannt wurde.

Karras sah Stefanos lächeln, als er den Hahn des 38ers spannte. Stefanos hatte die einzige Schußwaffe, und Costa hatte das billige italienische Messer. Mit sehr viel Glück könnten die beiden Reed und Recevo erwischen. Six wurde von Mittelgroß in Schach gehalten, der ihn auf der Stelle niederschießen und sich dann den anderen widmen würde. Und da war noch der Waliser, der völlig frei und bewaffnet vor dem Fenster saß. Der Waliser würde jeden erledigen, der noch auf den Beinen stände.

Karras drückte die Pendeltür auf. Er blickte unverwandt geradeaus und hinkte in den Gastraum. Die Köpfe fuhren zu ihm herum.

»Nun schau dir das an«, sagte Reed.

Recevo umklammerte die Bierflasche, die vor ihm auf der Theke stand. *Verdammt, Pete. Warum mußt du in diesem Aufzug hier rauskommen?*

Karras spürte die Blicke auf sich, als er sich bückte und vor Stefanos stand.

»Entschuldigung, Boss«, sagte er. »Ich räume bloß die Teller weg.«

Unter der Theke legte Karras seine Hand über den Hahn des Revolvers und entwand die Waffe behutsam Stefanos' Griff. Die Handfläche über dem Hammer, drückte Karras den Abzug, löste den Hahn und ließ ihn vorsichtig auf die Kammer herab. Dann schob er den 38er unter seine Schürze. Karras nahm die Schüssel und ging zurück in die Küche.

Bleich und zitternd trat Stefanos einen Schritt zurück. Er sah Recevo an und sagte ganz ruhig: »Ich zahle kein Schutzgeld. Verstanden?«

Recevo sagte: »Schlafen Sie eine Nacht darüber. Ich rufe morgen an. Wir werden sehen, wie Sie dann darüber denken.«

Reed und Recevo rutschten von ihren Hockern. Mittelgroß folgte ihrem Beispiel und knöpfte seinen Mantel zu.

»Ihr habt das Bier noch nicht bezahlt«, sagte Costa.

»Gib dem kleinen Mann sein Geld«, sagte Reed zu dem Waliser.

Der Waliser legte zwei Scheine auf die Theke und folgte der Gruppe nach draußen. Six schloß die Tür hinter ihnen. Costa nahm die Scheine von der Theke, zerknüllte sie und warf sie in den Müll.

Auf dem Bürgersteig warf Reed einen Blick zurück durchs Fenster des Lokals. »Wir hätten ihnen ein bißchen mehr Dampf machen sollen«, sagte er.

»Ach was, Reed«, sagte Mittelgroß. »Sie haben es auch so begriffen.«

Die vier Männer stiegen in den Olds, Recevo auf dem Fahrersitz, Reed neben ihm. Recevo ließ den Motor an, lenkte den Wagen auf die 14th, wendete auf der Straße und fuhr Richtung Süden.

»Was ist denn mit deinem Knaben Karras?« fragte Reed. Sein Gesicht war wachsweiß im Schein des Armaturenbretts. »Der große Kriegsheld mit umgebundener Schürze! Sieht gar nicht mehr so mutig aus, was?«

Recevo dachte daran, wie Karras aus der Küche gekommen war und die Lunte gelöscht hatte, die das Pulver zu entzünden drohte. Der kleine verrückte Grieche, dieser Costa – man konnte es ihm an den Augen ablesen, daß er bereit war, in Sekundenschnelle Reed die Kehle durchzuschneiden. Oh, ja, Karras hatte verhindert, daß in dem Grill eine Menge Blut floß. Aber warum?

»Hast du mich nicht verstanden?« fragte Reed. Er boxte Recevo spielerisch gegen die Schulter. »Dein Freund hat mal geglaubt, er sein 'ne große Nummer. Mann, was habe ich dem Griechen die Flügel gestutzt!«

Recevo sah zu Reed hinüber. »Faß mich nie wieder so an, klar? Nicht einmal im Spaß.«

»Ich habe gesagt …«

»Es ist mir egal, was du gesagt hast.«

»Einen Moment mal«, sagte Reed.

»Nein, keinen Moment mal!« sagte Recevo. »Halte einfach deinen Mund!«

Nick Stefanos goß Ale in die drei Gläser, die auf dem Tisch in der Küche standen. Er öffnete eine zweite Flasche und goß nach, so daß alle Gläser gleich hoch gefüllt waren. Costa nahm ein Glas vom Tisch und wartete, daß die anderen das gleiche taten.

Stefanos hielt Karras ein Glas hin. Karras streckte den Arm aus und nahm es. Stefanos nahm sich selbst das dritte Glas.

»*Siyiam*«, sagte Stefanos, und die drei Männer tranken.

»Aah«, sagte Costa und wischte sich mit dem Handrücken über den Mund. »Das tut gut.«

Karras fischte ein Päckchen Lucky Strikes aus seiner Brusttasche und hielt es Stefanos hin. Stefanos nahm eine Zigarette heraus, Karras zündete zuerst seine Zigarette und dann die von Stefanos an.

»Den großen mit dem gemeinen Gesicht hätte ich töten können«, sagte Costa. »Und zwar ganz schnell.«

Stefanos stieß den Rauch aus. »Und dann hätte der am Fenster dich umgelegt. Oder der Typ, der Six mit der Waffe bedrohte. Egal wer, es hätte keine Rolle gespielt. Beide konnten frei zum Schuß kommen. Du wärst jetzt schon längst tot.«

»Six«, sagte Costa. »Dieser *mavros*. Er war uns heute wirklich nützlich.«

»Er hat es gut gemacht«, sagte Karras. »Er hat sich völlig richtig verhalten. Außerdem war es nicht seine Sache.«

»In einem hat Costa recht, Karras. Wir hätten das Ganze heute abend aufhalten können. Vielleicht wäre jemand umgebracht worden, aber wenigstens wäre es vorbei gewesen. Wenn du nicht mittendrin hereingekommen wärst ...«

»Und euch das Leben gerettet habe.«

»Vielleicht auch das Leben deines Freunds. Ich rede von dem *Italos*, und glaube nicht, ich weiß es nicht. Vielleicht hast du die ganze Zeit nur daran gedacht.«

»Du irrst dich.« Karras sah auf seine Zigarette. »Mit mir und Joe, das ist vorbei.«

»Warum hast du mich dann aufgehalten? Warum hast du mir den Revolver weggenommen?«

»Weil man in einem Lokal an der 14th keine Schießerei anfängt, es sei denn, man will sterben oder im Knast landen. Man muß solche Sachen durchdenken. Es ist wie in einem Boxkampf: Man wartet seine Gelegenheit ab und nimmt zwei Schläge, um einen zu plazieren. Wenn du zwei gute Schüsse anbringst, heißt das noch lange nicht, daß du gewonnen hast. *Katalavenis*?«

»Sicher, Karras. Ich verstehe.«

Die drei Männer füllten ihre Gläser nach und ließen den Alkohol die Anspannung lockern, die ihnen in Schulter und Rücken gekrochen war. Karras sog heftig an seiner Zigarette und schnippte Asche auf den gefliesten Boden.

»Und jetzt«, sagte Karras, »müßt ihr euch überlegen, was ihr ihnen sagt, wenn sie morgen kommen.«

»Ich weiß schon, was ich diesen Dreckschweinen sage. Das ist *mein* Haus. Das ist *mein* Name auf dem Schild da draußen. Ich löse meine Probleme selbst und zahle an nichts und niemanden Schutzgeld, jawohl!«

Costa strich sich mit der Hand durch das unbändige schwarze Haar. »Ich hätte den Dreckskerl ganz schnell töten können.«

»Sie kommen wieder«, sagte Stefanos. »Du wirst deine Chance bekommen.«

23

Peter Karras trocknete Gläser und Besteck ab, wischte die Küche auf und fegte den Gastraum von vorn bis hinten. Über dem

Becken im Lagerraum wusch er sich das Gesicht und spritzte sich Wasser unter die Arme, bevor er Anzug und Krawatte anzog. Dann ging er wieder nach vorn, wo Stefanos hinter der Theke auf einem Barhocker saß, die Abrechnung machte und eine Schnur mit Kummerperlen durch die Finger gleiten ließ.

»Alles erledigt«, sagte Karras.

»Moment noch, Karras, ich bin gleich fertig. Ich fahr dich.«

»Es ist nicht allzu kalt«, sagte Karras. »Ich glaube, ich gehe zu Fuß.«

Karras sah, wie Stefanos unwillkürlich auf sein kaputtes Bein schaute. »Bist du sicher?«

»Aber ja, alles in Ordnung.« Karras zog sich den Mantel über und klopfte auf seine Brusttasche, um sich zu vergewissern, daß er seine Zigaretten dabei hatte. »Du solltest gründlich darüber nachdenken, was heute abend passiert ist, Nick.«

»Ich habe bereits darüber nachgedacht, Panayoti. Nun geh schon. Bis morgen.«

Aus dem ersten Stock kamen Stimmen. Ein Mann und eine Frau, die sich Unverständliches entgegenschrieen. Karras und Stefanos blickten zu der Preßblechdecke hoch und sahen sich dann lächelnd an.

»Costa und Toula«, sagte Stefanos.

»Zwei richtige Turteltauben, die beiden.«

»Hey, er hat sie den ganzen Tag nicht gesehen. Sie müssen sich erst wieder genau kennenlernen.«

»*Adio*, Nick.«

»*Yasou, re.*«

Karras ging auf der U nach Osten. Er ließ sich Zeit, blieb stehen, um sich eine Zigarette anzuzünden, betrachtete die elegant gekleideten Neger, Arm in Arm mit ihren Frauen, auf der Straße. Die Nacht war kälter, als er erwartet hatte. Der Himmel war klar und hell, Mondlicht perlte auf die Straßen. Karras lauschte den Stimmen der Bluessänger aus den Clubs, dem fremdartigen Jazz weiter östlich an der U, dem gelegentlichen Hupen von Taxis und anderen Autos, dem Zischen der Reifen auf dem Asphalt, dem sanften südlichen Klang der Stimmen dieser Menschen, ihrem Lachen – alles zusammen eine wärmende, vertraute Symphonie, die ihn irgendwie behaglich stimmte.

Karras liebte es, durch seine Stadt zu gehen, hatte es immer geliebt. Von allen Dingen, die ihm in jener Nacht genommen worden waren, fehlte ihm am meisten die Fähigkeit, ohne zu ermüden durch die Stadt zu gehen. An der 12th, als der Schmerz zunahm, spürte er die Frustration, und Karras blieb stehen. Er hob die Hand, um ein Taxi heranzuwinken.

Der Taxifahrer ließ ihn an der Ecke 6th und H aussteigen. Karras gab ihm einen Vierteldollar und stieg in einem Viertel aus, das um diese Zeit seine zweite Luft bekam. Die Bars in der Stadt läuteten jetzt alle die letzte Runde ein, und schon schien es, als würden alle Taxis von D.C. ostwärts fahren. Zuhälter, Huren, Politiker, Zocker, Cops, die nicht im Dienst waren – sie alle machten sich spät nachts nach Chinatown auf. Was immer man brauchte, um auf Trab zu kommen – Essen, Opium, Alkohol, Muschi, Würfel, Karten oder ein simples Gespräch –, in diesem Teil der Stadt konnte man es bekommen, auch und gerade um diese Zeit.

»Hey, Karras!«

»Su.«

Su lehnte an seinem gewienerten Taxi an der H und redete im

Schnellgang chinesisch mit einem Freund. Seine Augen verschwanden hinter einem Lächeln, als er Karras erkannte.

»War dein Termin in Southeast heute erfolgreich?« fragte Su.

»Ja, ich bin gut klargekommen.« Karras dachte an Vera, wie seine Hand ihren wunderschönen Busen knetete, an den lasziven Ausdruck in ihrem Gesicht, als er sie auf ihrem Bett rauf und runter vögelte. Er dachte an Eleni, sie beide auf dem Sessel, wie sie es direkt vor dem Jungen trieben. Und dann dachte er: Ich habe meine Frau und meinen Sohn seit dem frühen Morgen nicht gesehen, habe mir nicht einmal die Zeit genommen, eine Münze in ein Telefon zu stecken und sie anzurufen. Was für ein Mann …

»Auf dem Weg nach Hause?« fragte Su.

Nach Hause. Wo zum Teufel war das?

»Vielleicht nehme ich erst noch einen Drink«, sagte Karras. »Ich muß sowieso mit dir reden. Kommst du mit?«

»Klar.« Su drehte sich zu seinem Freund um und traktierte den dürren jungen Mann mit ein paar schnellen chinesischen Wortsalven. »Gehen wir«, sagte er dann zu Karras. »Mein Cousin paßt auf meinen Schlitten auf.«

Oberhalb der 6th war die Restaurantmeile, Territorium von On Leong Tong. Unterhalb der 6th waren Waschsalons, sie gehörten den Hip Sings. Sowohl die On Leongs als auch die Hip Sings waren im Glücksspiel und in der Prostitution aktiv, und beide handelten mit Drogen. Die Hip Sings kümmerten sich um den Nasen- und Nadelhandel – Heroin, Morphium und Koks; die On Leongs steuerten Opium bei.

Cathay, das Restaurant mit der Adresse 624 H, ließ weiße Wahingtoner, Touristen und Kongreßleute ein. Direkt nebenan befand sich ein schlichtes, unauffälliges Speiselokal, das vorwiegend Chinesen als Gäste hatte und für On Leongs und Hip Sings neutraler Boden war. Karras und Su gingen hinein.

Das Lokal war verraucht, überfüllt und laut von Geschirrgeklapper und den gellenden Lauten einer fremden Sprache. Mehrere weiße Frauen, billig und auffällig gekleidet, saßen verteilt zwischen den Gelben. Ein Mann mit dem Gesicht eines Froschs führte sie zu einem Tisch. Su gab dem Froschmann ihre Bestellung. Karras ging zu einem Telefon, rief Boyle an, fragte ihn, ob er auf einen Drink vorbeischauen wolle, und nannte ihm den Grund. Boyle klang ausgesprochen wach und sagte, er käme sofort.

Als er wieder an den Tisch kam, servierte eine gebeugte Frau eine Teekanne und zwei Tassen. Karras zog seinen Mantel aus, legte sein Päckchen Luckies und ein Streichholzheft auf den Tisch und setzte sich. Su goß puren Gin aus der Teekanne in die Tassen. Er zwinkerte Karras zu und stieß mit seiner Tasse gegen seine; beide tranken. Karras rieb ein Streichholz an, hielt die Flamme an eine Zigarette.

»Worüber willst du mit mir reden, Pete?«

Karras löschte das Streichholz und legte es in den Aschenbecher. »Ich suche ein Mädchen. Eine weiße Hure. Ich dachte, sie arbeitet möglicherweise für einen chinesischen Zuhälter.«

»Du willst, daß ich dir eine Hure besorge?«

»Nicht für mich, Su. Ich suche nach einem bestimmten Mädchen. Von außerhalb, neu in D. C.«

»Hey, Pete, ich fahre bloß Taxi.«

»Die Hip Sings haben den Straßenstrich im Griff, Su. Das weiß jeder.«

»Hip Sings? Was soll das denn sein?«

»Laß es. Ich bin nicht darauf aus, euren geheimen Händedruck zu erfahren. Ich suche bloß ein Mädchen.«

Su ließ seinen Blick durch das Lokal schweifen. Er verharrte bei einem Mann in einem dreiteiligen Anzug, der neben einer Wasserstoffblondine in der Ecke des Hauses saß. Dann sah er wieder Karras an.

»Wer ist die Frau?« fragte Su.

»Ein Freund von mir hatte eine Schwester, und die hat den Rosenpfad betreten.«

»*Rosenpfad?* Ich habe den Film gesehen. Ginger Rogers war gut darin.«

»Ich habe ihn auch gesehen. Aber hier geht es nicht um einen Film. Ein Zuhälter hat sie sich gekrallt und mit einer hochgradigen Droge gekapert. Etwas, das man mit der Nadel nimmt.«

Sus Gesicht verfinsterte sich. »Du redest von Heroin, Karras. Morphium, vielleicht. So oder so ist es sehr schlimm.«

»Was auch immer. Für mich ist es wie schwarzer Jazz – ich kapier's einfach nicht. Alles, was ich weiß, ist, sie hängt von Drogen ab und macht für ihren nächsten Traum die Beine breit. Und ich weiß nicht, wo ich anfangen soll, nach ihr zu suchen.«

»Ich glaube nicht, daß ich dir helfen kann.«

»Wie gesagt, sie ist die Schwester eines Freundes.«

Su trank seinen Gin aus und blickte in die leere Teetasse. Er setzte die Tasse ab. »Es gibt da einen Mann. Aber der Mann will vielleicht nicht mit dir reden.«

»Sag ihm, ich wohne hier. Sag ihm, du und ich, wir kennen uns aus dem Kindergarten. Du kannst ihm meinetwegen sagen, ich hätte die Pforten zum himmlischen Frieden geöffnet. Mir ist scheißegal, was du ihm sagst …«

»Okay, Karras, schon begriffen.« Sus Augen jagten durch das Lokal. »Warte hier.«

Su stand auf und ging zu dem Tisch in der Ecke, an der der dünne Mann mit der Blondine saß. Karras nahm das Foto von Lola Florek aus seinem Mantel, während er zusah, wie Su mit dem Mann im Dreiteiler samt passender Krawatte parlierte. Die nachgemachte Blondine gähnte, während die beiden Chinesen sich unterhielten. Karras zog an seiner Zigarette und klopfte Asche in den Aschenbecher.

Wenige Minuten später kam Su zurück. »Geh hin. Der Mann heißt Wong.«

»Gibt es etwas, das ich wissen sollte?«

»Er haßt die Japaner. Du auch.«

»Richtig.«

Su setzte sich und goß sich Gin ein. Karras nahm das Foto und durchquerte das Lokal. Er stellte sich vor den Tisch, an dem der dünne Mann und die Blondine saßen, und wartete, daß der Mann das Wort an ihn richtete. Wong war in mittlerem Alter, die Linien in seinem ausgemergelten Gesicht lagen wie Klammern um den schmalen Mund, der zwei Reihen schiefer gelblicher Zähne enthielt. Die Frau begutachtete Karras und schüttelte ihr strohgelbes Haar von ihrer Schulter – die Bewegung einer Sirene, die sie in einem Film mit Rita Hayworth gesehen und den ganzen Abend geübt hatte. Karras fand sie so sexy wie eine Leiche.

»Kallas?«

»Ja.«

»Bitte, setzten Sie sich.«

Karras nahm auf einem Stuhl Platz, schüttelte Wongs feuchtkalte Hand und musterte Wongs Kleidung. Der Anzug mußte einiges gekostet haben, sah aber so aus, als hätte ein Metzger ihn geschneidert, und die Krawatte schien mit Arthritishänden gebunden zu sein. Die falsche Blondine trug ein tief ausgeschnittenes Reyonkleid. Zwischen ihren Brüsten hatte ein Schnapsspritzer einen Fleck hinterlassen, ein schmutziger Hinweis auf eine von vielen Lotternächten.

»Trinken Sie etwas mit mir?«

»Danke, nein. Ich möchte meinen Freund Su nicht zu lange warten lassen. Er vereinsamt sonst.«

Wong lächelte, zündete eine gedrehte Zigarette an und ließ sie aus dem Mundwinkel baumeln. Er hob das Kinn und kniff die Augen zusammen. »Su sagt mir, Sie waren im Krieg. Pazifik.«

»Das stimmt.«

»Haben Sie daher Ihr Bein?«

»Japs-Granate«, sagte Karras. Er sah, wie der Blick der Blonden zu seinem Knie ging.

»Haben Sie viele Japaner getötet?«

»Tonnen.«

Wong ließ einige verfaulte Zähne sehen. »Dann mag ich Sie. Die Japaner sind sehr böse Menschen.«

»Ja«, sagte Karras. *Was immer nötig ist, damit du redest.*

Karras schob das Foto von Lola Florek über den Tisch. Wong warf keinen Blick darauf.

»Dann reden wir jetzt.«

»Sie und ich allein«, sagte Karras.

»Ich will bleiben«, sagte die Blondine und schleuderte die Strohmähne von ihrer Schulter.

»Hau ab«, sagte Wong, die Augen auf Karras gerichtet, als er mit einer abrupten Kopfbewegung zur Tür wies. »Velpiß dich!«

Verpiß dich. Es heißt »verpiß dich«, du Zuhälter.

Karras mußte an Recevo denken und daran, wie sie jetzt zu zweit auf Kosten dieses Fliegengewichts ihren Spaß haben könnten, wenn er hier wäre. Als er Recevo am Abend gesehen hatte, war Karras daran erinnert worden, daß er solchen Spaß schon lange nicht mehr gehabt hatte.

Die Frau schnaubte und verdrehte die Augen. Weder Wong noch Karras beachteten sie. Nach ein paar weiteren drittklassigen theatralischen Gesten verließ die Frau den Tisch. Wong nahm das Foto und betrachtete es eingehend. Etwas Asche fiel von seiner Zigarette auf seinen Schoß.

»Keine von meinen«, sagte er.

»Vielleicht haben Sie sie mal irgendwo gesehen. Zum Beispiel im Eastern House.«

»Woher wissen Sie vom Eastern House, Kallas?«

»Ich bin in diesem Viertel großgeworden. Als wird Kinder waren, nannten wir es das Bordell des Ostens.«

Wong nickte. »Ich kenne viele Frauen im Eastern House. Diese da ist eine, die ich nicht gesehen habe.« Er nahm die Zigarette aus dem Mund und drückte sie im Aschenbecher aus. »Wieso kommen Sie zu mir?«

»Sie sehen wie ein Geschäftsmann aus. Ich sehe Sie hier mit einer blonden Hure sitzen …«

»Alle meine Frauen sind blond«, prahlte Wong.

»Keine Chinesinnen?«

»Eine chinesische Frau auf zehn chinesische Männer. Chinesische Frauen zu wertvoll für Huren. Wir heiraten sie und machen sie auf diese Weise zur Hure. Hure, die Kind kriegt und Haus putzt.«

»Die, nach der ich suche, nimmt außerdem Drogen.«

»Nicht ungewöhnlich. Drogen machen Huren treu.«

Karras tippte mit dem Finger auf Lolas breites Gesicht. »Sie kennen sie also nicht.«

»Nein.«

Karras nahm das Foto wieder an sich. Am liebsten hätte er den Schleimer verprügelt, einfach so aus Spaß. Statt dessen schüttelte er Wong die Hand.

»Danke, daß Sie sich die Zeit genommen haben.«

»Okay, Kallas. Bis bald einmal.«

Boyle saß – in Zivil – am Tisch und trank einen Gin mit Su. Karras hinkte durch das Lokal, die Fischaugenblicke der Stammgäste ignorierend. Er setzte sich und zündete sich eine Zigarette an.

»Jimmy.«

»Pete.«

Su trank seine Tasse leer. »Ich habe gesehen, wie du Wong die Hand geschüttelt hast. Wie war das Gefühl dabei?«

»Das nächste Mal streichle ich eine Schlange.«

»Hast du denn etwas herausgefunden?«

»Nichts. Nicht einmal den geheimen Händedruck.«

Su grinste. »Nun ja, ich hab's versucht. Ich muß zum Taxi zurück, ein bißchen Kohle machen.«

»Bis dann, Su.«

»Bis bald, Karras. Boyle.«

Su verließ das Restaurant im Eiltempo. Karras goß sich aus der Teekanne Gin ein und registrierte, wie Boyles Finger rhythmisch auf dem Tisch trommelten: Gene Krupa mit Stöcken aus Fleisch und Knochen.

»Woher heute abend die ganze Energie, Jimmy?«

»Konnte nicht schlafen. Ich bin froh, daß du mich angerufen hast, Pete. Seit ich nachts nicht mehr arbeite, krieche ich die Wände hoch vor Tatendrang.«

»Machst du nicht mehr den Türsteher für LaFontaine?«

»Das ist vorbei. LaFontaine ist einundachtzig, es dauert nicht mehr lange, bis er ins Grab geht. Und die Jungs vom FBI nehmen überall im County die Glücksspielläden hoch. Wie heißt doch der Staatsanwalt, der jeden Tag in der Zeitung steht?«

»Du meinst Fay.«

»Ja, genau. Seine Jungs haben letzte Woche den Laden von Snags Lewis hochgenommen und allein von den Landeiern zwanzig Riesen erwischt. Und an der 9th haben sie letzten Monat fünfundvierzig Pferdelottospieler in einer Razzia hochgenommen und die Rennwetten für eine ganze Woche lahmgelegt. Natürlich paukt Charlie Ford alle wieder raus. Aber entscheidend ist, daß es für Cops nicht mehr koscher ist, in diesen Clubs Jobs als Rausschmeißer zu verrichten. Irgendwann regnet ihnen dann nämlich auch die Scheiße auf den Kopf. Und wenn die Zeit für Beförderungen kommt, macht sich das gar nicht gut.«

»Draußen im County zu jobben, habe ich eigentlich nie gut gefunden«, sagte Karras. »Um die Wahrheit zu sagen, für mich war es irgendwie nicht das Richtige, außerhalb der Stadt zu sein. Ich habe mich ständig nach allen Seiten umgeschaut.«

»Das ist typisch für dich, Pete. Absolut typisch.«

»Aber jetzt hier zu, Kumpel.« Karras schob ihm das Foto von Lola vor die Nase.

»Ist das die Hure, von der du am Telefon geredet hast?«

»Ja. Du kannst das Foto behalten, der Junge hat noch eins für mich. Sie heißt Lola Florek – ich habe den Namen auf die Rückseite geschrieben.«

»Wenn ich was höre«, sagte Boyle, »gebe ich dir Bescheid.«

Boyle blickte nervös durch den Raum. Karras klopfte seine Zigarettenasche am Aschenbecher ab und musterte seinen Freund:

aufgedunsen und mit schattigen Halbmonden unter harten glasigen Augen.

»Möchtest du eine Suppe oder so etwas, Jimmy? Sie ist hier scharf und sauer und so gut, daß du auf der Straße Loblieder darüber singst.«

»Ich habe keinen Hunger.«

»Nach der Suppe fühlst du dich besser. Du siehst so aus, als hättest du was in den Knochen stecken.«

»Ich hab mich nie besser gefühlt. Ihr Griechen schiebt immer Futter rein.«

»Okay, Jimmy, mach, was du willst.«

Sie bestellten eine weitere Teekanne Gin, und Karras rauchte noch ein paar Zigaretten, und irgendwann mitten in der Nacht entschied er, daß er genug hätte. Die meiste Zeit hatte Boyle das Gespräch bestritten, sich über die Prostituiertenmorde, über die Kindheit der Opfer und andere Belanglosigkeiten ausgelassen, die mit fortschreitender Zeit immer weniger Sinn ergaben. Als wäre er in den Klang seiner eigenen Stimme verliebt. Als Karras sich an der Tür umdrehte, um ihm zum Abschied zuzuwinken, saß Boyle noch am Tisch, schlug mit seinen Fingern einen Schlagzeugrhythmus auf die Platte, eine komplizierte Nummer, deren Titel er nicht kannte, die er aber auch nicht vergessen konnte, so wie das sonderbare Prickeln, das in seinem Kopf kam und ging.

Einmal auf der Straße, steuerte Karras seine Wohnung an. Ein Chevy Coupé, Baujahr 40, kam auf der H vorbei. Der Junge auf der Beifahrerseite steckte den Kopf zum Fenster raus und schrie Karras etwas zu. Karras ging weiter und hörte das Lachen der Mitfahrer verklingen.

Er ging in sein Haus und begann den langen Treppenaufstieg.

Einmal blieb er stehen, beugte sich vor und rieb sein Knie, eine Angewohnheit, die kaum dazu beitrug, den Schmerz zu lindern. Er erreichte die Wohnung, trat leise ein und hängte seinen Mantel in den Schrank. Er schaute in Dimitris Zimmer, beugte sich über das Bettchen, roch das Haar des Jungen. Beim Hinausgehen ließ Karras die Tür aufstehen, damit dem Jungen nicht so heiß werden würde.

Peter Karras zog sich aus und schlüpfte unter seine Bettdecke. Eleni, die auf ihrer Seite schlief, atmete tief und fest. Karras ließ einen Arm um ihre Schulter fallen und schob seinen Unterleib gegen ihren Po. Sie bewegte sich bei der Berührung, so daß sein Schwanz zwischen ihren dicken Schenkeln gebettet wurde.

»Pete.«

»Ich bin's, Baby. Schlaf nur.«

24

Mike Florek stand am Zubereitungstisch und griff nach einer Tomate, die zwischen einem Dutzend weiterer in einer wassergefüllten Schüssel schwamm. In der Hand hielt Florek ein kleines Instrument, das aussah, als käme es aus dem Nähkorb seiner Mutter, ein Gerät mit orangefarbenem Griff und einer gerundeten, scharfen Spitze am Ende. Er bohrte die Spitze in den Rand des Tomatenstiels, sorgsam bedacht darauf, daß sie nicht zu tief unter die rote Haut rutschte. Im Uhrzeigersinn schnitt er um den Stiel herum, hebelte ihn aus der Frucht und ließ die Tomate wieder ins Wasser gleiten. Das Entstielen der Tomaten gefiel Florek, er bereitete sie für Nick vor, damit er sie in Scheiben schneiden konnte. Wenn Florek fertig war, kam Nick normalerweise zu ihm, untersuchte kurz die Tomate, äußerte ein bißchen Kritik und sagte Florek, er habe seinen Job gut gemacht. Aber nicht heute. Heute ging Nick zum Tisch, hob ächzend die Schüssel und trug sie ohne ein Wort in den Gastraum. So war Nick schon den ganzen Morgen, und mit Costa war es nicht anders.

Florek schaute durch die Küche zu Costa hinüber, der den ganzen Tag kaum mehr als ein paar Worte mit ihm gesprochen hatte. Costa hatte sein Klappmesser geöffnet und schnitt jetzt einen fünf Zentimeter langen Schlitz ins obere Ende der langen Lederscheide. Darunter setzte er parallel einen zweiten Schnitt, setzte das Messer in der Mitte der Scheide an und schnitt zwei identische Schlitze hinein.

»Was machst du da?« fragte Florek.

»Ich mache was«, sagte Costa. »Kümmer du dich um deine Arbeit und den Salat da unter dem Tisch. Wir müssen fürs Mittagessen alles fertig haben.«

Florek nahm den Pappkarton mit Salat hoch und setzte ihn auf den Tisch. Salat zu entstielen war etwas anderes, als Tomaten zu entstielen – Salat entstielen war harte Arbeit. Nach wenigen Minuten, in denen er immer wieder die Hand gegen das Herz eines Salatkopfs preßte, das Herz lockerte und dann seine Finger hineingrub, um es mit der Hand zu entfernen, war er schon wieder für die nächste Aufgabe bereit. An seinen beiden ersten Tagen im Nick's waren Floreks Handflächen von der Arbeit blau verfärbt gewesen.

»Aah«, sagte Costa. Er hatte seinen Gürtel abgenommen und ihn durch die Schlitze in der Lederscheide gesteckt. »Ich brauche noch einen Gürtel, dann wird es prima funktionieren.«

»Was ist das, Costa?«

»Nichts, Florek. Ich rede nur ein bißchen mit mir selbst. Kümmer du dich um den Salat.«

Costa klappte die Klinge in den Messergriff zurück und schob das Messer in die Tasche. Jawohl, es gab nichts besseres als ein gutes Messer, wenn man einen Job zu erledigen hatte. Eine Schußwaffe mußte man reinigen, man mußte Munition beschaffen und sich wegen der Patronenhülsen sorgen, die man zurückließ, und außerdem konnte einem eine Pistole ohne Grund in der Hand explodieren. Man mußte nur daran denken, was Niko mit seiner billigen italienischen Pistole damals in Batavia, New York, passiert war. Oh, ja, man konnte Pistolen, Schrotflinten und sonstwas haben, aber Mann gegen Mann ging nichts über ein Messer.

Costa lächelte schief und dachte daran, daß ihn ursprünglich ein Messer nach Amerika gebracht hatte. Das Messer war schön gewesen, das beste, das er jemals besessen hatte, eine Sechs-Zoll-Klinge und ein Onyxgriff mit Einlegearbeiten. Zu schade, daß er es in dem Mann stecken lassen mußte, der seine Schwester geheiratet hatte. Der Bastard hatte die Mitgift nicht aufgebracht, die er versprochen hatte, als er um Stellas Hand anhielt.

Am Tag der Hochzeit, nachdem sie vom *papathe* zu Mann und Frau erklärt worden waren, hatte Costa seinen neuen Schwager nach den Einzelheiten und dem Verbleib der versprochenen Mitgift gefragt. Der Bastard hatte gelacht und dann gesagt, Costa solle ganz locker sein und seinen Spaß bei der Feier haben – und die Mitgift, die *prika*, sei nur ein Märchen, das er sich ausgedacht habe, um Stellas Hand zugesprochen zu bekommen. Die *prika* hatte nie existiert, sie war soviel wert wie Rauch in der Luft. Der Bastard lachte, als wäre es ein großartiger Witz. Costa hatte damals auch gelacht; er ließ zu, daß sie ihren Spaß bei der Feier hatten, er tanzte, aß ihr *fayito* und trank mit allen; und er wünschte seiner Schwester und ihrem frischgebackenen Ehemann das Beste, als sie sich zu ihrer

Hochzeitsnacht zurückzogen. Und am nächsten Morgen, als der lügende, lachende Bastard die Straße hinunterging, um seinen ersten *cafe* zu trinken, trat Costa aus dem Schatten eines Olivenhains neben dem *cafeneion* und stieß das Messer mit dem Onyxgriff tief in die Achselhöhle des Bastards, stieß die Klinge fest und entschlossen bis zum Heft hinein und drehte sie, als sich das warme Blut über seine Hand ergoß. Ein Cousin trat hinter einem anderen Baum hervor, als Costa zurücktrat, und reichte ihm ein Handtuch, damit er sich das Blut abwischen konnte. Costa dankte ihm und ging davon. Er hörte nicht auf zu gehen, zuerst nach Kairo und dann nach Amerika, wo er einen anderen Spartaner mit Namen Nick Stefanos kennengelernt hatte, einen jungen Einwanderer, der im Norden von New York schwarzgebrannten Whiskey schmuggelte. Costa hatte sich nie umgeschaut, hatte nie wieder Kontakt zu seiner Schwester aufgenommen. Er wußte, er konnte nicht zurückkehren, denn der Mann, den er getötet hatte, hatte ebenfalls Cousins. Er fühlte kein Bedauern, keine Reue, doch gelegentlich träumte er von dem Vorfall, und jedesmal endete der Traum mit dem Ausdruck auf dem Gesicht des Bastards: zuerst Überraschung, gepaart mit nacktem Schmerz, und dann Angst, die Angst vor dem schwarzen Unbekannten, das auf ihn zuraste, als Costa ihm das Messer gab, es ihm wirklich gründlich und schnell gab. Ja, Mann gegen Mann ging nichts über ein Messer.

»Arbeitest du an dem Salat?« fragte Stefanos, als er, eine Tomate in der einen und ein Messer in der anderen Hand, die Küche betrat.

»Ja«, sagte Florek und fragte sich im stillen, wieso Nick mit ihm so kurz angebunden und ungeduldig war.

»Und wann arbeitest du daran, hm? Nächste Woche?«

»Meine Hand schmerzt«, sagte Florek. »Ich habe sie überanstrengt, als ich vor zwei Tagen die Kiste Salat bearbeitet habe.«

»Ach was!« sagte Costa mit einer wegwerfenden Handbewegung. »Du hast mehr Ausreden als Carter Leberpillen hat, Junge.«

»In zwei Minuten bin ich fertig.«

»Ja, hokay. Ich warte vorne darauf.« Er wandte sich an Costa. »Und was zum Teufel machst du da?«

»Ich mache was! Warum regst du dich über alles so auf?«

»Meine *nevra*, denke ich. Ich warte auf den Anruf.«

»Hm«, sagte Costa.

Stefanos ging in den Gastraum zurück. Zwei Neger saßen an einem Tisch, unterhielten sich leise, tranken Kaffee und rauchten Zigaretten in der ruhigen Stunde zwischen Frühstück und Mittag. Stefanos ging zum Radio und stöpselte den Stecker eine. Aus dem Lautsprecher kam Musik, irgendein *mavros*, der über eine Frau sang, die ihn wegen eines anderen *mavros* verlassen hatte. Diese farbige Musik ging Stefanos zum einen Ohr hinein und zum anderen wieder hinaus, aber sie machte die Gäste glücklich, also sollte sie laufen.

Stefanos schaute zu dem Telefon an der Wand. Wann würde der *Italos* anrufen?

Er nahm eine Tomate, hielt sie fest in der linken Hand und begann, sie in dünne Scheiben zu schneiden.

Wenn sie dachten, sie könnten Schutzgeld von ihm erpressen, dann mußten sie damit rechnen, daß er andere Saiten aufzog.

Das Messer rutschte von der Tomate ab, der Zackenrand ritzte Stefanos' Daumen. Er zog die Hand zurück, schüttelte sie, besah sich den Daumen. Der Schnitt war nicht so tief, hatte aber bereits zu bluten begonnen. Er preßte den Daumen an die Schürze, um die

Blutung zu stoppen, holte tief Luft und ließ sie langsam wieder entweichen.

Nein, er würde sich nicht herumschubsen lassen. In diesem Land, das hatte er von Anfang an gelernt, mußte ein Einwanderer sich behaupten.

Die Bedeutung dieser Maxime hatte Stefanos von dem Augenblick an erkannt, als er in Ellis Island das Schiff verließ. Nachdem seine junge Frau in seinem Dorf an Tuberkulose gestorben war, hatte Stefanos seinen Sohn bei seiner Schwester gelassen und war nach Amerika gegangen, wo das Geld dem Vernehmen nach auf der Straße lag. Er war ein paar Wochen Hilfsarbeiter in New York City gewesen und hatte dann in einer Flüsterkneipe einen Mann kennengelernt, der ihm einen Job als Muskelmann bei einer Schwarzbrenner-Organisation anbot, die er in einem Ort namens Batavia im Norden von New York betrieb. Stefanos betrachtete den feinen Anzug, den der Mann trug, und nahm das Angebot an. Wenig später trug er selbst einen feinen Anzug und fuhr in einem Wagen hinter einer Lkw-Ladung illegalem Whiskey; bewaffnet mit einer italienischen Pistole, schützte er die Ladung bei der regelmäßigen Transportfahrt. Der Fahrer des Wagens war ein zäher kleiner *patrioti* mit Namen Costa aus einem Dorf in Sparta, das dem seinen ähnlich war. Die beiden wurden rasch Freunde.

Stefanos und Costa begleiteten sieben Monate lang jede Woche zwei Transporte ohne Zwischenfall. Bei der letzten dieser Routinefahrten wurden sie von konkurrierenden Schwarzbrennern in einen Hinterhalt gelockt, als sie einer Frau helfen wollten, die am Straßenrand neben einer defekten Schrottkiste von Auto stand und um Hilfe winkte. Die Frau war ein Lockvogel, aber Stefanos war von Beginn an mißtrauisch gewesen – unter der hochgeklappten Motorhaube des Wagens stieg kein Qualm hoch, und die Frau wirkte billig und zu abgebrüht, um so hilflos zu sein, wie sie eigentlich erscheinen wollte. Als die beiden bewaffneten Männer aus dem Wald hervorstürmten, hatte Stefanos sich schon aus dem Wagen gerollt. Er kam hoch, die Pistole im Anschlag, und verletzte beide Männer mit vier Schüssen. Als er den Abzug das fünfte Mal durchdrückte, explodierte das italienische Ding in seiner Hand, ein Stück der Mündung drang ihm in die Wange. Costa erledigte die beiden Männer mit seinem Messer. Stefanos hörte das Gurgeln ihrer letzten Atemzüge, als er der Frau hinterhersah, die mit dem vermeintlich defekten Auto davonfuhr.

Costa und Stefanos brachen sofort in südlicher Richtung auf und fuhren die Nacht hindurch nach Washington D. C.; Nick hatte die Adresse eines Cousins dritten Grades, der im Chinatownbezirk der Stadt wohnte. Der Cousin nahm sie auf und stoppte die Entzündung von Stefanos' Wunde. Nick kaufte sich wenig später in einer Pfandleihe eine Smith and Wesson mit Perlmuttgriff und schwor, nie wieder eine italienische Schußwaffe in die Hand zu nehmen. Costa blieb bei Messern und heiratete bald darauf die Schwester von Stefanos' Cousin, eine mürrische junge Frau mit Namen Toula.

Von seinem ersten Job in D. C. als Page im Hotel Washington – ein Dollar plus Trinkgelder pro Woche – bis zur Übernahme des Nick's als Besitzer war alles harte Knochenarbeit gewesen. Stefanos glaubte daran, den Kopf unten zu halten und sich nicht davon ablenken zu lassen, daß man zu weit in die Ferne schaute, denn ein Mann kam ins Stolpern, wenn er weiter wollte als seine Füße. Er dachte stets an die Fabel von dem Hund mit dem Knochen im Maul, der sein eigenes Spiegelbild in einem Wasserbecken sah, den Knochen im Maul fallen ließ, um den zu kriegen, den er sah, und den, den er hatte, für immer verlor. Es handelte sich nur um eine alte Geschichte, das wußte er, aber harte Arbeit und Konzentration auf das Wesentliche hatten sich für ihn immer ausgezahlt. Er liebte dieses Land, liebte alles an ihm, die glänzenden Autos, die maßgeschneiderten Anzüge, die attraktiven lachenden Frauen; und er liebte jeden einzelnen Tag das Gefühl, die 14th Street entlangzugehen und den Schlüssel ins Schloß zu stecken, in das Schloß *seiner* Tür. Und jetzt glaubten diese Hundesöhne, sie würden ihn dazu bringen, zu bezahlen? Den Versuch würde er gern sehen.

Das Telefon an der Wand klingelte. Stefanos hob ab und hörte sich an, was der Mann am anderen Ende der Leitung zu sagen hatte. Er spürte den Druck in seiner Brust hochsteigen, hörte die Erregung in seiner eigenen Stimme und sah Speichel aus seinem Mund fliegen, als er sprach. Er knallte den Hörer auf die Gabel, stand neben dem Telefon, sah die verwunderten Blicke der Neger am Tisch und sah, wie sie wegschauten, als sie die Schwärze in seinen Augen wahrnahmen. Er drehte sich um und ging durch die Pendeltür in die Küche.

Costa und Florek hatten zu arbeiten aufgehört. Karras, jetzt wieder in Arbeitshose und Schürze, war gerade durch den Lagerraum hereingekommen. Er schnippte eine Lucky Strike aus der Packung und steckte sie sich zwischen die Lippen.

»Also«, sagte Stefanos, »es ist soweit.«

»Worum ging's bei dem Lärm draußen?« fragte Karras.

»Ich habe mit deinem Freund telefoniert. Dem *Italos*.«

»Und?«

»Ich habe ihm gesagt, er soll zum Teufel gehen.«

Costa rang sich ein schiefes Lächeln ab. »*Torai thai thoome.*«

»Ja«, sagte Stefanos. »Jetzt werden wir sehen, was als nächstes passiert.«

Karras rieb ein Streichholz an. Er entzündete seine Zigarette und musterte den großen Griechen durch die züngelnde Flamme.

»Und?« sagte Burke fragend.

Recevo strich mit der Hand über den Telefonhörer. »Er hat mir gesagt, ich soll zum Teufel gehen.«

»Ha!« sagte Reed. Er nahm seine Füße von dem großen Tisch und erhob sich aus seinem Sessel. »Nun gut, ich denke, damit ist alles klar. Wie sollen wir vorgehen, Mr. Burke? Gehen wir sofort hin, oder möchten Sie, daß wir bis heute abend warten?«

Burke rieb sich langsam die Schläfen. Sein Haar stand ihm in Borsten vom Kopf, und er benötigte eine Rasur. Er sah schrecklich aus. Recevo wäre jede Wette eingegangen, daß Burke sich letzte Nacht hatte vollaufen lassen, aber darauf hätte auch ein völlig Ahnungsloser wetten können. Seit den Feiertagen '48 hatte Burke beinahe jede Nacht getrunken.

»Entspann dich, Reed«, sagte er.

»Was denn? Sollen wir rumsitzen und uns von dem Griechen vorführen lassen?«

»Natürlich nicht. Aber es gibt keinen Grund, etwas anzuzetteln, das in eine Schießerei mündet. Bisher haben wir das Glück gehabt, keine Aufmerksamkeit auf uns zu ziehen. Nein, ich glaube, Gearhart hatte eine sehr gute Idee, als er über den alten Hütchenspielertrick sprach – den Trick mit der zweiten Gruppe.«

Gearhart bewegte seine Schildkrötenaugen unter den Lidern.

Sonst bewegte er nichts. Er saß in seinem übergroßen Sessel, die Hände in seinem Schoß gefaltet. »Früher hat es funktioniert.«

»Und es wird auch jetzt funktionieren«, sagte Burke. »Wir holen eine zweite Gruppe von Männern, die mit diesem Nick reden. Und sie versprechen ihm zu einem niedrigeren Preis Schutz vor uns. Er wird das als ein gutes Geschäft ansehen.«

Er wird rot sehen, dachte Recevo. *Und er wird nicht einen verdammten Cent zahlen.*

»Nun, Joe?« sagte Burke.

Recevo sagte: »Es ist einen Versuch wert.«

»Von wem reden wir hier eigentlich?« fragte Reed.

Burke nahm einen Schluck Kaffee und stellte die Tasse wieder auf den Schreibtisch. »Wie es der Zufall will, halten sich Bender und seine Leute aus Philadelphia gerade zwei Tage in der Stadt auf. Sie versuchen ihr Glück in der Spielhölle von LaFontaine. Bender schuldet mir noch einen Gefallen von vor zwei Jahren.«

»Mein Gott!« sagte Reed. »Doch nicht Bender. Der Typ ist absolut schwul.«

»Ich weiß, Reed, wie dich das beleidigt. Aber in Wahrheit ist er bloß ... wie heißt das Wort, Gearhart?«

»*Theatralisch*«, sagte Gearhart.

»Ja, genau.«

»Hmm«, murmelte Reed, »für mich wirkt er schwul.«

Burke wandte sich Recevo zu. »Was ist mit dir, Joe? Irgendwelche Einwände?«

»Ruf Bender an«, sagte Recevo. Er blies in sein Päckchen Raleighs und zog eine Zigarette heraus.

25

Vera Gardner streckte die Arme nach hinten und legte die Hände um die Bettstangen. Karras stieß in sie hinein, zog sich zurück, stieß wieder hinein und tauchte seinen Schwanz völlig in sie ein. Das Bett hob sich vom Boden, krachte herunter und hüpfte auf seinen Federn.

Karras schmeckte den salzigen Schweiß, der sich zwischen Veras Brüsten gesammelt hatte. Sanft biß er in ihre harte rote Brustwarze. Vera wölbte den Rücken. Karras' Hände folgten den Stufen von Veras Rippen.

»Pete«, sagte Vera.

Er ließ einen Finger in ihren Mund gleiten. Ihre Lippen schlossen sich um den Finger, ihre Zunge berührte ihn kühl und trocken. Er drängte in sie hinein, blieb in ihr, Vera stieß mit den Hüften hoch, ihr Po hob sich vom Bett. Sie hielt den Atem an und kam krampfhaft zuckend. Er strömte in sie hinein wie ein Fluß, seine Schenkel lagen bebend auf ihren. Er legte seinen Kopf auf ihre Brust, sie streichelte mit den Fingern sein feuchtes Haar. Sie lagen in der Nässe, die sich im Bett gebildet hatte.

Karras und Vera duschten zusammen, zogen sich im selben Zimmer an. Als Vera ihr Make-up auflegte, ging Karras zu einem Stuhl am Fenster. Er rückte den Stuhl so zurecht, daß er voll im Licht saß, und zündete sich eine Zigarette an.

Vera fuhr mit dem Kamm durch ihr langes, blondes Haar und betrachtete Karras im Spiegel. »Geh mit mir aus, Pete. Du hast gesagt, du gehst mit mir aus.«

»Sicher, Honey. Wir gehen aus.«

»Im National läuft ein Theaterstück, das bald abgesetzt wird.«

»Du weißt doch, Theaterstücke reizen mich nicht.«

»Es ist von Eugene O'Neill. *Mourning Becomes Electra*. Michael Redgrave spielt mit. Und Rosalind Russell.«

»Rosalind Russell? Wäre Jane Russell im Stück, dann würde ich vielleicht mitkommen.«

»Ach, Pete, es würde uns Spaß machen. Warum erkundigen wir uns nicht, ob es für heute abend noch Karten gibt?«

Weil ich heute abend eine Verabredung mit meiner Frau habe. Weil es mit dir und mir nicht weiter geht als bis zur Tür dieses Zimmers. Du begreifst es nicht, Vera. Du hast es nie begriffen.

»Nicht heute abend, Vera. Heute abend habe ich schon was vor.«

Veras Schultern sanken nach unten, ihre Augen zuckten. Sie griff nach einem Augenbrauenstift und beugte sich zum Spiegel vor. Karras sah, daß ihre Hand zitterte, als sie den Stift über die Brauen zog.

»Was ist eigentlich los mit dir?« fragte Karras.

»Nichts«, sagte sie.

Aber Karras wußte es besser. Er hatte es in ihr pulsieren gespürt, als sie danach auf dem Bett gelegen hatten. Es war ihre Freundin, eine dunkle nachdenkliche Frau namens Natalie, mit der Vera seit 1946 ein Büro im Statistischen Amt teilte. Natalie, die während des Kriegs beim Manhattan Projekt im Hilfsstab gearbeitet hatte und in Trinity an Ort und Stelle dabei gewesen war. Die Frau hatte Veras Kopf mit Informationen über die Bombe Alpträume in den Kopf gesetzt. Sie hatte ihre eigene Besessenheit zu Veras Besessenheit gemacht. Es machte sich ständig in Veras Kopf breit – wer die Bombe hatte, was sie anrichtete, wann sie auf uns landen würde –, und manchmal, wenn Karras sie bei einem ihrer häufigen Nachmittagsschläfchen im Arm hielt, zuckte Veras

Kopf hin und her, und oft schreckte sie dann aus dem Schlaf hoch. Diese Natalie hatte das Krebsgeschwür in Veras Träume gepflanzt.

»Du denkst wieder an die Bombe, nicht?«

»Nein«, sagte Vera und fuhr leicht zusammen, als sie merkte, wie wenig überzeugend ihre Stimme war. Sie sah ihn im Spiegel an. »Und du? Was hast du für eine Entschuldigung?«

»Wovon redest du?«

»Du warst den ganzen Tag nicht richtig dabei.«

Karras nickte zum Bett hin. »Nicht richtig dabei, hm? Ich habe nicht gehört, daß du dich beklagt hast.«

»Du weißt, was ich meine. Wenn wir miteinander schlafen, ist alles bestens. Doch ansonsten bist du irgendwo anders.«

Karras zog an seiner Zigarette. Ihr Rauch hing in den Lichtbahnen, die durch das Schlafzimmerfenster hereinfielen.

»Gestern habe ich einen alten Freund gesehen. Als ich sah, wie er in das Lokal ging, habe ich nichts gefühlt – als wäre er gestorben oder so und ich hätte es längst überwunden. Doch seitdem denke ich immer öfter an ihn. Als ob mir jemand mit dem Finger auf die Schulter tippt, und wenn ich mich umdrehe, ist niemand da. Aber der Finger auf meiner Schulter, der geht nicht weg.«

»Dein Freund Joe«, sagte Vera.

»Ja.«

»Er wird nicht weggehen, Pete. Er wird nicht weggehen, bis du und Joe es bereinigen. Du weißt das, und das ist es, was dich quält. Es ist dir doch klar, oder?«

»Ja«, sagte Karras. Er blinzelte ins Sonnenlicht, das seine Augen blendete. »Irgendwie müssen Joe und ich die Dinge geraderücken.«

Lois Roman tauchte nackt hinter Joe Recevo auf, legte ihre Arme um seine Schultern und strich mit den Händen über seine Brust. Recevo fingerte an seiner Krawatte und versuchte, einen schnellen Windsorknoten zu binden. Er schob ihre Hand beiseite.

»Laß es, Baby, ich versuche, mich anzuziehen.«

»Warum so eilig?« fragte Lois.

»Wir treffen heute abend ein paar Jungs aus Philly.«

»Bis dahin sind es doch noch Stunden.«

»Ich weiß. Ich dachte, du und ich, wir gehen vorher noch zu Mark Gallagher's und trinken ein Bier.«

Das Gallagher's lag an der Georgia Avenue, in der Nähe von Recevos Wohnung. Es war eine normale Kneipe, wo er sich die Boxkämpfe anschauen, mit Freunden quatschen und Bier vom Faß für fünfzehn Cents das Glas trinken konnte. Es war eine Männerkneipe, ein bißchen düster, und Lois fühlte sich dort gar nicht wohl.

»Ooch, das Gallagher's«, sagte Lois neckisch. »Paß auf, damit du nicht aus Versehen ein oder zwei Dollar für mich ausgibst.«

»Vielleicht spare ich das Geld für etwas Hübsches.«

»Einen Ring, zum Beispiel?«

Recevo griff mit der Hand nach hinten und legte sie auf Lois' perfektes Hinterteil. »Baby, was wir haben, kann man nicht beim Juwelier kaufen.« Er gab ihr einen Klaps auf den Po. »Zieh dich an.«

Er drehte sich um und sah ihr nach, als sie zurück ins Bad ging. Lois' Unterkörper – Gott, er war wie ein Tempel. Allein der Anblick machte ihn lächeln, als er daran dachte, daß sein Gesicht vor nicht einmal einer halben Stunde ganz naß davon war. Lois hatte sich auf die Seite des Betts gesetzt, ihre Hände hinter sich gelegt und ihr schwarzes Haar über die Schultern geschüttelt, und Recevo hatte vor ihr gekniet wie in einer Kirche, und er hatte sein Gesicht darin vergraben, bis sie laut seinen Namen gerufen hatte. Und die ganze Zeit hatten seine Hände ihren wundervollen Hintern bearbeitet. Recevo wußte, etwas besseres würde es nie geben.

Aber heiraten? Teufel, Lois war ein nettes Mädchen und so. Man könnte sogar soweit gehen und sagen, daß er sie liebte. Aber Hochzeiten, geregelte Arbeit, eine Familie, Tattattattei und Geräusche dieser Art waren nichts für ihn. Er mußte dem Thema ganz behutsam ausweichen, denn der Mann, der sich eine solche Fleischtrophäe entgehen ließ, wäre ein Narr. Lois und ihr gottverdammter wunderschöner Hintern. Recevo könnte da unten leben, ohne jemals zum Luftholen nach oben zu kommen. Wie hatte Pete ihn immer genannt, wenn sie herumalberten? »Der Froschmann« – weil er es liebte, in den Schlitz hineinzutauchen. Ja, genau, »Froschmann«. Pete Karras und seine Spitznamen.

Karras. Es war komisch mit Pete. Seit dem Abend in der Gasse 1946 hatte er ihn nicht mehr gesehen, hatte nicht einen Gedanken an ihn verschwendet, nachdem die ersten sechs Monate vergangen waren. Und jetzt, als er ihm im Nick's gezwungenermaßen begegnete, war es so, als hätte jemand Recevo darauf hingewiesen, daß er die letzten drei Jahre ohne seinen rechten Arm herumlief. Als hätte ihm ein Witzbold auf die Schulter geklopft und gesagt, »Hey, Kumpel, du mußt das da hinten verloren haben«, und ihm dann sein verlorenes Glied ausgehändigt. Als wäre er die ganze Zeit, ohne es selbst zu wissen, ein Krüppel gewesen. Ein Krüppel, so wie …

»Komm schon, Joe«, sagte Lois, als sie in einem aufreizend engen Rock und auf hochhackigen Schuhen das Zimmer betrat. »Ich dachte, du wolltest die Krawatte binden.«

Recevo sah in den Spiegel. Während der letzten fünf Minuten hatte er gar nichts gemacht.

»Mach du das für mich. Meine Gedanken sind woanders.«

Lois drehte ihn herum, band die Krawatte und zog den Knoten fest. Sie tätschelte seine Brust und lächelte.

»Danke, Baby«, sagte er.

»Laß uns gehen«, sagte Lois augenzwinkernd. »Man weiß ja nie – vielleicht geht dem Gallagher's das Fünfzehn-Cent-Bier aus.«

»Mike, du zitterst ja.«

»Es ist kalt.«

Kay lachte. »Hier drinnen ist es nicht so kalt. Schau dir die Fenster an.«

Florek sah sich im Inneren des Autos um. Es war tatsächlich ziemlich warm geworden, die Fenster hatten sich beschlagen, seit er das letzte Mal hingeschaut hatte. Es roch nach Schweiß und ein bißchen salzig. Florek fragte sich, ob Kays Vater den Geruch bemerken würde, wenn er am nächsten Morgen in den Wagen einstieg. Bei dem Gedanken zuckte er ein bißchen.

»Wohin willst du?« fragte Kay kichernd. »Zuckst einfach vor mir zurück.«

Kay legte die Hand hinter seinen Kopf und zog ihn zu sich. Sie küßte ihn heftig und ließ ihre Zunge in seinen Mund gleiten. Florek hatte das Gefühl, aus seiner Hose platzen zu müssen – Gott, diese Kay war einfach Klasse! Und dann spürte er, wie sie nach seiner Hand griff und sie über die Wolle ihrer Jacke führte. Auf die rauhe Wolle folgte die glatte Wärme ihrer Haut, und jetzt führte sie seine Hand in ihre Bluse, deren obere Knöpfe irgendwie aufgegangen waren, und dann unter ihren lose sitzenden Büstenhalter, so daß die Knöchel seiner Hand das Spitzengewebe von innen streiften. Dann zogen seine Finger den Hügel ihrer Brustwarze nach, während er Kays ruhigem Stöhnen lauschte, und er öffnete die Augen, um sie zu sehen, während er sie küßte. Kays Augen waren weder geöffnet noch geschlossen, sondern irgendwie entrückt, ohne irgendwohin zu sehen. Ihr Duft war in dem Auto jetzt deutlich spürbar, und Florek fühlte, wie in seinem Schwanz etwas hochstieg, und er wollte es stoppen, konnte es aber nicht. Er hielt den Atem an, als er leise explodierte, eine ruhige Ejakulation, die einen rhythmischen warmen Strahl in die Unterhose entließ, die er an diesem Nachmittag im Spülbecken gewaschen hatte.

»Warum hörst du auf, Mike?«

»Ich weiß nicht.« Er schob sich das Haar aus den Augen. »Ich habe Angst, schätze ich, daß wir erwischt werden könnten.«

Sie küßte ihn erneut, erkannte aber, daß die Leidenschaft geschwunden war. Kay legte ihren Kopf auf seine Schulter. »Es war doch schön für dich, oder?«

»Es war wunderbar, Kay.«

Kay lächelte. »Für mich auch.«

Sie blieben noch etwas sitzen, aber nicht zu lange, denn Florek sorgte sich wirklich, daß jemand vorbeikommen könnte. Er dachte, ein Parkplatz im Rock Creek Park müßte der erste Ort sein, an dem ein Cop nach Einbruch der Dunkelheit nach schmusenden Paaren suchen würde. Er und Kay fuhren noch ein bißchen herum und hörten Radiomusik, und dann setzte sie ihn an der Ecke 14th und U ab, bevor sie zum Haus ihrer Eltern in Shepherd Park zurückfuhr. Florek küßte sie durchs heruntergekurbelte Wagenfenster, bevor sie losfuhr. Er zog einen Zipfel seines Hemds heraus, so daß er den feuchten grauen Fleck vorne auf seiner Hose verdeckte, und ging nach Süden.

Wieder ein guter Abend! Sie waren in der Vorstellung im Uptown gewesen: *Hills of Home*, ein Lassie-Film, den Florek nur unter

Dauergähnen überstanden hätte, wäre da nicht eine sehr junge Schauspielerin gewesen, Janet Leigh, die ihn an Kay erinnerte. Er und Kay hatten sich auf dem Balkon während des Films immer wieder miteinander beschäftigt, und anschließend hatte Kay vorgeschlagen, auf Essen oder Trinken zu verzichten, und sie waren in den Park gefahren. Als er an die Zeit im Auto dachte, ging Florek unwillkürlich schneller, ja er rannte beinahe. Heute war eine Nacht der Premieren: Er hatte seinen ersten nackten Busen gefühlt, und er hatte zum ersten Mal abgeschossen, ohne daß seine Hand am Abzug lag. Seine Kumpel zu Hause hätten bestimmt gelacht und gesagt, ein Trockenschuß sei keine Entjungferung, aber für ihn war jede Art körperlicher Liebe mit Kay gut genug.

Florek lächelte, rannte die 14th entlang und dachte daran, was für ein Glück er hatte, nach D.C. gekommen zu sein. Und dann wurde er langsamer und blieb schließlich stehen, als sich das Bild seiner Schwester in seine Gedanken schob. Lola … Wo zum Teufel war Lola jetzt?

Lola blickte zu dem von der Decke hängenden prunkvollen Spiegel hoch und sah sich selbst darin. Der größte Teil ihres Körpers war von dem Mann bedeckt, der in ihr war, aber sie sah ihr Gesicht über seinem muskulösen Rücken und wie ihr Kopf bei jedem heftigen Stoß nach hinten ruckte. Der Mann hatte mit einer Hand die Bettlaken gepackt und zusammengepreßt, während die andere Hand die Bettstangen umklammerte. Seit sie nach oben schaute, hatte sich das Bett langsam im Uhrzeigersinn bewegt. Sie hatte sich ein Spiel daraus gemacht zu beobachten, wie weit das Bett wandern würde, bis der Mann fertig wäre. Da war Schmerz, und sie konnte ihn spüren, aber der Schmerz widerfuhr einer anderen Person: dem

Mädchen im Spiegel. Dem Mädchen, dem schwarze Streifen das Gesicht hinunterliefen.

Lola hörte von unten Lachen und Farbigenmusik. Sie wandte ihre Augen vom Spiegel weg und spürte, wie etwas in ihr riß. Einen Moment konnte sie weder ein- noch ausatmen. Dann ging der Schmerz vorüber und sie ließ etwas Luft zwischen den Lippen entweichen.

»Ich bin zu trocken«, sagte sie.

»Pssst«, sagte der Mann.

Lola sagte: »Daddy.«

Der Mann sagte: »Mach weiter und nenn mich, wie du willst.«

»Warum die Eile, Officer?«

»Wir sind fertig. Und hier draußen ist es kalt.«

»Wenn es für dich hier draußen kalt ist, wie, glaubst du, fühle ich mich dann mit dem Rücken an der Ziegelwand? Wieso bist du heute abend so nervös?«

»Ich muß geh'n.«

»Willst du mich nicht noch ein bißchen liebhaben, Süßer?«

»Würde mir nichts Gutes einbringen, mit einer Hure gesehen zu werden. Das weißt du.«

»Einer farbigen Hure, meinst du.«

»Du weißt, das macht für mich keinen Unterschied.«

»Natürlich nicht. Schließlich sind farbige Frauen die einzigen Frauen, die du magst.«

»Was sagst du?«

»Nichts, Süßer. Ich habe wohl auf deiner falschen Seite gesprochen. Weißt du, das schlechte Ohr bringt dich eines Tages noch mal in Schwierigkeiten.«

»Hör zu, Delilah ...«

»Ich mag es, wenn du meinen Namen sagst.«

»Ich habe mich da was gefragt. Wenn ein Farbiger ein bißchen Geld in der Tasche hat ... wenn er für eine weiße Frau bezahlen will, wo würde er dann hingehen?«

»Suchst du jetzt weiße Frauen? Alles, was du brauchst, hast du doch hier. Du gabelst mich jede Woche an derselben Stelle auf, 5th und K, und das schon seit ...«

»Ich suche nicht für mich. Ich spreche von einer ganz bestimmten weißen Frau, die ich versuche zu finden.«

»Willst du mit einem Zuhälter reden?«

»Nicht unbedingt. Jemand, der die Treffen arrangiert, vielleicht *durch* einen Zuhälter – weiße Frauen für farbige Männer. Fällt dir dazu ein Name ein?«

»Laß mich ein bißchen nachdenken, Süßer. Könnte sein, daß ich jemanden kenne, mit dem du reden könntest, ja.«

»Danke, Delilah.«

»Ist mir ein Vergnügen, Officer. Und jetzt solltest du machen, daß du aus der Kälte rauskommst. Sei mir nicht böse, wenn ich das sage, aber du siehst ein bißchen blaß aus.«

Manchmal wußte Peter Karras nicht, wie es Eleni gelang, ihn zu solchen Sachen zu überreden. Wer hätte gedacht, daß er mit seiner Frau an einem Tisch im Casino Royal säße und einem Haufen Zwerge zuguckte, die auf der Bühne jonglierten und akrobatische Tricks vorführten?

»Ach, komm, Pete, wir werden unseren Spaß haben«, hatte Eleni am Morgen gesagt, eine knappe Stunde, bevor er nach Southeast aufgebrochen war, um sich mit Vera zu treffen.

Und wahrscheinlich hatte er deshalb zugestimmt – sein Schuldgefühl wegen Vera und dem, was er zu tun im Begriff war. Aber zuerst hatte er noch ein wenig Widerstand geleistet, soviel erwartete sie zumindest von ihm.

»*Ochi, Eleni.* Warum soll ich mir einen Haufen Zwerge angukken, die Kostüme tragen und Lieder singen ...«

»Sei nicht so ein Holzklotz, Pete. Ich werde deine Mom bitten, daß sie auf Dimitri aufpaßt. Und es sind nicht einfach Zwerge. Es sind Hermine's Little People, Honey. Sie sind berühmt!«

Nach zwei Cocktails war Karras in die richtige Stimmung gekommen. Und Eleni sah in dem neuen Kleid, das er ihr bei Jelleff's gekauft hatte, ziemlich flott aus. Er bemerkte, wie sich ihre Nase jedesmal krauste, wenn einer der Liliputaner auf den Hosenboden fiel, und da wußte er, daß sie wirklich ihren Spaß hatte.

Karras gefiel das Casino Royal so gut wie jeder andere Nachtclub in D. C. Die Tanzfläche war klein, aber das Haus hatte eine gewisse Klasse: chinesische Kellner, die chinesisches Essen und Ein-Dollar-Drinks servierten, die mit Spirituosen der besseren Sorte gemixt wurden. Die Hauskapelle, Jive Jack Schafer und seine Band, konnte sich hören lassen – kein Wunder, der kahlköpfige Schafer hatte früher bei Harry James erste Trompete gespielt. Die Liliputanernummern waren ganz okay, aber Karras entspannte sich etwas besser, als Schafers Band aufspielte.

Die Tanzfläche füllte sich rasch. Schafer spielte von Beginn an Swing, und die Jitterbugtänzer stürmten die Fläche. Karras sah Tommy Rados und war ein bißchen gerührt, denn bisher hatte er nicht gehört, daß Rados in einem Stück von den Philippinen zurückgekehrt war. Dieser Rados konnte wirklich tanzen. Durch die Tänzer sah Karras an einem Zweiertisch am Rand der Tanzfläche

Face und seine Frau, die bei einem Drink saßen. Faces Frau, mein Gott, war fast so voluminös und häßlich wie er selbst. Aber er hatte seinen Arm um sie gelegt, und beide grinsten wie Teenager; ihre Köpfe hüpften auf und ab, und ihre übergroßen Füße bewegten sich im Rhythmus unter dem Tisch. Karras rief den Kellner zu sich, zeigte zu Faces Tisch und schickte eine Runde hinüber. Einige Minuten später schaute Face zu Karras, lächelte und hob sein Glas.

Die Liliputaner kamen heraus und führten fünfundvierzig Minuten ihr Tanz- und Gesangsprogramm auf, und dann kam wieder Schafer, es wurde wieder getanzt, und Karras war mittlerweile ziemlich angeschlagen. Ein Grieche, den Eleni von Saint Sophia kannte, kam zu ihrem Tisch und fragte Karras ängstlich, ob er etwas dagegen hätte, daß er mit Eleni tanzte. Karras wußte, daß Eleni sich nur zu gern auf der Tanzfläche drehte, und sagte dem Griechen, das sei in Ordnung.

»Du hast nichts dagegen, Pete?«

»Laß es dir gut gehen, Süße. Ich glaube, ich geh zur Bar und probiere mal etwas anderes.«

»Danke, Pete. Nur einen Tanz.«

»Geh schon, Baby, vergnüg dich.«

Karras nahm seine Packung Luckies vom Tisch, stand auf und hinkte durch das Restaurant. Er fand einen leeren Barhocker und setzte sich.

»Bitte, Sir«, sagte der geschäftige Bartender.

»Eine Flasche Senate und ein Glas Whiskey. Von dem Pete Hagen's da oben auf dem Regal.«

Der Barmann servierte beide Getränke ordentlich auf Cocktailservietten. Karras spülte den Whiskey mit dem Bier herunter und zündete sich eine Zigarette an. Eine Pranke senkte sich auf seine

Schulter. Karras schaute nach rechts – die Hand war kaum kleiner als Rhode Island. Face hatte sich auf den Hocker rechts von ihm gesetzt.

»Was dagegen?« sagte Face.

»Nein. Warum auch?«

»Danke für die Runde, Pete.«

»Gerne doch, Face. Ist das deine Frau?«

»Ja.«

»Ich hatte noch nie das Vergnügen. Sieht gut aus.«

Face wurde rot. »Wenn ich ihr das sage, ist ihr Abend gerettet.«

»Dann sag es ihr«, empfahl Karras.

Face bestellte sich einen Rum mit Coke und gab dem Barmann ein Zeichen, Karras einen weiteren Whiskey einzugießen. Sie stießen mit den Gläsern an und tranken. Karras blies einen Rauchring über die Bar.

»Was machen die Geschäfte?« fragte er, den Blick starr geradeaus gerichtet.

»Alles in Butter, schätze ich«, sagte Face vorsichtig. Und dann, als müsse er sich entschuldigen: »Eigentlich habe ich mit den Entscheidungen nichts zu tun. Das weißt du ja, Pete.«

»Klar, Face, das weiß ich.«

Face sah auf Karras' verdrehtes Knie. »Weißt du, Pete ...«

»Was?«

»Ach, zum Teufel, Karras, ich bin zu betrunken.«

»Betrunken bin ich auch.«

»Es ist nur, daß du wissen solltest ... wegen Recevo, meine ich.«

»Was ist mit ihm?«

»Ich war nie ein Fan von ihm, das weißt du. Aber du solltest wissen, was an dem Abend passiert ist, mit Reed und den anderen, in der Gasse ... so sollte es eigentlich nicht ablaufen.«

»Wieso?«

»Mr. Burke hat Reed nie gesagt, daß er dich so schlimm fertigmachen soll, wie er es getan hat. Er hat ihm nie gesagt, er soll mit dem Schläger dein Bein ...«

»Was war mit Joe, Face?«

Face nahm einen ausgiebigen Schluck von seinem Drink. »Ich war an dem Abend im Büro, als Joe aus der Bar anrief. Mr. Burke hat Recevo keine Wahl gelassen: Entweder überließ er dich Reed, um dir eine Abreibung zu verpassen, oder sie würden dich umlegen. Einfach umlegen, Karras, verstanden? Sie hätten Joe und dich umgebracht, wäre es nicht so gelaufen, wie sie es wollten. Reed sollte dich bloß durchprügeln, mehr nicht.«

»Joe hat also nur versucht, seine eigene Haut zu retten.«

»Und deine.«

»Du willst mir sagen, Joe hat mir das Leben gerettet? Meinst du das?«

Face nickte. »Ja.«

»Sieh mich an, Face. Du hast gesehen, wie ich das Bein ein paar Minuten zur Bar geschleift habe. Wie habe ich ausgesehen? Habe ich in deinen Augen lebendig ausgesehen?«

Face starrte in sein Glas. »Herrgott, Karras. Ich habe nur versucht, dich ins Bild zu setzen, mehr nicht.«

Karras lächelte vor sich hin, schüttelte den Kopf. Er inhalierte tief in die Lungen. »Du bist in Ordnung, Face, weißt du das? Ich begreife absolut nicht, warum ein Mann wie du bei Burke bleibt.«

Face kicherte tief aus dem Bauch heraus. »Und jetzt bist du dran, mich anzusehen. Ich bin dick, ich bin häßlich, und ich bin verdammt dumm. Ich tauge nur für die Arbeit als Muskelmann. Was soll ich sonst machen?«

»Nun …« Karras räusperte sich und berührte den Leberfleck an seinem Mund. »Ich muß mich wieder um meine Frau kümmern.«

»Das mache ich besser auch. Die Drinks gehen auf mich, Pete.«

»Danke, Kumpel.«

Face legte das Geld auf die Bar. Karras trank seinen Whiskey aus. Er schloß die Augen und sog heftig an seiner Zigarette. Der Klang von Jack Schafers Trompete explodierte in seinem Kopf.

26

Bender zog seinen Mantel aus und legte ihn über die Lehne eines freien Sessels. Er nahm vor Burkes Schreibtisch Platz, legte ein Bein über das andere und glättete den edlen Stoff seiner Anzughose bis zu den Knien.

»War es ein guter Abend im La Fontaine's?« fragte Burke.

Bender legte den Kopf auf die Seite. »Ich habe ein oder zwei Runden verloren. Dachte, ich lege mal eine Pause ein und höre mir an, was du vorzuschlagen hast. Danach will ich wieder hin, um ein bißchen zurückzugewinnen. Du weißt ja, wie ungern ich Geld auf dem Tisch liegenlasse.«

»Ein Drink?« fragte Burke.

»Was habt ihr da?«

»Ein bißchen Bourbon.«

»Bourbon ist okay. Aber deiner sieht mir ein bißchen stark aus. Mische meinen bitte mit Wasser.«

»Reed«, sagte Burke mit einer Kopfbewegung zum Wagen mit den Flaschen.

Reed ging zu dem Wagen, mischte für Bender Bourbon und Wasser und warf einige Eiswürfel in das Glas. Die Flasche brachte er Burke an den Schreibtisch, denn er wußte, Mr. Burke wollte die Flasche gern in seiner Nähe haben, und dann drückte er Bender das Glas in die Hand. Reed war nicht begeistert davon, Drinks für andere zuzubereiten, und ganz besonders ungern tat er es für einen Schwulen. Er stemmte die Hände in die Jackentaschen seines Kammgarnanzugs und nahm seinen Pirschgang durchs Zimmer wieder auf.

Zwei weitere Männer in Mänteln standen an der Tür: ein rothaariger Mops mit einer plattgeklopften Nase und ein dunkelhäutiger Clown, der zu dick für seinen Anzug war. Reed schätzte den Dunkelhäutigen als Italiener oder irgendeine andere weiße Niggervariante ein, doch in Wirklichkeit stammte der Große, den alle Moon nannten, aus London. Die beiden waren Benders Männer. Recevo saß an dem großen Tisch, an dem er immer saß, immer allein.

»Wir sind durch den Vordereingang gekommen«, sagte Bender. »Ich habe erwartet, deinen Hünen zu sehen. Wie heißt er doch gleich?«

»Face.«

»Und wo ist er? Bananen pflücken?«

»Er ist mit seiner Frau zu einer Show. Eine Liliputanernummer im Casino Royal.«

»Liliputaner, hm? Wie reizend. Weißt du, Burke, du solltest deine Männer einmal mit richtiger Kultur bekanntmachen. Nimm beispielsweise mich und die beiden an der Tür. Sicher, wir waren zum Spielen hier, aber wir haben auch Eintrittskarten fürs Theater bestellt, ein Stück mit dem Titel *Hamlet*, in zwei Tagen. Es läuft im Little Theatre. Du weißt doch, wo das ist, oder?«

»Ja, ich weiß, wo es ist. An der 9th, oberhalb von der F.«

»Dann warst du schon einmal da! Vielleicht möchtest du gerne mitkommen.«

»Ich glaube nicht.«

»Larry Olivier spielt die Titelrolle.«

Larry. Recevo musterte Bender, der mit strahlendem Lächeln in seinem Fünfundsiebzig-Dollar-Anzug dasaß, eine Melone in der Hand, eine Clematis im Knopfloch. Der Typ schien mit seinen Flatterhänden überall zu sein, und wenn er redete, ging es die Tonleiter auf und ab, als sänge er ein Lied. Warmer Bruder oder nicht, dieser Bender stellte schon etwas dar.

»Ohne mich«, sagte Burke.

»Ganz wie du wünschst.«

Burke goß sich den vierten Bourbon ins Glas. Einen Teil goß er vorbei, und der Whiskey spritzte auf den Schreibtisch. Burke wischte es mit dem Hemdsärmel weg.

»Hör zu, Bender, ich will nicht viel von deiner Zeit verschwenden. Kommen wir zu dem Grund, aus dem ich dich hierher gebeten habe.«

Bender nippte an seinem Glas und ließ die Eiswürfel klirren. »Nur zu.«

Burke legte los. Recevo zog seine Raleighs heraus und zündete sich eine Zigarette an. Er rauchte die ganze Zeit, während Burke seinen Auftrag erläuterte. Als er spürte, wie die Hitze des verbrennenden Tabaks seinen Fingern näherkam, war Burke fertig.

»Hört sich nach einer glatten Sache an«, sagte Bender. »Reden wir auch über einen Ausgleich?«

»Zweihundert auf die Hand, wenn er einknickt.«

Bender runzelte die Stirn. »Ist das gerecht? Ich bekomme ein einmaliges Honorar, und du kassierst auf Ewigkeit Schutzgeld von dem Griechen.«

»Das ist meine Stadt, Bender. Vielleicht tue ich das gleiche für dich, wenn ich mal in Philly bin.«

Bender strich eine imaginäre Fluse von seiner Hose. »Vielleicht komme ich darauf zurück.«

»Dann sind wir uns einig.«

»In Ordnung. Aber du hast die Zahlenverhältnisse nicht erwähnt. Ich trete nie in Aktion, ohne mich nach den Zahlenverhältnissen zu erkundigen.«

»Joe«, sagte Burke. »Wie viele Männer sind in Stefanos' Kneipe?«

Recevo dachte nach. »Von drei bis fünf, wenn man den Rausschmeißer mitzählt. Ich setze darauf, daß der Rausschmeißer sich verdrückt.«

»Aber wir sind nur zu dritt unterwegs«, sagte Bender. »Ich kann nicht behaupten, daß mir dieses Zahlenverhältnis gefällt.«

»Mir gefällt es auch nicht«, sagte Burke, dem etwas Bourbon aufs Kinn tropfte. »Deshalb dachte ich, ich gebe dir einen von meinen Leuten mit. Jemanden, den der Grieche noch nie gesehen hat. Joe, was meinst du dazu?«

Ich meine, du wirst nachlässig. Du wirst verdammt nachlässig.

Laut sagte Recevo: »Ich denke, das wird klappen.«

»Reed«, sagte Burke. »Geh nach unten und hole einen Mann hoch.«

Reed stellte seinen Pirschgang ein. »Zwei von den Männern unten waren bei uns, als wir den Griechen das erste Mal besucht haben.«

»Dann hole einen, der beim ersten Mal nicht dabei war! Verdammt, Reed, muß ich denn alles extra erklären?«

Rasch verließ Reed das Zimmer. Burke rieb sich die Schläfen. Er wünschte, er hätte Gearhart nicht frei gegeben; er könnte ihm jetzt ein paar Dinge abnehmen. Gearhart war ein sonderbarer Mann, aber er wußte immer, was zu tun war. Nun, zumindest hatte er Joe bei sich. Joe hatte wenigstens ein Gehirn im Schädel.

Mit leicht verwirrtem Gesichtsausdruck sah Bender sich im Zimmer um. Dann kam Reed mit einem Mann zurück, der halb so groß wie er selbst war. Der Mann hatte den finsteren Blick eines kleinen Menschen. Aus dem Mundwinkel baumelte eine Zigarette. Er trug Absatzschuhe, die größer machten, und einen überdimensionales Hut.

Bender lächelte. »Ist das dein Mann?«

»Er heißt Sanderson.«

»Hmm.« Bender lachte leise.

Recevo begutachtete Sanderson: komisch, wenn er nicht so armselig wäre. Und dann kam ihm ein anderes Bild von Sanderson in den Sinn: Recevo versetzte sich drei Jahre zurück, schaute in den Rückspiegel seines Coupés, sah Reed und Sanderson und die anderen, wie sie Karras auf dem Bürgersteig vor dem Laden entgegentraten.

Burke wandte sich an Bender: »Macht er einen guten Eindruck auf dich?«

»Bestens«, sagte Bender. »Allmählich sieht es so aus, als könnte mir die Sache Spaß machen.«

Recevo betrachtete Sanderson und seinen Tom-Mix-Hut.

Der Hut. Er hat ihn in der Nacht in der Gasse getragen. Jetzt erinnere ich mich, als wäre es gestern. Und Pete Karras wird sich ebenfalls erinnern.

»Was meinst du, Joe?« fragte Burke. »Siehst du eine Schwachstelle in dem Arrangement?«

Recevo beugte sich vor. »Nein, Mr. Burke. Keine einzige.«

Matty Buchner nippte an seinem Scotch und ließ den Blick beiläufig durch den Raum wandern. Es war ein ruhiger Abend, an der Bar saßen zwei Geschäftsleute von außerhalb und ein fetter Mann, der alleine gekommen war. Eine Halbprofessionelle hatte es geschafft, einem Schwachkopf einen verwässerten Highball abzuschwatzen; sie und der Gimpel in Anzug und Krawatte saßen schäkernd an einem der Tische. Am Tisch hinter ihnen saßen zwei Top-Huren, tranken Coke und versuchten vergebens, die Aufmerksamkeit der beiden Geschäftsmänner an der Bar auf sich zu lenken. Die jungen Frauen sahen aus wie die Doublemint-Zwillinge, aber Buchner wußte, daß sie Huren waren, weil er sie hier schon hatte arbeiten sehen. Ihr frisches, sauberes Äußeres brachte jeder zwanzig Dollar pro Kunde ein, aber in der Hitze des Sommers, wenn diese Stadt mausetot war, konnte man sie für zehn bekommen. Aber nie für weniger als zehn. Das wußte Matty, denn er hatte es versucht.

Nichts los heute abend. Gewöhnlich war die Hi-Hat-Lounge im Winter für ein paar Dollar gut, aber nicht heute abend. Die Stammgäste an der Bar behielten die Mäntel bei sich, und die Garderobenfrau, ein Dragoner mit einem Gesicht, das nach einem Futtersack verlangte, war nicht käuflich. Oh, ja, das Hi-Hat war normalerweise ein Spitzenrevier für einen Langfinger wie Matty Buchner. Aber nicht heute abend.

Buchner mochte die Bar, auch wenn sie an einem Abend wie diesem nichts hergab. Die Lounge war im Ambassador, einem der neusten und nettesten Hotels in der Stadt. Es hatte Klimaanlage in jedem Zimmer und zog das Geld der Besucher an. Oh, ja, dieser Cafritz, der Erbauer des Hauses, hatte seine Sache gut gemacht. Buchner überlegte, ob er zum Madrillon an der 15th Ecke New York wechseln sollte. Vielleicht war dort mehr los, aber andererseits spielten sie jetzt ständig diese Schmalzhaarmusik, und dieser abgehackte Cha-cha-Mist war Gift für seine Ohren. Buchner beschloß, auch wenn sich hier nichts abspielte, im Hi-Hat zu bleiben, sich ein bißchen zu entspannen, die Dinge auf sich zukommen zu lassen und noch einen Drink zu sich zu nehmen. Er gab dem Barmann ein Zeichen.

Der Barmann war ein rattiges Arschloch und konnte Matty nicht von Adam unterscheiden – das war der Grund dafür, daß Matty immer noch auf seinem Hocker saß. Der Vorgänger hatte Buchner vor einem Jahr mit der Hand im Kaschmirmantel eines anderen Gasts erwischt und ihn auf die Straße befördert. Und dann gab es noch den Hausdetektiv, ein fetter, kahlköpfiger Bursche, der von Zeit zu Zeit ein neugieriges Auge auf Matty hatte. Aber Buchner hatte gehört, daß hinter der Bar ein neuer Mann stand, und das hatte ihn hierher zurückgebracht.

»Was soll es denn sein?«

»Scotch und Soda.«

»Bestimmte Sorte?«

»Die Hausmarke. Kostet fünfundvierzig Cents, nicht?«

»In der Happy-hour schon. Aber dafür sind Sie vier Stunden zu spät dran.«

»Ach was, mein Freund, nun drücken Sie mal ein Auge zu für mich.«

Der Barmann tippte mit dem Finger auf seine Armbanduhr. »Die Drinks gibt es zum regulären Preis, *Freund.*«

»Na gut, dann machen Sie mir einen, wenn Sie's so genau nehmen.«

Der Barmann fuhr mit dem Finger über die Ackerfurche seines verwitterten Gesichts und bereitete den Drink vor. Buchner kniff ein Auge zusammen, das Lid des Glasauges blieb an Ort und Stelle.

Dieser Barmann konnte niemanden zum Narren halten, er war nichts als ein lausiger Lude. Buchner hatte gesehen, wie er mit dem Fettsack an der Bar geredet hatte, und er hatte gehört, wie sie sich einig geworden waren. Seit er sein Auge verloren hatte, während seiner Zeit im Knast nach diesem Mißverständnis im Shoreham, war sein Gehör besser geworden. Es war schon komisch, wie das funktionierte. Der Fettsack an der Bar hatte den Barmann nach »einer Dicken« gefragt, und dann war der Barmann zum Telefon gegangen, hatte sich einen Zahnstocher zwischen die dünnen Lippen gesteckt und den Anruf getätigt. Die beiden hielten sich für gewitzt, aber Matty hatte alles mitgehört.

Der Barmann servierte ihm den Drink. Buchner trank den ersten aus und schob das leere Glas über die Theke.

Matty besah sich den fetten Vogel an der Bar, dessen Hintern über die Seiten des Hockers quoll. Der Typ erinnerte ihn an einen Filmschauspieler, der immer die Dicken spielte. Er versuchte, sich an den Namen zu erinnern, kam aber nur auf Victor Mature. Aber dieses Arschloch sah absolut nicht wie Mature aus. Mature war ein attraktiver Hundesohn, ein Star, aber dieser Typ …

Das Telefon an der Wand klingelte, der Barmann hob ab. Nach kurzer Zeit legte er den Hörer auf und ging wieder zu dem Fetten. Die beiden flüsterten miteinander und waren diesmal so leise, daß Matty nichts verstehen konnte. Dann ließ der Fette einen großen Geldschein auf der Theke liegen, zog seinen Mantel an und ging hinaus. Buchner sah dem fetten Arschloch hinterher; der Mann erinnerte ihn an einen Schauspieler, eindeutig. Aber an wen?

Buchner betrachtete im Barspiegel die beiden Huren und sah dann plötzlich sein eigenes Spiegelbild. Er konnte sich an eine Zeit erinnern, als die Ladys ihn ziemlich attraktiv fanden, aber jetzt, mit dem verrutschten Auge ... egal. Er widmete den Huren einen zweiten Blick, lächelte sie an und überlegte, ob er genügend Zaster bei sich hatte, um den nächsten Schritt zu tun. Ach, zum Teufel! Selbst wenn er die zwanzig für beide hätte – und er wußte, er könnte sie auf zwanzig runterhandeln –, wie könnte er es genießen, wenn er wußte, daß es sie die ganze Zeit anwidern würde, weil ein einäugiger Tropf wie er selbst für sie keine angenehme Gesellschaft war?

Matty Buchner nahm einen Schluck von seinem Drink. Die Hausmarke war eigentlich gar nicht so schlecht.

27

»Lola ... Lola, Schätzchen. Komm schon, wach auf.«

Lydia Fortuno nahm ihre Hand von Lola Floreks Schulter und zog das Laken zurück. Lola lag in Fötushaltung auf dem Bett, ihr mokkafarbenes Kleid zerdrückt und faltig, die hochhackigen Sandaletten immer noch an den Füßen. Zwischen ihren Beinen war ein Blutfleck zu sehen, der mittlerweile eingetrocknet war. Lydia preßte die Kiefer zusammen – Morgan, dieser Hundesohn, hatte sie am späten Nachmittag zu den Farbigen geschickt, zu der Marihuanaparty in der illegalen Kneipe nahe der 7th, obwohl Lydia ihn gewarnt hatte, daß das Kind verletzt werden könnte. Der Bastard, mit dem sie zusammen gewesen war, war brutal in sie eingedrungen. Lydia hatte sie gesehen, als sie wieder hereinkam und versuchte, trotz der Schmerzen gerade zu gehen. Lydia hatte sie direkt nach oben gebracht und ihr den süßen Schuß gegeben. Er konnte die Brutalität nicht ungeschehen machen, aber er würde Lola ins Traumreich entführen.

»Lola, bitte.«

Lolas Augen flatterten. »Was denn?«

»Du mußt mich begleiten, Schätzchen.«

»Wohin?«

»Morgan hat eine Verabredung für mich. Ein Mann, der nach einer wie mir gefragt hat … du weißt schon, nach einer von der molligen Bauweise, Schätzchen.«

»Ich habe Schmerzen, Lydia. Schlimme Schmerzen.«

»Ich weiß.«

»Und es ist wirklich angenehm, hier zu liegen.«

»Das weiß ich. Aber ich habe Angst. Die Mädchen, die umgebracht worden sind, du weißt ja, wie sie waren … sie waren so wie ich gebaut, alle. Ich bitte dich, du mußt mit mir kommen. Ich habe dir heute abend geholfen, als du es nötig hattest. Helfe ich dir nicht immer?«

Lola blickte zu ihrer Freundin hoch. »Schon gut, Lydia. Schon gut. Hilf mir aufstehen.«

Lydia wusch Lolas Gesicht und glättete ihr Kleid. Zu zweit gingen sie die Treppe hinab in die Vorhalle des Hauses. Morgan wartete dort und schlug mit einem Paar Lederhandschuhe auf seine Handfläche. Beim Anblick Lolas runzelte er die Stirn.

»Was macht sie denn hier?«

»Sie kommt mit mir.«

»Der Gentleman hat nicht nach einem Paar gefragt.«

»Sie wird nicht mit mir und dem Gentleman zusammensein, Mr. Morgan. Sie hält sich bloß in der Nähe auf.«

»Herrgott, Lydia, sieh sie dir an. Sie ist total bedröhnt.«

Lola stand, die Augen geschlossen, neben der Tür. Ihre Hände zogen die Aufschläge ihres Mantels zusammen. Sie lächelte und wackelte mit dem Kopf zu einem Rhythmus, den nur sie hören konnte. Der Plattenspieler im Wohnzimmer lief nicht, das Zimmer lag im Dunkeln.

»Ihr geht es gut«, sagte Lydia.

»Sie braucht ihre Ruhepause.«

»Ohne sie gehe ich nicht.« Lydia stemmte eine Faust in die Hüfte und reckte Mr. Morgan aufsässig ihr Kinn entgegen.

»Dir gefällt es hier, oder? Dir gefällt dein geheiztes Zimmer, und dir gefällt dein weiches Bett. Vergißt du schon, woher du gekommen bist? Als ich dich aufgelesen hab, hast du am Sailor's Row für zwei Dollar deine Beine für die Filipinos breitgemacht ...«

»Ohne sie gehe ich nicht.«

Morgan kratzte sich den kahlen Schädel und schaute auf die Uhr. »Also gut. Ich habe keine Zeit, den ganzen Abend hier herumzustehen und zuzuhören, wie du deine Futterklappe in Betrieb hältst. Also beeil dich und schaff sie in den Wagen.«

»Sie fahren? Wieso kein Taxi?«

»Darum hat der Gentleman gebeten. Er hat mir gesagt, wo ich dich absetzen soll und was ich tun soll. Er bezahlt für sein Vergnügen, und er bezahlt anständig.«

»Wer ist der Typ?«

»Keinen Schimmer. Ein Barmann, mit dem ich zusammenarbeite, hat ihn aufgegabelt.«

»Und er hat nach mir gefragt.«

»Er hat nach deinem Typ gefragt.« Morgan grinste. »Prima, daß ich so eine dicke Alte wie dich auf Lager habe.«

Lydia und Lola saßen auf der Rückbank von Morgans großem Chrysler Windsor Baujahr '48, als Morgan ostwärts fuhr. Lola legte ihren Kopf auf Lydias weichen Schoß und streckte die Beine aus. Von den Straßenlaternen fiel Licht durch die Wagenfenster herein, strich über Lolas kalkweiße Waden, verschwand und fiel dann wieder auf sie. Lola zählte die Sekunden zwischen den Lichtspeeren und entdeckte bald ein Muster in den Intervallen. Sie fand dieses Spiel unterhaltsam. Lydia streichelte summend Lolas Haar.

Der Wagen wurde langsamer. Lola spürte, wie der Motor ruhiger lief. Morgan hielt den Chrysler an, schaltete aber die Zündung nicht aus. Er drehte sich nach hinten um.

»Raus!« sagte er.

»Hier ist keiner«, sagte Lydia.

»Er wird hier sein.«

»Sie wollen uns doch nicht etwa hier zurücklassen?«

»Er wird hier sein«, wiederholte Morgan. »Und ich habe noch etwas zu erledigen. Dann komm ich zurück und hole euch in zwei Stunden wieder ab. Wartet auf der Bank da drüben, neben der Bushaltestelle, auf mich.«

»Aber …«

»Nun los, mach schon. Du hast um Begleitung gebeten, und du hast sie. Sorge dafür, daß sie vom Sitz hochkommt, und dann steigt ihr beide aus. Wie gesagt, ich habe etwas zu erledigen.«

Lydia zog Lola an den Armen hoch, bekam sie aus dem Wagen und ging mit ihr den Bürgersteig entlang, als der Chrysler anfuhr. Sie setzten sich auf eine Holzbank unter der einzigen Straßenlaterne des Blocks. Schläfrig sah Lola sich um. Sie befanden sich an einem Straßenabschnitt mit einem kleinen Supermarkt, einer Imbißstube, einer Bäckerei und einer Reinigung, alles hübsch in einer Reihe. Zwischen der Bäckerei und der Reinigung mündete eine Seitengasse, wo sich das Licht der Straßenlaterne zerstreute und dann ganz verlor. Die Schaufenster der Läden waren dunkel; ein Pkw, ein Vorkriegsmodell, parkte am Straßenrand.

Lydia summte dieselbe Melodie wie im Auto, doch nun mit einem Zittern in der Stimme.

»Wo sind wir, Lydia?«

»Irgendwo in Northeast, schätze ich. Ein paar Blocks zurück hat Morgan die North Capitol überquert.«

»Northeast?«

»Kümmer dich nicht darum, wo wir sind. Halte meine Hand.«

Lola streckte den Arm aus und spürte, wie Lydias große weiche Hand sich um ihre legte. Es fühlte sich an, als hätte Lola ihre Hand in eine Schüssel mit warmem Teig gesteckt.

»Mmm«, sagte Lola.

»So ist es richtig, Honey. Schlaf nur.«

Lola hörte das Kreischen einer Katze. So wie eine Katze kreischt, wenn jemand auf ihren Schwanz tritt. Nur menschlicher. Grell, mit zunehmender Intensität, um dann plötzlich zu verstummen. Eben noch da, dann weg. Lola öffnete die Augen.

Sie lag auf der Bank. Ihre Hand baumelte herab, die kalte Luft stach in ihre nackten Finger. Ihre Hand hatte sich vorher so warm angefühlt, als Lydia sie gehalten hatte.

Lola setzte sich. Sie starrte in ihren Schoß und strich leicht über den Kreis von getrocknetem Blut. Sie stand auf und überquerte mit unsicheren Schritten die Straße.

»Lydia?«

Sie schwankte auf einem Absatz und sah ihren Schatten auf dem Asphalt einen fließenden Tanz aufführen. Sie fand ihr Gleichgewicht wieder und zwängte sich zwischen die Stoßstange des alten Autos und den Kühlergrill des neueren Modells, das jetzt dahinter geparkt war.

Von irgendwo aus der Gasse hörte Lola einen Schuh über Stein kratzen. Das mußte Lydia sein, die sich zum Pinkeln hinhockte. Wenn sie einmal mußte, konnte die füllige Lydia das überall. Lydia und Lola hatten in den wenigen Monaten, die sie sich kannten, mehr als einmal darüber gelacht.

»Lydia?«

Lola stand am Eingang der Gasse. Im schwachgrauen Licht der Straßenlaterne sah sie jetzt die Umrisse Lydias, die auf schwarzem Untergrund lag. Lydia hielt sich den Bauch, als wäre ihr übel. Aus ihrem Körper stieg eine kleine Dampfwolke.

»Lydia, alles in Ordnung?«

Lola trat in die Gasse.

Sie beugte sich vor, um Lydia zu schütteln. Sie rutschte ein bißchen und blickte hinunter auf ihre Füße. Sie sah, daß Lydias schwarzes Bett Blut war. Verhedderte glitschige Eingeweide wanden sich durch Lydias Hände.

Lola spürte, wie ihr Knie zu zittern begannen. »Lydia?«

Lydia antwortete nicht. Ihre Augen standen weit offen, sie waren trüb. Lola starrte in den Riß des rot bespritzten Kleids, wo die Wärme von Lydias Organen Dampf in die kalte Luft ausstieß.

Lola stand erstarrt, wie von einem Stromschlag getroffen. Sie versuchte es, vermochte aber nicht zu schreien. Sie stützte sich mit der Hand gegen die Ziegelwand. Sie übergab sich auf die Ziegel.

Lola Florek spürte einen dumpfen Schlag auf ihrem Hinterkopf. Danach spürte sie nichts mehr.

Lola öffnete die Augen.

»Schau nicht hoch!« sagte der Mann, der vor ihr stand.

Sie starrte auf seine Schuhe. Für Lola sahen sie aus wie Golfschuhe. Schuhe wie diese hatte sie im Haus in Lydias Katalogen gesehen. Schuhe, die halb von einer und halb von einer anderen Farbe waren. Nur waren bei diesen Schuhen hier der Spann mit Blut bespritzt. Lola hielt den Blick starr geradeaus gerichtet.

»Ich weiß nicht, was ich mit dir anfangen soll«, sagte der Mann. Seine Stimme war leise und klang verzweifelt.

»Bitte«, sagte Lola.

»Weißt du, es tut mir leid.«

Eine warme Träne rann über Lolas Gesicht, eine zweite bildete sich in ihrem Augenwinkel. Die Träne kitzelte. Sie blinzelte nicht.

»Bitte«, sagte Lola.

»Du bist zu klein«, sagte der Mann.

Der rechte Schuh trat mit Gewalt in Lolas Gesicht. Der Schuh war das letzte, was sie für eine ganze Weile sah.

Lola hob den Kopf. Ein scharfer Schmerz schnitt durch ihre Stirnhöhlen bis zu ihrem Hinterkopf. Sie legte das Gesicht auf den Sitz und spürte die Vibration eines Motors, die sich in ihrem Körper fortsetzte. Sie sah die Lichtspeere, die von der Straßenbeleuchtung durch die Autofenster fielen.

»Ich bin schwer verletzt«, murmelte sie. Ihre eigene Stimme kam ihr eigenartig vor. Sie tastete mit der Zunge ihre Mundhöhle ab. Die Zunge glitt durch die Lücke, wo sich ihre Schneidezähne befunden hatten. Das Zahnfleisch war aufgerissen. Sie schmeckte das Salz in ihrem Blut.

Morgan drehte sich um. Seine Augen waren weit geöffnet, Schmutzspuren liefen über sein Gesicht.

»Helfen Sie mir.«

Morgans Stimme zitterte. »Wir fahren nach Hause.«

»Ich brauche einen Arzt«, sagte Lola.

»Zu Hause flicke ich dich zusammen.«

Lola schluckte Blut. Das Blut brannte auf der wunden Stelle in ihrem Hals.

»Ich habe einen Mann gesehen, Mr. Morgan.«

»Sei still!«

»Aber Mr. Morgan ...«

»Ich will es nicht wissen.«

»Lydia«, wisperte Lola.

Morgan sagte: »Erwähne ihren Namen nie wieder!«

28

»Hey, Panayoti, für dich!«

Nick Stefanos rief über die Pendeltür hinweg in die Küche hinein. Er wartete, bis Karras zum Telefon in der Küche ging. Karras nahm ab, Stefanos legte den Hörer auf.

»Ja«, sagte Karras.

»Pete. Jimmy Boyle hier.«

»Jimmy. Was ist los?«

»Vielleicht habe ich für dich etwas über die kleine Schwester von diesem Florek.«

»Sprich weiter.«

»So ein Bimbo betreibt drüben an der Seventh Street, in der Nähe der T, einen Niggertreff. Irgendwie hängt er mit Yellow Roberts zusammen.«

»Yellow Roberts. Redest du von Jim Roberts, dem Drogenboß?«

»Genau dem. Der Bimbo trägt den Namen DeAngelo Ray. Schmeißt Ginpartys mit Marihuana-Zugaben. Meine Quelle sagt mir, er bestellt weiße Mädchen für die Gäste von außerhalb. Am liebsten hat er sie jung und blond, wenn du mir folgen kannst.«

»Kapiert. Wo ist der Laden?«

»Zwischen dem Off Beat und dem Club Harlem.« Boyle nannte Karras die Adresse.

»Du klingst ziemlich aufgekratzt, Jimmy.«

»Teufel, Pete, ich habe letzte Nacht kein Auge zugetan. Ich stehe unter Hochdruck.«

»Du warst an der 14th, Ecke Colorado, richtig?«

»Ich war bei dem Doc, den du mir genannt hast, ja.«

»Sei vorsichtig mit dem Zeug.«

»Ich hab schon fünf Pfund verloren.«

»Sei bloß vorsichtig.«

»Ich bin wie aufgedreht, Junge. Nach dem Mord letzte Nacht konzentriert die Polizei jetzt alles auf diesen Fall. Wenn ich da einen Fuß in die Tür kriege …«

»Ich habe heute morgen im *Times-Herald* davon gelesen«, sagte Karras. »Hörte sich ziemlich scheußlich an.«

»Du weißt nicht mal die Hälfte. Mein Onkel hat mir die Tatsachen gesteckt. Was die Reporter nicht wissen: Am Tatort hat man zwei Blutgruppen und zwei verschiedene Haarmuster gefunden. Die Nutte, die es erwischt hat, hatte schwarzes Haar, aber da ist auch eine Blonde verletzt worden.«

»Die Blonde haben sie aber nicht gefunden.«

»Hmhm. Darum geht's. Finde die Blonde, und du hast eine Zeugin. Und darüber werde ich mich das ganze Wochenende mit den Armleuchtern in meinem Revier unterhalten. Und darüber wird sich auch jeder einzelne Detective da draußen unterhalten. Weißt du, Pete, du kannst mir glauben …«

Boyle redete weiter, aber seine Stimme verschmolz in Karras' Ohren zu einem großen Durcheinander. Karras blickte über die Küchentür und sah eine Gruppe von vier Männern, die das Lokal betreten hatten. Der Anführer war ein hagerer Mann mit beredten Händen, der einen sehr teuren Anzug und einen Filzhut trug. Er hatte Stefanos sofort in ein Gespräch verwickelt. Auf dem feingeschnittenen Gesicht des Manns war ein freundliches Lächeln zu sehen.

Ein rothaariger Mann mit eingedrückter Nase stand mit dem Rücken zum Fenster, und ein großer dunkelhaariger Mann in einem zu kleinen Anzug stand an der Tür. Es waren keine Gäste im Raum; es war Samstagmorgen, und um diese Zeit war nie Betrieb. Samstag vormittags arbeiteten Karras und Stefanos allein.

Karras betrachtete den vierten Mann: ein Wicht, der einen großen weißen Hut trug.

»Das ist meine Chance, Pete«, sagte Boyle. »Stoße ich in diesem Fall auf eine Spur, kann ich den blauen Rock ausziehen. Das ist mein Fahrschein zum Detective-Abzeichen …«

»Jimmy … Jimmy, ich will dich nicht unterbrechen, aber ich habe Kundschaft. Ich muß jetzt aufhören.«

»Schon klar, Pete.«

»Danke für den Tip.«

»Aber immer, Kumpel. Wir reden später.«

»Ja … bis später.«

Karras legte den Hörer auf. Er griff unter seine Schürze und zog seine Zigarettenpackung heraus. Er steckte eine Lucky in den Mund, zündete sie an. Er berührte den Leberfleck an seinem Mund und trat zwei Schritte nach hinten, damit er vom Lokal aus nicht zu sehen war. Von dieser Stelle aus konnte er auch wenig von ihnen sehen. Das einzige, was er sah, war die Spitze des großen weißen Huts.

Karras sog heftig an der Zigarette. Er spürte eine Ader in seinem Hals pochen, als er mit zusammengekniffenen Augen durch den Rauch spähte.

Stefanos stand hinter der Theke und massierte seine Kummerperlen. Er legte einen Finger um das Lederbändchen und schwenkte die Kügelchen in seiner großen Handfläche. Die vier Männer waren seit zehn, fünfzehn Minuten gegangen. Seitdem stand Stefanos dort, hatte die *koumboloi* gerieben und nachgedacht.

»*Ella, Panayoti*«, rief er zur Küche. »Komm raus, ich will mit dir reden.«

Karras kam in den Gastraum gehinkt. Er legte den Unterarm auf die Theke.

»Ja, Nick.«

»Trink ein Bier mit mir, *re.*«

»Okay.«

Stefanos ging zum Kühlschrank, nahm eine Flasche Ballantine Ale heraus und öffnete sie. Er goß das Ale in zwei Gläser, die er auf die Theke gestellt hatte. Karras und Stefanos nahmen die Gläser und stießen an.

»*Siyiam*«, sagte Karras.

»*Siyiam.*«

Karras nahm einen Schluck und wischte sich mit dem Ärmel über den Mund.

»Hast du die Typen gesehen, die eben da waren?«

»Ich hab sie gesehen«, sagte Karras. »Wer waren die?«

»Weiß nicht. Sie sagten, sie hätten von dem *Italos* und seinen Männern gehört, die hier reingekommen sind, um mich einzuschüchtern.«

»Und sie meinten, sie könnten helfen.«

»Genau. Der dünne Bursche in dem hübschen Anzug, der hat gesagt, er würde den *Italos* und die anderen fernhalten, und zwar für die Hälfte des Gelds, das der *Italos* von mir wollte.«

»Er will uns also vor den anderen beschützen.«

»Irgendwie ja. Das, jedenfalls, haben sie gesagt.« Stefanos kratzte sich am Kopf. »Verdammt, ich weiß nicht. Gib mir eine Zigarette, Karras, verdammt!«

Karras hielt ihm die Packung entgegen. Stefanos zog eine Zigarette heraus und steckte sie sich zwischen die Lippen. Karras gab ihm Feuer. Stefanos blies Rauch in Richtung seiner Füße.

»Sie stecken alle unter einer Decke«, sagte Karras und schüttelte das Streichholz aus.

Stefanos blickte auf. »Was?«

»Ich habe einen der Männer von heute morgen erkannt. Der kleine *skato* mit dem Tom-Mix-Hut. Er arbeitet für Burke. Der *Italos*, er arbeitet auch für Burke.«

»Gottverdammt!«

»Ja. Es ist ein alter Trick, Nick.«

»Und ich bin drauf reingefallen.«

»Noch bist du nicht drauf reingefallen.«

Karras musterte Stefanos. Er wirkte verwirrt und hilflos.

Stefanos sagte: »Was zum Teufel soll ich jetzt tun?«

»Du weißt, um was es geht. Aber entscheiden mußt du selbst. Ob du diesen Typen ein Stück von deinem Geschäft in die Hand gibst oder nicht, das ist eine Entscheidung, die nur du treffen kannst.«

»Mein Geschäft.« Stefanos' Augen blitzten auf. »*Mein* Geschäft. Ich gebe ein Stück von meinem Geschäft weg, was?«

Karras trank einen Schluck und beobachtete Stefanos über den Rand des Glases.

Stefanos sagte: »Weißt du, woher ich komme, Karras?«

»Du hast es mir gesagt.«

»Mein Haus war bloß eine Steinhütte, in den Hang eines Bergs gebaut. Ich habe auf dem nackten Boden geschlafen, *re*, neben dem offenen Feuer. Meine Familie, wir alle, wir wohnten in den Bergen oberhalb des Dorfs. *O pateras mou*, er war Schafhirte, und wir mußten dort oben bleiben. Weg von den anderen. In einem Winter habe ich zwei kleine Schwestern verloren, Karras, wußtest du das?«

»Sicher, Nick. Du hast es mir erzählt.«

»Sicher habe ich es erzählt. Ich habe es dir erzählt, ich weiß.« Stefanos schob sich eine Haarsträhne aus dem Gesicht. »Und nun habe ich dies hier. Ich bin auf das gottverdammte Schiff gestiegen, bin hierher gekommen, und ich habe gearbeitet ... für dies hier! Ich habe ein neues Auto, eine Wohnung in Mount Pleasant mit Heizung in jedem Zimmer und einen Schrank voller Anzüge. Und ich habe dies hier. Dies ist *mein* Geschäft. Auf dem Schild draußen steht *mein* Name. *Katalavenis*?«

»Ich verstehe.« Karras stellte das Glas auf die Theke. Das Geräusch durchschnitt die Stille im Raum.

»Der Dünne, der, der wie eine Frau geredet hat. Er hat gesagt, er will bis heute abend eine Antwort. Sie kommen wieder. Später, wenn wir schließen.«

Karras blickte Stefanos in die Augen. »Weißt du, Nick, wenn du diese Sache einmal anfängst, mußt du bereit sein, sie ganz bis zu Ende zu führen.«

»Ich weiß. Aber laß das ganz allein mein Problem sein, *hokay*?«

Karras schüttelte den Kopf. »Ich wünschte, das könnte ich. Aber wenn du drinsteckst, Nick, dann stecke ich auch drin.«

»Vergiß es!«

»Ich sage dir, ich stecke mit drin.«

»Und ich sage: vergiß es! Das ist mein Kampf.«

Karras schaute auf sein verdrehtes Knie und sah dann wieder Stefanos an. »Meiner auch.«

Stefanos sagte: »*Entaxi.*«

Stefanos nahm den Besen, der am Kühlschrank lehnte, und klopfte mit dem Stiel dreimal gegen die Preßblechdecke. Er und Karras gingen in die Küche. Costa kam durch die Tür, die zur Wohnung im ersten Stock führte. Sein Haar war ungekämmt, an seinen Händen klebten Fleisch- und Knochenstückchen.

»Was zum Teufel willst du, Niko? Ich bin gerade dabei, ein Hühnchen zu säubern.«

»Beruhige dich. Ich habe dir was zu erzählen.«

Stefanos goß Costa ein Glas ein. Als er mit seinem Bericht fertig war, wischte sich Costa die Hände an der Schürze ab.

»Und?« sagte Stefanos.

Costa lächelte schief.

»Gut«, sagte Stefanos. »Sag deiner *yineka*, sie soll heute abend ins Kino gehen, *acous*?«

»Toula war seit zehn Jahren nicht mehr im Kino«, sagte Costa.

»Dann sag ihr, sie soll eine Freundin besuchen. Mir ist ganz gleich, was du ihr sagst. Hauptsache, du sorgst dafür, daß sie das Haus verläßt.«

»Florek arbeitet heute abend«, sagte Karras.

»Dann geh zu seiner Wohnung und gib ihm für heute abend

frei. Und zahl ihm den Lohn für heute abend. Sag ihm, ich hätte gesagt, er soll mit seiner *koritsi* ausgehen, mit der Rothaarigen. Sag ihm, ich hätte gesagt, er soll sich einen vergnügten Abend machen.«

»Und was machst du?« fragte Karras.

»Ich werde Lou DiGeordano anrufen«, sagte Stefanos.

»So hör ich dich gern, Boss.« Costa lachte knapp und klatschte einmal in die Hände.

»Karras«, sagte Stefanos. »Was hast du auf den Philippinen gegen die Japse benutzt.«

»Ich hatte ein M-1.«

»Ich rede nicht von deinem Gewehr, *re*. Ich rede von deiner *pistola*.«

»Eine Fünfundvierziger.«

Stefanos wandte sich an Costa. »Und was ist mit dir, *Costaki*? Brauchst du etwas, bevor ich Lou anrufe?«

»Ich brauch keine gottverdammte Pistole«, sagte Costa.

»Was denn, willst du ihnen mit bloßen Händen entgegentreten?«

Costa schüttelte den Kopf. Er spie auf den Küchenboden.

29

Lou DiGeordano, eine große Papiertüte in den Armen, betrat das Nick's kurz vor der üblichen Schließzeit. Im Vorbeigehen nickte er Six zu und steuerte ohne Umweg die Küche an, wo Stefanos und Karras standen, Bier trinkend und eine Zigarette zwischen den Fingern.

»Lou«, sagte Stefanos.

»Nick«, sagte DiGeordano. »Karras junior.«

»Mr. DiGeordano«, sagte Karras.

»Wie geht's deinem Jungen, Lou?« fragte Stefanos.

»Little Joey geht's gut.« DiGeordano zauste Karras' graues Haar. »Guter Junge. Genau wie du.«

Karras fuhr sich mit der Hand durchs Haar und strich es nach hinten. Er sah DiGeordano an, der einen schicken maßgeschneiderten Anzug und eine perlgraue Feder im Hutband trug. DiGeordano hatte seinem Schnurrbart heute abend etwas Bartcreme gegönnt, die glatten schwarzen Haare glänzten im Licht der Küche. Karras lächelte.

»Wer paßt vorne auf?« fragte DiGeordano. »Der *titsune*?«

»Alle Gäste sind fort«, sagte Stefanos. »Er kommt schon klar.«

»Wo ist Costa?«

»Er macht sich hinten bereit.«

DiGeordano blickte noch einmal über die Pendeltür in den Gastraum, durchquerte dann die Küche und stellte die Papiertüte auf den Tisch. Karras und Stefanos stellten sich links und rechts von ihm auf. DiGeordano griff in die Tüte.

»Das ist für dich, Karras junior.«

Karras trat die Zigarette unter seinem Schuh aus. Er nahm die Fünfundvierziger von DiGeordano, wog die Automatik in der Hand. Er zog den Schlitten zurück, streckte den Arm und visierte über den Lauf. Mit dem Daumen zog er den Schlaghebel zurück, ließ ihn einrasten und drückte auf die Wand ab.

»In Ordnung?«

»Kugeln«, sagte Karras.

DiGeordano reichte Karras ein Magazin. Karras prüfte die Ladung und schob das Magazin in die Fünfundvierziger. Er sicherte die Waffe, maß ihr Gewicht in der Hand und steckte sie hinter den Gürtel seiner Hose.

»Okay«, sagte Karras.

DiGeordano zog eine kleine, blau schimmernde Automatik mit Walnußholzgriff aus der Tüte.

»Was zum Teufel ist das?« sagte Stefanos.

»Beretta, double-action. Drei-achtzig.«

»Eine italienische Pistole«, sagte Stefanos. »Ich hätte es wissen müssen.«

»Keine Sorge«, sagte DiGeordano, ein Funkeln in den Augen. »Ich, ich halte meine Pistolen sauber. Die hier wird nicht in der Hand explodieren.«

»Hmm.«

»Und was ist mit dir? Bist du gut ausgestattet, Nick?«

Stefanos klopfte auf seine Schürze. »Ja, ich bin bestens ausgestattet.«

Costa kam mit langsamen Schritten aus dem Lager in die Küche. Er trug, über der Hose, ein weißes Button-down-Hemd. Er stellte sich mit dem Rücken zur Wand, den Kopf starr nach vorn gerichtet.

»Bist du soweit?« fragte Stefanos.

»Klar, Niko, ich bin soweit. Wie sieht der Plan aus?«

»Dazu komme ich gleich«, sagte Stefanos. »Aber du siehst irgendwie steif aus. Du hast doch keine Probleme, oder?«

»Ich?« entgegnete Costa. »Mit mir ist alles in Ordnung.«

Der Kopf von Six tauchte über der Pendeltür auf. »Entschuldigung, Boss. Zeit zu schließen.«

»Mach nur, Six. Du kannst jetzt gehen.«

Six betrachtete die Gruppe, grinste. »Was haben Sie denn vor? Wollen Sie die Regierung stürzen?«

»Wieso?« sagte Stefanos. »Willst du hier bleiben und zuschauen?«

»Hatte ich mir eigentlich gedacht«, sagte Six. »Jedenfalls, wenn es um die Schätzchen geht, die mir gestern die Pistole unter die Nase gehalten haben.«

»Um die geht's«, sagte Stefanos.

»Dann bleibe ich, wenn Sie nichts dagegen haben. Bloß …«

»Was?«

»Das kostet Sie Geld für Überstunden.«

Karras legte sein Glas an die Lippen und trank. Das Bier lief kühl durch seine Kehle.

Bender, der Rothaarige, der große Dunkelhaarige und Sanderson betraten an diesem Abend das Nick's kurz nach elf Uhr. Die Glocke über der Tür klingelte, als sie hereinkamen. Bender warf beim Eintreten einen Blick auf Six und lächelte still vor sich hin. Die vier Männer schwärmten regelrecht aus. Sanderson, der mit seinem großen, weißen Hut neben Six stand, sah wie ein Kind aus.

Stefanos saß hinter der Theke und machte Eintragungen in ein Hauptbuch, das mit grünmarmoriertem Leder eingebunden war. Er hob den Kopf.

»Mr. Bender«, sagte Stefanos.

»Mr. Nick«, sagte Bender und parodierte leicht das rollende R. »Sind wir zu spät?«

»Nein. Ich bin sowieso bei der Buchhaltung.«

Bender sah sich kurz nach Six um und lachte leise.

»Ihr Farbiger. Er sieht so aus, als gehört er irgendwo unter ein Zeltdach. Ist er aus dem Zirkus weggelaufen?«

Stefanos antwortete nicht.

»Ich dachte gerade bloß«, sagte Bender. »Mit Ihrem Riesenbimbo und meinem kleinen Sanderson haben wir beide das Stammpersonal für eine Abnormitätenschau.«

Bender lachte. Der rothaarige Mann mit der geknickten Nase lachte. Selbst Sandersons Schultern zuckten ein- oder zweimal. Der große Dunkelhaarige in dem engen Anzug zeigte keinerlei Regung.

»Egal«, sagte Bender. Er zog eine kleine flache Flasche aus der Brusttasche, drehte den Verschluß auf und nahm einen Schluck. »Sollen wir zum Geschäftlichen kommen?«

»Hinten«, sagte Stefanos.

Bender schwenkte die Hand in Richtung Küche. »Nach Ihnen.«

Die vier Männer folgten Stefanos hinter die Theke und durch die Pendeltür. Six lauschte dem Quietschen der Türangeln. Als das Geräusch verstummte, verschloß er die Eingangstür, schaltete das Licht im Gastraum aus und löschte das beleuchtete Schild über dem Eingang. Er setzte sich wieder auf den Hocker, verschränkte die Arme vor der Brust und starrte gelassen in die Dunkelheit des Lokals.

»Noch ein kleines bißchen weiter«, sagte Stefanos.

»Hey, weg von mir, Kumpel!« sagte einer der Männer. Stefanos nahm an, daß es der große Dunkelhaarige war.

»Herrgott«, sagte der Rothaarige. »Ich kann genausowenig sehen wie du.«

»Ich hab's gleich«, sagte Stefanos. »Ich muß nur noch die Lampe finden.«

»Haben Sie keinen Schalter?« fragte der Rothaarige.

»Ich brauche keinen Schalter«, sagte Stefanos. »So, jetzt hab ich's. Jetzt nur noch die Glühbirne eindrehen.«

Stefanos' Augen gewöhnten sich an die Dunkelheit. Er sah die Umrisse von vier Gestalten, die sich auf der Seite des Lagers zusammendrängten, wo von der Laterne in der Gasse ein Lichtschimmer durch den Türrahmen fiel.

Stefanos drehte die Glühbirne im Uhrzeigersinn. Als der Kontakt geschlossen war, flutete eine Welle grellgelben Lichts durch den Raum.

Bender war der erste, der die Männer vor sich sah. Costa stieg von der Palette auf den Betonboden. Karras und DiGeordano waren aus der Toilette gekommen, als Stefanos die Glühbirne drehte. Sie standen rechts von ihm.

Karras behielt Sanderson unverwandt im Blick. Sanderson spreizte die kurzen Beine, zog die Jacke auf. Er blinzelte hektisch und versuchte, einen Finger hinter den Gürtel zu haken, was ihm jedoch kläglich mißlang.

Benders dünne Oberlippe zuckte. Er lächelte.

»Eine Überraschung. Ich liebe Überraschungen. Du nicht auch, Moon?«

Er sprach zu dem Großen in dem kleinen Anzug. Moon antwortete nicht. Er atmete tief ein und blies seinen Brustkasten auf. Rotschopf drehte rasch den Kopf und sah den Riegel an der Hintertür.

»Es ist abgeriegelt, Mr. Bender.«

»Dann sitzen wir wohl in der Falle. Stimmt das, Mr. Nick? Sitzen wir in der Falle?«

Stefanos knotete seine Schürze, und ließ sie auf den Boden fallen und beförderte sie mit einem Fußtritt zur Seite. Er zog die Smith & Wesson mit dem Perlmuttgriff aus dem Bund seiner Bügelfaltenhose und hielt die Hand mit der Pistole ruhig an der Seite. Er ließ den Schlaghebel der Achtunddreißiger zurückschnappen.

Moon griff in seine Jacke. DiGeordano zog die Drei-achtziger und ließ mit einer fließenden Bewegung eine Patrone in die Kammer gleiten. Er richtete die stahlblaue Automatik auf Moon.

»Laß es, Moon«, sagte Bender. »Wir brauchen hier nichts zu überstürzen.«

Karras zog die Fünfundvierziger aus dem Gürtel. Er löste die Sicherung und zog den Schlitten zurück.

»Aber, aber«, sagte Bender, »das ist nicht gerade sportlich. Sie haben Ihre Schußwaffen gezogen, bevor wir Gelegenheit für eine Unterhaltung hatten. Sie natürlich ausgenommen.« Er lächelte Costa an. »Herrgott, Sie sind auch ganz schön klein geraten, nicht?«

Costa tat einen Schritt auf Bender zu.

»*Costaki!*« sagte Stefanos, und Costa blieb stehen.

Die nackte Glühbirne hörte auf, an ihrem Kabel zu pendeln. Das Licht breitete sich gleichmäßig im Raum aus.

Bender griff in seine Jacke. Stefanos hob die Achtunddreißiger.

»Nur keine Aufregung«, sagte Bender. »Ich genehmige mir bloß einen Drink.« Er zog das Bourbonfläschchen heraus. Er drehte den Verschluß auf und hob die Flasche. Luftblasen stiegen im Hals hoch.

»Mr. Bender«, sagte der Rotschopf.

»Nur die Ruhe«, sagte Bender. »Du mußt lernen, die Ruhe zu behalten.« Er wischte sich mit dem Handrücken über den Mund. »Aaah. So, Mr. Nick, vielleicht möchten Sie nun, daß wir beide uns hinsetzen und ein bißchen reden.«

»Ich werde reden«, sagte Stefanos. »Sie werden zuhören.«

»Wie Sie wünschen.«

»Hokay«, sagte Stefanos. »Also: Sie legen alle Waffen, die Sie bei sich haben, auf den Boden. Und zwar sofort. Dann spazieren Sie hier hinaus und gehen zurück zu Ihrem Mr. Burke. Sie werden ihm sagen, daß Nick Stefanos an niemanden Schutzgeld bezahlt. Sie werden ihm sagen, er soll mich in Ruhe lassen. Wenn Sie zurückkommen, oder wenn er zurückkommt oder irgendwer, der wie einer von Ihren oder seinen Jungs aussieht – wenn einer von denen auch nur auf dem Bürgersteig vor meinem Lokal auftaucht –, dieser Mann wird sterben. Verstanden?«

Bender sah sich um und lächelte Moon zu. Moon lächelte zurück. Bender drehte sich wieder zu Stefanos.

»Ihr Amerikanisch«, sagte Bender, »ist nicht sehr gut. Dennoch verstehe ich. Tatsache ist allerdings, Mr. Nick, ich und meine Jungs hier, wir werden für niemanden unsere Waffen hinlegen und davongehen. Für keinen Weißen, den ich kenne. Und ganz besonders nicht für einen Haufen von Einwandererhunden wie euch.«

Einige Sekunden sagte niemand ein Wort.

Und dann sagte Stefanos: »Jetzt darf ich Ihnen meine Männer vorstellen. Dies ist Karras. Dieser hier ist Lou DiGeordano. Dort drüben ist Costa.«

Bender sagte: »Mich interessiert es nicht, Ihren Männern vorgestellt zu werden. Warum in aller Welt erzählen Sie mir …«

»Ich dachte, Sie würden es gern wissen.«

»Ich würde gern was wissen?«

»Die Namen der Männer, von denen Sie heute abend getötet werden.«

Bender warf den Kopf in den Nacken und lachte. Das Lachen war laut und dramatisch. Costa spie auf den Boden.

»*Poosti*«, sagte Costa.

Benders Lächeln schwand, als er die Augen zu Schlitzen zusammenzog. »Wie hat er mich genannt?«

»Schwanzlutscher«, sagte Karras.

»Tja«, sagte Stefanos.

Bender leerte seine Flasche mit einem Zug und warf sie über die Schulter nach hinten. Sie verursachte ein pfeifendes Geräusch, als Luft durch den Flaschenhals strich. Die Flasche zersplitterte an der Ziegelwand.

»*Tja*«, sagte Bender. »Hast du das gehört, Moon? Diese Griechen und Italiener grunzen herum und geben Laute wie eine Horde Tiere von sich. Und das sind die Männer, die uns töten werden.« Er stieß sich mit ausgestrecktem Finger gegen die Brust. »*Mich* töten.«

»Ein Haufen Kanacken«, sagte Moon.

»Ja«, sagte Bender. »Kanacken. Was habe ich dir über diese Griechen gesagt, Moon? Von ihnen ist es nur ein Schritt zu den Niggern.«

Costa bewegte sich vorwärts. Er griff mit der Hand nach hinten über die Schulter, packte den Griff der Machete und zog sie aus der Scheide unter seinem Hemd. Er hob sie hoch über den Kopf, die Klinge blitzte im Licht auf.

Bender schnappte nach Luft. Costa ließ die Machete mit aller Kraft nach unten sausen und schrie dabei. Die Klinge drang durch Haut und Fleisch von Benders Hals, durchtrennte die Halsschlagader und schnitt diagonal durch sein Rückgrat. Blut sprudelte hoch, spritzte auf die nackte Glühbirne. Bender fiel in sich zusammen, während seine Arme wilde Tänze aufführten.

Karras war der erste, der feuerte. Sein Schuß blies Sandersons weißen Hut und die Spitze seines Schädels sauber weg. Karras hörte nicht auf zu feuern, er nagelte Sanderson mit den Kugeln seiner Fünfundvierziger an die Wand des Lagerraums. Er spürte die Energie von Stefanos' und DiGeordanos Waffen, die neben ihm explodierten; er sah, wie der rothaarige Mops und der mit Namen Moon von den Füßen gerissen und von der Gewalt des Bleis zu schrecklichen Verrenkungen gezwungen wurden; er sah die Geschosse auf den Ziegeln Funken schlagen, sah die ausgeworfenen Hülsen, sah die Männer niederstürzen, während sie vergeblich nach ihren Waffen griffen, sah ihre Gestalten, die jetzt grau in der Wolke von Pulverdampf waren, der sich im Raum ausbreitete.

Dann war das Klicken des Schlaghebels zu hören, der auf eine leere Kammer traf; der keuchende Laut des letzten Atemzugs eines Manns; und das dünne Klimpern einer Kupferpatronenhülse, die über den Betonboden kullerte.

»Karras«, sagte Stefanos.

Doch Karras hinkte bereits auf Sanderson zu. Er stieg über die Leiche des Mopses, in dessen rotem Haar sich feucht und dunkelrot sein Blut mischte. Karras trat in Sandersons Gesicht. Er trat noch einmal zu und löste etwas Dickes, Klumpiges aus der breiigen Masse oben auf seinem Kopf. Erneut holte Karras mit dem Fuß aus und wurde von einer kräftigen Hand zurückgehalten, die seinen Arm packte.

»Karras«, sagte Stefanos ruhig. »Du kannst ihn nur einmal töten.«

Karras trat einen Schritt zurück.

Costa setzte einen Fuß auf Benders Gesicht und zog die Machete aus der Leiche.

Lou DiGeordano ging zu Moon. Der große Mann krümmte den Rücken, rang nach Luft. DiGeordano setzte die Mündung der Drei-achtziger mitten auf Moons Brust und drückte den Abzugshahn. Ein Blutregen traf DiGeordano, als er den Kopf abwandte.

»Hundesohn«, sagte DiGeordano.

»Hier«, sagte Stefanos und warf die Schürze hinüber, die er vom Boden genommen hatte. DiGeordano fing sie auf und wischte sich das Gesicht ab.

Alle Farbe war aus Costas Gesicht gewichen. »Ich hole das Fleischerpapier aus der Küche«, sagte er.

Kurz darauf kam er mit Six im Schlepptau zurück. Six blieb wie erstarrt stehen, als er die Leichen sah. Er sah das Blut und das Fleisch, das auf der Ziegelwand verspritzt war.

»Jemand vorne vorbeigekommen?« fragte Stefanos.

»Niemand«, sagte Six.

DiGeordano durchstöberte Benders Taschen, er fand einen Umschlag und einige Schlüssel. Costa nahm den anderen ihre Habseligkeiten ab, während DiGeordano Six die Schlüssel zuwarf.

»Jetzt bist du dran, Six. Hast du gesehen, womit sie vorgefahren sind?«

Six nickte. »Ford, neustes Modell.«

»Hol ihn. Fahr ihn in die Gasse und parke vor der Hintertür.«

»Mache ich.«

»Und dann brauche ich deine Hilfe«, sagte Costa. »Ich werde einen starken Mann wie dich brauchen, um mir zu helfen, diese Schweinehunde zu zerlegen.«

»So was steht aber nicht in meinem Arbeitsvertrag«, sagte Six.

»Schon gut«, sagte Stefanos. »Du hast genug getan. Bring den Wagen in die Gasse und geh nach Hause.«

Six machte sich auf den Weg nach vorn. DiGeordano öffnete den Umschlag und prüfte den Inhalt.

»Ich habe hier Eintrittskarten für eine Vorstellung. Ein Theaterstück oder so etwas. Heißt *Hamlet*.«

»Die nehme ich«, sagte Karras und steckte den blutbefleckten Umschlag in sein Hemd.

Stefanos nahm seinen Schlüsselbund und entriegelte die Hintertür. Er öffnete die Tür einen Spalt, um den Geruch von Cordit und Tod nach draußen zu lassen. Zwei Katzen kamen durch den Spalt geschlichen und gingen zu den Leichen. Eine der Katzen sprang auf Benders Brust und stippte mit der Nase in die tiefrote Schlucht zwischen Benders Schulter und Hals. Costa stieß die Katze beiseite.

»Lausige *gatas*«, sagte Costa.

»Was wirst du mit ihnen machen?« fragte Stefanos.

»Heute nacht mache ich die Fische glücklich, Niko. Mach dir keine Sorgen um gar nichts, verstanden? Ich kümmere mich um diese Burschen, und der *caro* auch. Mach dir um gar nichts Sorgen.«

»Ich bin nicht besorgt«, sagte Stefanos. Aber er dachte bereits daran, was Gott mit Männern anstellte, die anderen Männern das Leben nahmen.

Karras löste das leere Magazin aus dem Colt und steckte es in die Hosentasche.

»Mr. DiGeordano«, sagte er.

»Ja, Junge.«

»Haben Sie noch mehr Munition für die Fünfundvierziger?«

»In der Tüte.«

»Und einen Holster?«

»Auch in der Tüte.«

»Sie haben doch nichts dagegen, wenn ich die Waffe noch eine Weile behalte, oder?«

»Schon in Ordnung, Karras junior. Behalte sie nur.«

Karras wog den Colt in der Handfläche, legte die Finger fest um den Griff. Er fühlte sich gut an, schmiegte sich in seine Hand.

30

Der nächste Tag war ein Sonntag, und Pete Karras ging zur Kirche. Er begleitete Eleni, Klein-Dimitri und seine Mutter, die ein schwarzes Kleid mit Söckchen und schwarzen orthopädischen Schuhen trug. Seit der Taufe seines Sohns vor über einem Jahr war Karras nicht mehr in der Kirche gewesen.

Als er in die Vorhalle trat, sah Karras mehrere der Eltern und einige der Kinder, mit denen er aufgewachsen war und die jetzt mit ihren eigenen Kindern kamen. Er nickte denjenigen freundlich zu, die ihm zunickten, ließ sich aber auf kein Gespräch ein. Einige der alten *grias* starrten unverhohlen auf sein verdrehtes Knie und flüsterten miteinander. Karras schenkte ihnen keine Beachtung. Er zündete eine orangefarbene Kerze für seinen Vater an, bekreuzigte sich, küßte dann die *icona* und setzte sich dann mit seiner Familie in eine Kirchenbank weiter hinten auf der rechten Seite vom Altar.

In den dreißiger Jahren, als Karras noch ein Kind war, hatten die Männer ihre Plätze auf der rechten und die Frauen auf der linken Seite gehabt. Karras hatte immer links mit seiner Mutter gesessen, da sein Vater nur selten den Gottesdienst besuchte. Daran wurde er erinnert, als er sah, wie Dimitri behaglich zwischen seiner Mutter und seiner Großmutter in der Kirchenbank saß.

Father Laloussis zelebrierte die Messe. Das Glas in seiner Drahtbügelbrille blitzte gelegentlich im Licht auf. Laloussis hatte eine unauffällige Singstimme und war nicht sonderlich dynamisch, aber er hatte sich nach dem Tod ihres Mannes rührend um Georgia Karras gekümmert, und in Karras' Augen war er ein ziemlich anständiger Priester gewesen, soweit Priester das sein konnten. Karras lauschte dem Gottesdienst, schloß gelegentlich die Augen, um den Chor zu genießen, und nahm den angenehmen Geruch des Weihrauchs auf, der schwer in der Luft lag. Er machte sich keine Gedanken über die Bedeutung der gesprochenen Verse oder der gesungenen Texte. Aber als Laloussis den Kommunionskelch präsentierte, ging Karras pflichtbewußt nach vorn, um in Empfang zu nehmen, was – wie ihm beigebracht worden war – der Leib und das Blut Christi war, und er trank den Wein und aß das Brot, und er bekreuzigte sich, als er zurückging, weil er dachte, ein Mann, der am Abend vorher einen anderen Mann getötet hatte, sollte zumindest auf Nummer Sicher gehen. Er setzte sich wieder in die Kirchenbank und schmeckte den *antithoron*, den er in der Hand hielt. Laloussis fuhr in seiner griechisch gesprochenen Predigt fort. Karras ließ seinen Blick durch die Kirche schweifen.

Perry saß vorn an dem üblichen Platz mit Helen und ihren beiden kleinen Mädchen. Hinter ihnen saßen Mr. und Mrs. Nicodemus; sechs Jahre nach Billys Tod war Mrs. Nicodemus immer noch ganz in Schwarz gekleidet. Neben den Nicodemus' saß Nick Kendros, dem der Woodward Grill neben der Washingtoner Börse gehörte, wo Männer auf Podesten standen und die aktuellen Zahlen aufschrieben. Karras kannte Kendros' Tochter, ein Mädchen mit Namen Ruby, und er hielt sie für recht hübsch. Als Karras und seine Freunde als Kinder in die Grillstube gekommen waren, hatte Kendros, ein kleiner, stämmiger Mann mit einem Teppich aus schwarzem Haar und riesigen gutmütigen Augen, sie stets auf die gleiche Weise begrüßt und seine Begrüßung mit seiner voluminösen, theatralischen Stimme sorgfältig artikuliert: »Willkommen bei der Wall Street von Washington, Jungs!« Das Lokal war modern wie in New

York und hatte eine Klimaanlage wie viele der Kinos in der Stadt. Nick Kendros hatte Karras und seine Freunde zum Essen eingeladen; für Kendros war es nicht ungewöhnlich, einen Mann, der heruntergekommen war, von der Straße hereinzuholen und ihm eine Tasse Kaffee oder einen Teller Suppe zu servieren.

Und es waren nicht nur Perry, die Nicodemus' und Nick Kendros, die Karras kannte. Karras nahm die Reihen in Augenschein und stellte fest, daß er den Namen von fast jedem in der Kirche wußte; er kannte sie aus seiner Zeit in der Sonntagsschule, von den Schulen, die er besucht hatte, oder aus ihren Geschäften, meist Lebensmittelläden oder Gaststätten, die überall in D. C. verstreut waren.

Und es hatte Zeiten gegeben, da hatte er sie alle zusammen gesehen. Zum Beispiel beim jährlichen Picknick in Marshall Hall, an dem er letzten Sommer teilgenommen hatte. An den Kais der 7th Street hatte er mit seiner Familie die *SS Wilson* genommen, sie waren mit dem Schiff den Potomac hinuntergefahren und gegenüber vom Mount Vernon auf der Maryland-Seite des Flusses ausgestiegen. Auf dem Schiff hatten die Griechen ihr Essen in Körben dabei, Bratpfannen gefüllt mit Lammfleisch, Platten mit *pastitsio*, Schüsseln mit *salata choriatiki*. Sobald das Boot angelegt hatte, schwärmten die Griechen aus, um die besten Picknicktische zu ergattern, und es gab Sackhüpfen und Achterbahnfahrten, und getanzt wurde zur Musik einer Gruppe, die Bouzouki, Cimbalon und Klarinette spielte. Die älteren Männer saßen an den Tischen und ließen sich von ihren Frauen bedienen, während sie etwas Ouzo oder *mastica* tranken und Karten spielten, während die jüngeren Männer, die amerikanisiert waren, bei ihren Frauen und Kindern blieben. Bei dem letzten Picknick in Marshall Hall hatte Karras'

Vater noch gelebt. Er war einer der Kartenspieler gewesen, und Karras hatte bei ihnen am Tisch gesessen und sich nicht um Eleni und seinen Sohn gekümmert.

Karras schaute zu Dimitri, dessen Hand in Elenis Hand lag.

Sein Blick wanderte zu der attraktiven jungen Frau in der Bankreihe direkt vor ihm. Er beugte sich etwas vor, um vielleicht ihren Geruch aufzunehmen. Auf ihrer entblößten Schulter befand sich ein Leberfleck. Karras stellte sich vor, wie seine Zunge den Leberfleck berührte und wie er schmecken würde. Er blickte über ihre Schulter auf ihre langen schmalen Hände, die gefaltet in ihrem Schoß lagen, und stellte sich vor, wie diese Hände ihn berührten, streichelten, seinen Schwanz rieben. Als die Frau ihren Kopf zur Seite wandte, musterte Karras den Schwung ihrer Lippen und ihren leicht geöffneten Mund. Er stellte sich vor, wie ihr Lippenstift vom Küssen verschmiert war, und überlegte, wie ihr Mund aussehen würde, wenn er so wie jetzt ein wenig geöffnet war und sie heftiger atmete und zu kommen begann.

Während er diese Frau beobachtete – und die zwei oder drei weiteren, die ihm seit Beginn des Gottesdiensts aufgefallen waren –, fiel Karras plötzlich ein, was ihm daran gefallen hatte, in der Kirche zu sitzen. Und er fragte sich, ob die anderen Männer um ihn herum die Frauen in der Kirche betrachteten und ähnliche schwarze Gedanken hegten.

Wer waren diese Männer eigentlich? Er dachte an die Griechisch-Amerikaner, die jeden Sonntag mit ihrer Familie zur Kirche gingen, die ebenso schwer arbeiteten wie ihre Väter, die wußten, wie sehr man sich engagieren mußte, um ein Mann zu sein, die verstanden, wie schwierig es war, auf dem Pfad zu bleiben und wie leicht man straucheln konnte, und die ihn doch am Ende nicht verließen. Und Karras fragte sich: Wo habe *ich* zu straucheln begonnen? Warum bin *ich* nicht auf dem rechten Weg geblieben? Wie bin ich zu dem geworden, was ich bin?

»Sei verflucht, Paps«, murmelte er vor sich hin. Dann bekreuzigte er sich und schloß die Augen fest, als ihm bewußt wurde, daß er soeben seinen toten Vater im Haus Gottes verflucht hatte.

Nach dem Gottesdienst versammelte sich die Gemeinde auf den Steinstufen vor der Kirche. Die Menschen begrüßten sich und tauschten Höflichkeiten aus, aber nicht zu lange, denn der Tag war zwar klar, aber beißend kalt. Eleni, Dimitri und Georgia Karras standen an der Ecke, wo die 8th die L kreuzt. Dimitri umkreiste einen Laternenpfahl und zeichnete mit den Fingern die Eisenrippen nach. Sie warteten auf Peter Karras, der oben an der Treppe auf Perry und Helen Leonides gestoßen war.

Perry und Karras schüttelten sich die Hand.

»Deine Familie sieht großartig aus«, sagte Karras.

»Deine auch«, sagte Perry.

Karras lächelte Helen an. Sie hatte die jüngste, Diana, auf dem Arm, und die kleine Evthokia stand neben ihr. Helen, elegant wie immer, aber mit einer angenehmen Spur von Alter in ihrem Gesicht, feine Linien, die fächerförmig von ihren Augen ausgingen. Helen erwiderte das Lächeln, und in ihrem Blick war ein Anflug von Bedauern, als sie sein graues Haar und die schiefe Haltung betrachtete, die er sich angewöhnt hatte, wenn er sein kaputtes Knie von seinem Körpergewicht entlastete.

»Perry«, sagte Helen, »es ist kalt für die *pethia.*«

»Bring sie zum Wagen, Liebling. Ich komme gleich nach.«

Helen küßte Karras auf die Wange. »*Adio*, Pete.«

»Paß auf dich auf, Helen.«

Perry und Karras sahen Helen nach, als sie mit den Kindern die Straße überquerte und eine Packard Limousine Super 8, Baujahr 1948, ansteuerte.

»Netter Wagen.«

Perry wurde rot. »Menge Chrom, Pete. Meinst du, es ist zuviel?«

»Muß dir doch nicht peinlich sein. Du arbeitest hart und verdienst es, daß du dir und deiner Familie nette Sachen gönnst. Hast du den zweiten Laden schon eröffnet?«

»Letzten Monat. Kostet mich einige Stunden. Der neue Laden und das Haus, das wir gerade gekauft haben …«

»Du hast ein Haus gekauft?«

»Ja, einen kleinen Bungalow draußen in Silver Spring. Wenn alles klappt, ziehen wir in zwei Wochen ein.«

»Raus aus der Stadt, hm?«

»Der Kinder wegen. Heute tut man alles für die Kinder, nicht?«

Karras betrachtete Perry: rundlich um die Hüften, keine Haare mehr auf der Schädeldecke, schwarzgerahmte Brille auf der dicken Nase. Nicht einmal dreißig Jahre alt, aber sah schon so aus wie sein Dad. Nun, Perry hatte immer wie ein Mann mittleren Alters ausgesehen, schon als Kind. Irgendwie stand ihm das.

»*Ella*, Pete!« rief Eleni von der Ecke.

»Geht schon mal los!« schrie Karras. »Ich hole euch ein.« Er drehte sich wieder zu Perry. »Tja, du hast also ein neues Auto, ein erfolgreiches Unternehmen, ein neues Haus, eine schöne Frau und zwei hübsche Kinder. Kein Wunder, daß du so unglücklich aussiehst.«

Perry lachte. »Ach, Pete, hör auf, mich auf den Arm zu nehmen. Du weißt, ich könnte gar nicht glücklicher sein.«

»Ich weiß es. Und ich freue mich für dich.«

Perry trat von einem Fuß auf den anderen. »Nur wünschte ich, das Leben würde sich nicht so verdammt schnell bewegen, Pete. Ich meine, ich sehe dich kaum noch.«

»Ja, es ist zu lange her.«

»Vielleicht sollten wir beide uns mal abends zusammentun. Dann gehen wir zu den Boxkämpfen an der U-Line oder unternehmen sonstwas.«

Helen drückte die Hupe des Packard. Von der Treppe aus konnten sie sehen, wie sie Perry herbeiwinkte.

»Du gehst jetzt besser«, sagte Karras.

Perry legte die Hand auf Karras' Arm. »Ich meine das ernst, Pete. Seit der Beerdigung deines Vaters haben wir uns nicht mehr richtig unterhalten.«

Karras sah zu den anderen Männern und Frauen auf der Treppe und senkte die Stimme. »Du brauchst nicht mit mir herumzuziehen, Perry. Du kommst gut ohne mich aus, klar? Du willst dir doch bei diesem Spielstand nicht alles vermasseln.«

»Ach, Pete, laß es. Hör auf mit den Witzen!«

»Ich sage dir nur geradeheraus, wie es ist.«

Perry nahm die Brille ab, klappte die Bügel zusammen und steckte sie in die Seitentasche seines Mantels. »Schon komisch, Pete, wie du dich selbst immer siehst. Das ist die eine Seite. Aber die andere Seite ist, wie die Leute dich sehen.«

»Wovon redest du?«

»Du meinst, ich bin so etwas wie ein braver Meßdiener, der immer das Richtige tut und dafür die richtigen Dinge bekommt. Nun ja, ich denke, ich habe ziemliches Glück gehabt. Und so siehst du *mich*. Aber die Wahrheit ist, als wir Kinder waren, wollte ich immer wie *du* sein. Ab und zu wollte ich mir mal die Hosen schmutzig machen, so wie du. Ich konnte nie so wie du Stickball spielen, nie so ungehemmt plaudern wie du, nie mit den Mädchen umgehen wie du. Selbst im Krieg hatte ich einen Schreibtischposten, und du hast in Asien deinen Mann gestanden und dein Leben an der Front riskiert, wie es ein Mann tun sollte. Soweit ich zurückdenken kann, sehe ich dich und deinen Vater die Straße entlanggehen, und ich habe immer gedacht, das sind zwei richtige Männer. Ich wußte … glaube mir, ich wußte schon damals, daß ich nie so werden könnte.«

»Mein Vater«, sagte Karras. »Ja, ich bin wie mein Vater, genau. Ich trinke zuviel, ich habe keinen Ehrgeiz, und ich behandele meine Frau wie ein Dienstmädchen, wie eine Putzfrau. An den meisten Abenden schaffe ich es zum Essen nicht nach Hause …«

»Pete …«

»… und ich weiß nicht einmal, wie ich meinen eigenen Sohn lieben kann.« Karras' Stimme brach. »Genau wie mein Vater, Perry. Ja, ich bin schon ein toller Mann, klar. Ich bin so sehr Mann, daß mir eine Frau nicht genug ist. Ich habe sogar eine Geliebte …«

»Gottverdammt, Pete«, sagte Pete und wich Karras' Blick aus. »Ich will das nicht wissen.«

Karras rückte nahe an Perrys Gesicht heran. »Und du wolltest immer so ein Mann sein wie ich. O Mann, das ist wirklich zum Lachen, Perry. Die Wahrheit ist, du bist mehr Mann als ich je sein werde. Du warst es immer schon. Kapierst du das nicht?«

Helen hupte erneut. Perry schaute zum Auto, winkte. Als er sich wieder umwandte, sah Karras eine Röte in Perrys Augen.

»Ich gehe jetzt besser. Ich habe noch nicht einmal die Sonntagszeitung gelesen. Ich brauche die Wochenendbeilage: Skeezix ist gerade mit Nina und Chipper auf dem Bauernhof. Chipper glaubt, man kann Milch machen, indem man Kleie und Wasser vermischt, und …«

»Laß gut sein, Perry. Ich habe Gasoline Alley seit mehr als zehn Jahren nicht mehr gelesen.«

»Ich verfolge sie immer noch.«

Karras lächelte. »Geh nur. Geh zu deiner Familie.«

»*Adio*, Pete.«

»*Yasou*, Perry.«

Perry Angelos ging die Stufen hinab zum Bürgersteig, überquerte die Straße. Als er zum Wagen kam, blieb er stehen, legte die Hand auf den Türgriff, blickte sich um. Eleni, Dimitri und Georgia Karras gingen langsam in die Richtung ihrer Wohnung, nach Nordwesten. Peter Karras hinkte in die entgegengesetzte Richtung, nach Süden. Perry setzte sich auf den Fahrersitz, drehte den Zündschlüssel und fuhr an. Er gab Gas und fuhr Richtung Norden.

»Stimm was nicht?« fragte Helen.

»Alles in Ordnung«, sagte Perry. »Ich habe wohl Wind in die Augen bekommen.«

»Setz besser deine Brille auf, Honey.«

»Ja.«

Perry zog die Brille aus der Tasche, setzte sie auf. Helen rutschte zu ihm hinüber und legte den Kopf an seine Schulter.

»Pete sah nicht sehr gut aus, nicht?«

Er sah so aus, als sei er von allen Seiten bedrängt. Als wäre er in eine Gasse geraten, die rundherum zugemauert ist.

Perry sagte: »Er wirkte ganz okay.«

Helen küßte Perry sanft hinters Ohr. Er lächelte.

»Wofür war das?«

»Ich bin glücklich, das ist alles.«

Perry sagte: »Ich bin auch glücklich.«

Auf dem Rücksitz schlug Evthokia Diana auf den Arm. Diana begann zu weinen.

»Schluß, ihr zwei«, sagte Helen. »Hört auf damit!«

»Laß sie spielen«, sagte Perry. Er lauschte den Emotionen in den Stimmen seiner Töchter, ein Klang, der ihm gefiel. Er legte den Arm um Helen und zog sie an sich.

Vera Gardner öffnete die Tür. Sie stand, bekleidet mit knappem Slip und schwarzem Büstenhalter, im Türrahmen. In der Hand hielt sie ein Glas, gefüllt mit Scotch und Eis. Sie hob das Glas zum Mund und trank.

»Ein bißchen zu früh dafür, oder?«

»Mag sein. Möchtest du einen?«

»Mehr als einen.«

Vera lachte und streckte ihren Fuß: ein Kalbslederschuh mit Plateausohlen und Fußriemchen. »Gefällt er dir?«

»Seymour Troy. Ich hab sie bei Hahn's gesehen.«

»Zwölf-fünfundneunzig. Aber ich mußte einfach, Pete.«

»Laß mich rein, Baby, bevor du dir den Tod holst.«

»Magst du mich so nicht?«

»Ich mag dich, egal wie du bist«, sagte Karras. »Und ich mag dich noch mehr, wenn wir reingehen.«

Er betrat das Zimmer, schloß die Tür mit dem Absatz. Er warf seinen Fedora aufs Bett. Unter dem Bett ragten die Griffe von Veras Koffern hervor.

»Scotch für dich?«

»Gern.«

Sie bereitete ihm den Drink zu, stellte ihn auf ein Tablett und trug es durchs Zimmer zu ihm. Er nahm das Glas, trank hastig. Vera lehnte sich an ihn, nahm ihm das Glas aus der Hand und stellte es auf die Kommode. Karras betrachtete ihre nervösen Augen; sie war leicht angetrunken, und auf ihrem Gesicht waren schwarze Streifen.

»Du hast geweint.«

»Kann schon sein.«

»Warum?«

»Darum.«

Sie drückte ihre Lippen auf seinen Mund, küßte ihn verzweifelt.

»Halt mich fest, Pete.«

»Das werde ich.«

Karras öffnete die Augen. Er gähnte und las die Zeit vom rechteckigen Zifferblatt seiner Hamilton ab: fast zwei Uhr. Er stützte sich auf einen Ellbogen, rollte sich auf die Seite und beugte sich über Vera. Sein Finger zeichnete einen Kreis um den kirschroten Nippel ihrer rechten Brust. Herrgott, sie hatte perfekte Titten – die schönsten, die er jemals berührt hatte.

Schläfrig ging Veras Hand zu einem Kitzeln an ihrer Nase. Karras sah, wie ihre Augen hinter den geschlossenen Lidern zuckten. Sie stöhnte leise, bewegte die Lippen, warf den Kopf hin und her. Auf ihrer Oberlippe hatte sich ein Schweißfilm gebildet. Die Laken unter ihr waren feucht, feucht von Schweiß und feucht und klebrig von ihrem Bettvergnügen eine halbe Stunde zuvor. Veras leicht ranziger Schweiß und der Geruch von Alkohol hingen in der Luft.

Plötzlich ruckte ihr Kopf vom Kissen hoch. Sie sah Karras mit weiten fragenden Augen an, als sähe sie ihn zum ersten Mal.

»Ganz ruhig, Süße. Wir sind allein. Du hast geträumt.«

Vera seufzte, ließ den Kopf aufs Kissen sinken. Karras legte einen Arm über sie. Er lauschte dem Ticken seiner Hamilton und spürte, wie Veras Herzschlag durch seine Finger pulsierte. Er schlief ein.

Karras wachte auf und war allein im Bett. Das Licht im Zimmer war verändert. Er sah auf die Armbanduhr und stellte fest, daß eine weitere halbe Stunde vergangen war.

Er setzte sich aufrecht, stellte die Füße auf den Boden. Er kratzte sich unter den Eiern und rieb einen trockenen weißen Fleck von der Innenseite seines Schenkels. Vera stand, mit dem Rücken zu ihm, nackt vor dem Fenster, starrte auf das graue Glas, das durch die Kälte draußen und die Schüssel mit Wasser, die Vera auf dem Heizkörper neben dem Spülbecken hatte, völlig beschlagen war. Vera hielt in der einen Hand eine Zigarette, in der anderen ein Glas mit Scotch auf Eis. Neben der Wasserschüssel stand ein Aschenbecher auf dem Heizkörper. Vera tippte etwas Asche ab, die den Aschenbecher verfehlte und zu Boden segelte.

»Hey, Kleines«, sagte Karras, aber sie drehte sich nicht um.

Karras stand auf und ging zu seiner Anzugjacke, die ordentlich auf dem kleinen Chesterfield-Sofa neben dem Kosmetiktisch lag. Er zog einen Umschlag und sein Päckchen Luckys aus der Innentasche, zündete sich eine Zigarette an und hinkte durchs Zimmer. Karras legte eine Hand auf Veras Schulter.

»Bist du schon lange auf?«

»Eine Weile, ja.«

»Für dich, Vera. Ich dachte, das könnte dir gefallen.«

Er drückte ihr den Umschlag in die Hand. Sie betrachtete den Umschlag, dann den Inhalt, lächelte vage und blinzelte.

»Es ist *Hamlet*«, sagte Karras. »Eins von den Shakespeare-Stücken.«

»Ach, wirklich«, sagte sie spöttisch.

»Laurence Olivier spielt mit.«

»Aber an dem Umschlag ist Blut, Pete. Auch auf den Karten ist ein bißchen Blut.«

Karras lachte ohne Überzeugungskraft. »Ich weiß. Ich habe sie im Grill Nick Stefanos gezeigt. Du weißt ja, er schneidet sich ständig in die Finger, wenn er die Tomaten in Scheiben ...«

»Das ist nett. Das war wirklich nett von dir, Pete. Hast du etwa daran gedacht, mitzukommen?« Ihr Tonfall war eigenartig.

»Ach, du weißt doch, ich und Theater ... Ich dachte, du und deine Freundinnen haben Verwendung dafür.«

»Du hast Recht, meine Freundinnen würden vielleicht gerne hingehen. Aber die Wahrheit ist, ich werde sie nicht benutzen können.« Achtlos legte sie die Eintrittskarten auf die Heizung. Eine von ihnen fiel auf den Boden.

»Wieso? Hast du etwas anderes vor?«

»Etwas vorhaben? Oh, ja, ich habe etwas vor.«

Karras ließ eine Hand über die Kurvung ihrer Hüfte gleiten. Er steckte sich die Zigarette in den Mund und inhalierte tief. Der Rauch, den er zum Fenster hinausstieß, explodierte, als er auf die Scheibe traf. Er fühlte Vera unter seiner Berührung zittern.

»Was stimmt mit dir nicht, Baby?«

Vera nahm einen Schluck. Ihre Zähne berührten das Glas mit einem Klicken. Sie setzte es ab.

»Ich habe nur nachgedacht, Pete. Du weißt schon. Über die Bombe.«

»Das schon wieder.«

»Ja.«

»Und, worum ging's?«

»Es heißt, die Roten haben sie jetzt auch. Meinst du, das stimmt?«

»Teufel, Vera, das weiß ich nicht.«

»Wenn sie sie hätten … wenn sie sie hätten und beschließen, sie einzusetzen, meine ich … sie würden sie direkt hier abwerfen, auf D. C., nicht wahr? D. C. wäre die erste Stadt, wo sie sie hinschicken. Stimmt das etwa nicht?«

»Herrgott!« sagte Karras.

Vera zog an ihrer Zigarette. Der Rauch tröpfelte von ihren Lippen. »Du warst drüben, Pete, als sie die Bombe geworfen haben.«

»Und?«

»Du weißt, was sie angerichtet hat.«

»Sie hat den Krieg beendet.«

»Ich rede davon, was sie *angerichtet* hat. Mit Menschen, Pete. Mit Kindern. Es heißt, sie wurden in kleine Kohleklumpen verwandelt. Ihre Organe wurden gekocht, von innen nach außen …«

»Vera«, sagte Karras mit leiser Stimme. »Die Bombe hat den Krieg beendet. Das war, was sie gemacht hat. Das hat sie für mich und all die anderen GIs gemacht, die das Glück hatten, nach Hause zu kommen. Und schneller hätte es nicht kommen können. Weißt du, nach Leyte haben sie uns wieder nach Guam geschickt. Opferlämmer, Baby; sie haben uns hochgepäppelt für die Invasion von Japan. Gegen Ende waren wir da draußen auf den Truppentransportern und warteten nur noch darauf, nach Japan einzurücken. Die meisten von uns waren im Gefecht gewesen, deshalb war es in gewisser Weise schlimmer als unsere erste Landung, denn inzwischen wußten wir, was wir zu erwarten hatten. Inzwischen hatten wir den

Tod gesehen, überall. Und wir wußten, die Japaner würden auf eigenem Boden bis zum Ende kämpfen – bis zu ihrem und zu unserem Ende. Die meisten von uns rechneten nicht damit, lebend nach Hause zu kommen. Was ich dir sagen will: Ich weiß über die Bombe alles, was nötig ist. Die Bombe hat viele Leben genommen, um noch mehr Leben zu retten. Und mehr brauche ich nicht zu wissen.«

Vera ballte eine Faust. Sie preßte sie ans Fenster, ließ sie in dem Kondensschleier kreisen. Die Bewegung öffnete ein Guckloch nach draußen. Sie starrte hindurch.

»Hast du jemals selber gesehen, was die Bomben anrichten, Pete?«

»Nein.«

»Natalie schon.«

»Natalie«, sagte Karras mit unverhohlenem Abscheu.

»Es stimmt. Sie war beim Manhattan Projekt. Sie hat die Filme gesehen.«

»Du sprichst von Trinity.«

»Nein, nicht Trinity. Trinity war nur Sand, Sträucher und Wüste. Ich spreche von einem anderen Test, den sie gefilmt haben, wo sie eine Bombe bei einer Geisterstadt oder so etwas gezündet haben.«

»Vera ...«

»Natalie hat mir erzählt, wie es war. Wie diese alte Stadt da stand, unbewegt wie ein Bild. Und dann war da ein Blitz, und die Stadt war einfach weg. Als wäre ein großer Sturm gekommen und hätte alles umgelegt, alles weggeblasen. In der einen Minute da, und dann einfach weg. Ich sage dir, Pete, manchmal stehe ich nachts hier und schaue zu diesem Fenster raus, und ich stelle mir vor, ich sehe den Blitz, und alles kommt auf mich zu; die Autos, die Häuser, die

Leichen, alles, und es kommt mit tausend Meilen die Stunde in einem riesigen Sturm auf mich zu. Und dann nichts, Pete, nicht einmal Schwärze. Weniger als Schwärze.«

»Vera.« Karras drehte sie herum. Er nahm ihr die Zigarette aus der Hand und drückte sie im Aschenbecher aus. Er hielt ihren klammen, starren Körper an sich gedrückt.

»Tut mir leid, Pete, daß ich immer davon anfange. Ich habe einfach Angst.«

»Ich weiß, Baby. Ich habe auch Angst.«

Aber er hatte keine Angst. Er wußte, er sollte Angst haben, aber er hatte keine. Letztendlich fürchtete Karras die Vorstellung, ein nutzloser alter Krüppel zu sein, mehr, als er den Tod fürchtete. Und einen Moment lang, als er über Veras Schulter durch das Guckloch in dem beschlagenen Fenster schaute, begann er zu sehen, wovon Vera sprach: diesen Mahlstrom aus Geräuschen und Fleisch und Gebäuden, der in einem kreischenden allerletzten Sturm auf ihn zu wirbelte. Und diesen einen verrückten Moment lang hatte Karras den seltsamen Wunsch, dieses Auslöschen selbst zu sehen. Er wußte mit Gewißheit, daß es schierer und absoluter Horror sein könnte. Aber er hatte das Gefühl, es könne auch etwas sehr Schönes sein.

31

Recevo blies in sein Päckchen Raleighs. Eine Zigarette schoß hervor. Er zog sie mit dem Mund heraus und strich ein Streichholz an seiner Schuhsohle an.

»Noch immer nichts?« fragte Burke.

Recevo zündete die Zigarette an. »Das Telefon hat sich nicht gerührt, seit Sie das letzte Mal gefragt haben, Mr. Burke.«

»Diese Schwuchtel«, sagte Reed. »Ich wußte, wir hätten ihn nicht zu den Griechen schicken dürfen.«

Recevo bedachte Reed, der auf und ab ging, mit einem Seitenblick. »Es war erst gestern abend.«

»Man sollte meinen, er würde anrufen«, sagte Burke. »Zumindest sollte er uns Bescheid geben.« Burke wandte sich an Gearhart, der seinen Sessel ausfüllte und die Finger über seinem Ballonbauch verschränkt hatte. »Was meinst du, Gearhart? Gibt es Grund zum Alarm?«

Gearhart zuckte die Achseln und bewegte seine Schildkrötenaugen unter seinen Lidern.

»Vielleicht ist er abgehauen«, sagte Reed.

»Ohne seine Entschädigung?« sagte Burke. »Glaube ich nicht. Und Bender ist ein Pfau, der gern seine Farben zeigt. Wenn alles nach Plan gegangen wäre, wäre er sofort hier gewesen, hätte mit den Details geprahlt und die ganze Sache ausgeschmückt.«

Burke goß aus einer Karaffe Bourbon in sein Glas. Recevo registrierte, daß er es in einem Zug austrank.

»Da ist etwas faul«, sagte Burke.

»Vielleicht nicht«, sagte Recevo. »Vielleicht haben sie Stefanos überzeugt, und Bender hat sich bloß ausgeschlafen. Er hatte doch Karten für die Vorstellung heute abend. Vielleicht macht er sich gerade fertig.«

Burke goß erneut zwei Fingerbreit Bourbon ein.

Reed sog an seiner Zigarette und schnippte etwas Asche ab. »Ich weiß gar nicht, warum wir so ein Getue darum machen. Wir sollten auf der Stelle zu dem Grill rüber gehen und alles erledigen. Nur wir, so wie wir es von Anfang ...«

»Sie würden euch auseinandernehmen«, sagte Recevo.

Reeds Augen glühten. »So, sie würden mich auseinandernehmen, ja? Meinst du das?«

»Genau.«

»Wer denn? Der abgesägte kleine Grieche mit dem vielen Haar? Oder vielleicht dein Kumpel Karras? Willst du mir sagen, daß dein Hinkebeinfreund mich auseinandernehmen würde?«

Recevo antwortete nicht. Burke trank von seinem Bourbon.

Burke sagte: »Reed hat gar nicht so Unrecht, Joe, zumindest auf seine primitive Weise. Wir haben unsern eigenen Hinterhof verlassen, um ein Problem zu lösen, mit dem wir uns selbst hätten befassen müssen. Vielleicht holen wir uns Karras, unterhalten uns mit ihm und sehen, ob er in dem ganzen Durcheinander als Vermittler auftreten kann.«

»Wir überstürzen alles, Mr. Burke. Wir wissen noch nicht einmal, ob es überhaupt ein Problem gibt.«

»Soll ich etwa herumsitzen und warten?«

»Noch einen Tag«, sagte Recevo. »Ich habe so ein Gefühl. Morgen klärt sich alles wie von selbst.«

Peter Karras stand an der Ecke 7th und T, schüttelte sein Handgelenk aus der Manteltasche und schaute auf die Uhr. Mit zusammengekniffenen Augen erkannte er in der Dunkelheit das Zifferblatt: 17.45 Uhr. Um diese Jahreszeit wurde es in der Stadt schnell Nacht. Karras rückte seinen Fedora zurecht, vergrub die Hände in den Taschen und ging Richtung Süden.

Ein dicker Neger im Kamelhaarmantel und braunen Anzug rührte sich nicht von der Stelle, als Karras näherkam. Karras ging um den Mann herum. Er ging am Beat Off Club vorbei, einem Lieblingstreff von heruntergekommenen Jazzmusikern, und ebenso am Seventh and T Club, durch dessen offene Tür eine aufgepeppte Version des »St. Louis Blues« schallte. Ein Negerpärchen kam schnellen Schritts in seine Richtung, und Karras wich ihnen aus. Es waren nicht viele Menschen unterwegs, da es noch früh und ein Sonntagabend war. Sonntag in D.C., das bedeutete Bier und leichter Wein, aber das galt nicht für die Flüsterkneipen und die Bottle-clubs. Karras schwebte eine ganz bestimmte Adresse vor.

Er fand sie in der Mitte der 7th nahe beim Club Harlem, ein Reihenhaus mit einem schlichten Aufgang zu einer betonierten Veranda. Er nahm die Stufen, klopfte an die waldgrüne Tür und wartete, daß der Sprechschlitz geöffnet wurde. Er ging auf, und zwei vollkommen runde Augen erschienen dahinter.

Dann eine tiefe Stimme: »Ja?«

»Wie wär's mit einem Drink?«

»Haben Sie eine Mitgliedskarte, Boss?«

»Brauche ich eine?«

»Ja.«

»Wie wär's damit?« Karras steckte zwei Dollarscheine durch den Schlitz.

»Sieht fast wie eine aus.«

Karras steckte einen dritten Dollar hinterher. Die Tür ging auf. Ein großer Neger mit pockennarbigem Gesicht stand vor ihm.

Der Neger grinste. »Um Ihnen die Wahrheit zu sagen, Boss, ich glaube nicht, daß das hier ein Ort nach Ihrem Geschmack ist. Aber heute abend geht's ein bißchen ruhig zu, und ich hatte bisher kein bißchen Spaß. Also kommen Sie doch einfach herein.«

Karras ging an dem Rausschmeißer vorbei und hörte, wie die Tür hinter ihm geschlossen wurde. Er bemerkte, daß die Fensteröffnungen zugemauert waren. Tabakqualm lag in der Luft, versetzt mit dem Geruch von Parfüm und etwas anderem, das schwer und süß roch. Ein Plattenspieler spielte ein Stück von Louis Jordan – »Is You Is or Is You Ain't My Baby« – ziemlich laut; Karras erkannte es als eines der Lieblingsstücke aus dem Nick's. Neben einem Tisch mit Pokerspielern an der gegenüberliegenden Wand schob ein Neger langsam eine Negerin zu der Jordan-Melodie übers Parkett. Die Frau trug eine mit Pailletten besetzte Kappe und ein tief ausgeschnittenes Kleid. Ihr Lächeln wirkte schlampig, und das rechte Auge hing niedriger als das linke. Sie war jung, glücklich und halbwegs betrunken.

Der Laden war nicht mehr als ein schickes Wohnzimmer mit einer Bar an der Nordwand. Drei Schwarze in Anzug und Krawatte saßen an der Bar. Hinter der Bar bediente ein Neger mit Fliege, der rote Hosenträger über einem schmal gestreiften Manschettenhemd trug. Alle musterten Karras eingehend, als er durch den Raum hinkte. Er zog seinen Mantel aus, legte seine Luckys auf das Mahagoni und setzte sich.

»Was möchten Sie trinken?« fragte der Barmann.

Karras sah keine Flaschen im Regal. »Welche Auswahl gibt es?«

»Gin.«

»Dann nehme ich Gin«, sagte Karras.

Der Barmann griff unter die Bartheke, brachte eine Flasche ohne Etikett hervor und goß bis zum Rand des Glases ein. Er wartete. Karras nahm einen ordentlichen Schluck und unterdrückte ein Husten: purer Äthylalkohol, mit Wacholder verschnitten. Der Barmann lächelte. Karras zündete sich eine Zigarette an.

Er sah die Theke hinab. An ihrem Ende saß ein großer, dünner Mann, der eine Zigarette rauchte und Karras anstarrte; die Neugier stand ihm ins Gesicht geschrieben. Der Mann sah aus wie eine braune Gottesanbeterin. Neben ihm saß ein hellhäutiger Mann mit einem schrill-modischen Hut. Auch er starrte Karras an. Der Haß in seinen Augen war unkompliziert, schlicht wie eine Faust. Karras sah zu dem Mann auf seiner rechten Seite. Er kannte ihn vom Nick's, ein Freund des grünäugigen Schallplattenauflegers, den Florek ständig bequatschte. Die Farbigen im Nick's nannten den Mann Dinky oder Winky, irgend so etwas. *Pinky.* Ja, Pinky, das war es.

»Hey«, sagte Karras. »Pinky. Richtig?«

Karras streckte die Hand aus. Der Mann, den er als Pinky kannte, ignorierte die Hand und stieg von seinem Barhocker. Langsam ging er zu dem Tisch mit den Kartenspielern und setzte sich zu ihnen.

Der Barmann stützte den Ellbogen auf die Theke. »Haben Sie gedacht, Sie spazieren hier rein und finden neue Freunde?«

»Aber ich kenne den Mann«, sagte Karras.

»Nicht hier drinnen, hier nicht. Vielleicht in Ihrer Welt, kann sein. Aber hier drinnen ist der Mann für Sie nur ein Fremder, sonst nichts.«

Das Louis-Jordan-Stück endete. Der Tonarm des Plattenspielers erreichte das Ende der Platte und machte ein zischendes Geräusch. Niemand machte Anstalten, den Tonarm von der Platte zu heben.

»Ich bin hier, um DeAngelo Ray zu treffen«, sagte Karras.

»Blödsinn«, sagte der Mann mit dem lustigen Hut. Er rutschte von seinem Hocker und näherte sich Karras.

Der Barmann sagte: »Trinken Sie Ihr Glas leer. Trinken Sie es leer und gehen Sie hinaus. Ich habe nichts für Sie, und ich habe nichts gegen Sie, verstehen Sie? Aber Sie gehören nicht hierhin. Wenn Sie noch eine Minute bleiben, ergeht's Ihnen Übel. Und keiner hier wird einen Finger für Sie rühren. Alle werden herumsitzen und zusehen, wie Sie bluten.«

Karras schaute zur Tür, etwa sechs Meter entfernt: Der Rausschmeißer lehnte mit dem Rücken an der Tür und verschränkte die Arme. Karras drehte sich zum Barmann um.

»Der Name ist Pete Karras. Sagen Sie Mr. Ray, ich bin hier, um mit ihm zu sprechen.«

»Ich will verdammt sein!« sagte der Hellhäutige mit dem modischen Hut. »Dieses Arschloch hört einfach nicht zu.«

Karras spürte den heißen Atem des Manns auf seinem Gesicht. Mit einem Auge nahm er wahr, daß Lustighut in seine Jacke griff. Eine Stimme vom Ende der Bar stoppte ihn.

»Ike«, sagte der große, dünne Mann. »Weg da.« Dann wandte er sich an den Barmann. »Sorge dafür, daß hier alles ruhig bleibt. In einer Minute bin ich zurück.«

Der große, dünne Mann stand auf und ging durch eine Tür, die nach hinten ins Haus führte. Lustighut ging zu seinem Hocker zurück. Karras blickte unverwandt geradeaus, leerte sein Glas, rauchte seine Zigarette zu Ende. Der große, dünne Neger kam zurück und tippte Karras auf die Schulter.

»In Ordnung, Karras. Gehen Sie nach hinten und sprechen Sie mit Mr. Ray. Sie haben fünf Minuten dafür.«

»Danke«, sagte Karras. Aber der Mann war schon gegangen.

Karras legte sich den Mantel über den Arm und steckte die Zigaretten in die Hosentasche. Er ließ einen Dollar auf der Theke und hinkte zu der Tür. Er ging um das tanzende Paar herum, das nicht aufhörte, obwohl die Musik zu Ende war. Die Pokerspieler und der Mann, den Karras als Pinky kannte, blickten nicht auf, als er an ihnen vorbeiging.

Karras betrat ein Zimmer durch eine offene Tür. Er schloß die Tür hinter sich. Ein gepflegter junger Neger saß hinter einem Schreibtisch, trank aus einem Brandyglas und rauchte eine dünne Zigarre. Ein Glas mit Eiswasser stand auf dem Schreibtisch. Der Neger trug einen zweireihigen schiefergrauen Anzug mit weißen Nadelstreifen und eine rote Nelke im Knopfloch. Eine sichelförmige Narbe an seinem linken Auge machte einen weißen Schnitt durch seine Augenbraue.

»Sie sind Karras«, sagte der Mann.

»Pete Karras.« Er beugte sich über den Schreibtisch, schüttelte die manikürte Hand des Manns. Er setzte sich in einen weinroten Ledersessel vor dem Schreibtisch.

»Mein Name ist DeAngelo Ray.«

»Sie sind der Mann, den ich treffen wollte.«

»Das hörte ich.«

Hinter dem Schreibtisch war eine verglaste Tür, durch die man auf eine Veranda und dann in eine Gasse blickte. Karras sah den Schatten einer großen Gestalt sich auf der Veranda bewegen. Und dann war eine ganz verrückte Musik zu hören, ein Saxophon, daß überall herumtanzte, Becken, die gestrichen wurden, und ein Baß. Farbiger Jazz, dachte Karras, und ich will verdammt sein, wenn ich ihn begreife.

Ray wies mit einer knappen Kopfbewegung zu der Veranda. »Das ist Junior. Wir haben einen Anschluß nach draußen gelegt, damit er seine Platten hören kann. Er liebt seinen New Yorker Jazz. Aber die Leute vorn, die Kartenspieler, die Aufschneider, die Ladys und alle anderen, sie stehen auf die glatte Musik. Deshalb sitzt Junior draußen in der Kälte und hört seine Musik.«

»Wer ist Junior?«

»Der Gentleman, der Ihnen das Leben gerettet hat.«

»Das Leben gerettet, hm?«

»Ike hätte Ihr Gesicht von einem Ohr zum anderen aufgeschlitzt.«

»Ein Farbiger, der hier in der Stadt einen Weißen tötet, sitzt lebenslänglich, falls er nicht vorher gegrillt wird.«

»Ike hat sich keine Sorgen gemacht.«

»Ich auch nicht.«

»Sie sind ein harter Bursche, Karras.«

»Das habe ich nicht behauptet. Ich wußte nur, daß mein Tag noch nicht gekommen ist.«

DeAngelo Ray gestattete sich ein Lächeln und betrachtete Karras von oben bis unten. »Ihr Hinken sieht ziemlich echt aus. Waren Sie im Krieg?«

»Pazifik.«

»Army?«

»Marine Corps.«

»Viele Männer getötet?«

»Einige.«

Ray seufzte. »Ich selbst war drüben in Europa. Farbige Einheit. Mußten Latrinen für die gemeinen Soldaten ausheben. Ich beneide Sie, Karras. Ich hätte selbst gern ein paar getötet, vor allem, als ich mir einige der Gefangenen angeguckt habe. O Mann, diese deutschen Jungs sind die blassesten Arschlöcher, die ich jemals gesehen habe.«

»Das Leben ist lang. Vielleicht bekommen Sie Ihre Chance noch.«

Ray warf den Kopf in den Nacken und lachte. Karras sah die Goldfüllungen in den Zähnen des Manns.

»Ja«, sagte Ray, »ich wollte da drüben wirklich für mein Land eintreten. Sie haben mir aber wohl kein M-1 anvertrauen wollen. Woran, glauben Sie, lag das?«

»Sie hätten stolpern oder Ihr Abzugfinger hätte zucken können, und dann hätten Sie aus Versehen einen Ihrer Lieutenants in den Rücken oder den Kopf geschossen.«

»Das hätte passieren können, ja. Daran habe ich nie gedacht, um die Wahrheit zu sagen.« Ray schnippte mit den Fingern. »Sie könnten recht haben.«

»Sie hatten also einen harten Job«, sagte Karras.

»Ja. Sie haben uns Farbigen verdammt harte Jobs gegeben.«

»Ich würde es nicht so schwer nehmen. Sieht so aus, als würde es für Ihre Leute bald besser kommen.«

Ray trank von seinem Brandy und beobachtete Karras über den Glasrand. »Und wie kommen Sie zu der Meinung, daß ich will, daß es besser kommt?«

»Ich weiß nicht. Ich dachte ...«

»Sie dachten. Nun, von da, wo Sie sitzen, haben Sie recht. Es gibt eine Menge Leute, die genauso denken. Sie reden von Gleichheit, gleichen Rechten und solchen Sachen. Und wenn sie das wollen, prima. Ich, ich bin ein erfolgreicher Geschäftsmann. In *meiner* Welt, Karras. Ich habe meine eigene Musik, meine eigenen Frauen, meine eigene Art, mich zu kleiden – meinen eigenen *Stil.* Überall, wo ich wirklich sein will, kann ich hin. Ich gehe, wohin ich will, und ich sehe, was ich sehen will. Als ich ein Kind in dieser Stadt war, drüben in Southwest, habe ich in meinem Viertel kaum einmal einen weißen Mann oder eine weiße Frau gesehen. Und wenn, dann war das, als wäre jemand von einem anderen Planeten eingeflogen. Ihre Leute haben anders ausgesehen, anders geredet.

Sie haben sogar anders gerochen. Und ich bin prächtig aufgewachsen. Warum sollte ich das jetzt also ändern? Warum sollte ich in einem Eiscafé neben Ihnen sitzen wollen? Was sollte das *mir* wirklich nützen?«

»Ich habe keine Ahnung.«

»So ist es, Karras. Sie haben keine Ahnung.« Ray zog an seiner Zigarre. Er rollte die Asche am Aschenbecher ab. »So. Was kann ich denn heute abend für Sie tun?«

Karras zog das Foto von Lola Florek aus seinem Mantel und warf es auf den Tisch. Es blieb direkt vor Ray liegen. Ray nahm es in die Hand.

»Sagen Sie Ihren Text auf«, sagte Ray. »Ihre Zeit ist fast abgelaufen.«

»Die Frau heißt Lola Florek. Meine Quelle sagt mir, Sie organisieren Partys für Geschäftsleute von außerhalb. Daß Sie ein Vermittler für Yellow Roberts sind. Daß Sie die Unterhaltung rekrutieren – weiße Huren für farbige Männer. Marihuana- und Ginpartys und solche Sachen. Ich dachte mir, Sie haben die Frau vielleicht gesehen.«

»Ihre Quelle.«

»Ein Cop, den ich kenne.«

»Steht dieser Cop auf meiner Lohnliste?«

»Das weiß ich nicht. Und wenn ich es wüßte, wäre es mir egal. Und ich würde ihn nicht verpfeifen.«

Ray trank von dem Brandy und danach von dem Eiswasser. »Erzählen Sie mir von dem Nagelbrett.«

»Kleinstadtmädchen, nach D.C. importiert. Auf Drogen, soweit ich weiß. Die Drogen fesseln sie an ihren Zuhälter. Ihr Bruder ist ein Freund von mir. Er sucht sie, und ich helfe ihm.«

»Warum?«

»Darüber habe ich mir noch keine Gedanken gemacht.«

»Was ist Ihr Anteil daran?«

»Kein Anteil.«

»Ein harter Bursche wie Sie? Sieht einem Mann wie Ihnen gar nicht ähnlich, als weißer Ritter daherzukommen.«

Karras zuckte die Achseln. »Was kann ich Ihnen sagen, Ray? Ich war mein ganzes Leben ein schwarzer Ritter. Jetzt dachte ich, ich sollte mal was anderes versuchen, mal sehen, was für ein Gefühl das ist. Einmal den Gang wechseln, damit es nicht so langweilig ist.«

Ray lachte. »Sie sind schon einer, Mann.«

»Ja, ich bin schon einer, okay.«

»Und«, sagte Ray, »Sie haben Glück. Denn ich werde Ihnen heute abend helfen. Sehen Sie, Karras, Sie zeigen mir das Foto, und ich sehe es an, und plötzlich wird mir klar: Ich *kenne* die Frau.«

Karras' Herz tat einen Sprung.

»Sehen Sie, diese Frau war letzte Nacht auf einer meiner Partys. Wurde von einem Knaben aus Chicago, South Side, ein bißchen grob behandelt. Als ich sah, was er getan hat, mußte ich dem Knaben sagen, daß er bei uns nicht mehr willkommen ist. Weil ich es nicht ausstehen kann, wenn eine Frau so behandelt wird. Ganz egal, ob sie eine Lady oder ein Nagelbrett ist. Verstehen Sie, was ich meine?«

Karras nickte.

»Und jetzt dachte ich, wenn ihr Zuhälter sie abholt, dreht er durch und unternimmt etwas. Habe sogar mit Ärger von ihm gerechnet. Aber dieser Zuhälter hat die arme Kleine bloß angeschrien, weil sie sich beklagt, daß sie innen drin ganz zerrissen ist. Und das hat mir gar nicht gefallen. Denn man kümmert sich um seine Frauen. Dieser Zuhälter ist ein Mann, mit dem ich nie mehr Geschäfte mache.«

»Wie heißt der Mann?«

»Weißer Mann. Heißt Morgan.«

»Morgan – er verkauft Frauen?«

»Das ist sein Geschäft.«

»Haben Sie eine Telefonnummer, wo ich ihn erreichen kann?«

»Ich habe noch was besseres. Ich habe auch eine Adresse für Sie.«

Ray blätterte in einem Notizbuch aus seiner Schreibtischschublade. Er schrieb die Angaben auf ein Blatt Papier, das er Karras zuschob. Karras las die Adresse, faltete den Zettel und steckte ihn zusammen mit dem Foto in seine Jackentasche. Er stand auf und streifte sich den Mantel über.

»Ich werde Ihre Zeit nicht mehr in Anspruch nehmen.«

»Ja, besser, Sie gehen jetzt. Und kommen Sie nicht mehr hier hin, hören Sie? Sie haben mich zufällig an einem meiner großzügigen Abende erwischt.«

Sie schüttelten sich die Hand.

»Gehen Sie durch die Hintertür. Sie wollen sicher nicht mit Ike zusammentreffen.«

»Wir sehen uns.«

»Ich glaube nicht.«

»Danke, Ray.«

»Nun gehen Sie schon. Und, Karras …«

»Ja?«

»Vergessen Sie nicht, auf dem Weg nach draußen sich auch bei Junior zu bedanken.«

Karras öffnete die Hintertür und trat auf die Veranda. Er zog die Tür ins Schloß. Der große, dünne Neger, den sie Junior nannten, saß in einem verwitterten Schaukelstuhl, die Krempe seines braunen Huts nach unten gezogen, so daß seine Augen im Schatten lagen. Zwischen Juniors Fingern steckte eine glimmende Marihuanazigarette. Seine Hand klopfte auf der Armlehne im Takt zu dem Saxophon, das aus dem Plattenspieler neben ihm zu hören war. Karras konnte ums Verrecken keine Melodie in dem Stück erkennen, aber das Saxophon, soviel mußte er zugeben, klang gut.

Neben dem Plattenspieler stand ein offener Aktenkoffer mit Schallplatten. Von dem Plattenspieler lief ein Kabel zu einem provisorischen Lautsprecher an der Wand. Karras setzte sich auf einen Klassenzimmerstuhl neben dem Schaukelstuhl. Er blickte in die dunkle Gasse, die von dem fahlgelben Licht aus den Fenstern der angrenzenden Häuser ein wenig Farbe gewann.

»Danke«, sagte Karras.

»Was?«

»Ihr Boss hat mir gesagt, ich soll mich bei Ihnen bedanken. Ich habe das zwar schon vorhin in der Bar getan, aber da waren Sie schon unterwegs. Es tut nicht weh, es noch einmal zu sagen.«

»Danke für was?«

»Daß Sie mir da drinnen den Arsch gerettet haben, schätze ich.«

»Ich war Ihnen was schuldig, Mann. Jetzt sind wir quitt.«

»Sie waren mir was schuldig?«

»Allerdings.«

Junior schob die Hutkrempe nach oben. Er zog an der Marihuanazigarette, behielt den Rauch in den Lungen. Er streckte Karras die Zigarette entgegen. Karras mochte den Geruch, der harsch und überwältigend, zugleich aber auch angenehm und süß war. Aber Karras hatte nicht den Wunsch, es mit dem Rauchen zu probieren. Er schüttelte den Kopf.

»Ein anderes Mal.«

Junior blies den Rauch aus, blies Asche von der Zigarette. »Ganz wie Sie wollen.«

Karras nahm das Kabel bis zu dem Lautsprecher in Augenschein, der bündig auf dem Holz saß. »Schöne Arbeit, der Anschluß. Haben Sie das selbst gemacht?«

»Ich würde so etwas nicht anfassen. Sie wissen doch, was man über uns Farbige sagt, oder? Es gibt nur zwei Dinge, vor denen wir Angst haben: Alligatoren und elektrischer Strom.«

Karras lächelte und wies mit einer Bewegung des Kinns auf den Plattenspieler. »Was hören wir gerade?«

»Ein Junge namens Charlie Parker. Auf dem Dial-Label.«

»Ich meine, wie nennen Sie diese Art von Musik?«

Junior grinste. »Wird Jazz genannt.«

»Jazz. Swing-Musik, meinen Sie.«

»Nein, Mann, ich rede nicht von Swing. Ich rede von Jazz. Hard Bop, Karras. *Kopfmusik*. Eine Art Musik, die man eigentlich nicht so einfach aufnehmen kann. Echt verrückt, Mann, wie alles, was einem passieren kann, aber wirklich schön, weil man nicht weiß, wo sie hingeht. Genau wie das Leben.«

Karras kratzte sich am Kinn. »Ich habe Harry James einmal gesehen.«

Junior, plötzlich belebt, lehnte sich in seinem Stuhl nach vorn. »Harry James? O Mann, Karras, James und die Dorsey Brothers und Stan Kenton und alle anderen von den Graugesichtern, die Sie mir aufzählen können – sie alle wissen nichts von gar nichts. Und alles, *was* sie wissen, haben sie von Mr. Louis Armstrong und Mr. Fletcher Henderson aufgeschnappt. Das können Sie mir *glauben*. Und wenn Sie beim Big-Band-Sound bleiben wollen, dann bleiben

Sie dabei, das ist Ihr Bier. Aber wenn Sie dem Swing-Orchesterding zuhören, dann können Sie genausogut Duke Ellington oder dem Count zuhören.«

»Ich schätze, ich bin ein Ignorant.«

»Nein, Sie sind kein Ignorant. Aber Sie wissen nur, was Sie gehört haben. Und Sie haben gar nichts gehört, bevor Sie keinen Mann gehört haben, der wie Bird blasen kann.«

»Ihr Boss sagt, Sie stehen auf den New Yorker Sound.«

»Sieht wohl so aus, da ich dort bin, so oft ich kann. Ich war letztes Weihnachten da, an dem Abend, als Miles Davis aus Birds Quintett ausstieg und Kenny Dorham an seine Stelle getreten ist. Ich hab Ted Damerons Gruppe im Royal Roost gesehen, Ecke Broadway und Achtundvierzigste. Ich war im Bop City und im Clique. Manchmal tanze ich auch ein bißchen im Savoy, Lenox an der Einundvierzigsten. Sie haben eine Tanzfläche dort, so lang wie ein ganzer Häuserblock. Und überall, wo ich hingehe ...« Junior tätschelte den Aktenkoffer neben sich. »... gehen meine Platten und dieser tragbare Plattenspieler hier mit. Aber nicht, daß Sie den Eindruck haben, daß ich nicht mag, was wir hier in D. C. haben. Denn wir haben hier unseren eigenen Sound. O ja. Gute Musiker, die hier aus der Stadt kommen, Leute wie Earl Swope. Swope und seine Posaune. Kamen aus Hagerstown in die Stadt, er spielt so einen südlichen Stil, echt entspannt, und einen Posaunenklang wie seinen finden Sie so leicht nirgendwo, das sag ich Ihnen. Hmm, Mann, Earl Swope kann spielen.«

»Wissen Sie, Sie geben mir das Gefühl, als wäre ich die ganzen Jahre in meiner eigenen Welt eingesperrt gewesen.«

»Keine Sorge, Mann. Sie haben Ihr eigenes Ding, das ist alles. Ich bin in meinem eigenen Ding auch eingesperrt gewesen.« Junior beugte sich vor. »Sind Sie sicher, daß Sie nichts von dem Pot wollen?«

»Ich nehm's nicht. Und ich habe noch eine lange Nacht vor mir.« Karras stand auf. »Aber eins beschäftigt mich noch. Sie haben gesagt, Sie waren mir was schuldig. Wieso? Ich kenne Sie nicht einmal, Junior.«

»Sie erinnern sich bloß nicht daran. Aber Sie kennen mich. Wir sind uns einmal begegnet, vor ungefähr fünfzehn Jahren. Wir waren noch Kinder.«

»Wie ist Ihr vollständiger Name?«

»In meiner Gegend – in Bloodfield war das – hat man mich Junior Oliver genannt.«

»Ich weiß nicht …«

»Ich und meine Jungs sind mit euch mal in einem Feld in der Nähe der Fifth aneinandergeraten, an einem Tag im Sommer. Sie hatten mich voll im Griff, waren direkt über mir. Sie hätten mich grün und blau prügeln können. Aber Sie haben's gelassen. Sie haben mich gehen lassen. Ich war Ihnen was schuldig, Karras. Jetzt sind wir quitt miteinander.«

Karras schüttelte den Kopf. »Ich erinnere mich trotzdem nicht. Wie haben Sie mich denn erkannt?«

Junior Oliver lächelte. »An den blauen Augen und an dem verdammten Mal im Gesicht. Sie hatten es damals, und Sie haben es immer noch. Als Kind habe ich nicht allzu viele weiße Jungs gesehen. Sie und das Mal, das habe ich nie vergessen.«

Karras berührte den Leberfleck mit dem Finger. »Ich will verdammt sein.«

»Kopfmusik, Karras. Der Mist ist manchmal total irre.«

Karras steckte die Hände in die Taschen. »Ich denke, wir sehen uns mal wieder.«

»Das bezweifle ich«, sagte Junior. »Die meiste Zeit wandern Sie und ich durch unterschiedliche Welten. Die Sache heute abend hier? Das war nur ein Zufall.«

Karras wandte sich ab, ging die Verandatreppe hinunter auf das Steinpflaster, bog nach rechts. Er beschleunigte den Schritt. Der farbige Jazz folgte ihm und verklang, als er durch die dunkle Gasse hinkte.

Wieder auf der Straße, steckte Karras Zeigefinger und kleinen Finger in den Mund und pfiff nach einem Taxi. Ein gelber Dodge hielt, und Karras stieg ein.

»Wohin, Kumpel?«

»Shaw«, sagte Karras.

»Express oder wollen Sie die Denkmäler sehen?«

»Vierzehnte und R.« Karras ließ einen Dollarschein auf den Beifahrersitz flattern. »Lassen Sie die Karre fliegen.«

32

Jimmy Boyle hob den Telefonhörer ab.

»Hallo?«

»Officer Boyle?«

»Am Apparat.«

»Matty Buchner.«

»Buchner. Was gibt's?«

»Vielleicht hab ich was. Etwas, das mir seit Freitagabend Kopfzerbrechen macht. Kann sein, daß es nichts ist, aber ...«

»Nun rede schon, verdammt noch mal!«

»Hey, Sie brauchen nicht so ungeduldig zu sein.«

»Ich bin voll auf Koffein, das ist alles. Ein bißchen überdreht.«

»Also, ich erzähl mal von Anfang an. Abends war ich in dieser Bar ...«

»Welche Bar?«

»Herrgott, Officer, ich erinnere mich nicht.«

»Du hast also deine flinken Finger in einer Bar spielen lassen. Hör zu, Matty, ich kriege es sowieso heraus ...«

»Schon gut, ich war in der Hi-Hat. Kann ich jetzt weitererzählen?«

»Mach schon.«

»Ich bin also in der Bar, ganz für mich, lasse mir ein oder zwei Cocktails schmecken und höre mit einem Ohr das Gespräch zwischen einem Gast und dem Barmann. Der Gast bestellt bei dem Barmann, der eigentlich ein Zuhälter mit einem Nebenjob im Hi-Hat ist, eine Nutte.«

»Red weiter.«

»Normalerweise hätte ich mir nichts dabei gedacht, aber als dieser Gast dem Barmann seine Bestellung gibt, besteht er eindringlich darauf, daß die Puppe richtig dick ist. So wie er selbst. Und nach dem Mord Freitag nacht, na ja, ich dachte, die beiden Sachen könnten zusammenhängen.«

»Wieso?«

»Weil die tote Nutte fett war. Und es hat sich schon rumgesprochen, daß es ihr wie den anderen ergangen ist.«

»Wann war das, sagst du?«

»Freitagabend.«

»Du mußt lauter reden, Buchner. Du weißt, ich bin auf einem Ohr taub.«

»Ja, gut.«

»Beschreib mir den Mann.«

»Dick und rund und häßlich. Trägt saubere, gepflegte Kleidung. Wie ein – wie heißt das gleich? – wie ein Dandy. Kein Verbrechertyp, wenn Sie mich fragen. Der Mann sieht nicht aus wie ein Durchschnittsganove.«

»Was sonst noch?«

»Jetzt kommt die Sache, die mich wahnsinnig macht. Der Typ hat mich an einen Schauspieler erinnert, einen Charakterdarsteller. Zuerst dachte ich an Victor Mature, aber mir war sofort klar, daß er zu häßlich war, um mich an Mature zu erinnern. Und gestern kam es mir wie der Blitz: Der Schauspieler, an den ich dachte, war in einem Film zusammen mit Mature.«

»Welcher Film?«

»An die Handlung erinnere ich mich, aber der Titel fällt mir ums Verrecken nicht ein. Da ist ein Mann – Vic Mature –, und er ist in dieses Weib verliebt, das abgemurkst wird.«

»Wer ist die Schauspielerin?«

»Carole Landis ist die, die ermordet wird. Mein Gott, die Landis hat ein Paar Titten wie …«

»Mach weiter, Matty.«

»Also, dann verliebt sich Mature in die Schwester der Landis, gespielt von Betty Grable. Es ist der einzige Film, den ich gesehen habe, in dem die Grable nicht singt. Jedenfalls gibt es da einen Cop, der Mature für den Mörder hält, obwohl man von Anfang an weiß, daß er die Landis nicht umgelegt hat. Aber dieser Cop ist wie bekloppt darauf aus, Mature das Verbrechen anzuhängen. Er kann einfach nicht anders. Am Ende sieht man den Cop, da ist er mit seiner Besessenheit völlig hinüber. In einer Wohnung hat er einen Altar für die Landis gebaut, wie in einer Kirche, mit Kerzen und dem ganzen Brimborium.«

»Wer spielt den Cop?«

»Ich weiß es nicht! Ich habe ihn in vielen Filmen gesehen, aber sein Name fällt mir nicht ein. Das Irre ist, er hat sich vor zwei Jahren umgebracht, weil er nicht damit leben konnte, so fett und häßlich zu sein. Häßlich und fett, Officer, wie dieser Typ, den ich abends in der Bar gesehen habe.«

»Du hast dem Typen nicht zufällig die Brieftasche gemopst, Matty?«

»Unsinn! An so etwas würde ich im Traum nicht denken.«

»Matty …«

»Und außerdem hat er seinen Mantel nicht an der Garderobe abgegeben.«

»Ich komme wegen der Sache noch auf dich zu.«

»Ich freue mich immer, Sie auf dem Laufenden zu halten.«

»Wenn dir der Name des Schauspielers einfällt, gib mir Bescheid.«

»Glauben Sie mir, es bringt mich um, daß ich ihn nicht weiß.«

»Denk weiter drüber nach.«

Boyle legte den Hörer auf. Er schaute zum Spiegel in der Diele seiner Wohnung. Die letzte Woche hatte er den Appetit eines Spatzen gehabt und rund zehn Pfund Gewicht verloren. Seine Wangen wirkten eingefallen, unter den Augen prangten schwarze Ringe.

Boyle ging ins Bad und nahm die Aufputschpillen vom Regal. Er steckte eine in den Mund, legte den Kopf zurück und schluckte die Pille ohne Wasser. Mitten im Gespräch mit Buchner hatte er gespürt, wie er absackte. Die Pille würde ihn wieder hochbringen. Wenn er jetzt auf eine entscheidende Spur stieß, würde er alle Energie benötigen, die er aufbringen konnte.

Karras drehte das Lenkrad des großen V8 und bog von der 14th nach links in die New York Avenue. Der Ford wedelte mit dem Heck und kam hinter der Kurve wieder in die Spur. Mit weit aufgerissenen Augen starrte Florek vom Beifahrersitz auf Karras.

»Ich bin kein großartiger Fahrer«, sagte Karras. »Um die Wahrheit zu sagen, ich habe ganz wenig Übung.«

»Schon in Ordnung«, sagte Florek.

»Jedenfalls solltest du dich jetzt freuen, statt dir Sorgen über meine Fahrkünste zu machen.«

»Ich freue mich ja. Und gleichzeitig bin ich ein bißchen nervös.«

»Ich weiß, mein Junge. Ich bin auch ein bißchen nervös.«

»Das war nett von Nick, dir den Wagen zu leihen.«

»Nick ist ein Klassetyp. Aber über deine Schwester braucht er nichts zu wissen. Soweit es ihn angeht, fahre ich dich bloß quer durch die Stadt, damit du dein Mädchen treffen kannst. Kapiert?«

»Klar.«

Karras hatte Schwierigkeiten, den dritten Gang einzulegen. Ein scheußliches Geräusch war zu hören. Florek warf Karras einen raschen Seitenblick zu.

»Du weißt ja, wie es heißt«, sagte Karras. »Das Getriebe läßt grüßen.«

»Pete?«

»Ja.«

»Wie kriegen wir Lola da raus?«

»Wir nehmen sie mit.«

Fünf Minuten später ließ Karras den Ford ausrollen, hielt unter einer Straßenlaterne und las die Adresse auf dem Zettel, den er von DeAngelo Ray bekommen hatte. Karras parkte den Wagen vor dem Haus.

»Auf geht's, mein Junge.«

Florek stieg aus dem Wagen und eilte die Treppe zur Haustür hinauf. Er wartete auf Karras, der sich aufs Geländer stützen mußte. Dann stand Karras neben ihm. Er tippte Florek auf den Arm.

»Los, Mike. Drück auf die Klingel.«

Florek klingelte. Die Tür öffnete sich schneller, als er erwartet hatte, und im Türrahmen stand ein schmächtiger, kleiner Mann. Er blieb hinter der Tür, als er den kahlen Kopf herausstreckte.

»Ja?«

»Wir wollen zu Lola Florek«, sagte Karras.

Der Mann musterte Karras, ohne Florek zu beachten. »Hier gibt es keine Lola.«

Karras trat mit dem gesunden Fuß gegen die Tür. Der kleine Mann stolperte rückwärts und fand am Dielentisch Halt. Karras und Florek betraten das Haus. Karras schloß die Tür hinter sich.

Eine kräftige Frau saß bei einem Highball im Wohnraum, während zwei Frauen in Satinkleidern zu einem Bing-Crosby-Stück tanzten, das von einem Plattenspieler mitten im Zimmer kam. Sie tanzten langsam weiter, die Körper aneinandergepreßt, und beobachteten gelassen das Eindringen der beiden Fremden.

»Sind Sie Morgan?« fragte Karras.

Morgan hielt sich die Nase, wo ihn die Tür getroffen hatte. »Warum?«

»Ich will nur wissen, ob ich mit dem richtigen Mann rede.«

»Ich werde die Cops anrufen«, sagte Morgan. »Genau das werde ich tun. Und zwar sofort.«

»Rufen Sie nur an«, sagte Karras.

Morgan rührte sich nicht.

»Wo ist Lola?« fragte Florek.

»Habt ihr eine Verabredung?«

»Wo ist sie?« Florek ballte die Hand zur Faust.

»Was denn, willst du dich entjungfern lassen, Bübchen?«

»Wir holen sie hier heraus und nehmen sie mit«, sagte Karras. Er schob eine Hand in den Mantel und kratzte sich auf der Brust. Er ließ die Hand dort und blickte drohend auf Morgan hinunter.

»Dann holt sie euch doch«, sagte Morgan. »Für mich ist sie sowieso nutzlos. So wie sie jetzt aussieht, kann ich die Schlampe nicht mal umsonst anbieten.«

Florek tat einen Schritt nach vorn, drehte sich auf dem Fuß und schlug eine rechte Gerade. Er traf exakt Morgans Nasenrücken. Morgan lag auf dem Teppich, bevor Florek überhaupt klar war, daß er einen Boxhieb angebracht hatte.

Karras sah Florek an. Florek rieb sich die Knöchel der rechten Faust und lächelte mit zusammengepreßtem Kiefer. Die Tänzerinnen bewegten sich nicht mehr; eine unterdrückte ein Grinsen.

Blut tropfte aus Morgans Nase und kroch über seine Lippe. Er stützte sich auf den Ellbogen. »Oben, zweite Tür rechts. Nimm sie, und geht.«

Florek warf Karras einen kurzen Blick zu und nahm dann zwei Stufen auf einmal. Morgan rappelte sich hoch.

»Bleib sitzen!« sagte Karras. »Wenn du aufstehst, schlag ich dich eigenhändig nieder.«

»Ihr Schweine«, sagte Morgan.

Karras sagte: »Und halt den Mund!«

Fünf Minuten vergingen. Karras stand vor Morgan, während die Tänzerinnen sich auf das Sofa setzten und die kräftige Frau sich einen weiteren Drink gönnte. Karras sagte kein Wort zu Morgan. Dann hörte er Schritte auf der Treppe und blickte hoch.

Florek hatte seine Schwester am Arm und führte sie die Stufen hinunter. Lola trug ein schmutziges beigefarbenes Kleid, das mit blutroten Rosen bedruckt war. Um ihre Schultern lag ein Mantel. Als sie die letzte Stufe nahmen, sah Karras ihr Gesicht, das durch einen gewaltigen Bluterguß fast ganzflächig entstellt war. Die Schwellung im Nasenbereich wurde von dem Bluterguß überdeckt. Unter beiden Augen waren kleinere violettblaue Prellungen zu sehen. Die beiden Schneidezähne fehlten, aus dem Zahnfleisch sikkerte Eiter.

Tränen liefen über Lolas Gesicht; Tränen trübten Mike Floreks Augen. Karras wandte den Blick ab.

»Bring sie in den Wagen«, sagte Karras.

Florek führte Lola in die Nacht hinaus.

Karras sagte zu Morgan: »Wer hat ihr das angetan?«

»Das weiß ich nicht.« Morgan nahm den Blick in Karras' Augen wahr. »Ich sage die Wahrheit, Kumpel – ich weiß es nicht.«

Karras wandte sich um.

»Einen Moment noch«, knurrte Morgan. »Ich will wissen, wer *mir* das angetan hat.«

Karras hob die Schultern. »Pete Karras. Merk dir den Namen.«

Morgan sagte: »Das werde ich.«

Karras spürte eine Vene in seinem Hals pochen. Er steuerte die Tür an.

33

Karras fuhr Mike und Lola Florek zu Floreks Behausung an der 14th. Er ließ sie vor dem Haus aussteigen, fuhr mit dem Ford dann zur S, lenkte den Wagen in die Gasse und parkte ihn auf der Rückseite des Nick's. Auf dem Weg durch die Gasse schwänzelten die

Katzen um seine Füße herum und beschnupperten ihn, bis er schließlich die Hintertür des Lokals erreichte und durch den Lagerraum ging, der intensiv nach Parfüm, Reinigungs- und Desinfektionsmitteln roch. Costa hatte Samstagnacht jeden Quadratzentimeter Fußboden und Wand geschrubbt; als er Sonntag bei Tagesanbruch fertig wurde, war keine Spur mehr von Bender und seinen Männern zu finden. Kein Haar oder Kleiderfetzen blieb, und kein einziger Blutfleck.

Stefanos saß auf einem Hocker in der Küche und trank eine Flasche Ale. Eine Schnur mit Kummerperlen war fest um eine Hand gewickelt. Karras gab ihm die Wagenschlüssel.

»*Efcharisto,* Niko.«

»*Tipota*. Hast du Beulen reingefahren?«

»Ich habe ihn ganz gut behandelt. Ist Costa da?«

»Er ist im Hellenischen Club, spielt Karten.«

»Und Toula?«

»Sie ist oben. Warum?«

»Na ja, ich will mit ihr reden.«

»Aha.«

Stefanos schien teilnahmslos oder in Gedanken, deshalb behelligte ihn Karras nicht weiter. Er öffnete die Küchentür und ging zu Costas Wohnung hinauf. Toula hatte wenig zu tun, sie hörte Karras nur zu gern zu und tat, um was er bat. Vor allem gefiel ihr der Gedanke, die Sache vor Costa und Nick geheimzuhalten; der konspirative Aspekt schien ihr zu gefallen.

Karras brachte Toula zu Floreks Zimmer. Sie ging mit einer Tasche voller Hausmittel und Kräuter hinein. Karras blieb draußen im Flur und rauchte eine Zigarette. Den Stummel trat er mit dem Schuh aus. Einer der Mieter, ein dünner Mann in mittleren Jahren, kam aus einem Zimmer, nur mit einem Handtuch um die hageren Hüften; der Veteran aus dem Großen Krieg nickte Karras zu, als er auf Zehenspitzen in die Gemeinschaftsdusche huschte. Karras hörte die Wasserleitungen ächzen und dann ein klopfendes Geräusch, als der Mieter den Warmwasserhahn aufdrehte. Mike Florek kam aus seinem Zimmer und schloß behutsam die Tür hinter sich. Er lehnte sich neben Karras an die Wand.

»Danke, Pete. Danke für alles.«

»Vergiß es. Hier, rauch eine.«

»Ich rauche nicht.«

»Nimm trotzdem eine.«

Karras hielt Florek die Zigarettenpackung entgegen. Florek nahm eine, Karras tat es ihm gleich. Er zündete erst seine, dann Floreks Zigarette an.

»Toula hat sofort mit der Behandlung begonnen«, sagte Florek. »Sie hat mich praktisch vor die Tür gesetzt.«

»Sie wird sie wieder hinkriegen.«

»Sie hat ein leeres Wasserglas mit der Öffnung nach unten auf Lolas Rücken gesetzt und neben dem Glas eine Kerze angezündet. Ich konnte sehen, wie Lolas Haut in das Glas hineingesaugt wurde. Ich mußte weggucken …«

»*Vendouzas*«, sagte Karras.

»Was ist das denn?«

»Die Heilung. Eine Art griechisches Voodoo. Frag mich nicht nach einer Erklärung – ich hab keine.«

»Funktioniert sie?«

»Keine Ahnung. Meine Mutter hat sie mir verpaßt, wenn ich krank war. Schaden kann es nicht. Und es spielt keine Rolle, ob sie funktioniert oder nicht, denn Toula macht so oder so weiter damit. Und sie wird ein paar andere Dinge anstellen, konventionellere Dinge. Soweit ich es sehen konnte, ist der Schaden eher kosmetisch. Und außerdem hast du dich um andere Probleme zu kümmern als um den Bluterguß in ihrem Gesicht oder zwei fehlende Zähne.«

»Zum Beispiel?«

»Zum Beispiel, wie du sie von dem Dreck loseist. Zum Beispiel, wie du sie wieder zu der Frau machst, die sie mal war. Wie sie vergessen kann, was aus ihr geworden ist.«

Florek nahm einen kurzen Zug aus der Zigarette. »Wie soll ich das anstellen?«

»Bring sie irgendwohin, wo sie sich nicht allzuviel bewegen kann. Steck sie in ein Zimmer und binde sie fest, wenn es sein muß. Es wird die Hölle für sie sein, aber es ist die einzige funktionierende Methode, von der ich je gehört habe.«

»Wo mache ich das?«

»Zu Hause. Mit dir und deiner Mutter, in deinem Stahlkaff, woher du auch kommst. Sie gehört nicht in diese Stadt, Mike. Genausowenig wie du.«

Florek sah Karras an. »Heute nacht?«

»Nein, nicht heute nacht. Heute nacht braucht sie ihre Ruhe.« Karras führte die Zigarette zwischen die Lippen, inhalierte tief. Er schaute auf die aufgeschürften Knöchel von Floreks rechter Hand. »Du hast es Morgan ordentlich gegeben.«

»Sieht so aus. Ich habe vorher noch nie jemanden geschlagen, Pete.«

»Das waren eine Menge erste Male hier, was? Du siehst sogar anders aus als bei unserem ersten Kennenlernen. Bei der vielen Arbeit hast du ein paar Pfund zugelegt.«

»Meinst du?«

»Sicher. Was war das für ein Gefühl, diesen Typen zu schlagen?«

»Ziemlich gut, schätze ich. Besonderen Reiz hat es nicht, falls du das meinst.«

»Vergiß das nicht, mein Junge. Man braucht nicht viel Grips, um einem Mann ein Ding zu verpassen, oder sich mit Ganoven abzugeben, oder vom Weg abzukommen. Kein Grips, kein Reiz.«

»Mag sein. Aber ich würde mir gern den Kerl vorknöpfen, der meiner Schwester das angetan hat.«

»Besser, du hakst die Sache ab. Ändern kannst du es nicht, also kannst du auch das tun, was ihr jetzt guttut.«

Florek warf die Zigarette auf den Boden und trat sie aus. »Weißt du, sie hat darüber gesprochen. Während du Toula geholt hast. Sie hat darüber gesprochen, was passiert ist.«

»Ja?«

»Fiebergeschwätz, Pete. Sie hat alles mögliche dahergeredet. Hat sogar behauptet, sie wär mit der Nutte zusammengewesen, die nachts aufgeschlitzt worden ist. Die Nutte wär ihre Freundin gewesen. Der Killer hätte ihre Freundin aufgeschlitzt und dann Lola ins Gesicht getreten, bevor er sich aus dem Staub gemacht hat.«

»Sagt sie, sie hätte den Killer gesehen?«

»Nichts hat sie gesehen. Nur ein Paar Schuhe, wie reiche Typen sie auf dem Golfplatz tragen. Du weißt schon, in zwei Farben. Braun und weiß, bloß ohne Spikes. Ich glaub kein Wort davon. Ich kann mir denken, jede Prostituierte in der Stadt sieht überall Killer, weil sie so verängstigt sind. Du glaubst doch nicht, daß da etwas dran ist, oder?«

»Nein. Drogengewäsch, würde ich sagen.«

»Genau. Trotzdem wär ich gern eine Minute allein mit dem Typen ...«

»Vergiß es, Florek.«

»Richtig. Genau das muß ich tun. Einfach vergessen.«

Karras drückte die Zigarette am Türrahmen aus. »Ich mach mich jetzt auf.«

»Wohin willst du?«

»Nach Hause. Zur Abwechslung will ich es mal vor Mitternacht schaffen. Mal sehen, ob ich zu meiner Frau ins Bett krieche, bevor sie eingeschlafen ist.«

Florek zog an Karras' Mantelärmel. »Pete, ich ...«

»Du hast es mir schon gesagt.« Karras lächelte. »Geh rein und sieh nach, wie es ihr geht.«

»Wir reden morgen darüber, okay?«

»Ja. Morgen bereden wir alles.«

Karras ging zur Treppe. Florek beobachtete seinen Schatten auf der Wand, als er die Stufen hinabging. Dann hörte er das Quietschen der Haustür, als sie geöffnet und wieder geschlossen wurde.

Florek rieb sich die geschwollenen Handknöchel und dachte über den Mann nach, der gerade davongehinkt war. Ein Mann größer als sein eigener Schatten – das war Pete Karras. Und der Mann wußte es nicht einmal. Florek lächelte und erkannte zum ersten Mal die Möglichkeit, wie Lola wiederherzustellen war. Er stieß sich von der Wand ab, öffnete die Tür zu seinem Zimmer und blieb einen Moment im Türrahmen stehen. Er ging hinein.

34

Am nächsten Morgen, einem Montag, schlief Peter Karras, bevor Dimitri aufwachte, mit Eleni zum Lärm der Autohupen auf der

H und Elenis Keuchen und Schluchzen. Zuerst waren sie leidenschaftlich zusammengekommen, hatten bald einen Rhythmus gefunden und es langsam bis zum Ende gebracht. Karras kam als erster, ganz ruhig und dauernd; Eleni kam mit einem Krampf, trat, wie immer, mit einem Bein in die Luft. Anschließend lachten sie darüber, und Karras hänselte sie wegen des Beins und ließ nicht von dem Thema ab, bis sie rot wurde. Sie vergaß ihren Zorn darüber, daß sie ihn, bis auf die eine Stunde in der Kirche, während der letzten Tage weder gesehen noch gehört hatte.

Eleni briet Karras zwei Spiegeleier mit frittierten Schweinefleischscheiben von Marylands Ostküste. Karras mochte das Eigelb im Ganzen und das geschnetzelte Fleisch von beiden Seiten gut gebraten. Eleni servierte beides perfekt, und Karras genoß sein Frühstück zu Elenis neuer Jo-Stafford-Platte und den Lauten des Jungen, der in seinem Laufstall mitten im Zimmer mitzusingen versuchte. Karras dachte: Weißt du, so schlecht ist das gar nicht, hier so zu leben. Vielleicht könnte ich mich daran gewöhnen, wenn ich es einmal versuchte. Ja, das könnte ganz angenehm sein.

Karras schob den Teller von sich und las die Sportseite der Morgenausgabe des *Times-Herald*. Zu seiner zweiten Tasse Kaffee rauchte er eine Zigarette, nahm dann den Jungen aus dem Laufstall und versuchte mit ihm zu spielen, indem er einen blauen Gummiball hin und her rollte. Aber nach dem ersten Versuch ging der Junge unbeirrt zu seiner Mutter, und Karras setzte sich in den Lehnsessel im Wohnzimmer und dachte: Und was mache ich *jetzt*? Ich habe es mit meiner Frau getrieben, ich habe mein Frühstück gegessen, und ich habe versucht, mit meinem Sohn zu spielen. Das alles habe ich gemacht, und jetzt habe ich den Rest des Tages vor mir, um … um *was* zu tun? Und dann: Für so etwas bin ich einfach nicht geschaffen. Einige Männer können mit ihren Familien herumsitzen, sich daran gewöhnen und es sogar mögen, aber ich bin dafür nicht gemacht. Wem zum Teufel mache ich was vor? Für mich ist es einfach nicht richtig.

Also nahm Karras eine Dusche, zog einen blauen Anzug an, steckte die Zigarettenpackung in die Anzugjacke, zog sich seinen Mantel über und ging zur Tür.

»Wohin gehst du, Pete?« fragte Eleni.

»Aus.«

Zwei Minuten später hinkte er, die Morgensonne im Rücken, die H entlang.

Die Glocke läutete, als Karras die Tür aufstieß und das Nick's betrat. Zwei Neger, die Karras nicht kannte, saßen auf Barhockern; Costa stand hinter der Theke, halbierte Salatköpfe auf dem Schneidebrett und hatte dabei ein Auge auf die beiden Gäste. Eine Sendung mit dem Titel »Rhythm Special« auf WOOK kam aus dem Radio, und die beiden Gäste bewegten ihre Köpfe im Takt zum Baßrhythmus.

»Hey, Costa.«

»Karras.«

»Viel zu tun?«

»Ja. Dein Florek hat sich krank gemeldet.«

»Wo ist Nick?«

»*Sto kouzina.*«

Karras ging durch die Pendeltür in die Küche. Stefanos saß auf einem Hocker, vor sich auf dem Tisch eine aufgeschlagene Zeitung, eine leere Flasche Ale und ein halbvolles Glas.

»*Yasou*, Panayoti.«

»*Yasou*, Niko.«

»Komm, trink ein kleines *beera* mit mir.«

»Es ist nicht mal Mittag.«

»*Ella, re*! Ich habe darauf gewartet, daß du kommst. Hol dir eine Flasche, dann reden wir.«

Karras ging nach vorn, nahm eine Flasche Ballantine Ale aus dem Kühlschrank, öffnete die Flasche und trug sie zusammen mit einem sauberen Glas in die Küche. Er zog den Mantel aus, legte Zigaretten und Streichhölzer auf den Tisch und zog einen Hocker heran. Er und Stefanos stießen an.

»*Siyiam.*«

»*Siyiam, re.*«

Karras und Stefanos tranken. Karras wischte sich Schaum von der Oberlippe.

»Etwas Gutes in der Zeitung.«

»Das hier.« Stefanos beugte sich vor und tippte mit dem Finger auf einen Artikel. »Gestern abend haben sie in Alabama einen Farbigen auf den elektrischen Stuhl gesetzt. Einen Blinden. *Mavros* namens Buster Snead. Der erste Blinde, an dem die Todesstrafe vollstreckt wurde.«

»Schuldig?«

Stefanos nickte. »Er hat gestanden. Hat eine Frau in ihrem Bett in Stücke gehackt. Sie hat ihm über ein Jahr zwanzig Dollar geschuldet, sagt er. War es wohl leid, sie immer danach zu fragen.«

»Zwanzig Kröten. Nicht viel, daß zwei Menschen dafür sterben.«

»Hmhm. Aber jetzt kommt das Komische. Nicht komisch zum Lachen, aber, du weißt schon, sonderbar. Er sagt …« Stefanos kniff die Augen zusammen, als er aus der Zeitung vorlas. »... Ich werde Jesus sehen, und ich bin froh.«

»Hat er sonst noch was gesagt?«

»Ja. Er hat gesagt: Gute Nacht.«

»Das trifft's wohl.«

»Allerdings.«

Stefanos faltete die Zeitung zusammen und legte ein Bein über das andere.

Karras sagte: »Du fängst ziemlich früh am Tag an, meinst du nicht?«

»Ich habe nachgedacht. Der *pioto* hilft mir nachdenken.«

»Worüber.«

Stefanos spreizte die großen Hände. »Über den Abend, vor allem. Die Männer, die wir getötet haben. Daß wir vielleicht zu schnell gehandelt haben. Daß wir etwas anderes hätten tun können.«

»Dafür ist es ein bißchen zu spät.«

»Ich weiß. Und ich sage nicht, daß sie den Tod nicht verdient haben, denn sie haben ihn verdient. Wenn nicht dafür, dann wahrscheinlich für etwas anderes. Aber ich bin es leid. Ich habe keinen Mumm mehr für noch mehr Töten, *katalavenis.*«

»Ich verstehe. Aber ich habe dir gesagt, wenn du so etwas anfängst, mußt du bereit sein, es zu Ende zu führen.«

»Ich erinnere mich.«

»Und du weißt, daß jemand nach Bender suchen wird. Seine Männer oder Burkes Männer, ganz egal, und wenn sie herausfinden, was in dem Lagerraum passiert ist, glaube mir, dann wollen sie es sich mit Blut bezahlen lassen.«

»Klar werden sie kommen. Ich sage nur, daß ich nicht weiß, ob ich den *orexi* habe, um mich weiter zu wehren.«

»Du bist dabei, ein neues Kapitel aufzuschlagen, was?«

»Grins du nur. Aber genau das werde ich tun. Ich komme in die mittleren Jahre, Karras. Ich hatte mit der Lotteriezahl vor ein paar Jahren etwas Glück, und ich will leben, um es gemeinsam mit meiner Familie zu genießen. Ich will meinen nichtsnutzigen Sohn aus Griechenland holen und ihm hier Arbeit besorgen. Letzte Woche hat er mir geschrieben, daß er eine nette *koritsaki* in *Sparti* kennengelernt hat. Vielleicht heiratet er, denke ich mir, kommt mit seiner neuen Frau herüber, und wenn ich wirklich Glück habe, habe ich eines Tages einen eigenen Enkelsohn.«

»Das würde dir bestimmt gefallen.«

»Das würde es, verdammt noch mal. Dir etwa nicht?«

»Ich weiß nicht. Um die Wahrheit zu sagen, kann ich nicht so weit voraussehen.«

Stefanos ertappte sich dabei, wie er Karras anstarrte. Er blickte zur Seite, nahm sein Glas vom Tisch und trank einen Schluck Ale.

»Aah«, sagte Stefanos, »das tut gut. Ich hab jedenfalls, wie gesagt, nachgedacht. Ich will es hier ein bißchen ruhiger angehen lassen, keine Gauner mehr um mich herum. Und keine Pistolen, keine Messer. Ich werde selbst ein bißchen zurückstecken – beim Trinken, beim Spielen und allem anderen. Und du, *vre*, mußt dich auch ein bißchen zurückhalten.«

»Davon weiß ich nichts.«

»Du und dein Freund, der *Italos*. Vielleicht solltet ihr mal einiges bereden. Ein paar Dinge klären.«

Karras blickte auf seine Füße, schüttelte den Kopf. »Ich und Joey, wir wissen nicht, wie man das macht.«

»Blödsinn. Du mußt aus diesem Bus aussteigen, das mußt du.«

»Was?«

Stefanos beugte sich vor. »Sieh mal, ich habe so meine Vorstellung vom Leben. Das Leben ist wie eine Busfahrt durch die Stadt. Ich nenn' dir ein Beispiel. Du nimmst die U Street-Linie zur Seventh, richtig? Du steigst auf einen Bus Richtung Süden um und dann wieder auf einen Bus der F Street-Linie, Richtung Westen quer durch die Stadt.«

»Und?«

»So. Wenn du in der U Street-Linie sitzt, siehst du ständig dieselben Leute, die alle das gleiche tun. Der Bus nach Süden ist anders. Das gleiche gilt für die F Street-Linie, aber vielleicht siehst du ein paar Leute aus der U …«

»Zum Teufel, wovon redest du?«

»Hör zu. Du und der *Italos*, ihr wart euer ganzes Leben im selben Bus. Der Bus, in dem ihr sitzt, die Bremsen verschleißen, *katalavenis*? Ich weiß das, denn ich selbst habe auch in so einem Bus gesessen. Aber jetzt denke ich, daß man vielleicht die Leine ziehen kann und an der nächsten Haltestelle aussteigt, bevor es zu spät ist. Einen anderen Bus nimmt, meine ich. Du und dein italienischer Freund, ihr müßt aus dem alten Bus aussteigen.«

Karras zündete sich eine Zigarette an. Er schüttelte das Streichholz aus und warf es auf den gefliesten Boden. Das Telefon im Gastraum klingelte laut.

»Wie ich schon sagte, Nick, ich weiß nicht, wie man das macht. Ich würde gern, aber ich weiß nicht, wie das geht.«

»Ach«, sagte Stefanos abwinkend. »Du kennst dich selbst nicht, das ist alles. Wenn du in den Spiegel schaust, siehst du nicht den gleichen Mann, den ich hier vor mir sitzen sehe.«

»Hör zu, Nick …«

Costa spähte durch die Pendeltür. »Karras, da ist dieser irische Cop am Telefon. Er sucht dich.«

»Boyle?«

»Boyle, Doyle, was weiß ich? Ich habe hier genug zu tun. Komm raus, *malaka*, und geh ans Telefon.«

Karras ging in den Gastraum. Er zauste Costas Haare, als er den Hörer nahm.

»*Ella, vre bufo*!« sagte Costa. Er verwünschte Karras ausgiebig, als er sich hinter die Theke zurückzog.

»Jimmy?«

»Ja, Pete, ich bin's.«

»Jimmy, ich wollte dich heute morgen sowieso anrufen und mich für den Tip mit DeAngelo Ray bedanken.«

»Schon Erfolg gehabt?«

Karras sog an seiner Zigarette. Lola hatte behauptet, Zeugin des Mords gewesen zu sein. Drogenträume oder nicht, er wollte nicht, daß sie jetzt mit der Polizei zu tun bekam.

»Noch nicht«, sagte Karras. »Aber ich bin dran.«

»Freut mich, daß ich helfen konnte.«

»Warum rufst du an?«

»Ich habe eine Kinofrage, Pete. Du hast die Filme immer in- und auswendig gekannt, als du vor dem Krieg als Aushilfe im Hippodrome gearbeitet hast.«

»Worum geht's?«

»Wahrscheinlich keine große Sache. Einer meiner Informanten sagt mir, er wäre dabeigewesen, als so ein fetter Dreckskerl abends beim Barmann im Hi-Hat eine Nutte bestellt hat. Er hat ausdrücklich eine dicke bestellt, sagt er, und zwar an dem Abend, als die fette Nutte aufgeschlitzt worden ist. Vielleicht ist es ja nichts …«

»Ganz ruhig, Jimmy. Wann war das?«

»Freitag abend.«

Karras spürte, wie sein Puls sich beschleunigte. »Hast du schon mit dem Barmann gesprochen?«

»Vorher wollte ich noch etwas klären. Die Kinofrage, über die ich mit dir reden wollte. Dann wollte ich heute abend beim Hi-Hat vorbei, wenn der Barmann wieder da ist.«

»Also gut. Weiter.«

»Mein Informant sagt, der Fettsack sah aus wie ein Schauspieler, den er kennt. Ein Typ, der immer den Dicken spielt – oder besser, gespielt hat, bevor er sich selbst abgemurkst hat, weil er mit seinem Aussehen nicht leben konnte. Dieser Schauspieler jedenfalls war in einem Film, in dem er einen beknackten Cop spielt, der hinter Victor Mature her ist; und Mature wird fälschlicherweise als Mörder eines Weibs verdächtigt.«

»Wer spielt die Frau?«

»Wie heißt sie noch, sie hat diese herrlich ausdrucksvollen Dinger ...«

»Carole Landis.«

»Landis, genau. Okay. Also, Betty Grable spielt auch in dem Film mit, aber keine Gesangsrolle. Und dieser Wicht, Elisha Cook, der immer so aussieht, als hätte man ihn mitten in einem schrecklichen Traum geweckt. Jedenfalls ist dieser Cop von der Landis besessen ...«

»*I Wake Up Screaming.*«

»Was?«

»*I Wake Up Screaming*. So heißt der Film.«

»Und wer hat den Cop gespielt?«

»Laird Cregar«, sagte Karras spontan. Und dann sagte er den

Namen noch einmal, weil er vor seinem geistigen Auge einen Mann sah, der wie Cregar aussah. Ein Dandy, und ein reichlich fetter dazu – die schlimmsten von allen. Saß in seinem Sessel, die Hände über dem Bauch gefaltet. Und an seinen Füßen ein Paar zweifarbige Gibsons. Zweifarbig, braun und weiß … Laird Cregar … *Gearhart.*

»Ich will verdammt sein«, sagte Karras.

»Was sagst du?«

»Nichts.«

»Ja. Mir ist der Name ums Verrecken nicht eingefallen. Wer weiß, vielleicht stoße ich jetzt auf …«

»Jimmy, ich will dich nicht abwürgen, aber ich habe viel zu tun. Noch mal danke für den Tip mit Ray.«

»Ich danke *dir*, Kumpel. Paß auf dich auf.«

»Ja, du auch.«

Karras legte den Hörer auf. Er ging wieder in die Küche, nahm einen letzten Zug aus seiner Zigarette und trat sie auf dem Boden aus. Er nahm seinen Mantel und zog ihn über.

Stefanos hob eine Augenbraue. »Bist du hokay? Du wirkst ein bißchen *stenichorimenos*.«

»Mir geht's prächtig. Ich muß zu einer Verabredung.«

»Dann geh. Aber du denkst über das nach, was ich dir gesagt habe, *acous*?«

»Ja, ich höre. Wir sehen uns.«

Karras hinkte zur Pendeltür. Er drehte sich um.

»Hey, Nick.«

»Ja.«

»Nur für den Fall, daß ich es nicht schaffe, aus dem Bus zu steigen, von dem du gequatscht hast …«

»*Ella, re*!«

»Ich meine es ernst. Hör mir zu. In meinem Spind im Lagerraum liegt ein Umschlag.«

»Und?«

»Du weißt, was zu tun ist.«

Stefanos blickte Karras in die Augen. »Morgen hast du Dienst. Ich seh dich dann, oder?«

»Klar, Nick.«

»*Yasou*, Panayoti.«

»*Yasou*, Niko. *Adio*.«

Karras verließ die Küche. Stefanos sah ihm nach.

35

Peter Karras winkte ein Taxi heran und sagte dem Fahrer, er solle in die Innenstadt fahren. Er hatte kein bestimmtes Ziel im Sinn, aber er wollte weg vom Nick's, und er brauchte einen Platz, um nachzudenken. An der Ecke 13th und H ließ er den Fahrer anhalten, gab ihm zwei Dollar und betrat ein Restaurant an der Ecke, das Dagwood's, über dessen Eingang ein einladendes, hell erleuchtetes Schild hing. Karras hatte keinen großen Hunger, aber wollte aus der Kälte heraus, während er sich alles zurechtlegte.

Die Spezialität im Dagwood's waren die Sandwiches, Dagwood Sandwiches genannt, direkt aus dem Comic Strip. Karras nahm an der Theke Platz und bestellte die Tagesempfehlung, ohne zu lesen, was es war.

»Zu trinken?« fragte der Mann mit der weißen Papiermütze.

»Coca-cola«, sagte Karras.

Ein paar Minuten später brachte der Kellner Huhn mit Bacon auf weißem Toast, garniert mit grünem Salat, Tomatenscheiben und Mayonnaise. Daneben stellte der Mann einen Teller mit süßen Gurkenstückchen, Krautsalat und eingelegten Tomaten. Karras trank die halbe Cola in einem Schluck, bestellte eine Tasse Kaffee und bekam sie. Er nippte an dem Kaffee, den er beim ersten Kontakt als Produkt des National erkannte, dem Händler an der 9th. Nick Stefanos verwandte für seinen Kaffee die gleiche Mischung.

Karras verschlang das Sandwich, ließ die Kaffeetasse nachfüllen und zündete sich eine Zigarette an. Er rauchte diese und eine zweite, drückte den Stummel im Aschenbecher aus und winkte dem Mann hinter der Theke.

Der Kellner brachte die Rechnung. »Mal sehen … Das macht fünfzig Cents für das Sandwich und einen Zehner für den Kaffee. Plus Steuer.«

Karras legte einen Dollarschein auf die Theke. »Rest für Sie.«

»Danke, Sir.«

»Haben Sie ein Telefonbuch?«

»Jawohl, Sir.«

»Bringen Sie es mir.«

Karras fand Recevos Telefonnumer und Adresse. Er war nicht überrascht, daß Joey nicht umgezogen war; er hatte immer noch die Zweizimmerwohnung bei Fort Stevens, nahe der Georgia. Karras nahm das Telefonbuch mit zur Telefonkabine, schloß die Tür hinter sich und setzte sich auf die Bank. Er wählte Recevos Nummer.

»Hallo?«

»Joe?«

»Am Apparat.«

»Pete Karras.«

Und dann war Stille. Karras hatte das halbwegs erwartet. Er griff in seiner Jacke nach einer Zigarette, überlegte es sich anders und zog die Hand wieder heraus.

»Pete, bist du noch da?«

»Ja, ich bin hier. Und ich habe es eilig. Das ist kein Höflichkeitsanruf.«

Recevo sagte: »Leg los.«

»Du weißt doch von den Morden, die es während der letzten Jahre gegeben hat.«

»Sicher weiß ich davon.«

»Nun, es wird verrückt für dich klingen, aber der Kerl, der die Nutten aufschlitzt, gehört zu Burkes Mannschaft. Um genau zu sein: Er sitzt mit seinem fetten Arsch die ganze Zeit neben dir in eurem Büro.«

»Was?«

»Ich sage dir, wie es ist, Joe. Der Mörder ist Gearhart.«

»Was zum Teufel ...«

»Ja.«

Schweigen. Dann: »Woher weißt du das?«

»Beweisen kann ich es nicht, selbst wenn du mir eine Knarre an den Kopf hältst. Aber ich habe mehr als nur eine Ahnung. Frag nicht, woher ich das habe, denn ich werde es dir nicht sagen. Du mußt mir eben vertrauen. Gearhart ist es.«

»Hast du einen Zeugen dafür?«

»Nein.«

»Na gut, sagen wir mal, es stimmt. Was soll ich deiner Meinung nach tun?«

»Ihr müßt dieses Monster von der Straße holen. Und zwar gründlich – nicht bloß in eine andere Stadt schicken oder so etwas.

Denn ein Klotzkopf wie er wird immer weitermachen und dasselbe auch woanders tun. Und, Joey, verdammt, du weißt, daß das falsch ist. Du und ich, wir haben ein paar üble Sachen angestellt, aber das ist eine ganz andere Liga. Es ist von Grund auf falsch.«

»Willst du mir sagen, ich soll damit zu Mr. Burke.«

»Wäre ein Anfang.«

»Aber ich muß mehr wissen, Pete. Ich muß wissen, wie man auf Gearhart gekommen ist; wenigstens, wo es angefangen hat. Ohne eine Quelle kann ich damit nicht zu Burke gehen; er würde mir kein Wort glauben. Ich schwöre dir, ich sage ihm nichts, ohne daß ich …«

»Mir ist scheißegal, was du ihm sagst.«

»Dann gib mir irgend etwas.«

»Der Ball kam im Hi-Hat ins Spiel. Der Mann, der die Nachtschicht hinter der Bar macht, vermittelt Frauen.«

»Das ist eine Hilfe.«

»Dann war es das.«

»Hör zu, Pete …«

»Vergiß es. Und, Joey …«

»Ja?«

»Noch etwas. Ich hätte nichts dagegen, wenn ihr euch entscheidet, euch auf eure Art um Gearhart zu kümmern. Aber falls ihr euch entscheidet, es auf die legale Art zu tun, ich meine, wenn ihr ihn dem Gesetz übergeben wollt, dann versprich mir, daß ihr dafür sorgt, daß Jimmy Boyle ihn schnappt.«

»Geht Boyle immer noch im selben Revier Streife?«

»Ja. Und er ist scharf darauf, sich sein Detective-Abzeichen zu verdienen. Du und ich, Joey, wir haben hier die Gelegenheit, etwas Richtiges zu tun. Verstehst du?«

»Kapiert, Pete. Erreiche ich Boyle unter seiner alten Adresse?«

»Genau. Das reicht dann.«

»Einen Moment noch.«

»Was denn?«

»Eine bestimmte Sache macht mich neugierig. Burke hat einen Burschen namens Bender losgeschickt, damit er sich um Nick Stefanos und den Rest von euch kümmert.«

»Und?«

»Ich frage mich, ob ...«

»Er hat uns gefunden.«

Recevo sagte: »War nett, mit dir zu reden, Pete.«

»Ja«, sagte Karras. »Finde ich auch.«

Karras legte den Hörer auf. Er starrte auf das Telefon und strich mit den Fingern über den Leberfleck an seinem Mund.

Joe Recevo rief Burke an.

»Mr. Burke, Joe hier.«

»Ja?«

»Sind Sie allein?«

»Ja.«

»Gearhart in der Nähe?«

»Er ist mit Reed und zwei anderen unten im Wohnzimmer.«

»Gut. Ich muß Ihnen etwas erzählen.«

Recevo informierte Burke ohne Umschweife. Als er fertig war, seufzte Burke vernehmlich ins Telefon. Recevo hörte das Klingeln der Eiswürfel, die an den Glasrand stießen.

»Wer hat dir den Tip gegeben?«

»Ein Kerl, von dem ich weiß, daß er an dem Abend in der Bar vom Ambassador war.«

»Das Hi-Hat?«

»Ja. Er hat gesehen, wie Gearhart bei dem Barmann eine Nutte bestellt hat. Der Barmann verdient sich was extra als Vermittler für Zuhälter. Die Bestellung stimmt mit der Beschreibung der Frau überein, die es erwischt hat. Bis ins Detail.«

»Es gibt eine Menge fette Huren. Das beweist gar nichts.«

»Nein. Aber einmal angenommen, es ist was dran. Die Polizei wird ihre Nase tief in unsere Geschäfte stecken, und zwar schon bald.«

»Ja, ich verstehe, was du meinst. Wer war dein Informant?«

»Wie ich schon sagte, ein Kerl. Ein Typ, der mich mit Gearhart zusammen gesehen hat und weiß, daß wir zur selben Truppe gehören. Er hat mir einen Gefallen getan, aber sonst will er nichts damit zu schaffen haben. Er wird mit keinem anderen darüber reden, und er weiß, was passiert, wenn er es doch tut.«

»Hmm.«

»Mr. Burke.«

»Okay, Joe. Ich lasse Gearhart nach oben holen und werde mich ein bißchen mit ihm unterhalten. Kannst du vorbeikommen?«

»Jawohl, Sir.«

»Und, Joe? Gute Arbeit.«

»Ich bin gleich da.«

Recevo unterbrach die Verbindung. Er zog den Mantel an, knickte die Krempe seines Fedora und setzte ihn auf. Lois Roman kam ins Zimmer.

»Wo gehst du hin, Joe?«

»Geschäfte. Komm her und laß dich küssen.«

Lois durchquerte das Zimmer und strich den Rock über ihren Schenkeln glatt. Er drückte seine Lippen fest auf ihren Mund, nahm den Kopf zurück und blickte nachdenklich in ihre Augen. Dann küßte er sie ein zweites Mal.

Lois lächelte. »Wofür war der zweite?«

»Es fühlte sich so gut an, daß ich noch mal zulangen mußte.«

»Komm nicht zu spät.«

»Ich lieb dich, Baby.«

Recevo tätschelte Lois' Hintern und löste sich aus der Umarmung. Sie sah ihm nach, als er mit großen Schritten zur Tür ging.

»Ich liebe dich, Joey«, sagte sie.

Aber er war schon fort.

Karras nahm ein Taxi nach Southeast und ließ den Fahrer am 4500er Block der Alabama Avenue am Straßenrand warten. Es war ein Werktag, Montag nachmittag, und auf den Straßen war wenig Betrieb.

Karras hinkte die Stufen zu der Tür des Reihenhauses hinauf und betrat die Eingangshalle. Er klopfte an die Tür, an der eine 1 stand. Die unverschlossene Tür öffnete sich bei seinem heftigen Klopfen. Karras ging hinein.

Die Möbel gehörten dem Vermieter, und sie waren an Ort und Stelle, aber sonst war alles verschwunden. Der Schrank stand offen; er war leer, an der Kleiderstange aus Holz hingen ein paar Drahtbügel. Ein Fingerbreit graues Wasser stand in einem lippenstiftbefleckten Glas, das auf der billigen Kommode stand.

Karras ging zum Fenster. Er beugte sich vor und nahm die Theaterkarte, die hinter die Heizung gefallen war. Er rieb mit dem Finger über das getrocknete Blut, das über dem Wort *Hamlet* verschmiert war. Karras ließ das Ticket los und sah zu, wie es zu Boden segelte.

Er verließ das Zimmer und ging wieder auf die Straße hinaus. Er setzte sich auf die Rückbank des Taxis und steckte sich eine Zigarette zwischen die Lippen.

»Wohin, Mann?« fragte der Fahrer.

Karras sagte: »Chinatown.«

Recevo ging in der großen Eingangshalle an Face vorbei. Er sah den Waliser, Mittelgroß und ein paar andere im Wohnzimmer sitzen, als er die Treppe hinaufging. Oben angekommen, ging er nach rechts. Reed lehnte an der Wand und rauchte vor der geschlossenen Tür von Burkes Büro eine Fatima.

»Er ist drinnen«, sagte Reed.

»Wer?«

»Gearhart. Er ist drinnen und plärrt wie ein kleines Mädchen. Er hat Mr. Burke alles erzählt. Es kam alles sofort, als Burke ihn fragte. Als hätte er nur darauf gewartet, daß ihn jemand fragt: Ach, übrigens, Gearhart, ich hab mich gerade gefragt, ob du die ganzen Puppen abgemurkst hast. Ich sag dir, er konnte es gar nicht abwarten, alles vorzusingen.«

»Was hat er denn gesagt?«

»Sachen über seine Mami. Seine fette Hurenmami, die es für einen Dollar auf der Sailor's Row getan hat. Sie hat ihn nie geliebt und all so Sachen. Hat nur die Nigger geliebt, und die weißen Nigger und jeden anderen, der das Geld hatte. Bla, bla, bla.« Reed zog an seiner Zigarette und blies einen Rauchring in die Luft. »Hast du dich schon mal von einer fetten Frau reiten lassen, Joe?«

»Sei still, Reed!«

»Es ist gar nicht so schlecht.«

»Sei still, sag ich.«

Reed grinste und wischte Asche vom Revers seines Kammgarnanzugs. »Du bist wirklich ein toller Hecht, weißt du. Hast ein Riesenschwein und kommst mit der Gearhart-Geschichte, bevor die Polizei draufkommt. Ein echter Held. Und wieder ein Sternchen auf deiner Personalakte bei Mr. Burke.«

»Ich gehe hinein.«

»Aber jetzt haben wir ein Problem, nicht? Was machen wir mit unserem fetten Freund?«

»Ich gehe rein.«

»Wer hat dir eigentlich den Tip gegeben?«

»Das ist meine Sache.«

»Ach?«

»Es ist meine, wenn ich sage, es ist meine.«

Recevo klopfte an die Tür. Burke rief: »Herein!« Recevo drehte den Türknauf und ging hinein, gefolgt von Reed. Reed lehnte sich an den Waffenschrank, Recevo setzte sich an den großen Tisch.

Gearhart saß an der üblichen Stelle, die Hände über seinem Ballonbauch gefaltet. Tränenstreifen waren auf dem aufgedunsenen Gesicht zu sehen. Seine Schultern waren nach oben gezogen, versteckten seinen spärlichen Hals, und er starrte unverwandt geradeaus. Er brauchte nur noch die Narrenkappe, um das Bild zu vervollständigen: ein dreihundert Pfund schwerer Junge, gedemütigt in seiner Schulklasse.

»Es tut mir so leid«, wisperte Gearhart.

Burke griff über seinen Schreibtisch nach der Bourbonflasche und goß das Glas fast randvoll. Er probierte von dem Whiskey, betrachtete das Glas, hielt es gegen das Licht.

»Hast du draußen mit Reed gesprochen?«

»Ja«, sagte Recevo.

»Dann weißt du Bescheid.«

»Ja.«

»Wir werden das jetzt durchdenken. Wir müssen das ausbügeln.«

»Das stimmt, Mr. Burke.«

»Aber wir haben noch ein anderes Problem, das wir vorher lösen müssen.«

»Und zwar?«

»Eine Zeugin am letzten Freitag. Eine zweite Prostituierte, die dabei war. Aus irgendeinem Grund hatte unser Gearhart entschieden, ihr Leben zu verschonen.«

»Wer ist sie?« Recevo blickte zu Gearhart, der immer noch nach vorn starrte. Er erwog, den fetten Mann zu fragen, doch Burke schien seine Anwesenheit zu ignorieren. Recevo überlegte, daß er genauso vorgehen würde.

»Gearhart weiß es nicht.«

»Dann fragen wir ihren Zuhälter.«

»Er kennt den Zuhälter nicht. Gearhart hatte die Angewohnheit, seine Frauen durch Mittelsmänner zu bestellen. Die Taxifahrer an den Hotels, Barmänner und so.«

»Dann muß man den Mann im Hi-Hat fragen. Er hat die Verabredung arrangiert.«

Burke sagte: »Das stimmt. Oder, Gearhart?«

Gearhart nickte einmal.

»Ja«, sagte Burke. »Er muß den Zuhälter kennen. Durch den Zuhälter kommen wir an die Frau. Und wir werden den Barmann und den Zuhälter überzeugen müssen, daß sie den Mund halten. Reed?«

»Ja?«

»Würdest du dich darum kümmern?«

Reed lächelte und stieß sich von dem Waffenschrank ab. »Mit Vergnügen, Mr. Burke.«

»Ich weiß, Reed.«

»Da ist noch was«, sagte Recevo.

»Was?« fragte Burke.

»Die Mordwaffe. Gearhart hat die Frauen mit einem Rasiermesser traktiert, richtig?«

»Gearhart?«

»Ja«, sagte Gearhart. »Es tut mir leid …«

»Schon gut. Wo ist das Rasiermesser jetzt?«

»In meiner Wohnung«, sagte Gearhart. »In meinem Bad. Im Arzneischrank …«

»Wie sieht es aus?«

Gearhart schaute auf seinen Bauch hinab. »Ein ganz gewöhnliches Rasiermesser. Man klappt es in einen braunen Horngriff.«

»Okay, Reed. Knöpf dir den Barmann vor und finde den Namen des Zuhälters heraus. Dann begibst du dich zu Gearharts Loch und schaffst das Rasiermesser fort.«

Reed sagte zu Gearhart: »Gib mir den Schlüssel.«

»Mein Schlüssel«, murmelte Gearhart. »Ich habe den Schlüssel unter der Matte. Ich verliere immer meinen Schlüssel …«

»Okay, Reed«, sagte Burke. »Mach es.«

Reed lächelte Recevo an und kniff ihn auf dem Weg nach draußen kräftig in die Schulter. Recevo hörte seine Schritte verklingen. Er setzte den Hut ab, strich sein Haar zurück und setzte den Fedora wieder sorgfältig auf den Kopf.

»Keine Sorge, Mr. Burke. Wir bügeln das aus.«

»Ja«, sagte Burke und nahm einen ordentlichen Schluck Bourbon. »Ich muß nur nachdenken.«

Recevo betrachtete Burke, der zusammengesackt in seinem Sessel saß. *Du mußt nachdenken, nun ja. Und der verdammte Whiskey ist dabei eine echte Hilfe.*

Recevo stand auf. »Gut, ich schieb mir was Futter rein. Ich komm später wieder.«

»Geh nur, Joe, geh etwas essen. Aber komm danach zurück, ich brauche dich hier. Du bist der einzige hier mit Verstand im Kopf.«

»Klar, Mr. Burke. Ich bin bald zurück.«

Recevo verließ rasch das Zimmer. Gearhart und Burke schwiegen die nächsten fünf Minuten. Dann bewegte Gearhart seine Schildkrötenaugen unter ihren Lidern.

»Mr. Burke?«

»Ja?«

»Haben Sie etwas dagegen, daß ich nach unten gehe? Ich würde gern ein bißchen bei den Jungs sitzen, wenn Sie nichts dagegen haben.«

Burke schaute in sein leeres Glas. »Geh nur. Laß dich nicht gehen.«

»Das werde ich nicht.«

Burke sagte: »Dann geh.«

Joe Recevo lenkte den Olds an den Straßenrand und parkte vor der Patio Lounge, einem Bierlokal an der Ecke 13th und F. Er bestellte einen Krug Faßbier und nahm ihn mit in die Telefonkabine weiter hinten, neben der Toilette. Er ließ die Tür aufstehen, damit er rauchen konnte. Er fand Jimmy Boyles Nummer im Telefonbuch und wählte sie.

»Jimmy.«

»Ja?«

»Joe Recevo.«

Boyle sagte nichts. Recevo hörte ihn atmen.

Dann sagte Boyle: »Was willst du?«

»Ich habe etwas für dich, Jimmy.«

»Ich will mit dir nichts zu tun haben, Junge.«

»Klar. Du haßt mich bis aufs Blut. Aber ich habe vor, dir die größte Chance deines Lebens zu geben.«

»Ach. Weshalb?«

»Weil Pete Karras mich darum gebeten hat. Deshalb.«

»Du hast mit Pete gesprochen?«

»Ja. Heute nachmittag. Aber wir haben keine Zeit für die Details. Hör zu und schreib dir die folgende Adresse auf…«

Recevo nannte sie.

»Ich hab sie«, sagte Boyle.

»Gut. Und jetzt schaffst du deinen Arsch zu der Wohnung. Geh ins Bad und dort an den Arzneischrank. Da drin findest du ein Rasiermesser. Das Messer wird in einen Horngriff geklappt. Trag Handschuhe, wenn du es nimmst. Dann schaff es raus und bring es deinen Jungs im Labor.«

»Warum sollte ich?«

»Weil das das Rasiermesser ist, daß die Huren getötet hat.«

Recevo zündete sich eine Raleigh an und wartete auf Boyles Reaktion.

»Woher weißt du das?«

»Karras hat mir einen Hinweis gegeben, und frag mich nicht, wie. Geh los, Jimmy. Du mußt dich beeilen, denn in ein oder zwei Stunden wird jemand dort sein und dasselbe suchen.«

»Wer?«

»Einer von uns.«

»Wer ist der Killer, Joe? Auch einer von euch?«

»Kümmer dich nicht darum. Hol zuerst das Rasiermessser. Den Killer liefere ich dir später.«

»Wie komme ich in die Wohnung?«

»Unter der Fußmatte liegt ein Schlüssel.«

»Joe ...«

»Mach dich auf den Weg.«

»Ich wollte dir bloß danken.«

»Okay, du hast mir gedankt. Jetzt geh!«

Recevo legte den Hörer auf, bevor Boyle noch etwas sagen konnte. Er lehnte sich gegen die Holzwand der Telefonkabine. Er schloß die Augen.

Jimmy Boyle nahm seinen Dienstrevolver aus der Kommode, überprüfte die Ladung, sah seine Hand zittern, als er über den Lauf visierte. Er drehte den Zylinder der Achtunddreißiger, ruckte ihn mit einer raschen Bewegung in die Waffe, steckte sie mit dem Lauf nach unten in den Hosenbund. Er drehte den Revolver nach links mit dem Griff nach innen, so daß er ihn mit der rechten Hand ziehen konnte. Dann übte er, wie schon so viele Male, vor dem Flurspiegel den Bewegungsablauf.

Boyle zog einen kurzen Mantel über seine Straßenkleidung. Er griff in die Innentasche, fand das Glas mit dem Benzedrin und schluckte die letzte Pille auf dem Weg nach draußen. Er nahm zwei Stufen auf einmal und hastete an einer alten Frau vorbei, die sich gegen die Wand preßte, um ihm den Weg freizumachen. Einen Moment später war er auf der Straße und rannte zu seinem alten Coupé.

36

An der Ecke 13th und Euclid, bremste Boyle sein Buick Coupé ab und las zweimal den Zettel, der neben ihm auf dem Sitz lag. Er steuerte an den Straßenrand, parkte hinter einer Limousine jüngster Bauart und schaltete die Zündung aus. Der Block bestand aus zweigeschossigen Reihenhäusern, einige gekrönt von prächtigen Türmen, andere schlicht und unauffällig. Zwei Stare flogen vom Dach des Eckhauses hoch und glitten mit ausgebreiteten Schwingen auf den Asphalt hinunter, um in dem offenen Schädel eines toten Eichhörnchens zu picken. Kein Mensch war auf der Straße, der schiefergraue Vorhang der Nacht war gefallen. Die Kälte schnitt durch Boyles Mantel und traf sein Gesicht mit der Intensität eines Hornissenstichs.

Boyle stieg aus dem Wagen und spürte den Fingertanz auf seinem Hinterkopf. Während der letzten Woche war er ihm vertraut geworden. Die Aufputschpille war der Auslöser; und sie löste einen gewaltigen, unstillbaren Durst aus. Als er die Treppe mit hüpfenden Schritten hinaufging, versuchte er Speichel in seinem Mund zu sammeln und merkte, daß es ihm nicht gelang.

Plötzlich hatte Jimmy Boyle das Bild eines leblosen nackten Jungen auf einer Betonplatte vor Augen. Seit seinen Kindertagen war ihm dieses Bild nicht mehr erschienen, und nun war es wieder da. Es hatte ihn seit dem Tag verfolgt, als sein Vater die Schuhe aus der Leichenhalle mit nach Hause gebracht hatte. Sein Vater hatte sie in der Nacht der Leiche des Jungen ausgezogen und am nächsten Morgen ordentlich am Fuß von Jimmys Bett plaziert. Jimmy Boyle war an dem Morgen vom Disput seiner Eltern im Nebenzimmer wach geworden. »Seien wir doch praktisch«, hatte sein Vater gesagt. »Du weißt, wir haben keinen Pott zum Pinkeln und kein Fenster, um ihn auszukippen, und Jimmy braucht Schuhe. Der Junge ist von einem Laster erwischt worden, und er kann die Schuhe nun genausowenig gebrauchen wir einen Kragen an seinem gebrochenen Hals. Wir müssen praktisch handeln!« Jimmy Boyle hatte die Augen geschlossen und versucht, das Bild des Jungen zu verdrängen, der mit gebrochenem Genick auf der Steinplatte lag. Und Boyle trug die Schuhe den ganzen Sommer und auch noch im Jahr darauf. Schließlich verließ das Bild des Jungen die Alpträume seiner Kindheit, war begraben und vergessen – aber nicht tot, nur schlafend. Und jetzt, als er durch den Flur auf Gearharts Zimmertür zuging, war das Bild wieder da.

»Aufhören!« sagte Boyle laut. Seine Stimme hallte im Flur wider.

Er schüttelte heftig den Kopf. Der tote Junge war fort. Er klopfte an die Tür. Einmal, zweimal. Er bückte sich und hob die Bastmatte hoch, die vor der Tür lag. Kein Schlüssel.

Boyle richtete sich auf, drehte den Türknauf. Er drückte leicht gegen die Tür, die sich ein Stück öffnete. Er sah sich im Flur um, trat in das Wohnzimmer und schloß die Tür hinter sich.

Eine Frau wohnt hier, dachte Boyle, oder ein extravaganter Mann. Die Wohnung war sauber und ordentlich, es roch reinlich, Illustrierte waren auf Couchtischen gestapelt, und Bücher waren im Regal penibel nach Größe geordnet. Ein Lawson-Sofa mit weinrotem Seidenbezug stand in der Mitte des Zimmers, dem Sofa gegenüber ein Duncan-Phyfe-Zweisitzer, Mahagonirahmen mit beigefarbenem gestreiften Stoffbezug. Dazwischen stand, auf verschnörkelten Füßen, ein langer Mahagonitisch, die Platte glanzpoliert und mit geschliffenen Kanten. Neben dem Sofa stand eine Phonotruhe mit Radio und Plattenspieler, ein RCA Victor Crestwood-Modell, das ebenfalls aus Mahagoniholz gefertigt war.

Rasch ging Boyle über den rosafarbenen Webteppich. Das dichte Gewebe verschluckte seine Schritte. Er betrat einen Flur und ging an zwei offenstehenden Zimmern vorbei. Am Ende des Flurs führte die nächste offene Tür in ein Badezimmer. Er ging auf das Badezimmer zu, das sich sonderbarerweise in seine Richtung zu bewegen schien.

Und dann war er im Bad. Die Ausstattung war einfach: ein Waschbecken, eine Toilette, eine Badewanne. Die Wanne war groß und stand frei im Raum. Die Füße waren als Löwentatzen gestaltet, vergoldet und mit großen Pranken. Um die Wanne herum hing ein weißer Vorhang an einer halbkreisförmigen Stange. Der kleine Spiegelschrank über dem Waschbecken saß im Wandverputz.

Boyle sah im Spiegel die schwarzen Ringe um seine Augen. Sein Gesicht war grau, die Haut schlaff. Mein Gott, dachte er, bin ich das?

Er streckte die Hand nach dem Schränkchen aus und fuhr zusammen, als er das Zittern seiner Finger bemerkte, die den Griff umfaßten. Er zog an der Tür, öffnete sie und schaute hinein. Er sah eine Packung Feenamint, einige Eno-Salze, einen blutstillenden Stift, eine Tube Kolynos-Zahnpasta, eine Bürste, ein Fläschchen Mistol-Nasentropfen, ein Stück Old Spice-Seife, ein Döschen Pond's Hautcreme ... kein Rasiermesser. Und zum ersten Mal dachte er: Hier stinkt es ein bißchen. Irgendwie faulig dumpf, als hätte gerade jemand ausgiebig geschissen.

Boyle schloß die Tür des Schränkchens. Im Spiegel tauchten plötzlich die Umrisse eines Manns auf. Er drehte sich nach rechts.

Der Mann stand in der Tür. Ein massiger Mann im Flanellanzug mit einem ekelhaften Grinsen übers ganze Gesicht. Die hochgereckte Faust umklammerte den braunen Griff eines Rasiermessers.

Mein Ohr. Das verdammte schlechte Ohr. Ich habe nicht einmal gehört, wie er durch den Flur kam.

»Ich bin ein Cop«, sagte Boyle.

Der Mann sagte: »Dann suchen Sie nach dem hier.«

Der Mann ließ die Klinge herabsausen. Boyle fühlte sich wie von einem Hammer getroffen. Er taumelte rückwärts, drehte sich um, griff nach dem Badevorhang und sah Blut in einer diagonalen Linie auf den weißen Vorhang spritzen.

»Mama!« sagte Boyle.

Der Vorhang riß aus seinen Ringen, Boyle fiel in die leere Wanne. Er hörte das Geräusch wie den Klang einer gedämpften Glocke, aber er spürte nichts. Er spürte nichts wegen des anderen Schmerzes. Denn jetzt war das ein anderer Schmerz, und er pulsierte, war grauenhaft und ganz woanders. Die Luft war an den Schnitt gekommen.

»Ich bin ein Cop«, sagte Boyle, die Stimme weich wie Watte.

Der fette Mann lachte.

Boyle tastete mit der rechten Hand zu seiner linken Seite. Die Hand war taub und schwerfällig. Er fand den Griff der Achtunddreißiger. Seine Hand rutschte von der schlüpfrigen Oberfläche.

»Tut mir wirklich leid.« Der fette Mann hob das Rasiermesser.

Boyles Hand fand den Griff. Er zog die Waffe, brachte den Finger an den Abzug und feuerte, als die Hand des Manns nach unten fuhr. Er feuerte noch einmal, schrie, als er ein drittes Mal schoß, sah zu, wie der Zylinder sich drehte, während sich der Pulverrauch explosionsartig ausdehnte.

Der fette Mann stürzte zu Boden, zuckte in Krämpfen, der

Absatz eines braun-weißen Schuhs trat heftig gegen die Fliesen. Boyle zielte und schoß eine Kugel durch die Sohle des Schuhs. Der fette Mann hörte zu treten auf.

Boyle lachte sinnlos, drückte den Abzug und sah, wie der tote Mann von der Wucht des Bleis zuckte. Noch einmal drückte er den Abzug. Der Hammer traf auf eine leere Kammer.

Jimmy Boyle ließ den Dienstrevolver fallen, als sein Kopf zur Seite kippte. Er hörte ein spritzendes Geräusch. In einem Ohr war ein steter hoher Ton zu hören. Unterhalb seiner Hüfte war alles warm. Seine Hand rutschte zur Seite, fühlte die Nässe auf dem Boden der Wanne. Auch dort war es warm. Boyles Augen verdrehten sich.

Das Badezimmer kippte. Das Badezimmer wurde schwarz.

37

Burke legte den Hörer auf die Gabel. Er rieb sich mit der Hand übers Gesicht.

»Das war Reed.«

Recevos Finger fuhren um die Krempe des Fedora, den er im Schoß hielt.

»Und?«

»Er hat sich vor einer Stunde gemeldet, gerade, als ich entdeckte, daß Gearhart sich verdrückt hat. Ich habe ihm gesagt, er soll sich sofort zu Gearharts Wohnung aufmachen.«

»Hat er Gearhart gefunden?«

»Nicht direkt. Als er hinkam, waren vor dem Haus ein Haufen Cops und Krankenwagen. Reed hat den Wagen abgestellt, sich ein bißchen herumgedrückt, den Leuten und zwei Streifenbullen zugehört, die sich über die Details ausließen.«

»Hat er handfeste Informationen?«

»Ja. Gearhart ist tot.«

»Verdammt!« Recevo tat so, als ärgere er sich.

»Ein Cop in Zivil hat ihn umgelegt, nachdem Gearhart ihn von oben bis unten aufgeschlitzt hat. Der Cop hat es ihm gründlich gegeben. Reed sagt, er hat gesehen, wie sie die Leiche rausgebracht haben. Selbst unter dem Tuch war zu sehen, daß sie regelrecht durchlöchert war.« Burke nahm einen Schluck von seinem Bourbon. »Ich hätte Gearhart nicht aus den Augen lassen sollen. Er ist in Panik geraten, nehme ich an, und wollte seine Sachen holen und sich davonmachen. Ich begreife nur nicht, was der Cop in seiner Wohnung wollte.«

»Wenn ich das wüßte!« Recevo unterbrach sich. »Ist der Cop auch hinüber?«

»Ich weiß nicht, ob er es überlebt hat oder nicht. Als Reed hinkam, hatten sie ihn schon weggebracht.« Burke sah Recevo an. »Was ist los mit dir, Joe?«

Recevo spreizte die Hände. »Die Cops drehen durch, wenn einer von ihnen umgelegt wird. Sie werden uns in die Mangel nehmen ...«

»Stimmt schon. Aber ich weiß nicht, ob er es überlebt hat.«

Recevo sah zu, wie Burke aus der Flasche eingoß, die am Nachmittag voll gewesen war. Jetzt war sie fast leer.

»Sehen Sie, Mr. Burke, nichts gegen Gearhart, aber vielleicht ist dieser Ausgang ein Segen für uns.«

»Wie meinst du das?«

»Die Sache mit Gearhart ist jetzt vorbei. Uns können sie jetzt nichts anhängen.«

»Ja, sicher. Aber es gab den Barmann, den Zuhälter und die

Frau, die Gearhart laufenließ. Allesamt Zeugen. Ich weiß nicht, was er ihnen gesagt hat. Das wissen wir erst, wenn wir mit ihnen geredet haben. Meinst du nicht?«

Recevo antwortete nicht. Er musterte die zusammengesackte Gestalt Burkes hinter dem Schreibtisch. Wie hatte er nur jemals einem solchen Mann folgen können?

»In ein paar Minuten«, sagte Burke, »werden wir es jedenfalls wissen. Reed hat mir gesagt, er hat mit dem Barmann und dem Zuhälter gesprochen. Wegen irgend etwas war er sogar richtig aufgeregt. Meinte, er könne es kaum erwarten, zurückzukommen und es zu erzählen.«

Recevo nahm eine Zigarette aus der Packung. Er zündete sie an und warf das Streichholz in den Aschenbecher vor ihm. Er nahm einen Zug und sah den Rauch sich im Zimmer ausbreiten. Kurz darauf drückte er die Zigarette aus. Im Erdgeschoß des Hauses wurde eine Tür zugeschlagen. Schwere Schritte kamen die Treppe herauf.

»Da ist Reed«, sagte Burke.

Recevo sagte: »Ich weiß.«

Pete Karras stieg aus dem Taxi, betrat das Garfield Hospital und fragte den ersten Cop, der ihm über den Weg lief, nach Boyle. Er hätte viele Cops fragen können. Sie waren im Eingangsbereich, auf den Fluren, einige in Uniform, einige nicht. Uniform oder nicht, für Karras sahen sie alle wie Cops aus.

Karras erhielt die Auskunft, daß Boyle nach der Operation auf der Wachstation lag. Er fand das bewachte Krankenzimmer, vor dem sich noch mehr Cops tummelten. Karras sah Boyles Vater, zerbrechlich wie immer, und seinen Onkel, einen Detective namens Dan

Boyle. Karras schüttelte dem Vater die Hand und hinkte zu dem Onkel, einem kräftigen Mann im Regenmantel, der an der Wand lehnte, Kaffee aus einem Becher trank und an einer Zigarette sog.

»Detective?«

Dan Boyle hob den Blick. »Ja.«

»Pete Karras.«

Sie gaben sich die Hand. Dan Boyle musterte Karras mit Polizistenaugen.

»Danke, daß Sie mich angerufen haben.«

»Er hat nach Ihnen gefragt, bevor sie ihm die Narkose gegeben haben.«

»Wird er durchkommen?«

»Ja.«

Karras lächelte, biß sich auf die Lippe. Er blickte nach unten und sah, daß er seine Hände gewrungen hatte.

»Wie geht es ihm?«

»Das Schwein hat ihn schlimm geschnitten. Sie haben ihn genäht und stabil …, wie heißt das gleich, *stabilisiert*. Das Schlimmste war der Blutverlust. Ich und mein Bruder – sein Vater, meine ich –, wir haben gegeben, was sie uns geben ließen. Viele andere Cops haben auch Blut gespendet. Nun ja, am Strand wird er nicht so toll aussehen. Aber er wird durchkommen. Er wird es schaffen.«

»Kann ich ihn sehen?«

»Kommen Sie mit.«

Sie gingen zu einem Fenster, durch das sie in die Wachstation blicken konnten. Jimmy lag auf dem Bett, Kanülen im Arm und unter der Decke. Daneben standen zwei Weißkittel im Gespräch und eine Krankenschwester, die eine Hand auf Jimmys Stirn gelegt hatte.

»Diese Ärzte«, sagte Karras. »Sie wissen doch hoffentlich, was sie tun.«

»Das nehme ich an.« Dan Boyle nickte. »Wenn Sie wollen, kann ich Sie eine Minute hineinlassen.«

»Schon gut, danke. Tun Sie mir nur einen Gefallen. Wenn er wach wird, sagen Sie ihm, Pete Karras läßt ganz lieb grüßen.«

Boyle lachte gequält. »Was denn, seid ihr beide etwa ineinander verschossen?«

Karras sagte: »Sagen Sie ihm nur, daß ich ihn liebe. Mehr nicht.«

Boyle musterte Karras. »Jimmy hat mir von Ihnen erzählt. Hat gesagt, Sie seien Freunde von Kindheit an.«

»Ja.«

»Komisch, daß er Freunde außerhalb der Truppe hat. Ich persönlich habe nicht viele Freunde, die kein Cop sind. Das geht bis in die Familie. Mein eigener Sohn hat gerade die Polizeiakademie hinter sich. Und *sein* Junge wird wahrscheinlich eines Tages ebenfalls Cop. Ich schätze, es liegt uns einfach im Blut.«

»Kann wohl so sein.«

»Aber ich würde zu gerne wissen, was sich heute in dieser Wohnung abgespielt hat.«

»Wissen Sie das denn nicht?«

Boyle schüttelte den Kopf. »Wir wissen nicht mal, warum Jimmy dort war. Die Jungs im Labor untersuchen jetzt alles, und wir befragen jeden im Viertel …«

»Ihr Neffe ist ein Held«, sagte Karras.

»Was?«

»Glauben Sie mir, Jimmy ist ein gottverdammter Held. Der Typ, den er erschossen hat, der Fette …«

»Ja?«

»Er war der Hurenmörder, hinter dem ihr die letzten drei Jahre her gewesen seid.«

»Was Sie nicht sagen!«

»Ich meine es ernst. Der Fettkloß hat Jimmy doch mit einem Rasiermesser aufgeschlitzt, richtig?«

»Und?«

»Sagen Sie Ihrem Labor, sie sollen das Rasiermesser untersuchen. Sie werden daran Spuren von der Nutte finden, die es letzten Freitag erwischt hat.«

»Zum Teufel, wovon reden Sie?«

»Jimmy hat mir das alles erzählt. Daß er einen Hinweis entdeckt hat, dem er nachgehen wollte.«

»Was für einen Hinweis?«

»Keine Ahnung. Sie sind der Detective, also finden Sie es heraus. Es wird besser sein, wenn Sie die Wache rasch informieren.«

Dan Boyle blickte in Karras' Augen. Er ging weg, wandte sich noch einmal um, musterte Karras erneut, und trat dann zu einer Gruppe von Männern. Er sprach ziemlich knapp und dienstlich zu ihnen, und zwei der Männer liefen eilends los.

Dan Boyle rieb sich das Kinn. Er blickte zum Fenster der Wachstation hinüber. Der Freund seines Neffen, der Krüppel mit dem grauen Haar und dem Muttermal im Gesicht, war nicht mehr da.

Reed blieb einen Moment stehen, um seinen Zuhörern Gelegenheit zu geben, das Dramatische seines Berichts zu erfassen. Er grinste breit, und seine Schweinsäuglein waren dabei völlig geschlossen. Recevo klopfte Asche von seiner Zigarette. Burke öffnete den Verschluß einer neuen Bourbonflasche und goß sich ein paar Fingerbreit ins Glas.

»Also gut, Reed, mach weiter. Du bist also zum Hi-Hat und hast mit dem Barmann geredet …«

»Richtig. Und ich hab den Namen des Zuhälters gekriegt.«

»Du hast dem Barmann doch nichts getan, oder?«

»Nein, er war das reinste Plaudertäschchen und hat den Zuhälter sofort genannt. Ich bin hinüber zu dem Puff und hab mich mit dem Typen unterhalten, ein kleiner Kerl namens Morgan. Ihn hab ich ein bißchen aufgemischt, aber nicht zu sehr. Ich hab sofort gesehen, daß ihm schon jemand eins auf den Zinken gegeben hat. Ich hab ihm eine kurze Rechte auf dieselbe Stelle gegeben, daß ihm die Tränen kamen …«

»Mach schon weiter, habe ich gesagt.«

»Schon gut. Ich habe ihm also eine verpaßt und nach der Frau gefragt. Ich habe ihren Namen, ihre Beschreibung und noch ein paar andere Sachen. Bloß, die Frau ist nicht mehr in dem Haus.«

»Und wo ist sie?«

»Tja«, sagte Reed kichernd, »was jetzt kommt, wird Ihnen gefallen. Es stellte sich heraus, daß ein alter Freund von uns sie aus dem Puff herausgeholt hat.«

»Wer ist das?« fragte Burke.

Reed lächelte in Recevos Richtung. »Pete Karras.«

Burke stellte sein Glas auf den Schreibtisch. Recevo blickte unverwandt geradeaus.

»Ja«, sagte Reed, »es war Karras, und er hat absolut nichts dazugelernt. Scheint so, daß er nicht aufhören kann, den harten Burschen herauszukehren. Bevor er aus dem Puff rausmarschiert ist, hat er Morgan sogar seinen Namen genannt. Ist das nicht der Gipfel?

Sagt Morgan, er soll den Namen nicht vergessen. Und er hat ihn nicht vergessen.«

»Aber warum? Was verbindet Karras mit der Frau?« Burke rieb sich die Schläfe. »Joe, hast du eine Vorstellung?«

Recevo sagte nichts.

Burke sah ihn argwöhnisch an. »Gearhart. Gearhart verbindet die beiden. Stimmt das nicht, Joe?«

»Ja«, sagte Recevo. Er ersparte sich zu lügen, als ihm jetzt dämmerte, daß alles zu schnell auf ihn zukam.

»Karras hat dir den Tip mit Gearhart gegeben. Stimmt's?«

»Ja, Mr. Burke, es stimmt.«

Reed klatschte in die Hände und lachte laut.

»Warum hast du mir das nicht gesagt, Joe?«

»Karras hat uns einen Gefallen getan, als er Gearhart auffliegen ließ. So habe ich es jedenfalls gesehen. Aber ich habe nicht gewußt, wie Sie es aufnehmen, deshalb habe ich es für mich behalten.«

»Du gibst mir Informationen«, sagte Burke grimmig und kühl, »und ich entscheide, was wir damit machen.«

»Ja, Mr. Burke.«

»Hast du mich verstanden?« Burke stand auf, strauchelte etwas, beugte sich nach vorn. Er schlug mit der Faust auf den Tisch. »Ich entscheide!«

»Jawohl, Sir.«

Burke ließ sich in seinen Sessel fallen und kniff die Augen zusammen. Er senkte die Stimme. »Also gut, laßt mich nachdenken. Gebt mir eine Minute, damit ich nachdenken kann.«

Mach nur. Mach nur und denk nach, du verkommener Mistkerl. Nimm dir noch einen Schluck Klugheit und denke nach. Recevo zog an seiner Zigarette.

Jeder blieb, wo er war, während Burke den Whiskey in seinem Kopf einen Plan bilden ließ.

Burke räusperte sich. Dann sagte er: »Ich weiß, was ich will, Joe. Ich will, daß du Karras herbringst.«

»Wie gesagt, Mr. Burke, er hat uns einen Gefallen getan.«

»Dann werde ich ihm auch einen tun.«

»Und wie?«

Burke lächelte mit schmalen Lippen. »Heute morgen habe ich Philly angerufen, Joe. Bender und seine Leute sind nicht zurückgekehrt. Klarer Fall, daß Stefanos und die übrigen Bender unter die Erde gebracht haben. Jetzt müssen wir unser Gesicht wahren und die Griechen unter die Erde bringen.«

»Das hört sich schon besser an«, sagte Reed.

Recevo mußte rasch nachdenken. »Mr. Burke ... Der Grund, aus dem Pete Karras mir den Tip gegeben hat ... Nun, ich wollte es vorher nicht ansprechen, weil Sie so vieles überlegen mußten. Aber der Grund dafür, daß er mir den Tip gegeben hat, ist: Er versucht, hier ein Held zu sein. Was ich sagen will, er will wieder mitmachen. Er will eine neue Chance bei uns.«

»Nach dem, was wir mit ihm angestellt haben?«

»Blödsinn«, sagte Reed.

»Vergessen Sie, was wir mit ihm angestellt haben. Er hat seine Zukunft betrachtet. Sie liegt im Hinterzimmer einer Imbißbude, mit einer Schürze vor dem Bauch. Er hat jetzt ein Kind ...«

»Schon gut, ich glaube dir.« Burke sah Recevo an. »Ich weiß nicht, warum, aber ich glaube dir. Um so mehr Grund gibt es, ihn herzuholen. Aber zuerst muß er mir einen Beweis liefern.«

»Und zwar wie?«

»Er muß mir die Hure herbeischaffen. Ich will mit ihr reden und hören, was Gearhart ihr über uns erzählt hat. Ich will nicht, daß sie den Cops etwas über unsere Geschäfte vorsingt. Ich will sichergehen, daß sie uns nicht reinreitet.«

»Was soll das Ganze!« sagte Reed. »Er schafft sie herbei – und? Als hätten wir hier Verwendung für einen Krüppel. Was machen wir als nächstes – holen wir uns Harold Russell an Bord?«

»Sei still, Reed!« sagte Burke. Und dann, zu Recevo: »Was meinst du, Joey?«

»Ich werde mit ihm reden, Mr. Burke.«

»Rede mit ihm. Ja. Und wenn er die Vorstellung haben sollte, etwas Edles mit den Griechen oder der Hure anzustellen, dann kannst du ihm sagen: Bleibt er bei den Griechen, stirbt er. Versucht er, die Frau zu beschützen, stirbt er. Kapiert?«

»Ja, Mr. Burke.«

»Und, Joe, solltest du jemals erwägen, mich aufs Kreuz zu legen … solltest du mir noch jemals etwas verschweigen … nun, Joe, dann wirst auch du sterben. Glaube es mir.«

»J-j-ja, Mr. Burke.«

Recevo ließ seine Lippe zittern. Genauso, wie er das Stottern vorgetäuscht hatte. Wie ein Schauspieler in einem Film. Denn es war nicht von selbst gekommen. Er hatte keine Angst mehr.

»Heute abend, Joe. Bring Karras und die Frau heute abend hierher.«

»Okay, Mr. Burke. Wir erledigen das heute abend.«

»Okay«, sagte Karras. »Dann bis gleich.«

Karras legte den Hörer auf die Gabel. Er stand mitten im Wohnzimmer und berührte das Mal auf seinem Gesicht. Eleni kam aus Dimitris Zimmer.

»Ich habe ihn zum Schlafen gebracht«, sagte sie.

»Gut. Hör zu, Süße, ich muß noch einmal raus.«

Sie sah ihm ins Gesicht. »Wer war da eben am Telefon, Pete?«

»Joe Recevo.«

»Du gehst mit Joe aus? Warum?«

»Er will mich sehen.«

»Er ruft an, und du springst.«

»Ich gehe jedenfalls.«

Karras ging ins Bad, wusch sich das Gesicht und goß etwas Haarwasser in sein graues Haar. Im Schlafzimmer zog er die oberste Schublade seiner Kommode auf und nahm eine Fünfzigdollarnote heraus, die er 1946 in einem eingerollten Sockenpaar versteckt hatte. Er steckte den Geldschein in seine Brieftasche. Er ging zum Schrank, fand das, was er suchte, auf dem obersten Regalbrett, brachte das, was er gefunden hatte, an seinem Körper an, und zog seine Anzugjacke darüber. Er steckte ein volles Päckchen Luckys in die Jackentasche. Er streifte den Mantel über, stellte sich vor Elenis körperhohen Spiegel und strich den Mantel glatt.

John Hodiak. Er zwinkerte seinem Spiegelbild zu.

Karras ging auf den Flur und öffnete die Tür zum Kinderzimmer, wo sein Sohn in seinem Bettchen schlief. Er beugte sich über das Bett und küßte den Jungen auf den verschwitzten Kopf. Er holte tief Luft; Dimitris schwarzes Haar trug den Geruch von Johnson's Shampoo. Er strich mit dem Finger über Dimitris Wange.

»Braver Junge«, flüsterte Karras.

Er hinkte aus dem Zimmer und ließ die Tür angelehnt, damit es dem Jungen nicht zu heiß wurde.

Eleni wartete in der Diele auf Karras. Sie legte die Arme um ihn, küßte ihn auf den Mund. Sie sah ihm in die Augen.

»Was ist, Pete?«

»Nichts.«

»*Yiati eise stenichorimenos*?«

»Ich sage dir doch, es ist nichts. Ich habe keine Sorgen.«

»Komm nicht zu spät, ja? Ich habe einen Topf *dolmathes* gemacht.«

Karras küßte sie. Mit dem Daumen wischte er ein Wimpernhaar von ihrer Wange.

»Ich liebe dich, Baby.«

»Komm bald nach Hause, Pete.«

»Sicher. Und laß Dimitris Tür auf, ja? Mein Gott, der Junge wird da drin gebraten.«

Karras lächelte, und Eleni erwiderte sein Lächeln. Er ging zur Tür, öffnete sie und trat auf den Flur hinaus. Eleni lauschte seinen unregelmäßigen Schritten, als er zur Treppe ging. Sie wartete eine Minute und ging zu dem Fenster zur H hinaus. Sie schaute nach draußen.

Eleni sah ihn unter einer Straßenlaterne stehen, den Kopf auf die Seite gelegt, die Hände um ein Streichholz gewölbt, als er sich eine Zigarette anzündete. Rauch wirbelte um seinen Kopf, als die Flamme die Zigarette erfaßte. Sie sah, wie er das Streichholz auf das Pflaster warf. Sie sah ihm nach, als er Richtung Osten ging.

38

Joe Recevo lehnte am hinteren Kotflügel seines Olds, als Karras aus der Dunkelheit ins Licht der Straßenlaterne an der Ecke 8th und K trat. Er glaubte, ein Lächeln auf Karras' Gesicht zu sehen, doch als Karras näherkam, erkannte er, daß er sich geirrt hatte. Es war ein schmerzhaftes Zucken, das Karras den Mund verziehen ließ. Recevo fragte sich, wie sehr das Bein noch schmerzte.

»Joe.«

»Pete.«

Sie gaben sich nicht die Hand. Recevo sog an seiner Zigarette und schnippte sie auf den Boden. Der Stummel war wie ein Funken, als er vom Beton abprallte.

Karras nickte zu dem Olds hin. »Hübscher Schlitten.«

»Ja, ganz gut.«

»Was ist das für ein Modell?«

»Ein Achtundachtzig. Die Linienführung hat mich begeistert. Das Fließheck macht sich wirklich gut, findest du nicht?«

»Ach Gott, Joe, du weißt doch, ich habe keine Ahnung von Autos.«

»Du mußt auch keine Ahnung von ihnen haben, um zu wissen, daß sie dich schnell von einem Fleck zum anderen bringen. Ich meine, du hättest auch ein Taxi hierher nehmen können, oder?«

»Hast du lange gewartet?«

»Eine halbe Stunde, hast du gesagt. Es war mehr als eine Stunde.«

»Es war gar nicht so kalt draußen. Ich dachte, ich gehe besser zu Fuß. Ich bin nicht mehr so schnell, aber gehen kann ich noch.«

»Du bist immer gern zu Fuß gegangen.«

»Ja. Außerdem hättest du nicht hier stehen müssen. Du hättest hineingehen und dich an die Bar setzen können.«

Recevos Augen wanderten zu dem Kavakos-Schild, das an dem Haus hing. »Ich wollte lieber auf dich warten. In dem Laden werde ich nicht unbedingt mit offenen Armen empfangen.«

Karras sagte: »Dann komm.«

Sie gingen den Bürgersteig entlang und betraten das Lokal durch die Seitentür. Niemand erhob einen Einwand. Jerry Tsondilis ließ sie herein, begrüßte Karras, aber nicht Recevo.

Drinnen nahmen sie zwei Barhocker an der Theke. Im Nachtclub war nicht viel Betrieb, aber die Hauscombo spielte, als wäre der Club voll. Den Auftakt machten sie mit Glen Millers Erkennungsmelodie, »Moonlight Serenade«, und langsam gingen Paare auf die Tanzfläche.

»Das hat mir immer gefallen«, sagte Recevo. »Miller zu hören, ist manchmal so schön, daß man weinen könnte.«

»Es ist ganz nett. Aber Miller hat alles, was er kann, von einem Burschen namens Fletcher Henderson gelernt.«

»Fletcher Henderson? Wer soll das denn sein?«

»Mein Gott, das weiß *ich* doch nicht.«

»Und wovon redest du dann?«

»Vergiß es.«

Einer der Kavakos-Brüder kam herbei und legte das Kinn schief, während er sich die großen Hände an einem vergilbten Bartuch trockenrieb. Seine Augen wanderten von Recevo zu Karras.

»Was darf's denn sein, Pete?«

»Eine Flasche Senate und sein Glas Pete Hagen's.«

Recevo sagte: »Das gleiche für mich.«

Recevo legte seine Zigaretten auf die Theke. Er zog den Mantel aus, nahm den Fedora ab, strich mit der Hand das Haar nach hinten, legte den Mantel auf den Nachbarhocker und den Fedora auf den Mantel. Karras behielt seinen Mantel an.

Die Getränke kamen. Karras und Recevo stießen ihre Gläser

gegeneinander und tranken sie in einem Zug leer. Dem Whiskey ließen sie einen Schluck Bier folgen.

Karras griff in seine Jacke, holte eine Zigarette heraus. Recevo blies in seine Packung Raleighs und zog eine heraus. Er zündete erst seine und dann die von Karras mit demselben Streichholz an. Karras stieß den Rauch aus und sah ihm nach.

»Wie geht es Lois?« fragte Karras.

»Gut.«

»Das ist schön. Ich habe Lois immer gemocht.«

»Ja, sie ist ein braves Mädchen. Wie geht's Eleni?«

»Bestens.«

»Und dem Jungen?«

»Ihm geht's prächtig.«

Recevo grinste und stieß Karras sanft mit dem Ellbogen an. »Ich hab gehört, du bist schließlich doch bei der Lizabeth-Scott-Doppelgängerin gelandet, hinter der du her warst.«

Karras sagte nichts.

»Seid ihr zwei noch zusammen?«

»Nein.«

»Es gibt andere.«

»Es ist nicht so, daß ich stolz darauf bin.«

»Aber du kannst nicht dagegen an, was. Ein Schürzenjäger wie du.« Recevo lächelte. »Hey, Pete. Erinnerst du dich noch an die Frau ...«

»Laß es, Joey. Deswegen bin ich nicht hier.«

Recevo sagte: »In Ordnung.«

Karras stieß langsam den Rauch aus. »Du hast mir am Telefon einen Vorschlag gemacht.«

»Ja.«

»Burke will mich also wieder in der Herde haben.«

Recevo nickte. »Ich habe ihn überredet, dir eine Chance zur Rückkehr zu geben.«

»Und ich brauche bloß diese Frau abzuliefern.«

»So ist es.«

»Was werden sie mit ihr machen?«

»Sie werden sich anhören, was sie über Gearhart zu erzählen weiß. Was sie über die Geschäfte weiß.«

»Und wenn ihnen nicht paßt, was sie erzählt.«

»So weit haben wir es nicht besprochen, Pete.«

Karras zog an seiner Zigarette.

»Da ist noch was«, sagte Recevo.

»Raus damit.«

»Die Sache mit Bender. Burke weiß, daß Stefanos ihn und seine Männer erledigt hat. Er ist verpflichtet, das wieder auszubügeln.«

»Also will er, daß ich ihm auch Stefanos an der Haustür abliefere.«

»Er will bloß, daß du dich raushältst. Mehr nicht.«

Karras trank von seinem Bier. Er stellte die Flasche auf die Theke. »Das kommt dir leicht über die Lippen, was, Joey?«

»Was meinst du?«

»Mich raushalten und zulassen, daß Burke einen Freund erledigt.«

Recevo senkte den Blick auf das pockennarbige Holz der Theke. »Hör auf damit.«

»Denn für mich ist es nicht so einfach. Nick Stefanos war derjenige, der mich unterstützt hat, als ich dachte, ich hätte alles verloren …«

»Pete …«

»Du kapierst es nicht.«

»Du bist es, der nicht kapiert. Was Nick passiert, wird ihm so oder so passieren, ob du ihm hilfst oder nicht. Ich sag dir, Reed und die anderen werden den Laden in Schutt und Asche legen.«

»Ich möchte gern sehen, wie sie das versuchen.«

»Bestimmt möchtest du das. Du und dein heißes griechisches Blut. Dir ist einfach alles egal, oder? Ich meine, was ist los mit dir, Pete? Willst du sterben, oder was? Ist es das?«

»Nein. Aber manchmal muß man für etwas einstehen. Man muß es wenigstens versuchen.« Karras schnippte die Asche von seiner Zigarette. »Wie gesagt, Joey, du kapierst es nicht.«

Recevo gab Kavakos ein Zeichen für eine neue Runde. Kavakos brachte die Flaschen und goß Whiskey in ihre Gläser. Recevo leerte seins in einem Zug. Karras nippte an seinem.

Recevo sagte: »Wie geht es Jimmy?«

»Er wird es gut überstehen. Sie haben ihm frisches Blut gegeben und den Dreck, den er genommen hat, aus seinem Körper gespült. Eigentlich hat er im Krankenhaus so gut ausgesehen wie seit Wochen nicht.«

Karras sah, wie Recevos Mund sich zu einem kleinen Lächeln regte. Das Lächeln ging so schnell, wie es gekommen war.

»Ich habe es verbockt, Pete. Ich habe mich darauf konzentriert, Jimmy hinein und hinaus zu bekommen, bevor Reed dort auftaucht. Ich hab nicht im Traum damit gerechnet, daß Gearhart zu seiner Wohnung geht. Er hat sich aus Burkes Büro davongeschlichen.«

»Ich hätte bei ihm sein sollen«, sagte Karras.

»Vielleicht hätte ich auch dort sein sollen.«

»Du hast es gut gemacht, Joey. Du hast viel getan. Wenn er aus dem Krankenhaus rauskommt, kriegt Jimmy sein Abzeichen. Du hast dich in eine gefährliche Lage gebracht, als du ihm den Hinweis gegeben hast. Danke.«

»Ich hab bloß zu helfen versucht. Weißt du, mit mir ist es nicht immer so, wie du denkst, daß es ist.« Recevo blickte Karras in die Augen. »Hör zu, Pete ...«

»Hör auf.«

»Ich weiß, du mußt mich hassen ...«

»Tue ich nicht.«

»Aber ich will, daß du weißt, was in der Nacht passiert ist.«

»Ich weiß es bereits. Eines Abends habe ich Face im Casino Royal getroffen, und er hat mir erzählt, wie es war. Ich weiß es, und es ist mir egal. Denn du hättest in der Nacht an meiner Seite sein müssen, Joey. Du hättest nicht wegfahren und mich allein in der Gasse lassen dürfen. Es gab nichts, was ich nicht für dich getan hätte, Mann, und du hast es zerbrochen. Das kann ich nicht einfach abtun, denn am Ende ist es das, was zählt. Vielleicht willst du es mit deinen Erklärungen ändern. Aber du kannst es nicht ändern, Joey. Also vergiß es.«

»Was ich getan habe, habe ich getan, *weil* wir Freunde waren.«

»Du hast es getan, weil du eine Heidenangst gehabt hast.«

»Das stimmt. Aber das andere stimmt auch. Ich habe versucht, dir da rauszuhelfen, Pete. Damals konntest du nicht genug wissen, um auf deine Art da rauszukommen. Ich habe versucht, dir das Leben zu retten.«

»Und das versuchst du jetzt wieder?«

Recevo wich seinem Blick aus. »Ja.«

»Ich komme jetzt zurück und arbeite für Burke. Schüchtere Einwanderer und ihre Söhne ein, um Kredite und Schutzgeld zu kassieren. Als wären keine drei Jahre vergangen. Als wäre ich nicht der

Krüppel, der ich bin. Ich mache einfach weiter und vergesse alles – richtig?«

»Ich habe dich nicht gebeten, es zu vergessen. Aber welche Alternativen hast du? Was willst du sonst tun, Pete?«

Karras nickte langsam. »Ich schätze, das ist der Punkt.«

»Sicher ist er das. Willst du den Rest deines Lebens Hamburger wenden? Und eine gottverdammte Schürze tragen? Komm schon, Mann, das ist nicht dein Ding. Du und ich, wir sind dafür nicht geschaffen.«

»Das stimmt, Joe. Du und ich, wir sind immer im selben Bus gefahren.«

»Sage ich doch! Hör mal, den Quatsch mit dem Arbeitstag von neun bis fünf kannst du deinem Freund Pericles und den anderen Ministranten überlassen, die wir damals kannten. Ich sage dir, Pete, der Weg, den du jetzt gehst, hat keine Zukunft.«

Karras nahm einen tiefen Zug aus seiner Zigarette. »Weißt du was, Joey? Ich glaube, du hast recht.«

»Klar habe ich recht.«

Karras starrte in den Barspiegel und lächelte traurig.

Und Karras sagte: »Ich brauche dein Auto.«

»Mein Auto? Wofür?«

»Damit ich die Frau herschaffen kann.«

Recevo grinste. »Du weißt, daß du ein lausiger Fahrer bist.«

»Trotzdem brauche ich den Wagen. Ich kann sie ja nicht zu Fuß quer durch die Stadt schleifen, oder?«

»Sie ist also in der Stadt.«

»Egal, wo sie ist. Ich bringe sie dir und Burke. Aber ich brauche den Wagen.«

Recevo griff in die Tasche und legte Karras die Schlüssel in die

Hand. Karras trank sein Glas leer und ließ das Bier folgen. Er drückte die Zigarette im Aschenbecher aus. Recevo tat es ihm nach. Er zog seinen Mantel an, setzte den Fedora auf und ließ ein Bündel Dollarscheine auf der Theke liegen.

»Also gut«, sagte Karras. »Gehen wir.«

Sie gingen zur Seitentür. Jerry Tsondilis musterte Recevo kühl und klopfte Karras auf die Schulter.

»*Yasou*, Pete.«

»Bis dann, *Kiriako*.«

Dann waren sie auf dem Bürgersteig, gingen nebeneinander. Karras hielt trotz des Hinkens Schritt, sie fanden den gleichen Rhythmus, wie zwei Hälften eines Mannes.

Sie kamen an einem Taxi vorbei, das am Straßenrand wartete. Der Fahrer beugte sich aus dem Fenster. »Braucht ihr ein Taxi?«

»Schmeiß den Motor an«, sagte Recevo.

Bei dem Olds blieben sie stehen. Recevo lehnte sich mit dem Rücken an den Wagen.

»Bist du sicher, daß du ihn fahren kannst?«

»Ich werde schon klarkommen. Hat das Ding was zu bieten?«

Recevo nickte. »V-acht, obenliegende Nockenwelle.«

»Schließlich will ich dich nicht warten lassen.«

»Wann können wir mit dir rechnen?«

»In einer Stunde, oder eineinhalb.«

»Griechische oder amerikanische Zeit?«

»Ich werde da sein.«

Karras nahm Recevo den Fedora vom Kopf. Er schnippte mit dem Finger eine Kerbe hinein. Recevo nahm ihm den Hut aus der Hand und setzte ihn auf.

»Du und deine verrückten Hüte, Joey.«

»Was ist damit?«

»Nichts.«

Karras öffnete die Tür und setzte sich auf den Fahrersitz. Er drehte den Zündschlüssel, setzte den Fuß aufs Gaspedal und ließ den Motor aufheulen. Er gab immer wieder Gas und schaute mit einem Seitenblick zu Recevo.

»Hey, was machst du da?«

»Ich lasse ihn warmlaufen.«

»Warmlaufen, mein Gott! Du schaffst es noch, daß er Feuer fängt.«

Karras steckte sich eine Lucky in den Mund, zündete sie an. Das Streichholz warf er Recevo vor die Füße.

»Paß auf meinen Wagen auf, Grieche.«

»Keine Sorge, Joey. Ich mache nichts kaputt.«

Karras fuhr los. Recevo pfiff nach dem Taxi.

39

Karras schaltete in den dritten Gang. Der Schalthebel ließ sich leicht bewegen, wie ein heißes Messer durch Butter. Karras strich mit der Hand über den grauen Wollstoffbezug des Sitzes, nahm das Armaturenbrett in Augenschein, in dessen Mitte die Uhr eingelassen war. Recevo hatte sich für alle möglichen Zusatzteile entschieden, keinen Schnickschnack ausgelassen.

»Gut gemacht, Joey«, sagte Karras laut.

Und dann dachte er: Weißt du, dieser Wagen ist klasse, aber wer braucht ihn? Man ist in einem dieser Dinger eingezwängt und verpaßt alles – die Gerüche, die Geräusche, einfach alles. Mitten in der Stadt sperrt man sich selbst von allem aus. Überall hin fahren Taxis, Busse und Straßenbahnen, also braucht man gar keinen schicken Schlitten, um sein Ziel zu erreichen. Man braucht ihn einfach nicht.

Karras drehte das Fenster einen Spalt herunter, so daß die Zugluft den Rauch seiner Zigarette aufsaugte.

Er fuhr nach Chinatown hinein.

Karras parkte an der 6th, nahe der H, und überquerte die Straße zu einer Telefonzelle an der Ecke. Er wählte Costas Nummer und hörte erleichtert Toulas Stimme am anderen Ende der Leitung.

Karras sagte Toula, sie solle – ohne Costa zu informieren – zu Floreks Wohnung gehen und Florek und seine Schwester anweisen, sich für die Abreise bereitzumachen. Er sagte ihr, er würde in fünfzehn Minuten dort sein.

»*Hokay*, Panayoti. *Tha kano tora.*«

»*Efcharisto*, Toula. *Kali nichta.*«

Karras unterbrach die Verbindung. Er blickte die Straße hinunter zu dem unauffälligen Restaurant neben dem Cathay. Su war draußen, lehnte an seinem Taxi. Er und ein anderer Chinese hatten die Köpfe zusammengesteckt und plapperten in Schnellfeuermanier. Karras zündete sich eine Zigarette an und beobachtete Su. Su schien immer noch fit und voller Energie und würde es wahrscheinlich noch lange bleiben. Su war ein guter Typ und ein verdammt guter, kleiner Sportler.

Karras blickte zu dem Haus, in dem er aufgewachsen war. Er blickte zu dem Fenster der alten Wohnung, aus der das Licht gelb durch die schweren Vorhänge fiel. Er zog an seiner Zigarette.

Karras steckte eine Münze in den Schlitz und lauschte dem Klingeln am anderen Ende. Er blickte zum Fenster hoch, sah den gebeugten, schwerfälligen Schatten seiner Mutter, als sie langsam zu dem klingelnden Telefon ging. Er sah sogar den Haarknoten in der Silhouette. Er dachte daran, wie sie ihr Haar lang getragen hatte, wie sie es abends löste und ausgiebig bürstete. Er sah sich selbst als Jungen, wie er auf der Bettkante saß und zusah, wie sie die Bürste mit dem silbernen Griff durch ihr langes, wunderbares Haar zog.

»Hallo.«

»Ma, ich bin's, Pete.«

»Panayoti, *pou eise*?«

»*Sto magazi.*«

»*Thoolevis*?«

»Ja, ich arbeite.«

»*Thelis na fas*?«

»Ich hab schon gegessen, Ma.«

»*Ella na fas. Tha fiaxo ligo fayito, tha copso-sou ena microoli salata …*«

»Ma, ich habe schon gegessen.«

Karras schaute durch das Fenster auf die unbewegte schwarze Gestalt seiner Mutter.

»Ma.«

»*Ti eine, pethi mou? Eise arosti*?«

»Nein, Ma, ich bin nicht krank. Ein Kratzen im Hals, mehr nicht. Ma, ich muß jetzt aufhören …«

»*Panayoti …*«

»Ma. Ich wollte bloß … Ich habe nur angerufen, um hallo zu sagen.«

»Hokay, Junge. *Pas sto kalo.*«

Karras legte auf. Er zog an der Zigarette, zog noch einmal, bis sie heiß war, und schnippte sie auf die Straße. Er hinkte zu dem Olds, stieg ein, ließ den Motor an. Er fuhr nach Westen.

Karras fuhr die Straße entlang und drehte das Fenster ganz nach unten, damit er das Leben hören konnte. Er fuhr an den Kinos und den Bars vorbei, sah die jungen Neger, die – sorgfältig und elegant gekleidet – Arm in Arm flanierten, redeten und gegen die Musik anlachten, die, live oder von Schallplatten, aus den offenen Türen der Clubs herausschallte. Er sah einen Barmann, den er kannte, vor der Tür des Yamasee stehen. Er winkte dem Hünen zu, und der Mann winkte zurück.

Karras fuhr nach links in die 14th, überquerte die S, wendete auf der Straße und parkte den Olds mit dem Kühler nach Norden auf der Ostseite der Straße. Von hier aus konnte er durch das Fenster die hell erleuchtete Theke des Nick's sehen. Das blaue Schild mit den weißen Glühbirnen war ausgeschaltet. Karras warf einen Blick auf die Hamilton an seinem Handgelenk und stellte fest, daß der Abend irgendwie verstrichen war.

Nick Stefanos und Costa waren hinter der Theke, gestikulierten wild mit den Händen und unterhielten sich aufgeregt. Vor ihnen standen zwei halb gefüllte Gläser und zwischen den Gläsern eine Flasche Ballantine Ale. Sie hätten sich streiten oder einen Freundschaftspakt mit Blut besiegeln können. Von ihren Gesichtern war es nur schwer abzulesen, was wirklich vorging.

Karras lächelte.

Ihr wollt es also in Schutt und Asche legen. Den Teufel werdet ihr tun.

Er stieg aus dem Olds und überquerte die Straße.

Karras betrat Floreks Haus, ging die Treppe hinauf und blieb unterwegs einmal stehen, um sich auszuruhen und ohne viel Erfolg das Knie zu reiben. Dann stand er vor Floreks Tür und klopfte.

Mike Florek öffnete die Tür. Er trug seinen Wollmantel und hatte seinen Matchbeutel vor den Füßen.

»Kommt.«

»Ich muß Lola holen.«

»Hol sie«, sagte Karras und nahm den Beutel. »Ich lasse das Auto an.«

»Du hast ein Auto?«

»Mehr als nur ein Auto. Ein hübscher Fließheck-Olds mit obenliegender Nockenwelle.«

Karras ging die Treppe hinab, nach draußen zu dem Olds. Er verstaute den Matchbeutel hinter dem Vordersitz und drehte den Zündschlüssel. Florek kam über die Straße. Er hatte den Arm um seine Schwester gelegt und führte sie langsam zum Auto. Eine Armydecke war um ihre schmalen Schultern gelegt.

»Leg sie auf die Rückbank«, sagte Karras.

Florek tat es behutsam und setzte sich auf den Beifahrersitz. Mit einer Kopfbewegung wies er zum Nick's, als Karras den ersten Gang einlegte.

»Ich hätte etwas sagen sollen«, sagte Florek. »Er hat mich großartig behandelt, Pete.«

»Keine Zeit dafür. Ich werde es ihm persönlich erklären. Und dann kannst du ihm vielleicht einen Brief schreiben und ihm verraten, wie es wirklich war. Du weißt ja, ich kann mich nicht allzu gut ausdrücken.«

»Warum heute nacht, Pete? Und warum so?«

»Weil ich diesen netten Wagen habe. Ich meine, ihr müßt sowieso gehen, oder? Warum dann nicht ein bißchen mit Stil?«

»Wohin fahren wir.«

»Du und deine Schwester, ihr fahrt nach Hause.«

Karras fuhr an. Er wendete erneut und fuhr auf der 14th Richtung Süden. Dann bog er nach links in die New York Avenue.

»Wie geht es ihr?« fragte Karras.

»Es war ganz schön hart.«

»Aber das Schlimmste ist vorbei, oder?«

Florek antwortete nicht. Er öffnete das Fenster, ließ die Luft auf sein Gesicht treffen, atmete den Geruch der Stadt ein, die ihm mittlerweile vertraut war. Das Licht einer Straßenlaterne fiel auf sein Gesicht.

»Pete?«

»Ja.«

»Ich hatte hier eine Freundin.«

»Die kleine Rothaarige.«

»Kay heißt sie. Ich weiß, ich muß an Lola denken und ...«

»Schon gut.«

»Aber ich wünschte, ich könnte sie noch einmal sehen.«

Karras schaltete einen Gang zurück. »Du wirst das Mädchen den Rest deines Lebens sehen, Junge. Und du wirst sie so sehen, wie sie war. Selbst wenn du alt bist und wenn sie alt ist, wirst du sie sehen, wie sie war. Du solltest das als Vorteil sehen.«

»Wahrscheinlich.«

»Außerdem wird es viele Mädchen geben. Viele Mädchen für einen Macher wie dich.«

Florek errötete leicht und drückte sich in seinen Sitz.

Karras parkte den Wagen vor dem Greyhound-Busbahnhof im 1100er Block der New York Avenue. Männer und Frauen, einige in Uniform, gingen in beide Richtungen durch die Bahnhofstüren. Auf einer niedrigen Betonmauer saß ein Soldat und rauchte eine Zigarette.

»Warum halten wir?« fragte Florek.

»Steigt aus.«

Karras ging um den Wagen herum zur Beifahrerseite. Er griff nach seiner Brieftasche, zog die Fünfzigdollarnote heraus und gab sie Florek.

»Ein Fünfziger«, sagte Florek. »Was soll das?«

»Den hat mir jemand geschuldet. Derselbe, dem der Wagen gehört.«

»Was …«

»Nimm ihn. Bring deine Schwester hinein und kauft euch zwei Fahrscheine nach Pittsburgh oder einer Stadt in der Nähe von dort, wo ihr herkommt. Wenn ihr keinen Expressbus bekommt, dann nehmt einen, der irgendwo nach Norden fährt. Aber macht schnell, verstanden?«

»Sicher, Pete. Aber warum?«

»Ich habe es dir schon einmal gesagt: Du gehörst nicht hierher, mein Freund.«

»Aber fünfzig Dollar! Die kann ich für zwei Busfahrscheine nicht ausgeben. Ich schicke dir das Wechselgeld per Post.«

Karras lächelte und tätschelte Floreks Ärmel. »Ich dachte, den Rest nimmst du, um dir einen neuen Mantel zu kaufen. Etwas mit mehr Stil. Könnte ganz nützlich sein bei den ganzen Mädchen, die du noch kennenlernst.«

Florek blickte zu Boden. Der Wind erfaßte sein glattes Haar und wehte es nach hinten. »Wieso tust du das alles für uns, Pete?«

»Teufel, Mike, ich weiß es nicht. Mein ganzes Leben lang habe ich nie etwas geplant. So, und jetzt weg von hier. Geht!«

Karras und Florek schüttelten sich die Hand. Karras drehte sich um und ging davon.

»Hey, Pete, gehst du zu Fuß?«

»Ich habe dem Typen gesagt, er könnte seinen Wagen hier abholen.«

»Ich könnte dich irgendwohin fahren und den Wagen selber zurückbringen.«

»Es ist eine schöne Nacht«, sagte Karras und schaute zum Himmel. »Ich glaube, ich gehe zu Fuß.«

Florek ging um den Wagen herum, zog den Matchbeutel heraus und half Lola beim Hinsetzen. Behutsam zog er sie aus dem Wagen, stellte sie auf die Füße. Gemeinsam gingen sie zu den Türen des Busbahnhofs. Die Lichter über ihnen färbten Lolas bleiches, ausgemergeltes Gesicht.

»Mike«, sagte Lola.

»Schon gut«, sagte Florek. »Wir sind fast da.«

Mike Florek drehte den Kopf und blickte durch den Verkehr der New York Avenue. Karras hinkte langsam an dem Soldaten vorbei, der auf der Betonmauer saß. Mehrere Paare kamen ihm entgegen, schienen ihn zu umringen und gingen dann weiter, lachend und laut redend. Und dann war nur noch der Soldat dort, starrte auf seine Stiefel und rauchte seine Zigarette. Der Soldat, die Nacht und sonst nichts. Und Peter Karras war fort.

40

Peter Karras blieb stehen, um sich eine Zigarette anzuzünden. Er wölbte die Hände um das Streichholz, bis die Zigarette brannte. Er sog Rauch und Schwefel ein, behielt sie in der Lunge, kostete den Geschmack aus, atmete langsam aus und sah, wie der Rauch sich im eisig beißenden Wind auflöste. Er ging weiter.

Er kam auf die Massachusetts Avenue. Die Massachusetts war nach seinem Empfinden eine gute Washingtoner Straße. Sie war breit und sauber, und die Häuser waren gepflegt. Karras hatte die Breite der Straßen von D.C. immer gemocht, den rechtwinkligen gitterförmigen Grundriß der Straßen, die Kreise und die Linien. Die Häuser waren nicht so hoch, durch Gesetz beschränkt, und in klaren Nächten konnte man von bestimmten Stellen aus viel von der Stadt sehen, wenn man einfach geradeaus schaute. Heute war eine solche Nacht: Der Mond schien hell und warf ein bleiches, makelloses Licht über den wolkenlosen, sternklaren Himmel. Heute nacht sah die Stadt für Karras besonders prächtig aus.

Er schnippte die Zigarette weg, ging die Massachusetts entlang, bog auf die New Jersey Avenue und durchquerte ein überwiegend von Negern bewohntes Viertel mit dunklen Reihenhäusern, deren Bewohner längst zu Bett gegangen waren. Jetzt war er einen Block von North Capitol entfernt, an der 1st, zwischen E und F. Die beleuchtete Kuppel des Capitols ragte vor ihm auf. Karras schaute auf die Kuppel, unberührt von ihrer Würde. Er sah sich in der Straße um, sah Autos, die ihm vertraut waren am Straßenrand, zwei oder drei Coupés und eine luxuriöse Limousine. Dann war er an der Ecke vor dem turmbewehrten Reihenhaus mit den Zinnen. Und er stieg die Treppe hinauf und stand vor der Tür. Ihm wurde bewußt, daß er ein Dutzend Blocks weit gegangen war; sonderbarerweise hatte er keinen Moment an sein Bein gedacht.

Karras klopfte. Der Schlitz in der Tür öffnete sich, ein rotgerändertes Augenpaar erschien. Dann wurde die Tür geöffnet.

»Face.«

»Karras.«

»Wie geht's der Familie?«

Face ließ ein vages Grinsen sehen. »Ihr geht's gut, Karras. Danke der Nachfrage.«

»Ich werde erwartet.«

»Komm rein.«

Karras trat in die weite Eingangshalle. Er sah durch die offenstehende Doppeltür nach rechts, wo mehrere Männer auf dem Sofa und in Sesseln saßen, plauderten und Highballs tranken. Der Waliser und Mittelgroß waren unter den Männern. Eine stahlblaue Pistole lag auf dem nierenförmigen Marmortisch vor dem Sofa. Karras fing den Blick von Mittelgroß auf. Mittelgroß blickte zur Seite.

»Ich müßte dich filzen, Karras«, sagte Face.

»Klar. Und wieso haust du mir anschließend keine aufs Maul und hängst mich an einen Fleischerhaken?«

»Herrgott, Karras, geh nicht gleich hoch. Ich habe nur gesagt, was ich tun müßte. Ich habe nicht gesagt, daß ich es tue.«

»Face, du mußt nur eines tun: herumstehen und stark sein.«

»Ja, wahrscheinlich hast du recht. Also, geh nach oben.«

Karras ging die Treppe hinauf und ließ die Hand über das gemaserte Eichengeländer gleiten. Dann war er oben, ging nach rechts und stand vor Burkes Tür. Er hob die Hand, um zu klopfen, hielt aber inne. Gut zwei Minuten blieb er reglos stehen und lauschte den gedämpften Stimmen hinter der Tür. Er ging zurück und die Treppe hinunter.

Face saß auf dem Sessel in der Eingangshalle; seine dicken Finger waren verschränkt, die Unterarme ragten wie haarige Fichtenstämme aus der Anzugjacke. Er starrte durch die Doppeltür ins Wohnzimmer und lächelte zu einer Bemerkung von dort drinnen. Seine Augen waren schwer und trüb. Als er Karras' Schritte am Fuß der Treppe hörte, schaute er nach links.

»Was denn?« sagte Face. »Schon fertig?«

»Nein. Burke schickt mich, damit du etwas für ihn erledigst.«

»Normalerweise schickt er Reed.«

»Er hat *mich* geschickt.«

»Ja? Was soll ich für Mr. Burke erledigen?«

»Er will, daß du rausgehst und eine Kiste Zigarren kaufst.«

»Mr. Burke raucht keine Zigarren.«

»Heute nacht wird er rauchen. Wir alle. Weißt du, Face, es ist eine Art Feier. Weil ich wieder dabei bin.«

Face' Mund öffnete sich und blieb offenstehen, während er nachzudenken versuchte. »Eine spezielle Marke?«

»Bei People's gibt es die Dutch Master Belvederes diese Woche im Sonderangebot. Eine fünfziger Kiste für fünf Dollar und ein paar Cents.«

»Ich soll bis zu People's fahren?«

»Das hat Mr. Burke gesagt. Und was hast du sonst schon zu tun?«

»Schon gut, ich mach mich auf den Weg.«

»Ach ja, Face, heute nacht ist nicht mehr viel los. Du brauchst dich also nicht zu überschlagen, um schnell zurückzukommen.«

Face stemmte sein Gewicht aus dem Sessel und ging zur Haustür. Seine Hand umfaßte den Türknauf.

»Hey, Face.«

»Ja?«

»Nur für den Fall, daß ich schon weg bin, wenn du zurückkommst: richte deiner hübschen Frau Grüße von mir aus.«

»Okay, Karras, mache ich.« Face grinste einfältig. »Mach's gut.«

»Du auch.«

Karras sah ihm nach. Er gab ihm eine gute Minute, um zum Wagen zu kommen, dann ging er wieder nach oben. Als er vor der Tür von Burkes Büro stand, klopfte er mit den Knöcheln gegen das Holz.

Eine gedämpfte Stimme kam durch die Tür. »Ja?«

»Pete Karras.«

»Komm rein.«

Karras drehte den Türknauf und trat ein.

Burke saß zusammengesackt hinter seinem Schreibtisch, eine Hand um ein Glas Whiskey, die Augen wächsern und unstet. Recevo saß an dem großen Tisch, eine Raleigh zwischen den Fingern, den Fedora lässig auf den Kopf gesetzt. Reed hörte auf, hin und her zu gehen, hob die Schultern in seinem Kammgarnanzug und lehnte sich an den Waffenschrank, als Karras hereinkam.

»Pete!« sagte Burke mit einem zittrigen Lächeln.

»Mr. Burke.«

»Gut siehst du aus.«

Karras strich mit der Hand über seinen Mantelaufschlag. »Ich komme ganz gut klar.«

»Als ich dich das letzte Mal sah«, sagte Reed, »hast du eine Schürze angehabt.« Reed lachte über seinen eigenen Scherz.

Burke hielt den Blick auf Karras gerichtet. »Jetzt trägt er keine Schürze. Nicht wahr, Pete?«

»Nein, ich trage keine.«

»Nun, nichts für ungut.« Burke hob das Glas. »Auf die besseren Tage vor uns!«

Burke leerte sein Glas. Ein paar Tropfen fielen auf den Schreibtisch. Burke griff nach der Flasche und goß reichlich bemessen nach. Er drehte das Handgelenk und kniff die Augen zusammen, als er die Zeit ablas.

»Du bist pünktlich«, sagte Burke.

»So bin ich nun mal«, sagte Karras.

»Seltsam«, sagte Recevo. »Ich habe den Wagen gar nicht gehört, Pete.«

»Die Wahrheit ist«, sagte Karras, »ich bin zu Fuß gekommen.«

»Mir ist egal, ob du aus der Hindenburg gefallen und durchs Dach gekracht bist. Ich frage nach meinem Wagen.«

»Laß doch jetzt den Wagen«, sagte Burke mit einer unsicheren Handbewegung. »Wo ist die Frau? Unten?«

Karras blickte zu Recevo hinüber. Er lächelte ihm kurz zu.

Reed nahm die Hände aus den Taschen. »Mr. Burke hat dir eine Frage gestellt, Karras.«

Karras stand ruhig und ausdruckslos mitten im Zimmer.

»Filz ihn«, sagte Burke.

Reed lächelte, tat einen Schritt auf Karras zu. Karras hob abwehrend die Handfläche.

»Ich werde nicht zulassen, daß er mich berührt«, sagte Karras zu Burke. »Wenn er mir zu nahe kommt, gehe ich sofort wieder.«

Burke seufzte schwer und wies mit einer Kopfbewegung auf Recevo. »Du hast ihn wieder zurückgebracht, Joe. Du bist für ihn verantwortlich. Du filzt ihn.«

Recevo stand auf, ging zu Karras, klopfte ihn ab. Er nahm Augenkontakt zu Karras auf, als seine Hände vorn über seinen Mantel glitten.

»Wo ist mein Wagen?« murmelte Recevo.

»Tut mir leid, Joe«, sagte Karras.

Abrupt hörte Recevo auf. Er trat einen Schritt zurück und stand stramm. »Er ist okay, Mr. Burke.«

Recevo ging zu seinem Stuhl, nahm die Zigarette aus dem Aschenbecher, zog an ihr und atmete langsam aus. Er schüttelte den Kopf und starrte auf einen Fleck irgendwo hinter Burke. Seine Jacke ging auf, als er sich vorbeugte, um die Zigarettenasche abzuschnippen. Karras sah unter der Jacke den gesprenkelten Griff von Recevos Achtunddreißiger.

»So«, sagte Burke. »Und jetzt zu der Frau.«

»Die Frau«, sagte Karras. »Nun ja, die Frau ist fort. Sie ist auf dem Weg nach Süden, fährt zusammen mit ihrem Bruder nach Hause. In irgend so ein Scheißkaff in Tennessee oder wo immer sie her sind.« Theatralisch schaute Karras auf seine Hamilton-Armbanduhr. »Ich würde sagen, sie sind jetzt auf der Interstate. Und ich kann mir vorstellen, daß der V-acht hübsch dahinschnurrt.«

»Verdammt, Pete!« sagte Recevo. Mit heftiger Bewegung drückte er seine Zigarette aus.

»Du bist ein toter Mann«, sagte Burke.

Karras lächelte grimmig. »Wie sind Sie bloß auf den Gedanken gekommen, daß ich die Frau einem heruntergekommenen Säufer wie Ihnen ausliefere?«

»Joe hat mich darauf gebracht«, sagte Burke mit äußerst ruhiger Stimme. »Stimmt das nicht, Joe?«

Recevo sprang auf, hastete an Reed vorbei und stellte sich vor Karras auf. Seine Augen waren hohl und voller Wut, als er die rechte Faust hob.

Karras starrte Recevo in die Augen. Langsam senkte Recevo die Faust.

»Angst, Joe?«

»Nein.«

»Unser Tag«, sagte Karras.

Recevo legte die Hand auf Karras' Schulter. Karras schob sie fort. Sie sahen einen Moment einander an, dann lachten sie beide.

»Hey«, sagte Reed. »Was zum Teufel soll das?«

Karras steckte seine Hand in den Mantel. Er griff unter die Anzugjacke, zog Lou DiGeordanos Fünfundvierziger aus dem Holster. Er zog den Schlitten zurück, brachte eine Kugel in die Kammer.

Reed sog keuchend die Luft ein.

»Leb wohl, Reed.«

Karras streckte den Arm und drückte zweimal ab. Schüsse krachten aus der zuckenden Fünfundvierziger. Ein Stück Fleisch, das vorher Reeds Gesicht gewesen war, flog nach links. Der Rest von Reed wurde nach hinten geschleudert, sein Körper stürzte, zuckte einmal hoch, rührte sich nicht mehr.

»Joe«, sagte Burke träumerisch. Seine Hände waren oben, die Handflächen kapitulierend nach vorn. »Joe.«

»Ja, Mr. Burke.«

Recevo zog seine Achtunddreißiger, drückte den Abzug. Die Whiskeyflasche explodierte auf dem Schreibtisch, Scherben schnitten in Burkes verzerrtes Gesicht, die Kugel drang in seinen Unterleib, Blut sprudelte aus dem Loch. Burke schrie und hob die Hände, um sein Gesicht zu schützen. Recevo schoß ihm zweimal in den Magen. Burke begann nach vorn zu kippen, seine Zunge zuckte grotesk aus seinem Mund. Recevo stoppte ihn mit zwei schnellen Schüssen in die Brust. Burke drehte sich und fiel zu Boden.

Recevo zielte mit dem Revolver nach unten, drückte den Abzug. Der Schlaghebel traf auf eine leere Kammer. Er ließ die Achtunddreißiger fallen.

»Du«, sagte Karras und warf Recevo den Colt zu.

Recevo ließ das Magazin herausschnappen, prüfte es, schob es wieder in den Griff.

Karras packte einen Stuhl, schleuderte ihn durch das Zimmer. Das Glas des Waffenschranks explodierte so laut wie eine Bombe.

Karras ging zu dem Schrank, griff hinein, zog die Thompson-gun aus dem Ständer.

»Ist sie geladen?« fragte Karras.

»Randvoll«, sagte Recevo.

Karras hob die Thompson, zog den Verschlußhebel. »Wie viele?«

»Dreißig-Schuß-Magazin.«

»So«, sagte Karras, »dann sehen wir mal.«

Die Männer sammelten sich unten in der Halle. Ihre Stimmen waren schrill und nervös, verrieten Angst und Erwartung. Und Karras und Recevo konnten sie gut hören. Dann waren Schritte auf der Treppe, wurden schwerer, als sie ohne zu zögern näher kamen, denn jetzt stürmten sie die Treppe, und allein die Aktion besiegte ihre Angst.

»Los geht's«, sagte Karras.

Recevo feuerte, als der erste Mann durch die Tür kam.

Karras sah das Mündungsfeuer der stahlblauen Pistole im selben Moment, als Recevo den Mann von den Füßen schoß. Karras wurde von dem Blei nach hinten geschleudert, als die Kugel seine Schulter traf und ihm das Schlüsselbein zertrümmerte.

»Aah!« sagte Karras.

Recevo warf den großen Tisch um, duckte sich dahinter, kam hoch und feuerte, als der nächste Mann ins Zimmer stürmte. Der Mann schrie, als er feuerte. Er rannte diagonal durchs Zimmer, schoß wild um sich, seine Beine zuckten unter den Schüssen, die die Thompson ausspie, die Kugeln durchbohrten ihn vom Schenkel bis zur Brust, als Karras ihn umlegte.

»Ich bin getroffen!« sagte Recevo.

Dann war Mittelgroß im Zimmer, rannte direkt in den Pulverdampf, der jetzt fast undurchdringlich war. Er feuerte direkt auf Karras, Karras feuerte zurück, das Holz des Fußbodens splitterte vor seinen Füßen, als er die Waffe senkte, und er dachte, was es für ein Gefühl sein mußte, erschossen zu werden, dachte, wie es sein mußte, durchgeprügelt zu werden, einen Körpertreffer nach dem anderen einzustecken. Mittelgroß lag tot vor ihm, mitten in seiner Kehle dampfte ein großes dunkelrotes Loch.

Karras griff nach dem Bein des umgekippten Tischs. Er biß sich auf die Lippe und spürte die Wärme seines Bluts, das an seinem Bein herablief.

»Joey«, sagte Karras.

»Ich bin hier, Grieche«, sagte Recevo. Und da war er, rechts neben Karras, und preßte die blutverschmierte Fünfundvierziger fest gegen seinen Bauch, wo eine Kugel ein Loch gerissen hatte.

Ein Blick wechselte zwischen Recevo und Karras. Sie hörten, wie die übrigen Männer sich vor der Tür versammelten.

Karras hielt die Thompson in der Armbeuge, drückte den Kolben fest gegen seine Rippen.

»Also gut«, flüsterte er. »Kommt schon.«

Sie stürmten ins Zimmer.

Karras sah weißes Feuer, als er das Krachen der Schüsse hörte, hörte Joeys Waffe explodieren, sah einen Mann fallen, hörte Joey schreien, sah Joeys Fedora vorbeifliegen, als sei er von einem starken Wind gepackt worden. Karras drückte den Abzug, sah Männer durch den Pulverrauch tauchen, sah, wie sich der Türrahmen in Funken und Staub auflöste. Von einem dumpfen Aufprall, der sich wie ein Hammerschlag gegen seine Brust anfühlte, wurde er auf den Boden geschleudert.

Schwimm, du griechischer Bastard.

Und er war über dem Tisch, landete so weich auf seinen Füßen, als wäre er in Wasser gelandet. Und da waren sie, der Waliser und die anderen, sie rückten auf ihn vor, leerten ihre Waffen gleichzeitig, das Krachen war betäubend und übertönte ihre kreischenden Schreie und den bodenlosen Schrei, der aus seinem eigenen Mund drang.

Karras ging nach vorn, summte, als sein Finger sich um den Abzug schloß, die Tommy-gun tanzte wie verrückt in seinen Armen, die Männer vor ihm fielen durch den Rauch und die ausgestoßenen Patronenhülsen, und die weißen Möwen glitten vor einem vollkommen blauen Himmel dahin.

Rote Blumen erblühten auf der Brust der Männer, die gekommen waren, um Peter Karras zu dem Ort zu bringen, der ihm schon immer bestimmt war.

Sechs

Washington, D. C. 1959

41

Nick Stefanos schaltete herunter, gab Gas. Der Chevy kam glatt in den niedrigen Gang und rollte nach Süden auf dem Beach Drive durch Rock Creek. Durch die jungen Blätter schien die Sonne auf die wilden weißen Hornsträucher und die angepflanzten Narzissen und reicherte das gedämpfte Braun und das matte Grün der Gehölze mit Farbe an. Stefanos tätschelte das Knie des kleinen Kinds neben sich und summte den Schlager mit, der aus dem Autoradio kam. Neben dem Jungen saß Costa, las die Frühausgabe der Post. Der rechte Arm lag auf dem offenen Fenster, der Wind blies sein widerspenstiges, ungekämmtes Haar nach hinten.

Stefanos kicherte. »Der *pethi*, er mag die Musik.«

»Aaah«, sagte Costa, ohne von der Zeitung hochzublicken.

Der Junge bewegte den Kopf arhythmisch zu der stotternden Gitarre und lächelte, als die glatte Singstimme wieder zu hören war.

»Was ist los, *re*, magst du Elvis Presley nicht?«

»Er ist mir völlig schnuppe.«

»Die Frauen mögen ihn jedenfalls. Bei diesem *choriati* drehen sie durch.«

»Was wissen die Frauen schon, hm? Der Kerl singt wie ein Nigger.«

Stefanos wechselte das Thema, als er die Fahrspur wechselte. »*Sou aresi to caro mou*?«

»Ja, ist ganz in Ordnung. Du kennst mich, Boss, ich kann ein Modell nicht vom anderen unterscheiden.«

Stefanos hatte den Belair, einen Gebrauchtwagen Baujahr 1957, erst kürzlich bei Star Pontiac an der Ecke 4th und Florida in Northeast gekauft. Es war ein sportlicher Achtzylinder mit einem wunderbaren türkis-weißen Heck, Weißwandreifen und Exportausstattung. Stefanos liebte Türkis, und ihm gefiel die klassische Linienführung.

»Er ist vollständig bezahlt«, sagte Stefanos, »und das mag ich. 1777 Dollar, bar auf die Hand, und ich muß mir keine Sorgen über Ratenzahlungen machen. Keine Zinsen, nichts.«

»Gut, Niko. Das ist gut.«

»Klar, dir ist das egal. Du bist zu sehr in deine Zeitung vertieft.«

»Ich lese gerade über Ike. Er hat es den Roten in seiner Rede tüchtig gegeben. Er hat gesagt, die Roten würden die Weltrevolution anzetteln, die Freiheit zerstören und die Welt kommunistisch machen. Er hat es ihnen richtig gesagt.«

Stefanos drehte den Kopf nach links, sog etwas Schleim hoch und spuckte aus dem Fenster. »Gibt's was auf den Sportseiten?«

»*Mia stigmi.*« Costa fand den Sportteil. »Also. Bob Addies schreibt hier über einen kubanischen Baseballspieler. Er sagt, seit den Batista-Sympathisanten sei er das Schnellste, was jemals aus Kuba gekommen ist. Soll wohl komisch sein, oder?«

»Ja, ist ganz gut.«

»Und hier steht ein Artikel über die Nats. Sie haben in der Vorsaison sechsmal hintereinander verloren.«

»Gelingt ihnen dieses Jahr was?«

»Sie werden im Keller landen, genau wie letztes Jahr. Es geht sowieso nur noch um den zweiten Platz in der American League. Die Yankees haben das schon im Sack. Ich sag dir: die Yankees gegen den Rest der Liga.«

»Okay, Costa. Ist ja gut.«

Costa verzog das Gesicht. »Niko, mach die verdammte Musik leiser.«

»Dem Kind gefällt sie.«

»Der *pethi*. Alles für den *pethi*. Ich habe dich heute morgen gesehen, als du mit ihm das Programm auf Kanal neun geguckt hast – wie heißt noch mal der *bufo*, der die Uniform trägt, als wäre er in der Navy?«

»Captain Kangaroo. Und direkt danach hat er Ranger Hal geguckt.«

»Genau das meine ich. Als nächstes sagst du unser Kartenspiel ab, damit du mit dem Jungen Zeichentrickfilme gucken kannst.«

»Na ja, wäre zu überlegen.«

»Alles für den *pethi*.«

»Genau.«

Costa schüttelte den Kopf, und blätterte die Seiten um, bis er auf die Handelsanzeigen stieß. Die Sonne fiel durch das offene Fenster und ließ das graue Haar glänzen, das sich in seinem schwarzen Schnurrbart breitmachte.

»Da haben wir's!« sagte Costa aufgeregt. »Jumbo's hat Hühnerbraten für siebenundzwanzig Cents das Pfund. Ich kaufe später für das *magazi* ein.«

»Was denn? Willst du mit dem Bus bis zur Benning Road, nur weil die Hühnchen einen Penny billiger sind als bei unserem Händler?«

»Ein Penny ist ein Penny, Niko. Allerdings!«

Stefanos schaute auf den Jungen neben ihm. Der Junge trug seine ersten Blue jeans, die in der Mitte von der Windel ausgebeult wurden, und dazu rote Hosenträger über einem grün gestreiften Hemd. Stefanos lächelte.

»Du mußt lernen, dich zu entspannen«, sagte er. »Genieß die Dinge ein bißchen, *re*.«

Sie verließen Rock Creek, fuhren am Potomac entlang, um das Tidal Basin herum und in den Park bei Hains Point. Stefanos parkte neben einem schwarzen Coupé de Ville, Baujahr 1956, und stellte den Motor ab. Costa blinzelte heftig und starrte auf den Neger, der den Caddy sorgsam im Schatten polierte.

»Ein *mavros*, tummelt sich in Hains Point, als gehöre ihm ein Stück davon. Früher konnte man noch nachts in diesem Park schlafen und mußte sich keine Sorgen machen. Ich erinnere mich …«

»Klar, du erinnerst dich. Und ich erinnere mich an die Zeit, als das Kino einen Nickel kostete. Ja und? Komm, Costa, wir steigen aus, gehen ein bißchen spazieren und genießen den Tag.«

Costa warf die Zeitung nach hinten auf den Rücksitz.

»Vorsicht, *re*, du zerdrückst die Blumen.«

»Ja, schon gut.«

Stefanos zog den Jungen aus dem Wagen.

»*Opa*!« sagte Stefanos. Der Junge lächelte.

Unter einem blühenden Kirschbaum gingen sie zu dem gepflasterten Weg, der rund um den Park führte. Stefanos setzte den Jungen vorsichtig ab. Der Junge ging zu dem Geländer, und Stefanos blieb direkt hinter ihm.

»Paß auf«, sagte Costa. »Wenn du nicht acht gibst, läuft er geradewegs in den Bach.«

»Ich passe schon auf, was denkst du denn? Er läuft erst seit ein paar Monaten! Außerdem mache ich mir keine Sorgen. Wenn er in den Bach läuft, gehst du hinterher.«

»Ich würde nicht mal in das Wasser gehen, wenn er hineinfällt.«

»Natürlich würdest du hineingehen. Weil du weißt, wie sehr ich diesen Jungen liebe.«

»Ich weiß, Niko.« Costa sah seinen Freund an. »Meinst du,

dein Sohn und deine Schwiegertochter kommen jemals in dieses Land und helfen, ihren Jungen aufzuziehen?«

»Als sie ihn mir geschickt haben, haben sie gesagt, sie kämen sofort hinterher. Aber weißt du was, Costa? Es interessiert mich gar nicht mehr, ob sie kommen.«

Sie standen an dem Geländer, hielten ein Auge auf den Jungen und blickten über den Washington Channel, der die Nachmittagssonne hell zurückwarf. Auf der anderen Seite des Kanals waren die Fischmärkte an der Maine Avenue geöffnet.

»Ich erinnere mich noch, als Lou DiGeordano da drüben einen Stand hatte.«

»Ich auch. Wie geht es Lou?«

»Ihm geht's gut.« Costa spie über's Geländer. »Hast du gestern abend den *Star* gelesen? Die New Yorker Boxkommission will, daß Sugar Ray Robinson seinen Titel gegen Carmen Basilio verteidigt.«

»Ray ist ein guter Boxer. Vielleicht der beste, der jemals einen Ring betreten hat. Aber er ist, glaube ich, schon siebenunddreißig.«

»Achtunddreißig.« Costa griff nach den Hosenträgern des Jungen und zog ihn vom Geländer fort. »Apropos alte Boxer, ich habe Steve Mamakos gesehen, auf der M Street.«

»Ich habe gehört, Mamakos sei nicht mehr ganz klar im Kopf.«

»Von wegen, nicht ganz klar. Das war nur so ein Gerücht. Auf mich hat er einen guten Eindruck gemacht.«

Stefanos sagte: »Pete Karras hat den Burschen geliebt.«

»Ja, Karras. Sind die Blumen im Wagen für ihn?«

»Ja, ich will nachher noch nach Glenwood raus. Ich werde mein *stavro* machen und die Blumen auf sein Grab legen.«

»Von dir und seinem dicken Freund, dem Detective, bekommt er jeden Monat Blumen.«

»Ja.«

»Wie geht's Eleni?«

»Ganz gut. Ich habe sie in der Kirche gesehen, sie und den Jungen. Dimitri ist jetzt zwölf oder dreizehn. Karras hat durch diese Versicherungspolice gut für sie gesorgt. Er hat sie von dem Burschen gekauft, der immer ins Lokal kam und ihm wegen des Angebots für Veteranen in den Ohren lag. Ja, damit hat Karras was Richtiges gemacht. Wenigstens eine Sache hat er richtig gemacht.«

Costas Blick folgte dem Flug einer Möwe vor dem vollkommen blauen Himmel. »Das waren Zeiten, Niko.«

»Allerdings.«

»Hast du noch mal von dem polnischen Knaben gehört, der damals für uns gearbeitet hat?«

»Schon lange nicht. Am Anfang habe ich zwei Briefe bekommen. Er hat oben in Pennsylvania ein Lokal aufgemacht, eine Frau gefunden und geheiratet.«

»Toula hat mir was von einer Schwester erzählt.«

»Eine Schwester hat er in den Briefen nicht erwähnt. Ich weiß nicht, was mit ihr passiert ist.«

Costa sah zu Stefanos hinüber. Sein Freund hatte Gewicht angesetzt, seine Gesichtszüge wurden allmählich schlaff, und das spärliche Haar war dünn und grau. Aber die Lachfalten und der Charakter waren tief in sein Gesicht eingeprägt.

»Hey, Niko.«

»Ja.«

»Weißt du eigentlich, was in dem Haus passiert ist? Karras und sein Kumpel, sie haben keinen einzigen am Leben gelassen. Ich meine, was ist da *passiert*?«

Stefanos blickte übers Wasser. »Karras und der *Italos* … Sicher, ich weiß, was passiert ist. Die beiden wußten nicht genug, um aus dem Bus auszusteigen.«

»Was?«

»Nichts. Nur so eine Geschichte.« Stefanos richtete sich auf. »Komm, machen wir einen kleinen Spaziergang um die Rennbahn. Einverstanden?«

»Ich?« sagte Costa. »Mir ist das egal.«

Nick Stefanos nahm den Jungen, der ebenfalls Nick Stefanos hieß, und zu dritt spazierten sie über üppiges Gras und kamen an einem Negerpärchen vorbei; die beiden saßen, Arm in Arm, im Schatten eines blühenden Baums.

Es war einmal in Washington

von Martin Compart

In diesem ersten Noir-Roman seiner historischen Washington-Trilogie beschreibt George P. Pelecanos die amerikanische Hauptstadt der 40er- und 50er Jahre. Damals wurden für eine Reihe Entwicklungen die Weichen gestellt, die bis heute richtungsweisend sind. Der Haß der ethnischen Gruppen aufeinander, die alle auch kriminelle Fraktionen bilden, ist natürlich über das historische Washington hinaus aktuell. Genauso das Abgleiten perspektivloser Jugendlicher, die ihre neue Welt noch nicht richtig verstehen, in Gangs, um sich gegen reale wie vermeintliche Bedrohungen von Außen zu verteidigen.

Pelecanos schreibt über die Stadtteile der amerikanischen Hauptstadt, vor denen uns die Reiseführer warnen, falls sie überhaupt erwähnt werden.

Er ist Washingtoner griechischer Herkunft, hat die US-Klassiker des proletarischen Romans wie THIEVES LIKE US von Edward Anderson oder THIEVES MARKET von A.I. Bezzerides genauso studiert wie Hammett und Chandler. Seine bisher acht Romane beleuchten die Machtzentrale Washington D.C., wie man diese Stadt bisher noch nicht in der Literatur gesehen hat. Es ist die Welt der Immigranten und Sklavennachkommen, die sich mehr schlecht als recht durchbeißen, um einen Stück vom Kuchen des amerikanischen Traumes herunterschlucken zu können.

Der 1957 geborene Pelecanos gehört zu den vielversprechendsten jüngeren Autoren des modernen Noir-Romans und sein großer Durchbruch steht, nach Meinung von Kritikern, in den USA unmittelbar bevor. Er hat eine eigene originelle Stimme und ein eigenes Thema, von dem er geradezu besessen scheint. »Meine Idee war, als ich begann, über die Arbeiterklasse Washingtons zu schreiben in der Form des Kriminalromans. Meines Wissens hat das bisher keiner getan. Wenn Washington das Thema von Romanen oder Thrillern ist, dann geht es nur um hohe Politik oder einen verrückten Militär, der den roten Knopf drücken will. Es ist meine Lebensaufgabe geworden, über das wahre Washington vor den verschlossenen Türen zu schreiben. Durch alle Jahrzehnte unseres Jahrhunderts hindurch.«

Pelecanos Vater kam als Kleinkind in die USA. Die ganze Familie arbeitete in der Billiggastronomie, und George wuchs in den Küchen, Bars und Coffeshops der griechischen Einwandererszene auf. Ab dem zehnten Lebensjahr half er seinem Vater in den Sommerferien. »Ich tat dies mein ganzes Leben, bis ich Schriftsteller wurde.« Nach dem Abschluß seines Studiums nahm er eine Reihe unterschiedlicher Jobs an, arbeitete als Barmann, Schuhverkäufer und Bauarbeiter.

1989 kündigte er seinen Job als Manager einer Kette von Haushaltsgeschäften, um einen Roman zu schreiben. Für den Lebensunterhalt arbeitete er nachts in einer Bar im Nordwesten Washingtons. Der Roman erschien 1992 unter dem Titel A FIRING OFFENSE und war der erste einer Trilogie um den Washingtoner Privatdetektiv Nick Stefanos. Ihm gelang mit den drei Stefanos-Romanen, was inzwischen zu den schwierigsten schriftstellerischen Aufgaben gehört: neue Funken aus einem klischeestrotzenden Subgenre zu schlagen. Die Private-Eye-Novel stand Jahrzehnte unter dem übermächtigen Einfluß von Raymond Chandler und war schon fast in Klischees erstickt, als Ende der 70er Jahre und in den 80er Jahren Autoren wie Robert B. Parker, Lawrence Block, Loren

D. Estleman, Marcia Muller, Joe Gores, Joseph Hansen und einige andere neue Wege gingen. Aber ob Regionalismus-Trend, neuer Realismus oder harte weibliche Privatdetektive, in den 90er Jahren scheint der Privatdetektivroman wieder in einer Sackgasse gelandet zu sein. Pelecanos schrieb mit der Stefanos-Trilogie einen im Regionalismus verwurzelten Entwicklungsroman, dessen Hauptperson jenseits der abgedroschenen Klischees angesiedelt war. »Ich liebe das Genre. Ich wurde an der Universität, ich war an der University of Maryland, durch einen Lehrer damit bekanntgemacht. Von da an las ich mehrere Bücher pro Woche, zehn Jahre lang. Und dann dachte ich mir, ich könnte selbst einen Privatdetektivroman schreiben. Aber ich hatte natürlich keine Ahnung von der Arbeit als Privatdetektiv. Also besann ich mich auf meine proletarischen Wurzeln und die Milieus, die ich kenne. Ich hatte auch eine ganze Reihe Romane gelesen, die eher an der Peripherie des Genres angesiedelt sind: THIEVES LIKE US von Edward Anderson, THIEVE'S MARKET von A. I. Bezzerides und die Bücher von Horace McCoy. Ich kannte diesen proletarischen Moment in der Hard boiled novel. Ich wollte nicht irgendwas Originelles erfinden oder konstruieren, ich schrieb nur aus einer anderen Perspektive über bisher literarisch nicht beachtete Milieus.« Damit gab Pelecanos die Perspektive der Mittelklasse, die den Privatdetektivroman von Chandler bis Sue Grafton, Parker oder Sarah Paretsky beherrschte, auf. Aber Pelecanos sagt auch: »Heute nicht zuzugeben, daß Chandler die Standards vorgab, wie es einige Autoren tun, ist völliger Unsinn. Jeder von uns PI-Autoren schuldet oder verdankt ihm etwas.« Anders als bei den üblichen Privatdetektivromanen schrieb Pelecanos nicht dasselbe Buch mehrmals: in jedem der drei Stefanos-Romane macht der Protagonist eine radikale Veränderung durch, die aus seinen

Erfahrungen rührt. »Wenn ich ein Buch in die Hand bekomme, dessen Klappentext behauptet, der Autor sieht sich als geistiger Nachfolger von Chandler, möchte ich es am liebsten an die Wand schmeißen. Ich bin sicher, Mr.Chandler würde von einem jungen Autor erwarten, daß er etwas neues, anderes wagt, selbst mit dem Risiko zu scheitern. Ich achte die Regeln des Genres, aber genauso ist es mir wichtig, diese Regeln zu verändern, ich will die Konventionen solange zusammenpressen, bis Blut herausläuft.« Den Kosmos, den Pelecanos in seiner Stefanos-Trilogie entwickelt hat, nutzt er auch für seine anderen Bücher: Im GROSSEN UMLEGEN etwa taucht Nicks Großvater Big Nick Stefanos auf, und Nick selbst ist ein Baby. Das gibt seinem Gesamtwerk eine zusätzliche Dimension epischer Breite und seinem Jahrzehnte überspannenden Sittenbild glaubwürdige Geschlossenheit. Über DAS GROSSE UMLEGEN sagt er: »Der Anfang ist eigentlich die Geschichte meines Vaters. Er kam aus Griechenland und lebte in Washingtons Chinatown. Damals kein reines Chinesenviertel, sondern der übliche Ort, wo sich arme Immigranten niederließen. Im 2.Weltkrieg ging mein Vater zu den Marines; er nahm an den Nahkämpfen auf Leyte teil. Peter Karras im Roman kehrt aus dem Krieg zurück und schlägt dann einen anderen Weg ein als mein Vater, der seine Familie hatte. DAS GROSSE UMLEGEN wurde mein *Big Book*, mein großer Gangsterroman. Es schrieb sich von selbst und ist immer noch mein Lieblingsbuch. Naja, ganz von selbst schrieb es sich natürlich nicht. Ich verbrachte Monate im Washingtonraum der Martin Luther King-Bibliothek und fraß mich durch Zeitungen von damals. Mich interessierte natürlich alles über die Kriminalität. Es gab keine richtig große Gang, obwohl es natürlich organisiertes Glücksspiel gab und enge Verbindungen mit New York zum Costello-Syndikat.

Außerdem sprach ich mit älteren Leuten, die sich noch gut an die Zeit erinnern konnten. Dann setzte ich mich hin und schrieb das Buch in vier Monaten. Der *film noir* der 40er Jahre beeinflußte mich sehr stark bei diesem Roman.« Der nächste Band der Trilogie, KING SUCKERMAN, spielt in den 70er Jahren mit Pete Karras' Sohn Dimitri als einem der Protagonisten. »Das war meine große Zeit. Das Buch spielt in der Woche der großen Zweihundertjahrsfeiern 1976. Ich war 19 Jahre alt, und es war mein Sommer. Ich glaube, jeder Mensch hat einen großen Sommer, in dem alles großartig ist. Ich erinnere mich an jedes Detail. Das Buch ist in einem völlig anderen Stil geschrieben als DAS GROSSE UMLEGEN. Viel lockerer, weil es eine Zeit darstellt, in der ich gelebt habe und die ich nicht mühselig recherchieren mußte. Mich haben besonders diese radikalen Veränderungen in der Kultur innerhalb von dreißig Jahren fasziniert. Ein Mann in den 40er Jahren band sich einen Windsorknoten und setzte einen Fedora auf, bevor er aus dem Haus ging. Man muß sich mal vorstellen, er ginge aus dem Haus und würde in den 70er Jahren landen. Alleine wie die Leute gekleidet waren, wäre ein Schock für ihn gewesen. Wie bei dem GROSSEN UMLEGEN der *film noir* ein Einfluß war, schlugen sich bei KING SUCKERMAN das schwarze Actionkino der 70er Jahre, die *blaxploitation movies* nieder. Der letzte Band der Trilogie heißt THE SWEET FOREVER und spielt 1986.« In diesen Büchern vermittelt Pelecanos neben der crime story auch die Tragödie, daß keine Generation der nächsten ihre Erfahrungen wirklich vermitteln kann. »Ja, es ist ein Moment der Tragödie, denn man ahnt oder weiß, was passieren wird, weil die eine oder andere Person nicht zuhört, was ihm der Ältere zu vermitteln versucht.«

Neben seiner Karriere als Schriftsteller arbeitet Pelecanos noch in der Filmbranche. »Auf einem Hongkong-Festival am American Film Institute hatte ich THE KILLER von John Woo gesehen und war tief beeindruckt. Als ich erfuhr, daß Jim und Ted Pedas die amerikanischen Vertriebsrechte für Circle Films gekauft hatten, meldete ich mich bei ihnen. Ich wollte eigentlich nur die Promotion für diesen einen Film machen, blieb aber dann bei Circle Films.« Circle Films vertrieb BLOOD SIMPLE der Coen-Brüder und produzierte für die Coens RAISING ARIZONA, MILLER'S CROSSING und BARTON FINK. »MILLER'S CROSSING ist im Grunde eine Adaption von Dashiell Hammetts RED HARVEST und THE GLASS KEY. RED HARVEST ist oft für das Kino adaptiert oder geklaut worden: von Kurosawas YOYIMBO bis zu Sergio Leones EINE HANDVOLL DOLLAR und Walter Hills LAST MAN STANDING.« Pelecanos war Co-Produzent bei Bob Youngs Film CAUGHT mit Edward James Olmos, »eine Art James M.Cain-Geschichte mit der Musik von meinem alten Idol Curtis Mayfield«. Zuletzt produzierte er WHATEVER, der von Sony Pictures gekauft wurde. Es liegt nahe, daß Pelecanos Romane selbst als Filmvorlage dienen könnten. »Meine Agentin trommelt dafür. Mein non-serie-Roman SHOEDOG ist unter Option, aber ob er wirklich verfilmt wird, steht in den Sternen. Ich habe das Drehbuch geschrieben, und ich schrieb die Drehbuchadaption von DAS GROSSE UMLEGEN. Ich wollte nicht, daß ein anderer das macht. Das Buch steht mir und meiner Familie zu nahe. Es geht um echte Menschen, nicht um Stereotypen.«

Heute arbeitet er tagsüber für Circle Films und abends und in seiner Freizeit an seinen Büchern. Mit seiner Frau Emily und ihren beiden Söhnen Nicholas und Peter lebt er in Silver Strings, Maryland. Zu seinen namenhaften Fans gehören so großkalibrige Schriftsteller wie Harlan Ellison, James Grady, Jonathan Lethem und Barry Gifford. Seine bisherigen Romane wurden mehrfach für den Edgar, den Gold Dagger und dem Shamus Award nominiert.

NOIR 1 **Derek Raymond**
Die verdeckten Dateien

Die verdeckten Dateien: autobiographische Erinnerungen und literaturgeschichtliche Betrachtungen. Als Taxifahrer lernte Derek Raymond, Sohn eines Textiltycoons, Romancier in den 60ern und ehemaliger Eton-Zögling, die Unterwelt Londons kennen. Raymond sieht den Noir-Roman in der Tradition Fieldings und Dickens und begründet dies in kurzweiligen und brillanten Analysen, die seinen Status als Kult-Autor bestätigen. Die verdeckten Dateien sind eine gnadenlose Abrechnung mit dem britischen Klassensystem.

NOIR 2 **Russell James Underground**

Ein Mann auf der Flucht. Wer ist er, und vor wem flieht er? Die Vorstädte der Farbigen und das nächtliche London sind sein Versteck. Die richtige Tarnung für einen Profi – bevor seine Organisation aus dem Underground zum Gegenangriff auf die Zivilisation übergeht. Er lernt eine junge Frau kennen, die arbeits- und hoffnungslos versucht, im Land der Job-Wunder zu überleben.

In einer Dramaturgie, die in Sorgfalt und Detailreichtum an einen Gangsterfilm von Jean-Pierre Melville erinnert, zeichnet Russell James eine Noir-Ballade. *Underground* ist ein schwarzer Thriller mit scharfem Blick auf die gesellschaftliche Realität.

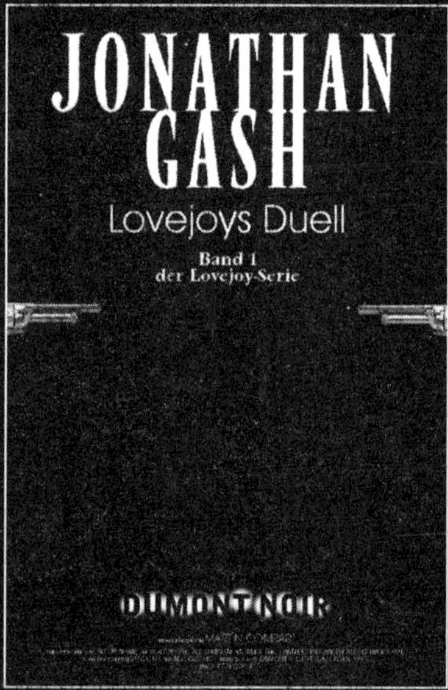

NOIR 3 **Jonathan Gash**
Lovejoys Duell
Band 1 der Lovejoy Serie

»Kennen Sie dieses Prickeln, das durch sexuelle Erwartungen ausgelöst wird? Wenn Sie es sich tausendfach verstärkt vorstellen, haben Sie eine schwache Ahnung von der fiebrigen Erregung eines Antiquitätenhändlers, der einen Kunden wittert; sie läßt ihn alles vergessen, Erziehung, gesunden Menschenverstand, Vernunft – oh, und das Gesetz.« Die Geschichten des amoralischen Antiquitätenhändlers und zynisch-witzigen Frauenhelden Lovejoy gehören zu den erfolgreichsten britischen Kriminalromanen. Lovejoy ist einer der originellsten Charaktere der Kriminalliteratur – wer den ersten Lovejoy gelesen hat, wird süchtig.

NOIR 4 **Harry Whittington**
Im Netz

Anwalt Bower und seine atemberaubende Sekretärin Laura lieben Sex und Geld. Was liegt näher, als Bowers steinreiche Ehefrau umzubringen?
Noch nie hat man derartige Plots vom perfekten Mord gelesen, wie Harry Whittington sie schreibt. Kaum ein anderer Autor nimmt den Leser auf eine so schweißtreibende Achterbahnfahrt durch unvorhersehbare Handlungen mit.
»Wenn man Bowers Schicksal mitfühlt, weiß man, daß es schlimmere Strafen als den elektrischen Stuhl gibt. Wie immer schreibt Whittington mit der Geschwindigkeit einer abgefeuerten Kugel.« Anthony Boucher

NOIR 5 **Ulf Miehe Puma**

»Er ist der beste Kriminalliterat, den Deutschland bisher hervorgebracht hat. Vielleicht der einzige, der in derselben Liga mit den besten Angelsachsen und Franzosen spielen kann.« *Jörg Fauser*

Nach Jahren im französischen Gefängnis kommt der elsässische Gangster, den alle Puma nennen, frei. Zwischen Paris, München und New York entfaltet sich eine Unterweltballade wie ein französischer Gangsterfilm von Melville mit Alain Delon oder Lino Ventura über Solidarität, Verrat und späte Liebe.
Das Buch zum 10. Todestag des Regisseurs und deutschen Crime-Klassikers Ulf Miehe enthält auch Briefe, Interviews und Materialien.

NOIR 7 **James Sallis**
Deine Augen hat der Tod

Ein Mann ist auf der Suche nach seinem Doppelgänger. Eine plan- und ziellose Fahrt quer durch halb Amerika, ein Road-Movie in Worten, eine episodenhaft erzählte Odyssee durch schäbige Motels, Truckstops und miese Bars voller skuriller Hinterwäldler und paranoider Kleinstadt-Sheriffs. Deine Augen hat der Tod ist ein Noir-Thriller als Bildungsroman, in dem der Held entscheidende Wandlungen erfährt und am Ende seiner Reise das amerikanische Herz der Finsternis erlebt.

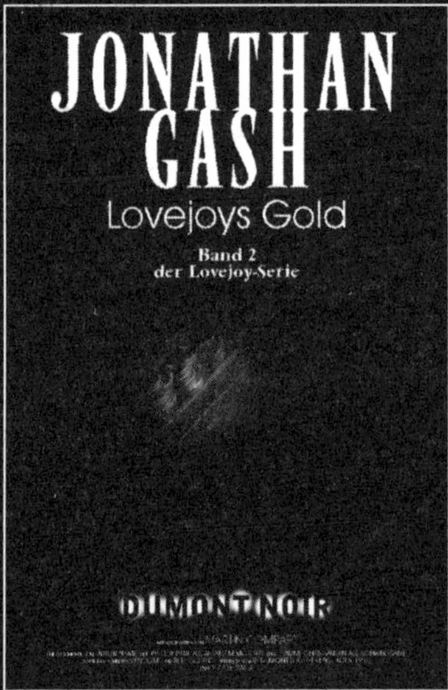

NOIR 8 **Jonathan Cash**
Lovejoys Gold
Band 2 der Lovejoy-Serie

Wieder einmal sucht Lovejoy entgegenkommende Damen – und findet Ärger. Römische Goldmünzen sind aus dem örtlichen Museum verschwunden. Bei seinen Nachforschungen macht Lovejoy unerwünschte Bekanntschaften, die ihn in tödliche Gefahr bringen. Er wird durch Englands idyllische Countryside gejagt, wo die Bedrohung blüht wie das Heidekraut.

NOIR 9 **Russell James**
Payback
Floyd Carters Rückkehr

Albie Carter ist tot. War es Unfall oder Mord? Sein Bruder Floyd wird es herausfinden und kämpft sich durch den Londoner Untergrund.

Kultautor Russell James hat einen weiteren düsteren Gangsterroman vorgelegt. Ein Kritiker lobte seine bisherigen fünf Romane als ›eine Mischung aus David Goodis und Len Deighton‹ – aus dem schwärzesten Melancholiker des Noir-Romans und dem Großmeister des modernen Spionageromans.

DUMONT NOIR

»Harte Zeiten brauchen harte Bücher«

NOIR 1 **Derek Raymond** Die verdeckten Dateien

NOIR 2 **Russell James** Underground

NOIR 3 **Jonathan Gash** Lovejoys Duell

NOIR 4 **Harry Whittington** Im Netz

NOIR 5 **Ulf Miehe** Puma

NOIR 6 **George P. Pelecanos** Das große Umlegen

NOIR 7 **James Sallis** Deine Augen hat der Tod
(erscheint Mai 1999)

NOIR 8 **Jonathan Gash** Lovejoys Gold
(erscheint Mai 1999)

NOIR 9 **Russell James** Payback
(erscheint Juli 1999)

NOIR 10 **J. Robert Janes** Salamander
(erscheint Juli 1999)

NOIR 11 **James Sallis** Die langbeinige Fliege
(erscheint September 1999)

NOIR 12 **Harry Whittington** Du bist als nächster dran!
(erscheint September 1999)